VERDADES INCÓMODAS

Si tienes un club de lectura o quieres organizar uno, en nuestra web encontrarás guías de lectura de algunos de nuestros libros. **www.maeva.es/guias-lectura**

MAEVA apuesta para frenar la crisis climática y desea contribuir al esfuerzo colectivo y permanente de proteger y preservar el medio ambiente y nuestros bosques con el compromiso de producir nuestros libros con materiales sostenibles.

JACQUELINE WINSPEAR

VERDADES INCÓMODAS

Una investigación de
MAISIE DOBBS

Traducción:
Ana Belén Fletes Valera

MAEVA | NOIR

Título original:
MESSENGER OF TRUTH: A MAISIE DOBBS NOVEL

© JACQUELINE WINSPEAR, 2006
© de la traducción: ANA BELÉN FLETES VALERA, 2023
© MAEVA EDICIONES, 2023
   Benito Castro, 6
   28028 MADRID
   www.maeva.es

ISBN: 978-84-19638-30-4
Depósito legal: M-19024-2023

Imagen de cubierta: © ANDREW DAVIDSON
Fotografía de la autora: © STEPHANIE MOHAN OF CREATIVE PORTRAITURE
Adaptación de cubierta y preimpresión: Gráficas 4, S.A.
Impresión y encuadernación: Huertas, S.A.
Impreso en España / Printed in Spain

Dedicado a mi Documentalista Jefe.
Él sabe de quién hablo.

«Ya no soy un artista interesado y *ávido. S*oy el mensajero que traerá noticias de los hombres que luchan en el frente a aquellos que quieren que la guerra continúe para siempre. Débil, inarticulado será mi mensaje, pero contendrá una verdad amarga que ojalá cale en sus almas miserables.»
PAUL NASH* (1899-1946)

«ENERO: Comienza el año en Londres, con frío y humedad, pero se ven gaviotas en el terraplén del río.»
When You go to London (1931)
H. V. MORTON

---

* Paul Nash sirvió en el Segundo Batallón de Artists Rifles y en el Regimiento de Hampshire durante la Gran Guerra.

Prólogo

Romney Marsh, Kent
Martes, 30 de diciembre, 1930

EL TAXI REDUJO la velocidad al llegar ante la verja de la abadía de Camden, una antigua mansión de ladrillo visto que ese día en que el aguanieve punzante azotaba el paisaje gris e inhóspito se antojaba más que nunca un refugio.

—¿Es aquí, señora?

—Sí, gracias.

El taxista se detuvo en la entrada principal y, por si acaso, la mujer se cubrió la cabeza respetuosamente con un pañuelo de seda antes de salir del coche.

—No tardaré mucho.

—Aquí la espero, señora.

El hombre la vio entrar en el edificio y cerrarse la puerta tras ella.

—Me alegra no ser tú, preciosa —se dijo mientras abría el periódico para hacer más llevadera la espera.

ERA UNA SALA acogedora con la chimenea encendida, la alfombra roja sobre el suelo de piedra y unos pesados cortinajes delante de la ventana para proteger del aire que se colaba por el marco de madera. La mujer, sentada delante de una rejilla, llevaba cuarenta y cinco minutos conversando con la abadesa.

—El duelo no es un hecho aislado, querida, sino un proceso, una peregrinación por un sendero que nos permite reflexionar sobre el pasado a través de retazos de la memoria que guardamos en el alma. A veces, el camino está lleno de piedras y

9

sentimos que los recuerdos nos hacen daño, y hay días en los que las sombras reflejan nuestra añoranza y los momentos de felicidad compartidos.

La mujer asintió con la cabeza.

—Ojalá no tuviera esta duda.

—Es normal que en estas circunstancias aparezca la incertidumbre.

—Pero ¿cómo hago para no preocuparme tanto, hermana Constance?

—No has cambiado, ¿verdad? —comentó la abadesa—. Siempre buscando hacer en vez de ser. ¿De verdad quieres consejo espiritual?

La mujer empezó a echar hacia atrás las cutículas con la uña del pulgar de la otra mano.

—Sé que me salté todas sus tutorías cuando estaba en Girton, pero pensé que...

—¿Que yo podría ayudarte a encontrar la paz? —La monja hizo una pausa, sacó un lápiz y una libreta de un bolsillo que tenía entre los pliegues del hábito y escribió algo—. A veces la ayuda llega en forma de indicación. Y la paz es algo que encontramos cuando nos acompañan en el viaje. Te escribo aquí el nombre de alguien que te ayudará. Además, las dos tenéis algo en común, porque ella también estudió en Girton, aunque después que tú, en 1914 si no recuerdo mal.

Le entregó la nota doblada a través de la rejilla.

Scotland Yard, Londres
Miércoles, 31 de diciembre, 1930

—Como ve, señora, poco puedo hacer dadas las circunstancias, que son bastante concretas, en lo que a nosotros se refiere.

—Sí, ya me lo ha dejado bastante claro, inspector Stratton.

—La mujer se irguió como una vara en la silla y se echó el pelo hacia atrás con aire desafiante. Se miró las manos un segundo y se frotó una mancha de tinta en la piel del dedo corazón encallecida de apretar el plumín de la estilográfica al escribir—. Sin embargo, no puedo dejar de buscar la verdad solo porque ustedes no hayan descubierto nada con sus investigaciones. Por ese motivo, he decidido contratar los servicios de una agencia privada de investigación.

El policía, que estaba leyendo sus notas, puso los ojos en blanco y luego levantó la vista.

—Está en su derecho, sin duda, aunque estoy seguro de que el investigador que contrate llegará a las mismas conclusiones que nosotros.

—No es investigador, es investigadora —dijo la mujer con una sonrisa.

—¿Puedo preguntar cómo se llama esa investigadora? —preguntó Stratton, aunque ya sabía la respuesta.

—Señorita Maisie Dobbs. Es muy reconocida.

Stratton asintió con la cabeza.

—Desde luego, estoy familiarizado con su trabajo. Es honrada y sabe lo que hace. De hecho, aquí, en Scotland Yard, le hemos pedido consejo sobre varios asuntos.

La mujer se inclinó hacia delante intrigada.

—¿No me diga? No es muy propio de sus chicos admitir que necesitan ayuda, ¿no?

El inspector inclinó la cabeza y añadió:

—La señorita Dobbs posee ciertas habilidades, emplea ciertos... métodos que parece que dan resultado.

—¿Consideraría usted pasarse de la raya preguntarle qué sabe de ella, de su entorno? Sé que estudió en Girton College unos años después que yo y tengo entendido que fue enfermera durante la guerra y que la hirieron en Flandes.

Stratton la miró tratando de decidir si era acertado compartir lo que sabía. Llegados a ese punto, le convenía quitarse de encima a aquella mujer, de modo que haría y diría lo que fuera necesario con tal de encasquetársela a otro.

—Nació en Lambeth, entró a servir en una casa cuando tenía trece años.

—¿A servir?

—No se deje engañar. Un amigo de la familia para la que trabajaba, un hombre brillante, experto en medicina legal y psicólogo, se fijó en su inteligencia. A su regreso de Flandes, por lo que yo sé, pasó un tiempo convaleciente y después trabajó durante un año en una institución para enfermos mentales cuidando de hombres que sufrían neurosis de guerra. Terminó sus estudios en Girton, pasó un tiempo ampliando conocimientos en el Departamento de Medicina Legal de Edimburgo y después empezó a trabajar como ayudante de su mentor. Aprendió su oficio con el mejor, si le soy sincero.

—¿Y nunca ha estado casada? ¿Cuántos años tiene? ¿Treinta y dos, treinta y tres?

—Más o menos, sí. Y no, nunca ha estado casada, aunque creo que el hombre del que estaba enamorada resultó herido de gravedad en la guerra —dijo dándose unos golpecitos en la sien—. De aquí.

—Entiendo. —La mujer calló un momento y luego levantó la mano—. Ojalá pudiera darle las gracias por todo lo que ha hecho, inspector. A lo mejor la señorita Dobbs consigue arrojar luz donde ustedes no han visto nada.

El inspector se levantó, se despidió de la mujer estrechándole la mano y llamó a un agente para que la acompañara a la salida. Nada más cerrarse la puerta, y pensando en que ni siquiera se habían deseado feliz año nuevo, levantó el teléfono.

—¡Diga!

El inspector se reclinó en la silla.

—Le agradará saber que me he deshecho de esa condenada mujer.

—Muy bien. ¿Cómo lo ha hecho?

—Un movimiento fortuito por su parte. Va a contratar a una agencia privada de investigación.

—¿Alguien que deba preocuparme?

El inspector negó con la cabeza.

—No, yo me ocupo. La vigilaré.

—¿Es una mujer?
—Sí, es una mujer.

Fitzroy Square, Londres
Miércoles, 7 de enero, 1931

HABÍA EMPEZADO A nevar otra vez; copos pequeños y duros que se arremolinaban en torno a la mujer cuando desembocó en Fitzroy Square desde Conway Street. Se subió el cuello de piel y se le ocurrió que, aunque no solía usar sombrero, esa mañana sí que debería habérselo puesto. Habría quien diría que esa falta de criterio casi trivial era muy típica de ella y que probablemente lo hacía para llamar la atención, con esa abundante mata de pelo cobrizo que le caía por los hombros formando una cascada de ondas húmedas, sin pararse a pensar en el decoro. Pero la verdad era que, a pesar de que atraía todas las miradas allá por donde iba, en esa ocasión, igual que el día anterior por la mañana, y el anterior, lo que menos quería era que la vieran. Al menos hasta que lo considerase oportuno.

Cruzó la plaza caminando con cuidado para no resbalar con los adoquines cubiertos de nieve medio derretida, y se detuvo junto a la barandilla de hierro que rodeaba el inerte jardín invernal. La investigadora privada que la hermana Constance le había ordenado que consultara — sí, ordenado, porque cuando la abadesa decía algo, no era una mera sugerencia— trabajaba en una oficina que se encontraba en el edificio que tenía delante. Su ayudante le había dicho que fuera a la oficina el lunes, a las nueve de la mañana. Cuando canceló la cita, el hombre le sugirió con toda la calma que fuera a la misma hora al día siguiente. Y cuando canceló en el último minuto también esa segunda cita, el hombre se limitó a retrasarla veinticuatro horas. Le intrigaba que una profesional tan consumada, con una reputación que no dejaba de aumentar tuviera como empleado a un hombre con un acento tan vulgar. De hecho, ese desafío rotundo a las convenciones le había hecho reafirmarse en su decisión de seguir las indicaciones de la hermana Constance. Al fin y al cabo, ella nunca había hecho mucho caso a las convenciones.

Mientras caminaba de un lado para otro delante del edificio preguntándose si por fin iba a reunir el valor para ver a Maisie Dobbs, y eso que a ella nunca le habían faltado agallas para nada, levantó la cabeza y la vio, asomada al ventanal de suelo a techo de la primera planta, que daba a la plaza. Sentía curiosidad por aquella mujer. Allí estaba, mirando por la ventana sin más, la vista puesta primero en los árboles desnudos y, después, en algún punto a lo lejos.

Se apartó de la cara un mechón de pelo revuelto por el viento y siguió observando a la mujer de la ventana. Se preguntaba si lo haría por costumbre, acercarse ahí para pensar. Sospechaba que sí. De repente se le ocurrió que la mujer de la ventana era la persona a la que había ido a ver, Maisie Dobbs. Se protegió las manos en el interior de las amplias mangas del abrigo, temblando, y dio media vuelta para marcharse. Pero, de pronto, como atraída por una fuerza que no veía, pero sí sentía, miró de nuevo hacia la ventana. Maisie Dobbs la miraba a ella y levantó una mano de un modo tan convincente que no pudo irse, no pudo hacer otra cosa más que devolverle la mirada. Y, en ese momento, seducida por la mirada de aquella señorita Dobbs, sintió un calor que la recorría por dentro y la seguridad de que podía pisar cualquier terreno, saltar cualquier obstáculo, porque no caería; era como si con aquel gesto de la mano, Maisie Dobbs le hubiera prometido que desde el primer paso que diera hacia ella, estaría a salvo. Echó a andar, pero vaciló al bajar la vista hacia los adoquines. Dio media vuelta, pero la sorprendió oír una voz a su espalda pidiéndole que se detuviera con solo pronunciar su nombre.

—Señorita Bassington-Hope...

No era una voz áspera y cortante de frío en el aliento gélido del invierno, sino que desprendía una fuerza que ofrecía confianza, como si de verdad estuviera segura con ella.

—¿Sí? —Georgina Bassington-Hope miró a los ojos a la mujer que un momento antes la observaba desde la ventana, la mujer que le habían recomendado consultar. Le habían dicho que Maisie Dobbs le brindaría un refugio en el que poder hablar de sus sospechas y demostraría que estaba en lo cierto, o no, ya se vería.

—Venga.

Era una orden, pero emitida de una forma que no sonaba brusca, ni tampoco blanda, y Georgina se sintió como hipnotizada por Maisie, firme entre los remolinos de la nieve que empezaba a convertirse en aguanieve con aquel chal de cachemir azul claro sobre los hombros, extendiendo el brazo hacia ella. Georgina Bassington-Hope no dijo nada, sino que aceptó el brazo que la condujo hacia la puerta y entraron junto a la placa que rezaba «Maisie Dobbs, psicóloga e investigadora». El instinto le decía que le habían indicado bien, que allí le permitirían describir con toda libertad el revoltijo de dudas que pesaba sobre ella desde el terrible momento en que supo, antes incluso de que nadie se lo dijera, que la persona a la que más quería, la persona que la conocía tan bien como ella misma y con quien compartía todos sus secretos, estaba muerta.

1

—Buenos días, señorita Bassington-Hope. Entre, hace mucho frío.

Billy Beale, el ayudante de Maisie Dobbs, aguardaba de pie en la puerta de la oficina de la primera planta a que subieran las mujeres, la visita en primer lugar.

—Gracias —contestó la mujer tras echarle un vistazo. Le pareció que tenía una sonrisa contagiosa y unos ojos bondadosos.

—He preparado una tetera.

—Gracias, Billy, es justo lo que necesitamos. Hace un día terrible —dijo Maisie con una sonrisa mientras invitaba a Georgina a entrar.

Había tres sillas dispuestas alrededor de la estufa de gas y la bandeja del té estaba en la mesa de Maisie. En cuanto le tomaron el abrigo para colgarlo detrás de la puerta, Georgina se acomodó en la silla del centro. Se apreciaba una camaradería entre la investigadora y su ayudante que le inspiraba curiosidad. Era evidente que el hombre admiraba a su jefa, aunque no parecía que albergara sentimientos románticos. Pero estaba claro que existía un vínculo, y el ojo de periodista de Georgina Bassington-Hope le decía que la naturaleza de su trabajo había forjado una dependencia y un respeto mutuos, aunque no había duda de que la mujer era la jefa.

La recién llegada miró de nuevo a Maisie Dobbs, que había ido a buscar una carpeta de papel manila, lápices de colores, un taco de fichas de notas y papel. Al fijarse mejor decidió que, en algún momento, la mujer había llevado el pelo negro y ondulado con un estilo *bob*, que ya iba necesitando un corte. ¿No consideraba necesario ir a la peluquería con regularidad? ¿O simplemente estaba demasiado ocupada? Vestía una blusa de seda de color crema con una chaqueta larga de cachemir azul, una falda negra con tablones y zapatos negros que se cerraban con una sencilla tira por encima del empeine. El conjunto era estiloso, pero mostraba que a la investigadora le preocupaba más la comodidad que la moda.

Maisie se sentó junto a ella y no dijo nada hasta que su ayudante se ocupó de que estuviera cómodamente instalada y con una taza de té en la mano. Georgina no quería quedarse mirando fijamente, pero le pareció que la mujer se había sentado y había cerrado los ojos un momento, como sumida en sus pensamientos. Sintió de nuevo que una ola de calor la recorría por dentro y abrió la boca para hacer una pregunta, pero en vez de eso, lo que hizo fue darle las gracias.

—Le agradezco mucho que me haya recibido, señorita Dobbs.

Maisie sonrió con amabilidad. No fue una sonrisa amplia, no como la de su ayudante al recibirla, pero le pareció que aquella mujer se sentía en su elemento.

—Acudo a usted con la esperanza de que pueda ayudarme... —dijo mirándola a los ojos—. Me ha sido recomendada por alguien que las dos conocemos de cuando estudiábamos en Girton.

—¿Es posible que se refiera usted a la hermana Constance? —preguntó Maisie inclinando la cabeza.

—¿Cómo lo ha sabido? —dijo la otra mujer atónita.

—Retomamos el contacto el año pasado. Esperaba con impaciencia las tutorías que nos daba, sobre todo el hecho de que tuviéramos que ir hasta la abadía para verla. Fue una casualidad que la orden se mudara a Kent. —Guardó silencio unos segundos—. Y, dígame, ¿cuál fue el motivo que la llevó a visitar a la hermana Constance y cómo es que esta le sugirió que hablase conmigo?

—He de decir que habría preferido que me sacaran una muela a asistir a sus tutorías. Dicho lo cual, fui a verla cuando... —Tragó saliva y volvió a intentarlo—. Tiene que ver con mi hermano... con la... la...

No se sentía capaz de pronunciar la palabra. Maisie echó la mano hacia atrás y la metió en un bolso negro que colgaba del respaldo de su silla. Sacó un pañuelo y lo dejó en la rodilla de la otra mujer. Cuando esta lo tomó, el aroma a lavanda se esparció por el aire. Se sorbió la nariz, se secó los ojos y siguió hablando.

—Mi hermano murió hace unas semanas, a principios de diciembre. Las investigaciones determinaron que su muerte fue un accidente. —La miró primero a ella y luego a Billy, como queriendo asegurarse de que los dos la estaban escuchando, y después miró la estufa—. Es... era artista. Se había quedado trabajando hasta tarde la víspera de la inauguración de su primera exposición importante desde hacía años y, según parece, se cayó del andamio que habían levantado en la galería para poder montar la pieza principal de la exposición. —Calló un momento antes de continuar—. Necesitaba hablar con alguien que me ayudara a despejar esta... Esta... duda. Y la hermana Constance me sugirió que viniera a verla. —Se paró de nuevo—. Me he dado cuenta de que no se consigue nada asediando a la policía para que haga algo, y el hombre al que llamaron cuando encontraron a mi hermano se mostró encantado cuando le dije que iba a hablar con un investigador privado. Si le digo la verdad, creo que se alegró de deshacerse de mí.

—¿Y quién era ese policía? —preguntó Maisie con la pluma preparada para anotar el nombre.

—El inspector Richard Stratton, de Scotland Yard.

—¿Stratton se mostró encantado de que viniera a verme?

La señorita Bassington-Hope se sorprendió al ver el leve sonrojo de Maisie cuando levantó la vista de sus notas, cuyos ojos azul oscuro se habían oscurecido aún más y tenía el ceño fruncido.

—Pues... sí, y, como he dicho, creo que estaba harto de que lo acribillara a preguntas.

Maisie anotó algo más antes de continuar.

—¿Y qué desea que haga yo, señorita Bassington-Hope?

La aludida se irguió en su asiento y se pasó los dedos entre la abundante cabellera ondulada, cuyos tonos cobrizos ganaban intensidad a medida que se le iba secando. Se estiró la chaqueta de *tweed* color nuez moscada y se alisó las rodillas de los pantalones de un tono marrón más claro.

—Creo que Nicholas fue asesinado. No creo que fuera un accidente. Creo que alguien lo empujó o hizo que se cayera de forma deliberada. —La miró de nuevo antes de añadir—: Mi hermano tenía amigos y enemigos. Era un artista apasionado y las personas como él suelen despertar tanto desprecio como admiración. Su obra recibía elogios e insultos, dependiendo de la interpretación que se hiciera de ella. Quiero que averigüe cómo murió.

Maisie asintió con la cabeza sin dejar de fruncir el ceño.

—Supongo que la policía habrá hecho un informe del caso.

—Como le he dicho, llamaron al inspector Stratton...

—Sí, me extraña que lo llamaran a él para ocuparse de un accidente.

—Era pronto y, al parecer, era el único investigador que estaba de guardia —añadió la mujer—. Cuando llegó, el forense ya había hecho un estudio preliminar... —Se quedó mirando el pañuelo arrugado entre las manos.

—Pero estoy segura de que el inspector habrá llevado a cabo una investigación minuciosa. ¿En qué cree que puedo ayudarla yo?

La mujer se puso tensa, a juzgar por la visible rigidez de los músculos del cuello.

—Pensé que diría usted eso. Con que haciendo de abogado del diablo, ¿eh?

Se reclinó en la silla y afloró en ella parte de la determinación por la que era conocida. Georgina Bassington-Hope, viajera y periodista intrépida, se había hecho famosa con veintidós años por disfrazarse de hombre para ver el frente de batalla de Flandes más de cerca que ningún otro reportero. Regresó con muchas historias que no hablaban de generales y luchas, sino de hombres, de las dificultades que estaban pasando, de su valor, de sus miedos y de la verdad de la vida del soldado en medio de una guerra. Sus despachos se publicaron en periódicos y revistas de todo el mundo, y, al igual que en el caso de las obras de su hermano, su trabajo recibió críticas y admiración por igual, y se ganó una reputación tanto de valiente narradora de historias como de oportunista ingenua.

—Sé lo que quiero, señorita Dobbs. Quiero la verdad y la buscaré yo misma si es necesario. Sin embargo, conozco mis limitaciones y soy de las que creen que hay que utilizar las herramientas más adecuadas cuando se pueda, a pesar del precio. Y creo que usted es la mejor. —Hizo una pausa momentánea para levantar la taza, que sostuvo entre las manos—. Y creo, porque he hecho los deberes, que usted se pregunta cosas que a otros les pasan desapercibidas y ve cosas que otros no ven. —Miró de refilón a Billy y volvió a dirigirse a Maisie con voz firme y mirada inmutable—. El trabajo de Nick era extraordinario, sus opiniones bien conocidas, aunque su arte era su voz. Quiero saber quién lo mató, señorita Dobbs, y llevarlo ante la justicia.

Maisie cerró los ojos y permaneció en silencio unos segundos antes de hablar.

—Parece que estaban muy unidos.

Los ojos de la señorita Bassington-Hope echaban chispas.

—Ya lo creo, muy unidos, señorita Dobbs. Éramos mellizos. Nos parecíamos mucho. Él trabajaba con el color, la textura y la luz, yo trabajo con las palabras. —Se tomó un respiro—. Y se me ha ocurrido que quienquiera que lo matara podría querer silenciarme a mí también.

Maisie asintió con la cabeza, reconociendo con un gesto pausado la posibilidad de lo que acababa de decir para crear expectación. Después se levantó y se dirigió hacia la ventana. Se había puesto a nevar otra vez y la nieve que empezaba a cuajar en el suelo se mezclaba con el reguero sucio de la que ya estaba medio derretida, y atravesaba el cuero de los zapatos con gran facilidad. Billy sonrió a la mujer y le ofreció otra taza de té señalando la tetera. Había estado tomando notas todo el rato y sabía que su trabajo en ese momento consistía en que la mujer permaneciera calmada y tranquila mientras Maisie pensaba y decidía. Tras un momento, esta se giró desde la ventana.

—Dígame, señorita Bassington-Hope, ¿por qué se ha mostrado tan reticente a venir? Ha cancelado dos citas, y aun así se ha presentado aquí. ¿Qué provocó que incumpliera su propia decisión dos, bueno, casi tres veces?

La mujer negó con la cabeza antes de contestar.

—No tengo pruebas. No tengo nada sobre lo que apoyarme, digamos, y soy una persona acostumbrada a trabajar con datos. Las pistas son insuficientes; de hecho, yo sería la primera en admitir que tiene toda la pinta de un accidente normal y corriente: el movimiento descuidado de un hombre cansado, haciendo equilibrios en una estructura más bien precaria, mientras colgaba una obra que había tardado dos años en terminar. —Hizo una breve pausa antes de continuar—. Esto es lo único que tengo —dijo y, a continuación, se llevó la mano al pecho—: una sensación aquí, en el corazón, de que algo no cuadra, de que no fue un accidente, sino un asesinato. Creo que lo supe en el mismo momento en que mi hermano murió, porque sufrí un agudo dolor justo a la hora en que, según el forense, tuvo lugar la muerte. Y no sabía cómo explicarlo para que me tomaran en serio.

Maisie se acercó a ella y le puso la mano en el hombro con amabilidad.

—Entonces, ha venido usted al lugar adecuado, sin ninguna duda. En mi opinión, esa sensación que tuvo en el corazón es una pista significativa y lo único que necesitamos para aceptar el caso. —Miró a Billy y le hizo un gesto con la cabeza, ante el cual, su ayudante tomó una ficha nueva—. Muy bien, empecemos. Lo primero que voy a hacer es informarla de las condiciones de nuestro contrato.

MAISIE DOBBS LLEVABA trabajando como psicóloga e investigadora casi dos años, después de varios como ayudante del doctor Maurice Blanche, su mentor desde que era niña. Maurice Blanche no solo era un experto en medicina legal, sino también psicólogo y filósofo, que le había ofrecido un intenso aprendizaje y una oportunidad que difícilmente habría estado a su alcance de otro modo. En la actualidad, con un flujo constante de clientes que requerían sus servicios, Maisie tenía motivos para el optimismo. Pese a que el país se encontraba paralizado por la depresión económica, había personas pertenecientes a cierta clase social que apenas notaban que la crisis se estuviera agudizando, personas como Georgina Bassington-Hope, lo que a su vez significaba que había trabajo en abundancia para una investigadora con una reputación en alza. Solo advertía un nubarrón en el horizonte, y Maisie confiaba en que se mantuviera a buena distancia. En el otoño del año anterior, la neurosis de guerra, que también ella padecía, había sufrido un repunte, que había desembocado en una crisis nerviosa paralizante. Aquella indisposición, unida a algunas desavenencias con Maurice, había provocado que perdiera la confianza en su mentor. Aunque en muchos aspectos agradecía la nueva independencia tras distanciarse de él, en ocasiones rememoraba con anhelo y con pesar el ritmo del trabajo juntos, los rituales y los procesos. Cuando empezaba a trabajar en un caso nuevo, tras la conversación preliminar con el cliente, Maurice solía sugerir que salieran a dar un paseo o, si hacía malo, se conformaba con cambiar la disposición de los asientos. «Nada más firmar un contrato, Maisie, nos echamos la carga al hombro, abrimos la puerta y elegimos un camino. Debemos, por tanto, mover el cuerpo de modo que se nos despierte de nuevo la curiosidad tras ocuparnos de la tarea administrativa.»

El contrato ya estaba firmado, tanto por Georgina Bassington-Hope como por ella, pero el mal tiempo arruinaba toda posibilidad de salir a dar un paseo, así que Maisie sugirió mover la mesa hacia la ventana y continuar allí la conversación.

Más tarde, después de que su nueva cliente se hubiera marchado, Maisie y Billy desplegarían un pliego de papel en blanco sobre la mesa, sujetarían las esquinas a la madera con chinchetas y comenzarían a desarrollar un mapa del caso con datos conocidos, pensamientos, sensaciones, corazonadas y preguntas. A medida que avanzaran, irían añadiendo más información, hasta que el mosaico sacara a la luz conexiones ocultas hasta ese momento que señalarían las verdades que anunciaban el final del caso. Si todo iba bien.

Maisie ya había anotado algunas preguntas iniciales en una ficha, aunque sabía que se le ocurrirían muchas otras con las respuestas de su nueva cliente.

—Señorita Bassington-Hope...

—Georgina, por favor. «Señorita Bassington-Hope» es un nombre kilométrico y, ya que vamos a estar aquí un buen rato, prefiero prescindir de los formalismos.

La mujer los observó alternativamente. Billy miró de reojo a Maisie de un modo que evidenciaba que la sugerencia lo incomodaba.

Maisie sonrió.

—Sí, por supuesto, como quieras. Puedes llamarme Maisie.

Aunque no sabía si en realidad estaba abierta a tal grado de informalidad, debía respetar los deseos de su cliente. Si estaba relajada, la información fluiría con más facilidad. Ambas miraron a Billy, que se sonrojó.

—Bueno, si no le importa, creo que yo prefiero dirigirme a usted por su nombre completo —dijo mirando a Maisie en busca de consejo y a continuación miró de nuevo a la mujer—. Pero usted puede llamarme Billy si quiere, señorita Bassington-Hope.

Georgina sonrió al comprender el aprieto en que los estaba poniendo.

—Muy bien, Billy. ¿Y qué te parece si lo dejamos en señorita B-H?

—Me parece perfecto. Lo dejamos en señorita B-H.

Maisie carraspeó.

—Bien, resuelto ese pequeño dilema, sigamos. Georgina, lo primero que quiero es que me cuentes todo lo que sepas sobre las circunstancias que rodean la muerte de tu hermano.

La mujer asintió con la cabeza y respondió:

—Nick lleva, o llevaba, un tiempo preparándose para su exposición, más de un año de hecho. Su trabajo empezaba a ganar popularidad, sobre todo en Estados Unidos; según parece, aún hay bastantes millonarios y se lo están comprando todo a la pobre Europa. Sea como sea, Stig Svenson, dueño de la galería Svenson, en Albemarle Street, (el marchante habitual de la obra de Nick, más o menos) le ofreció montar una exposición especial con sus primeras obras e incluir también su producción nueva. Nick no dejó escapar la oportunidad, sobre todo porque pensaba que la galería sería el lugar ideal para desvelar una pieza en la que había estado trabajando, de un modo u otro, durante años.

Maisie y Billy se miraron, y Maisie la interrumpió para preguntar:

—¿Por qué era el lugar perfecto para su obra? ¿Por qué lo atraía tanto?

—Stig acababa de echar abajo el local y lo había pintado, y Nick ya le había dejado claro que necesitaba una cantidad de espacio determinada para sus obras nuevas. —Abrió los brazos para complementar la descripción de la sala de exposiciones—. Fundamentalmente, hay dos miradores cuadrados en la parte delantera, son enormes, con una puerta en medio, de manera que se ve con claridad el interior desde la calle, pero no las obras en sí. Svenson tiene, como imaginaréis, una idea escandinava muy moderna de cómo emplear el espacio. Es un lugar muy luminoso, diseñado al milímetro para exhibir una obra de la forma más favorable. Ha instalado el sistema de iluminación eléctrica más moderno, con unos focos que dirigen la luz de tal modo que se crea un juego de luces y sombras que atrae a los compradores. —Se detuvo para ver si la seguían—. En el extremo más alejado hay una pared inmensa pintada de blanco de casi dos plantas de alto para las obras de mayor formato, y un pasillo largo y abierto sostenido por columnas a cada lado, de forma que al entrar tienes la sensación de estar en un teatro, solo que sin asientos ni gradas. Y todo es blanco. Se puede acceder a cada uno de los pasillos subiendo una escalera, pero unas pantallas dividen la sala en secciones, de manera que no ves el plato fuerte de la exposición, cuando lo hay, hasta el final. Muy inteligente.

—Cierto, lo es —admitió Maisie, que realizó una pausa mientras se golpeaba la palma de la mano izquierda con el bolígrafo antes de volver a hablar—. ¿Podrías describirnos en qué consistía su «plato fuerte»?

Georgina negó con la cabeza.

—La verdad es que no. Por lo que yo sé, nadie lo ha visto completo. Era muy reservado al respecto. Por eso se quedaba en la galería hasta tarde, quería preparar la muestra él mismo. —Se quedó pensativa, tapándose la boca con la mano, y al momento levantó la vista—. Lo único que sé es que iba en varias piezas.

—Pero creía que habías dicho que estaba trabajando en la obra cuando murió. ¿No seguirá estando en la galería?

—Perdona, me refería a que estaba trabajando en el montaje del andamio, colocando los numerosos anclajes para asegurar las piezas cuando las llevaran a la galería. Las tenía en algún almacén en Londres, pero no tengo ni idea de dónde se encuentra, si te soy sincera.

—¿Quién podría saberlo? ¿Svenson?

Georgina negó con la cabeza.

—Es un misterio por el momento. Nadie ha encontrado la llave ni sabe la dirección. Solo sabíamos que lo guardaba en algún tipo de depósito… en alguna parte. Sé que quería mantenerlo en secreto hasta el último momento para que llamara más la atención. Creo que imaginaba que iba a dejar a todos con la boca abierta, no sé si me entendéis.

—Entiendo. Y...

—El problema es —la interrumpió Georgina— que ya había prometido la colección, excepto la obra central, a un coleccionista, sin que este la hubiera visto.

—¿Quieres decir que alguien le hizo una oferta por la colección sin saber de qué se trataba?

—Habían visto los dibujos iniciales, pero no los de la pieza central.

—¿Era una oferta cuantiosa?

La mujer asintió.

—Varios miles de libras, por lo que tengo entendido.

Maisie abrió mucho los ojos y miró a Billy, que parecía a punto de desmayarse.

—¿Por un cuadro?

Georgina Bassington-Hope se encogió de hombros.

—Es lo que pagarán si creen que el valor de la obra puede aumentar drásticamente. Y el comprador tiene dinero, ya ha pagado una fianza, que Svenson se reserva hasta la entrega.

—¿Quién es el comprador?

—Un hombre llamado Randolph Bradley. Es estadounidense y vive en París, aunque también tiene casa en Nueva York. Una de esas personas que van de acá para allá —contestó peinándose con los dedos y desviando la mirada.

Billy puso los ojos en blanco.

—Creo que voy a preparar otra tetera —dijo levantándose y salió del despacho con la bandeja del té.

Maisie no dijo nada. Aunque entendía su enfado al entender que pudieran moverse esas cantidades de dinero en los tiempos de escasez que vivían, le producía consternación que hubiera sentido la necesidad de salir de la habitación. Maisie continuó charlando sobre trivialidades y haciendo preguntas sin importancia hasta que regresó.

—¿Varias piezas? Entonces, ¿esa «pieza» era algo así como un rompecabezas, señorita B-H?

Billy le colocó una taza de té humeante delante y a Maisie le puso la taza que usaba siempre. Dejó una para él en la mesa y tomó sus notas de nuevo. Maisie se alegró al ver que no se había dedicado a echar pestes sobre la situación mientras preparaba el té, sino que había estado dándole vueltas al asunto.

Georgina asintió con la cabeza.

—Podría decirse que sí. Antes de la guerra, Nick estuvo un tiempo estudiando arte en Europa. Se encontraba en Bélgica cuando estalló la guerra y regresó a casa enseguida. —Negó con la cabeza—. El caso es que estando allí, se interesó mucho por el formato del tríptico.

—¿El tríptico? —preguntaron Maisie y Billy a la vez.

—Sí —continuó ella—. Un tríptico consta de tres partes: un panel principal en el centro y dos paneles más pequeños, uno a cada lado. Las historias que se muestran en los paneles laterales aportan detalles a la escena central, la amplían de alguna manera.

—Un poco como el espejo de un tocador, ¿eh, señorita B-H? La mujer sonrió.

—Sí, exacto, aunque la vidriera de una iglesia sería una descripción más acertada. Los trípticos suelen ser de naturaleza religiosa, aunque muchos son bastante sangrientos, retratan escenas de guerra o la ejecución de alguien importante por aquel entonces, un rey tal vez o un guerrero.

—Sí, he visto algunos en los museos. Sé a lo que te refieres —dijo Maisie, que hizo una pausa para anotar que debía profundizar en el ambiente que rodeaba a Nicholas Bassington-Hope en cuanto terminara de hacerse una idea general de las circunstancias de su fallecimiento—. Sigamos con la muerte de tu hermano. Estaba en la galería. ¿Qué ocurrió, según ha revelado la investigación para el sumario del caso?

—Había un andamio apoyado contra la pared central de la galería. Las otras piezas menores, en importancia y tamaño, estaban todas colocadas ya, y Nick se encontraba trabajando en la pared donde iría la pieza central, como os he dicho. Había levantado el andamio para poder instalar las piezas correctamente.

—¿Y estaba haciéndolo él solo?

—Sí, esa era su intención. Aunque lo ayudaron a montar el andamio.

—¿Svenson no llamó a unos obreros para eso?

—No —respondió Georgina y calló un momento—. Bueno, en condiciones normales lo habría hecho, pero esa vez no lo hizo.

—¿Por qué?

Ella negó con la cabeza.

—Tú no conoces a Nick. Siempre tiene que hacerlo todo él solo, y quería que su andamio estuviera en el lugar adecuado, que fuera resistente y que la estructura no supusiera un peligro en modo alguno para la obra.

—¿Y dices que lo ayudaron?

—Sí, sus amigos Alex y Duncan.

—¿Alex y Duncan?

Maisie miró a Billy para comprobar que estaba atento. Si los dos estaban tomando notas, no se les escaparía nada después, cuando pusieran en común la información recogida.

—Alex Courtman y Duncan Haywood. Los dos son artistas, vecinos de Nick en Dungeness. Su otro amigo, Quentin Trayner, se había torcido un tobillo y por eso no estaba. Se cayó mientras sacaba una barca a la playa. —Hizo una pausa breve—. Los tres se ayudaban los unos a los otros. Los tres eran artistas.

—¿Y todos vivían en Dungeness, en Kent? Una zona un poco inhóspita y aislada, ¿no?

—¡E imagino que hará un frío terrible en esta época del año! —añadió Billy.

—Es un refugio para los artistas, ¿sabéis? Lo es desde hace años. De hecho, cuando cerraron la línea de tren entre Rye y Dungeness, creo que fue en 1926 o 1927, vendieron los vagones por diez libras cada uno. Unos cuantos artistas los compraron y los llevaron a la playa, donde los convirtieron en viviendas y estudios. —Georgina hizo una pausa y cuando retomó la narración, se le quebró la voz un poco, lo que obligó a Maisie y a Billy a echarse hacia delante para poder oírla—. Solía decirle que «es la playa de las almas perdidas». —Se reclinó en la silla—. Eran hombres de gran sensibilidad artística a quienes el gobierno llamó a filas para que hicieran el trabajo sucio; aquello provocó que los cuatro se sintieran asqueados durante años.

—¿A qué te refieres? —preguntó Maisie.

Georgina se inclinó hacia delante.

—Nick, Quentin, Duncan y Alex se conocieron en la escuela de Bellas Artes Slade, allí fue donde se forjó su gran amistad. Y todos sirvieron en Francia. Nick resultó herido en el Somme y lo mandaron al Departamento de Propaganda a trabajar cuando se recuperó, puesto que no podía regresar como soldado en servicio activo. Alex también trabajó allí. Después enviaron a Nick a Flandes como artista de guerra. —Negó con la cabeza—. Aquello lo cambió para siempre; por eso tuvo que irse de aquí cuando terminó la guerra. A Estados Unidos.

—¿Estados Unidos?

—Sí, dijo que necesitaba espacio.

Maisie asintió con la cabeza y revisó sus notas.

—Señorita, quiero decir, Georgina, sugiero que terminemos hoy con los hechos que resultaron en la muerte de tu hermano y otro día nos vemos para hablar sobre su historia. Así te dará tiempo a reunir cualquier otra cosa que creas que podría resultarnos útil: diarios, cuadernos de dibujo, cartas, fotografías… Ese tipo de cosas.

—Está bien.

—Entonces... —Maisie se levantó, dejó las fichas junto a su taza y rodeó la mesa para colocarse al lado de la ventana y contemplar la plaza cubierta por la nieve—. Tu hermano, Nick, se quedó trabajando hasta tarde, preparando la pared central de la galería para instalar una pieza, varias en realidad, que nadie había visto hasta entonces. ¿A qué hora llegó a la galería? ¿Había alguien más con él? ¿A qué hora dice el forense que murió y cómo?

Georgina asintió una sola vez con la cabeza, bebió un sorbo de té, dejó la taza en la mesa y comenzó a responder por orden a las preguntas.

—Pasó todo el día allí, desde el amanecer, colgando sus cuadros. Terminaron de instalar el andamio a lo largo del día, según Duncan y Alex, que dijo que Nick les había pedido que volvieran a mi piso sobre las ocho y media. No era extraño que mi hermano llevara a sus amigos a dormir a mi piso, y ellos habían llegado la noche anterior con sus mochilas. Mi casa es una guarida muy práctica para todo tipo de gente de visita en Londres. —Calló un momento para beber un sorbo de té y continuó—: El conserje de la galería, Arthur Levitt, afirmó que pasó a ver a Nick hacia las nueve para decirle que él ya se iba a casa. Mi hermano le respondió que tenía llave y que ya se encargaba él de cerrar.

Calló y Maisie dejó que el silencio se extendiera mientras Georgina reunía las fuerzas necesarias para contarle lo que sabía de la muerte de su hermano. Cogió el pañuelo que Maisie le había dado antes y cambió de postura en el asiento.

—El inspector Richard Stratton, de Scotland Yard, se presentó en mi casa a las ocho de la mañana siguiente para decirme que se había producido un accidente. No creo que suela ocuparse de los accidentes, pero fue a mi casa de todas maneras, porque estaba de guardia en el momento en que el señor Levitt dio la alarma cuando llegó a la galería y se encontró a Nick...

—¿Puedes decirme cómo dijo que encontró a tu hermano? —preguntó Maisie con voz suave.

—En el suelo, debajo del andamio. Parte de la barandilla se había roto y parecía como si Nick se hubiera asomado demasiado mientras comprobaba la posición de unos anclajes con lo que había indicado en el papel. Se había roto el cuello y creen que murió en el acto al chocar contra el suelo de piedra, hacia las diez probablemente, según el forense. —Sacudió la cabeza—. ¡Eso le pasa por ser tan hermético! Esa necesidad imperiosa de dejar a la gente boquiabierta al ver el tríptico es lo que lo ha matado. Si no hubiera estado allí solo...

—Vamos a pedir un taxi para que te lleve a casa, Georgina —dijo Maisie consciente de que el agotamiento de su nueva clienta no era solo físico, sino que su origen se encontraba en el fondo de su alma, y se inclinó hacia delante para ponerle la mano en el hombro—. Mañana hablamos. Y tal vez deberíamos encontrarnos en la galería, si no te resulta demasiado difícil estar allí. ¿A las diez te va bien?

Georgina asintió con la cabeza al sentir que un calor ya familiar le inundaba el cuerpo cuando Maisie la tocó. Billy se levantó, se puso el abrigo y salió a buscar un taxi a Tottenham Court Road. Maisie la ayudó a ponerse el abrigo y se hizo con el taco de fichas para añadir alguna otra anotación.

—Todo lo que has descrito apunta a que fue un accidente. El hecho de que tengas esa sensación tan fuerte de que no fue un error de tu hermano lo que le causó la muerte me llama poderosamente la atención, y por eso voy a aceptar el caso. Sin embargo, mañana cuando nos veamos y en futuras reuniones, porque ya te adelanto que habrá varias, me gustaría que me dijeras si se te ocurre alguien que pudiera tener algo en contra de tu hermano, o de su trabajo, hasta el punto de desear verlo muerto, bien por accidente o en un acto deliberado.

—He estado dándole vueltas y...

—Muy bien. Una última cosa por hoy. ¿Puedes darme los datos de contacto de tu familia? Voy a tener que hacerles una visita.

—Por supuesto, pero no esperes avanzar mucho por ese lado, ellos no piensan como yo y les horrorizaría saber que he acudido a una investigadora privada. —Estaba abrochándose el abrigo cuando oyeron el portal y a Billy subiendo las escaleras—. Mis padres viven en una finca inmensa a las afueras de Tenterden, en Kent. Mi hermana mayor, Noelle, o Nolly, como la llamamos en casa, vive con ellos. Tiene cuarenta años, perdió a su marido en la guerra. No se parece en nada a nosotros, es muy correcta, muy consciente de su posición de terrateniente rural, ya me entiende. Es jueza de paz en uno de los tribunales de magistrados locales, miembro de todos los comités de la zona y está metida en política; seguro que sabes a lo que me refiero, es un poco sabionda. Y desaprueba por completo todo lo que hago.

Harry es el más pequeño de los hermanos, el niño que llegó cuando nadie lo esperaba, según Emsy. Así es como llamamos a mi madre, Emma. Harry tiene veintinueve años y es músico, pero no intérprete de música clásica, para desgracia de Nolly. Toca la trompeta en antros oscuros a los que la gente va a divertirse.

Billy entró en el despacho con una capa blanca de nieve recién caída sobre los hombros.

—El taxi está abajo, señorita B-H.

—Gracias, Bi..., señor Beale —dijo ella estrechándole la mano. Y dirigiéndose a Maisie añadió—: Nos vemos mañana a la diez en la galería Svenson, en Albemarle Street. —Hizo una pausa y metió de nuevo las manos dentro de las mangas del abrigo—. Sé que vas a averiguar la verdad, Maisie. Y sé que darás con la persona que lo mató, estoy segura de ello.

Esta asintió con la cabeza y se volvió en dirección a su escritorio, pero de repente se giró de nuevo.

—Discúlpame, Georgina. ¿Puedo hacerte una última pregunta?

—Sí, por supuesto.

—Es evidente que estabas muy unida a tu hermano, ya nos lo has dicho, pero ¿teníais buena relación cuando murió?

Se le pusieron los ojos rojos.

—Claro que sí —dijo asintiendo con la cabeza—. Estábamos unidos, tanto que nunca teníamos que darnos explicaciones. Lo sabíamos todo el uno del otro, hasta el punto de que podíamos percibir lo que pensábamos, aunque estuviéramos a muchos kilómetros de distancia.

La mujer miró a Billy, que abrió la puerta para acompañarla al taxi. Cuando subió de nuevo al despacho, iba negando con la cabeza.

—¿Qué le ha parecido, señorita?

Maisie estaba sentada delante de la mesa cubierta con un pliego de papel en blanco en el que irían desarrollando el mapa del caso, escribiendo datos con lapiceros de distintos colores en un diagrama demasiado pequeño aún.

—Es muy pronto para decirlo, Billy, incluso para empezar a sacar conclusiones. —Alzó la vista—. Ven y ayúdame a sujetar el papel con chinchetas.

Billy estiró el pliego con ambas manos para eliminar las arrugas antes de clavar las chinchetas y estudió las anotaciones preliminares que había hecho su jefa de paso.

—¿Y ahora qué?

Maisie sonrió.

—De momento te diré lo que vamos a hacer esta tarde. Iremos a la Tate a aprender un poco más sobre arte.

—Ay, señorita...

—Vamos, Billy, pasar una o dos horas contemplando el gran universo del arte nos hará bien en este día gris.

—Si usted lo dice, señorita. Uno nunca sabe, ¡lo mismo encuentra algo bonito para poner en esas paredes suyas tan desnudas! —Billy dio unas palmaditas en el mapa del caso antes de colocar la última chincheta y después se apartó de la mesa para tomar el abrigo de Maisie y ayudarla a ponérselo.

—Creo que esas paredes van a seguir desnudas por ahora, Billy. Amueblar mi piso nuevo no es lo primero de la lista en este momento —respondió ella riéndose mientras se abrochaba el abrigo y cogía el sombrero, la bufanda, los guantes y el maletín—. Y ahora vamos a ver si vemos uno o dos trípticos. Con un poco de suerte encontraremos a algún conservador del museo que esté dispuesto a hablarnos sobre la gente que puede permitirse comprar arte sin haberlo visto siquiera, y sin preocuparse por el precio.

2

MAISIE Y BILLY abandonaron Fitzroy Square a las nueve y media de la mañana siguiente tapados hasta la nariz con un recio abrigo, bufanda y sombrero.

—Hace fresco, ¿eh, señorita?

A Maisie le lloraban los ojos del frío.

—Sí, y el sistema de calefacción central que se supone que hay en mi piso no funciona. Ya me parecía que era demasiado bueno para ser verdad.

Billy se hizo a un lado para ceder el paso a Maisie delante del torno de la estación de metro de Warren Street y se subieron a la escalera mecánica de madera uno detrás del otro.

—A lo mejor no conectaron bien la caldera principal y como el constructor se arruinó de esa forma...

Maisie se giró para continuar con la conversación entre el traqueteo de la escalera mecánica mientras bajaban al andén.

—No me sorprendería. Aproveché la oportunidad y compré cuando los pisos salieron a la venta, pero no hay ningún tipo de procedimiento establecido para ocuparse de ese tipo de reparaciones colectivas, ¡como la calefacción que no existe! He descubierto que los banqueros no son buenos gestores de la propiedad. Probablemente se emocionaron cuando llegaron los compradores, pero en realidad no pensaron en todo lo que ocurriría después; solo les interesaba recibir su dinero. ¡Menos mal que hay estufa de gas, porque los radiadores están congelados!

Billy se puso la mano detrás de la oreja.

—Ya viene el tren, señorita. —Bajaron de la escalera mecánica y salieron corriendo por el andén. Tras subir al vagón a toda prisa y sentarse, Billy prosiguió—: Nosotros no apagamos el fuego. Doreen no para con los críos, cuando no tienen una cosa, es otra. Y yo creo que todo ese humo del carbón no es bueno para uno, y nuestra pequeña Lizzie no se encuentra muy bien.

—¿Qué le ocurre? —Maisie sentía debilidad por la hija pequeña de los Beale, de apenas dos años.

—Doreen opina que solo es un resfriado. Los chicos han tenido el pecho cargado, y creemos que se lo han pegado a la pequeña. Pobrecilla, ayer ni siquiera quiso comer un poco de pan con pringue.

El tren se detuvo y mientras bajaban para hacer transbordo en dirección a Green Park, Maisie se dirigió a Billy.

—Te diré lo que vamos a hacer. Después de la galería, volveremos al despacho y en cuanto terminemos de anotar toda la información en el mapa, puedes irte a casa a echarle una mano a Doreen. Vigilad ese resfriado que ha pillado Lizzie. Hay muchas enfermedades rondando por ahí y es muy pequeña para hacerles frente. Mantened bien cerradas las ventanas y poned unas gotas de aceite de benjuí en un recipiente con agua caliente junto a la cuna. ¡Os descongestionará la nariz a todos!

—Muy bien, señorita —dijo Billy y apartó la vista. Lizzie era la niña de sus ojos y era evidente que estaba muy preocupado por ella. Hicieron el resto del viaje en silencio.

Bajaban por Albemarle Street hablando sobre el tráfico tan horrible que había en las calles de Londres mientras opinaban que era más fácil moverse en el metro o en «el coche de san Fernando» que en coche o en autobús. Se fijaron en la galería de arte varios cientos de metros antes de llegar al edificio, porque la fachada que antes era de ladrillo rojo estaba pintada de blanco resplandeciente.

—¡Diablos! Seguro que los vecinos habrán dicho algo al respecto. Un poco frío, ¿no le parece?

—Sí, creo que prefiero mil veces el ladrillo original con un letrero blanco que llame la atención. Esto resulta un poco aséptico, en mi opinión. —Maisie miró a un lado y a otro esperando encontrar a Georgina Bassington-Hope y luego se volvió hacia Billy—. Ve por detrás, tiene que haber algún callejón, una entrada para la recepción de envíos y esas cosas. Localiza al conserje y charla con él, que te cuente cosas de la galería y a ver si te enteras de algo sobre Svenson, y sobre lo que ocurrió la noche que murió Nicholas Bassington-Hope, aunque no hace falta que te lo diga. —Guardó silencio mientras buscaba algo en el maletín—. Puede que necesites dinero para que suelte la lengua. Toma... —Le entregó unas monedas—. Pero tampoco te pases, tiene que ser una charla informal de hombre a hombre. ¿De acuerdo?

Billy asintió con la cabeza.

—Sin problema, señorita. Volveré a buscarla cuando termine.

—Bien. Vete antes de que llegue la señorita B-H, anda.

Billy miró a ambos lados de la calle y descendió de nuevo por Albemarle. Maisie lo miró mientras se alejaba y se fijó en lo preocupado que parecía por su pequeña, como si llevara un pesado fardo a la espalda. Esperaba que la niña se recuperase pronto, pero sabía que el East End era un hervidero de enfermedades con la humedad y la suciedad procedente del río, y la gente viviendo hacinada. Sabía que le preocupaba el coste del médico y cómo harían para poder pagarlo si llegaran a necesitarlo. No era la primera vez que Maisie daba gracias por lo bien que funcionaba el negocio y por poder emplear a Billy. Sabía que, de otra manera, estaría en la cola de algún centro de ayuda a desempleados.

Un taxi se detuvo con un chirrido y Georgina Bassington-Hope gritó desde la ventanilla abierta.

—¡Buenos días, Maisie!

La mujer bajó, pagó al taxista y se giró hacia ella.

—Ah, buenos días, Georgina. ¿Qué tal el viaje?

—Quién iba a pensar que se tardaría tanto en llegar desde Kensington hasta Albemarle Street. ¡De dónde salen los coches! Eso por pensar que los vehículos sin caballo iban a ser la respuesta a los atascos de Londres.

Maisie sonrió y extendió la mano enguantada hacia la galería.

—¿Entramos?

Georgina le puso la mano en el brazo.

—Espera un momento... —Se mordió el labio antes de continuar—. Creo que será mejor que Stig no sepa quién eres. Se enfadará mucho si se entera de que he contratado a una profesional para que investigue el «accidente» de Nick. Seguro que saldrá de su despacho, no dejaría escapar una venta potencial, así que dejaremos que piense que estás interesada en comprar.

Maisie asintió con la cabeza.

—Muy bien. Entremos, hace mucho frío.

Las dos mujeres accedieron a la galería y Svenson salió de inmediato a su encuentro. Iba impecable, como correspondía a su profesión. Llevaba pantalones grises perfectamente planchados con la raya central tan marcada que parecía que se podía cortar un queso curado con ella, americana azul, camisa blanca y corbata azul claro a juego con el pañuelo que asomaba con garbo por el bolsillo del pecho. Maisie sospechó que ponía sumo cuidado en su vestimenta, consciente de que debía transmitir la originalidad de un artista y la seriedad de un hombre de negocios a la vez.

Svenson se acercó a ellas acariciándose el pelo rubio platino.

—Georgie, querida, ¿cómo estás? —Se inclinó a besarla en las mejillas mientras le tomaba las manos. Apenas tenía acento.

—Todo lo bien que se puede esperar, Stig. —Se volvió hacia Maisie zafándose de las manos del galerista—. Esta es la señorita Maisie Dobbs, una vieja amiga de cuando estudiábamos en Girton.

Svenson se acercó a ella y le tomó la mano derecha, pero en vez de estrechársela, le besó los finos nudillos. Como Georgina, Maisie apartó la mano enseguida.

—Un placer conocerlo, señor Svenson. —Observó los cuadros expuestos, paisajes campestres en su mayoría—. Su galería es impresionante.

—Gracias —dijo él y les indicó con un gesto que lo acompañaran hacia el fondo de la galería—. ¿Es usted coleccionista, señorita Dobbs?

—No como tal, pero acabo de mudarme de casa y tengo que ocuparme de unas paredes que están demasiado desnudas —contestó ella sonriendo.

—Entonces seguro que yo puedo ayudarla a llenarlas. Aunque no con esta colección. Ayer mismo me la compraron entera.

—¿Toda entera? ¡Madre mía!

—Así es. Las familias de abolengo venden sus colecciones al mismo ritmo que las compran los estadounidenses con su dinero nuevo. Incluso en épocas de crisis económica, hay a quien le va de maravilla y tiene dinero para gastar.

—¿Es habitual que un solo individuo compre una colección entera, señor Svenson? —preguntó Maisie sorprendida, aunque reconocía que su conocimiento sobre el mundo del arte era muy limitado, por mucho que hubiera pasado dos horas en la Tate Gallery la tarde anterior.

—Sí y no —respondió el hombre sonriendo de una forma que dejaba adivinar que no era la primera vez que mantenía esa clase de conversación y tenía las respuestas a mano para dejarlas caer en el momento oportuno—. Sí, cuando un coleccionista se entusiasma con un determinado artista, está atento a todo lo que hace, en especial cuando ese artista empieza a adquirir fama. —Y volviéndose hacia Georgina añadió—: Como nuestro querido Nicholas, Georgie. Sin embargo —continuó hablando de nuevo con Maisie—, también hay colecciones enteras de ciertas familias o de otros coleccionistas que son demasiado valiosas e interesantes cuando salen al mercado, como la colección Guthrie que tenemos aquí.

—¿Qué la hace tan valiosa? —preguntó Maisie realmente interesada.

—En este caso —dijo señalando con el brazo las pinturas que tenía expuestas—, no es solo el nombre del coleccionista, sino también su reputación y la interesante mezcla de piezas. Lady Alicia y su difunto marido, sir John Guthrie, no tuvieron hijos y ambos heredaron ingentes colecciones de sus respectivas familias. Los dos eran herederos únicos. Sir John murió el año pasado y los abogados de lady Alicia la han convencido para vender y crear con el dinero un fondo con el que mantener la propiedad que tiene en Yorkshire, que entiendo ha sido legada al condado. La colección llamó la atención de un inversor estadounidense por su procedencia, así como el hecho de que varios artistas interesantes e influyentes estén representados aquí. —Volvió a sonreír como si fuera a contar un chiste—. Hablando sin rodeos, el dinero nuevo está comprando su entrada en el mundo del dinero rancio. Me asombra que no hayan presionado a lady Alicia para vender toda la finca y hasta su título. —Se rio y las dos mujeres concedieron al sueco una pequeña sonrisa.

—¿Está a buen recaudo la obra de Nick? —preguntó Georgina cambiando de tema.

El galerista asintió con la cabeza.

—Sí, por supuesto, aunque no por mucho tiempo. Un comprador, estadounidense también, quiere ver y comprar otras obras que no se hayan expuesto con anterioridad. Le interesan incluso los bocetos y obras incompletas, y parece entusiasmado. He intentado hablar contigo esta mañana, de hecho, le he dejado un mensaje al ama de llaves, pero ya te habías ido. He recibido un telegrama de confirmación y espero tus instrucciones. No cabe duda de que tendrás que hablarlo con tu familia.

—¿Y cree que va a poder comprar el tríptico?

—Ah, un tema espinoso, sobre todo porque desconocemos el paradero actual de la pieza central. El comprador habla de contratar a un detective privado para que la encuentre, pero, sinceramente, me parece una vulgaridad, qué quieres que te diga. También creo que habría que dar a nuestro amigo el señor Bradley prioridad en la compra.

Georgina asintió con la cabeza.

—Dame todos los detalles de la oferta para que pueda hablarlo con mi familia este fin de semana. Creo que puede interesarles, aunque no quiero incluir el tríptico. Nick fue muy vehemente al respecto.

—Georgie, he de advertirte que...

—No, Stig, el tríptico no. Cuando lo encontremos, yo decidiré qué hacer con él —dijo levantando la mano al tiempo que miraba a Maisie, como queriendo subrayar el valor personal que tenía aquella pieza.

Maisie hizo una pregunta muy oportuna para aligerar la situación.

—Señor Svenson...

—Stig, por favor.

Ella sonrió y llamó la atención de sus acompañantes señalando hacia el fondo de la sala, en concreto hacia la pared.

—Dime, Stig, ¿es ahí donde iba a exponerse el tríptico?

—Exacto, aunque recuerde que lo mismo no estamos en lo cierto al suponer que fuera un tríptico.

—¿Qué quieres decir? —le preguntó Georgina con tono seco mientras se situaba junto a Maisie.

—Nick solo habló de secciones o de piezas. Yo... nosotros siempre supusimos que era un tríptico al tener en cuenta su trabajo en Bélgica antes de la guerra y la influencia del Bosco en particular. Sin embargo, como solo Nick ha visto la obra, que nosotros sepamos, podría tratarse de otra distribución, como un *collage* o un paisaje en varias secciones.

—Por supuesto, lo entiendo. —Maisie tocó a Georgina en el brazo mientras hablaba, confiando en poder neutralizar el tono tan inapropiado que había mostrado su clienta con su comentario anterior—. Señor Svenson, ¿cuántas piezas había en la exposición en total?

—Contando los bocetos y los fragmentos, que estaban todos incluidos, había veinte piezas.

—¿Y todas del mismo estilo?

Maisie se preguntaba si estaría utilizando la terminología correcta, pero sospechaba que Svenson era de esas personas que alardeaban de su papel de experto y se aprovecharía de su ingenuidad.

—Oh, no, eso era lo más interesante de la exposición: incluía obras de todas las etapas de la vida de Nick como artista. Había algunas que no había expuesto anteriormente junto con piezas experimentales de épocas anteriores, y otras totalmente inéditas mostraban el arco que había trazado su talento artístico. Se advertía que había llegado a ser un artista consumado partiendo de un talento natural extraordinario.

—Entiendo. Conozco la obra de Nick por las descripciones de Georgina, claro está, pero nunca la he visto expuesta. —Se volvió hacia ella—. Espero que estar aquí no sea demasiado para ti, querida.

Georgina sonrió al comprender que Maisie le hablaba con esa intimidad para que Svenson no pusiera en duda la autenticidad de su amistad. Y respondió con idéntico tono.

—Oh, no, no, de hecho, me parece maravilloso poder hablar del trabajo de Nick después de tantos días pensando solo en ese horrible accidente.

—Me encantaría saber algo más sobre la obra que estaba expuesta antes del accidente, señor Svenson —continuó Maisie.

—Sí, cómo no. —Se aclaró la garganta y se centró por completo en Maisie, a quien le parecía que el hombre se acercaba demasiado y retrocedió un paso cuando el galerista comenzó a contarle detalles de la vida del artista, siempre desde su punto de vista—. Al principio le interesaban los artistas de los Países Bajos que había estudiado en Bélgica. Lo que resulta fascinante es que no le interesaba tanto la técnica como la forma de narrar una historia que se apreciaba en una pintura, que conducía a otra historia y a otra pintura. La estructura le interesaba mucho y sus primeros trabajos rebosaban curiosidad.

—¿Empleó el formato del tríptico ya por entonces?

—No, eso vino después. Lo que hizo, y esto es interesante, fue pintar fragmentos de historias en un lienzo, que le brindó un efecto vanguardista. Eso fue en su etapa juvenil, y aunque aquello traslucía a las claras que era un artista principiante, resultaba también irresistible y causó gran revuelo cuando se expuso su obra por primera vez, en esta galería he de decir, aunque fuera una exposición colectiva.

—Interesante...

—Después, por desgracia, llegó la guerra y, como sabrá, Nick se alistó y lo enviaron a Francia. Sigo creyendo que tuvo mucha suerte al recibir una herida lo bastante grave como para que decidieran mandarlo de nuevo a casa. Sin embargo, me disgusté mucho cuando me enteré de que había aceptado el trabajo de artista en el frente. Aunque es probable que la oferta no estuviera abierta a discusión.

—No... —dijo Maisie para incitarlo a seguir hablando. Ya interrogaría a Georgina sobre el tema después y cotejaría la información con lo que ya sabía del artista fallecido.

—Aquello, como es natural, lo hizo madurar y se convirtió no solo en un hombre, sino en un anciano, y esto me duele decirlo. —Suspiró como si le causara dolor verdadero—. Pero la obra que pintó en aquella época demostró ser mucho más que un documento, más que un punto en el tiempo para archivar con otros. No, se convirtió en un... un... espejo. Sí, eso fue, un espejo, un reflejo del alma de la guerra, de la muerte, si es que existe algo así. Tenía un propósito, sus cuadros ya no eran luminosos y coloridos, sino oscuros. Se advierte en ellos el uso abundante de los colores que uno asocia con la etapa más lóbrega de una vida. Y, por supuesto, el rojo. Había mucho rojo en la producción de aquel período.

—¿Cambió la técnica? No he visto esas pinturas, por eso quiero intentar imaginarlas —dijo Maisie inclinándose hacia delante, y aunque era consciente de que Georgina la observaba, no le hizo caso.

—Había elementos de sus obras anteriores, la experimentación. Imágenes superpuestas con la sombra de la muerte de fondo. Y fue eso lo que más atrajo tanto al coleccionista con sensibilidad y conocimientos sobre arte como al neófito adinerado: la obra de Nick no requería explicación. En absoluto. Cualquiera podía entender el mensaje, sentir sus emociones, ver lo que él había visto. Te llegaba al alma... —Svenson se volvió hacia Georgina y le puso la mano en el hombro—. Georgina recreó con palabras lo que vio, Nick hizo lo mismo con colores y texturas. ¡Menuda familia!

—¿Qué ocurrió después desde su punto de vista?

Mientras seguía preguntando a Svenson, Maisie se fijó en que Georgina se apartó para que no pudiera tocarla.

—Como sabe, Nick abandonó el país nada más recibir los papeles de la desmovilización. Estados Unidos era el lugar más obvio para él, la verdad.

—¿Por qué lo dice?

—El espacio. La inmensidad de aquel lugar. —Extendió los brazos para enfatizar el tamaño de algo que no podía describir con palabras—. Y las posibilidades, claro.

—¿Posibilidades?

—Sí, esto resulta de gran interés para los coleccionistas que buscan su trabajo; su técnica empezó a recibir la influencia de las escuelas americanas de la época, así como la de la geografía del propio país. Basta con observar sus bocetos y ver los atrevidos paisajes, el uso de tonos apagados y vivos mezclados para conseguir una luz que no se ve en ninguna otra parte del mundo. Atravesó él solo cañones, valles, praderas. Pasó de observar el mundo desde la tierra, la suciedad y la estrechez de las trincheras llenas de barro y sangre al aire puro del oeste americano, sobre todo Montana, Colorado, Nuevo México o California. Y fue allí donde comenzó a experimentar con el formato mural, una extensión de su interés en el tríptico de años anteriores, por así decirlo. Por supuesto, muchos artistas estadounidenses emergentes ya usaban ese formato en aquella época.

—¿Y todos esos estilos diferentes podían verse aquí cuando murió? —preguntó Maisie confiando en estar utilizando el término correcto—. Y entonces, ¿ha aceptado una oferta por toda la colección? Vamos, que es casi como si estuviera vendida ya.

—En efecto.

—Disculpe que se lo pregunte, después de todo, hacía mucho que no veía a Georgina o a Nick, y por eso me interesa. ¿Diría usted que su obra podría resultar ofensiva o controvertida de alguna manera?

Svenson se rio.

—Oh, desde luego que era controvertida en el mundo artístico, y también en el mundo exterior, como bien sabe.

Se puso serio y Maisie notó que se retraía, como si acabara de ocurrírsele que ella debería saber todo aquello si de verdad fuera amiga, como había dicho Georgina, que, además, llevaba un rato sin decir nada. Pero continuó, aunque solo para zanjar la conversación.

—Nick atraía al espectador hacia su mundo con sus cuadros, y justo cuando te sentías relajado observando un paisaje, un amanecer en un lago de montaña, por ejemplo, iba él y te desafiaba con la siguiente pieza, un hombre gritando atravesado por una bayoneta. Así presentaba él su trabajo, así era como quería hablar de lo angelical y lo infernal. Confundía a la gente, hacía que se sintiera amenazada. —Se encogió de hombros y levantó las manos—. Pero, como ya sabrá, señorita Dobbs, así era Nick; un ángel nada más conocerlo, y por eso aquellos que se ofendían, se derretían en su compañía.

Maisie miró el reloj que llevaba prendido en la solapa.

—Madre mía, qué tarde es. Tenemos que irnos, Georgina. Pero antes me encantaría ver la parte de arriba.

—Sí, por supuesto —dijo Svenson haciéndole una pequeña inclinación de cabeza antes de volverse hacia Georgina—. ¿Podemos hablar un momento, Georgie?

Maisie se dirigió hacia el pasillo abierto y se quedó un rato de pie junto a la balaustrada mirando la pared en la que Nicholas

Bassington-Hope iba a exhibir su obra de arte. ¿Sería un tríptico como todos suponían o tal vez el reservado artista se guardaba otra sorpresa bajo la manga? Se echó hacia delante y miró con atención entornando los ojos para ver mejor algunos puntos de la pared. Analizó los lugares en los que habían colocado los anclajes, y que habían retirado después dejando la pared casi igual de lisa. Era evidente que habían hecho reparaciones y se preguntó si las habrían llevado a cabo para ocultar los daños sufridos por culpa del andamio, que seguro que habría dejado muescas en la pared al derrumbarse tras la caída del pintor, si es que había sido una caída. ¿Qué altura tenía la estructura y en qué lugar estaba trabajando Nick cuando chocó contra el suelo de piedra? La pared mediría unos siete metros y medio de alto desde el suelo hasta el techo, una caída desde aquella altura no tenía por qué causar la muerte, a menos que la víctima fuera especialmente desafortunada. «Y si alguien lo hubiera empujado...» Observó las puertas situadas en la planta inferior, una a cada lado de la pared, que supuso que conducirían a la zona de almacenaje y entrega de mercancías y a las oficinas. ¿Podría alguien haber movido el andamio sin que la víctima lo viera? ¿Podría haberse desestabilizado por accidente? Estaba claro que era necesario tener en cuenta varias posibilidades, entre ellas la de que el propio Nicholas Bassington-Hope se hubiera quitado la vida.

—Hola, señorita...

Maisie se dio la vuelta. Podía oír a Billy, pero no lo veía y no quería llamarlo.

—¡Pssst! ¡Señorita!

—¿Dónde estás? —preguntó ella bajando la voz todo lo posible.

—Aquí.

Maisie se dirigió hacia un cuadro en un extremo del pasillo. Para su sorpresa, el cuadro se movió.

—¡Ay!

Billy Beale asomó la cabeza por detrás de lo que era, en realidad, una puerta.

—¡Pensé que le gustaría esto, señorita! Entre y eche una ojeada a esta puerta falsa. ¡Mis hijos se lo pasarían pipa aquí!

Maisie siguió a su ayudante y entró con todo el cuidado que pudo.

—¿Qué es esto?

—He empezado por el almacén. He estado un rato hablando con el conserje, se llama Arthur Levitt. Un tipo agradable. El caso es que he encontrado esta escalera y he subido hasta este corredor. Deben de utilizarlo para subir los cuadros y todas esas cosas desde el almacén donde las reciben. —Dobló el dedo y cerró la puerta que daba al balcón—. Mire.

Maisie se inclinó hacia el lugar en la puerta que le indicaba.

—Vaya —comentó Maisie moviéndose ligeramente y retrocedió—. Se ve gran parte de la galería desde aquí, además del acceso al balcón corrido que rodea tres lados de la sala, hasta el lado contrario de la pared en la que Nicholas Bassington-Hope pretendía colgar la obra central de la colección.

—¿Le parece impor...? —Billy dejó la frase a medias cuando empezaron a oírse voces abajo. Maisie y él guardaron silencio absoluto.

—Ya te dije que trataras este tema conmigo y con nadie más, Stig. No tenías que llegar a ningún acuerdo con Nolly.

—Pero Georgie, Nolly dice...

—Me importa un comino lo que diga Nolly. A mi hermana no se le ha perdido nada aquí. No tiene ni idea de arte.

—Pero sí que tiene derecho, después de todo ella también es la albacea...

—Hoy hablaré con Nolly. Mientras tanto, no permitiré que la pieza central se venda con el resto de la colección. Me niego rotundamente. Y si en algún momento se me ocurre vender el resto de los bocetos y de las obras incompletas, te lo haré saber. Seguro que puedes hacer esperar un día o dos a esos compradores ricos si de verdad tienen tanto interés.

—Pero...

—Sin peros, Stig. Voy a buscar a mi amiga.

Se oyó un portazo en la planta baja.

—Ya hablaremos luego —susurró Maisie inclinándose hacia Billy—. Quedamos en Piccadilly en un cuarto de hora. Espera a que se vaya la señorita Bassington-Hope.

LAS DOS MUJERES abandonaron la galería después de que Svenson les agradeciera cordialmente la visita, aunque se ahorró la floritura teatrera esa vez.

—Vamos caminando. Me gustaría pedirte unas cuantas cosas para poder comenzar con la investigación.

—Sí, claro —contestó Georgina ajustando el paso al de Maisie, sin saber que la mujer a quien había pedido ayuda estaba evaluando en ese momento sus intenciones y su estado emocional mientras observaba su postura.

—En primer lugar, quiero conocer a tu familia. Prepara la visita con el pretexto de que nos conocimos en Girton.

—Está bien.

Maisie la miró de reojo y comenzó a imitar sus movimientos al andar mientras continuaba hablando.

—También me gustaría ver, a solas esta vez, el lugar en el que vivía Nicholas en Dungeness. Voy a necesitar las llaves y la dirección. O, sabiendo cómo es Dungeness, a lo mejor no hay dirección exacta y basta con que me indiques cómo llegar.

Georgina asintió con la cabeza, pero no dijo nada. Maisie se había fijado en que caminaba con los hombros hundidos, lo que sugería melancolía y puede que algo de rabia también. La melancolía era comprensible, había perdido a un hermano al que quería mucho, pero ¿hacia quién iba dirigida la rabia? ¿Hacia ella, Maisie, por lo que le estaba pidiendo? ¿Hacia su hermana por lo que fuera que hubiera dado lugar a esa discusión con Stig Svenson? ¿O hacia su hermano muerto por haberla abandonado tan pronto?

—Voy a necesitar los detalles de la venta de los cuadros de tu hermano hasta ahora. Entiendo que los artistas pueden ser bastante inconstantes en lo que respecta a llevar un registro financiero, pero necesitaré todo lo que haya. Quiero saber quién coleccionaba su obra.

—Por supuesto.

—Y también quiero ver a sus amigos, los hombres a los que estaba más unido. ¿Veía a alguien que tú sepas?

Georgina negó con la cabeza y se rio sin hacer apenas ruido.

—Digamos que se le daban mejor las finanzas que la vida amorosa. «Inconstante» lo define bastante bien.

—Entiendo. —Maisie sabía por experiencia que la familia más cercana casi nunca entendía los aspectos más íntimos de la vida de las personas. ¿Acaso no le ocurría a ella que su propio padre pensaba que era extraño que su hija no estuviera ansiosa por comprometerse con Andrew Dene a esas alturas? Sonrió y continuó—: Y también quiero ver su obra, además de las otras cosas que ya te he pedido: correspondencia, diarios y cualquier otro artículo.

Se detuvieron al llegar a Piccadilly, donde cada una se marcharía en una dirección.

—Ah, sí, una última pregunta.

—¿Sí? —preguntó Georgina mirándola de frente.

—Cuando una persona cercana a la víctima sospecha de un acto criminal, suele tener uno o dos sospechosos en mente. ¿Es tu caso, Georgina?

La mujer se sonrojó.

—Me temo que no. Como ya te dije ayer, fue solo una sensación aquí —dijo tocándose el pecho—. No puedo decirte nada más.

Maisie asintió con la cabeza y sonrió.

—Me gustaría ir a Dungeness mañana, así que necesito las llaves lo antes posible. A lo mejor podemos dejar la visita a Tenterden para el sábado. Probablemente sea mejor que vayamos juntas a ver a tus padres. ¿Te encargas de organizarlo?

—Claro…, por supuesto —dijo Georgina y se calló. Parecía aturdida. Metió la mano en el bolso y sacó un sobre para Maisie—.

Esta es una fotografía de Nick en verano, en Bassington Place, la finca de mis padres.

Maisie tomó el sobre y extrajo la parte superior de la foto para observar un momento al hombre a quien la cámara había captado apoyado en un tractor con aire relajado, somnoliento casi. Tomando el tractor como referencia, Maisie calculó que mediría un metro ochenta, y tenía el pelo rizado, más corto por los lados y por detrás, y desgreñado por arriba y el flequillo. Vestía pantalones anchos, camisa con cuello redondo remangada y chaleco sin abotonar. Tenía una sonrisa franca y Maisie pensó que, si su padre viera la fotografía, diría que tenía más pinta de gamberro que de un chaval educado de familia adinerada. Aunque Frankie Dobbs era un trabajador, vendedor ambulante de fruta y verdura, y, desde el estallido de la guerra en 1914, mozo de cuadra en la finca que los Compton tenían en Kent, tenía una opinión muy clara sobre la necesidad de ir siempre bien vestido.

Maisie guardó la fotografía en el bolso y le hizo un gesto de asentimiento a Georgina.

—Muy bien, me voy ya. Llámame en cuanto puedas para confirmarme la visita y para decirme qué tal vas con las cosas que te he pedido. Hasta pronto, Georgina.

Maisie le tendió la mano y esta la tomó de un modo que sugería que estaba recuperando las fuerzas y la determinación que le habían dado fama de rebelde.

Cuando se encontraban ya a varios metros de distancia, Maisie se volvió y le gritó:

—Ah, Georgina, también quiero conocer a Harry.

Había calculado a la perfección el momento en que debía hacer esa última petición.

Georgina se sonrojó.

—Veré... veré qué puedo hacer. Él... Da igual. Hablaré con él y te diré lo que sea.

Y se alejó a toda prisa.

Billy vio que Georgina Bassington-Hope se perdía entre el gentío y fue al encuentro de Maisie.

—¿Ya se ha marchado la señorita B-H?

Maisie asintió con la cabeza con cara de estar sumida en sus ensoñaciones, aunque Billy sabía que los ojos vidriosos ocultaban una hondura de pensamiento que muchos habrían considerado innecesaria dadas las circunstancias.

—¿Todo bien, señorita?

—Sí, sí, estoy bien, gracias.

Echaron a andar hacia el metro de Piccadilly.

—Parece que tenía prisa, ¿no?

—Mmm, sí, ha sido rápido. Pero me ha dado información muy interesante.

—¿De qué se trata, señorita?

—Tiene que ver con que Harry B-H, su familia o tal vez solo Georgina ocultan algo. —Se volvió hacia él—. Y ahora ya sabes lo que tienes que hacer esta tarde, Billy: pregunta a tus amigos de los periódicos, como siempre. —Se puso los guantes—. Nos vemos en el despacho sobre las tres. Tenemos que poner en común lo que hemos averiguado hasta el momento y después puedes irte a casa. Puede que Lizzie esté un poco mejor.

3

Billy llevaba bastante tiempo cultivando su relación con los hombres del mundo de la prensa, y que solían reunirse en los *pubs* de Fleet Street. Muchos de ellos —periodistas, cajistas e impresores—, estaban junto a la barra a media mañana después de trabajar en el turno de noche, y el precio de una pinta era dinero bien invertido, tal como lo veía él. Después de la visita a la galería, reunió información de diferentes artículos sobre la muerte de Nicholas Bassington-Hope. Por su parte, Maisie regresó a la Tate Gallery a hablar con el conservador, el doctor Robert Wicker, a quien ya había consultado el día anterior. Y después regresaron a la oficina a poner en común lo que habían averiguado hasta el momento.

—He estado mirando la necrológica y no decía nada que no sepamos. Había un par de reseñas sobre sus cuadros, pero aparte de eso todo iba en la línea de «la pérdida de un talento inusual», ya sabe, siempre es lo mismo. —Disimuló un bostezo—. Pero ahora que lo pienso, he leído algo en una de ellas sobre la rivalidad entre hermanos. Me pareció un poco feo. En el *Sketch*. El periodista decía no sé qué de que los B-H siempre habían competido entre ellos para ver quién atraía más la atención, y que era muy probable que la muerte de su hermano mellizo bajara los humos a la señorita B-H.

—Eso no quiere decir que hubiera algo inapropiado en la competición. Creo que es habitual que pasen esas cosas.

—Cierto, señorita. Tendría que ver la que montan a veces mis chicos.

Maisie sonrió e iba a decir algo, pero Billy se le adelantó.

—Brian Hickmott, uno de los reporteros que conozco, me ha dicho que se acordaba de la historia porque fue a la galería en cuanto la prensa se enteró de que había ocurrido algo.

—¿Y?

—Me ha comentado que fue todo muy raro. La policía no se quedó mucho, echaron un vistazo y ya está, en plan «esto ha sido una muerte accidental» y adiós muy buenas. Todo cerrado en un santiamén.

—Pero si determinaron que la muerte no se había producido en circunstancias sospechosas, no tenían nada más que hacer hasta que llegara el informe del forense. El cuerpo se puede entregar a la familia mucho antes y con menos burocracia si no hay nada sospechoso.

—Puede. Seguiré investigando de todos modos.

—Bien.

Maisie lo observó evaluando su interés en el caso y, por tanto, su atención a los detalles. Se había quedado preocupada al ver la actitud de su ayudante durante la primera reunión, en la que había dejado traslucir la indignación que le provocaba el nivel social en el que se movía su clienta.

—El caso es que... —Billy se irguió en la silla mientras leía sus notas, ansioso por avanzar para poder irse pronto a casa, como le había sugerido Maisie—. Brian mencionó al hermano pequeño, Harry.

—¿Qué dijo?

—Conoce al tipo ese, el tal Jix, ¿verdad?

—¿Te refieres a Joynson-Hicks, antiguo ministro del Interior? Claro, pero ¿qué tiene que ver él con el hermano pequeño?

—Es una de las historias que se cuentan, señorita. ¿Se acuerda de que cuando estaba en el Gobierno fue el tal Jix quien ordenó las redadas en los clubes y los cerró? Menudo aguafiestas que era el tío. Estamos mejor sin tipos como él.

—Billy...

—Pues resulta que una de las personas que se le pusieron entre ceja y ceja fue Harry B-H. Puede que el chaval supiera tocar la trompeta, pero tenía fama de andar con todo tipo de gente, ya sabe, chicas que se dedican al oficio. Y mantenía entretenidos a los maleantes mientras andaban por ahí tramando fechorías. La prensa también le había echado la vista encima y su nombre salió varias veces en los periódicos en la época de las redadas.

Maisie se quedó pensativa.

—Tiene gracia que lo digas, pero confieso que desde la primera vez que la señorita B-H lo mencionó, he tenido la sensación de que algo raro pasaba con él. Quiero decir que, como familia, no son ni mucho menos gente corriente, pero percibí cierta vacilación en su voz. Ponte con ello otra vez mañana por la mañana. Las redadas cesaron en cuanto Jix dejó el cargo, por lo que Harry podría haber seguido con su trabajo sin necesidad de irse de la ciudad. Quiero saber dónde está, para quién trabaja, con quién se relaciona y si se mueve en los márgenes del hampa; es decir, si anda metido en algún lío.

Billy asintió.

—Creo que a lo mejor también deberías ir a ver a Levitt de nuevo. Quiero saber dónde se encuentra el depósito secreto de Nick, y es muy probable que él conozca a alguien que pueda decírnoslo, si es que no lo sabe personalmente. Puede que un artista se muestre reservado con su trabajo, pero también es protector y es probable que quisiera contar con alguien que pudiera ayudar en caso de que se declarase un incendio, por ejemplo. Es muy posible que alguien más conozca la ubicación de ese depósito y sospecho que la pieza central que quería colgar en la exposición sigue ahí dentro. Es más, me pregunto cómo habría organizado la entrega en la galería la noche de su muerte. ¿La habría cargado en un camión que él mismo pensaba conducir una vez estuviera todo listo para colgarla? ¿O contaba con alguien que condujera el camión y ya había salido cuando se cayó del andamio? En cuyo caso, ¿qué hicieron cuando vieron que no podían acceder a la galería?

Maisie llevaba un rato mirando hacia la plaza viendo las últimas horas de vida de aquel hombre en vez de los árboles, los peatones o cualquier otro detalle que pudiera llamar la atención de otro espectador. Se volvió de nuevo hacia Billy.

—Hay que reunir mucha información, Billy. Mañana tenemos que meternos de lleno en el tema.

Su ayudante asintió con la cabeza y miró la hora una vez más antes de preguntarle si le había resultado fructífera su segunda visita a la Tate.

—Eso creo, quería saber más sobre el artista como persona, qué rasgos del carácter definen a alguien que opta por realizar ese tipo de trabajo...

—¿Trabajo? —Billy frunció el ceño—. Yo no creo que se pueda llamar «trabajo» a andar por ahí todo el día jugueteando con pinceles y pintura. Me refiero a que el trabajo es... es... duro, ¿no? Pintarrajear no es un trabajo.

Maisie se levantó, se apoyó en la mesa y lo miró durante lo que a Billy se le antojó una eternidad, aunque no fueron más que unos segundos.

—Creo que será mejor que te quites de encima lo que sea que te está carcomiendo por dentro, porque si hay algo que no podemos permitirnos en este trabajo es sacar conclusiones apresuradas sobre la valía moral de nuestros clientes. Debemos aceptar lo que son y hacer lo que nos han pedido dejando nuestros sentimientos y creencias a un lado. Esas opiniones reflejan prejuicios y no podemos permitir que nuestras opiniones personales nos impidan hacernos una idea de conjunto que es crucial para nuestro trabajo.

Billy apretó los labios en una línea tensa. Se quedó callado un buen rato y al cabo soltó todo lo que tenía dentro rojo de rabia.

—Es lo que dijo aquel hombre ayer, ya sabe, el de la Tate, cuando nos habló de ese tipo que se había gastado casi medio millón, medio jodido millón, que se dice pronto, en un cuadro el año pasado. ¿Cómo se llama? Duveen o algo así. ¡Medio millón! Hay hombres sin trabajo y niños que no tienen para comer, y ese hombre va y se gasta medio pu... —Se mordió el labio—. Se gasta todo eso en un cuadro. Me pone de muy mal humor.

Maisie asintió.

—De acuerdo, Billy, de acuerdo. Y no te falta razón. —Hizo una pausa y esperó que darle la razón suavizara el enfado de su ayudante—. Pero hay que recordar algo cuando ocurren esas cosas que te ponen furioso: en nuestro trabajo vemos muchas injusticias. A veces podemos hacer algo al respecto. Por ejemplo, el doctor Blanche me enseñó que nuestros clientes más ricos nos pagan bien, y eso nos permite trabajar para esos otros que acuden a nosotros con poco o nada de dinero. A veces nuestro trabajo nos permite reparar una injusticia que se ha cometido contra un acusado o limpiar el nombre de alguien que ya no está. Para conseguir todo eso, tenemos que afrontar aspectos de la vida que no siempre nos resultan agradables.

—Entonces, lo que me está diciendo es que tengo que tragármelo y hacer mi trabajo, ¿no?

Maisie asintió con la cabeza.

—Mira más allá de tus emociones inmediatas, de la furia desmedida que te produce la desigualdad. Elige tus batallas, Billy.

El silencio los envolvió. Maisie dejó pasar un rato y a continuación se dirigió a su silla y recogió sus notas.

—Me pareció que sería buena idea para entender mejor a qué nos enfrentamos al investigar la muerte de Nicholas Bassington-Hope. Quiero saber más sobre esas características que son comunes entre los artistas y que podrían proporcionarnos pistas sobre sus motivaciones, los riesgos que corría como individuo y lo que podía hacer por sus congéneres, digamos.

Billy asintió con la cabeza.

—Fue muy interesante lo que me contó el doctor Wicker. Me explicó que existe una conexión entre el arte y las grandes cuestiones a las que el artista intenta encontrar respuesta, directa o indirectamente, a través de su trabajo. —Miró a Billy al pronunciar la palabra «trabajo». Estaba prestando atención e incluso tomaba notas—. Podría ser la pasión por un paisaje al que es capaz de dar vida para un público más grande, gente que jamás tendrá la oportunidad de visitar ese lugar. Podría ser la representación de otra época, una opinión sobre nuestro mundo, tal vez, por ejemplo... la vida antes de la máquina de vapor o de la máquina de hilar con varios husos. O, y creo que aquí es donde Nicholas sintió que podía comunicar su mensaje, podría ser algo que provocara un terror interno o externo, una experiencia que el artista intenta contarnos por medio de la representación de un recuerdo, la imagen a través de lo que este le provoca.

Maisie se levantó de nuevo frotándose los brazos para calentárselos en el frío que lo envolvía todo en la oscuridad de la media tarde.

—El artista, hombre o mujer, se atreve a hacerse esas preguntas y puede que también a emitir un juicio. Así, igual que ocurre con la literatura, uno puede ver una obra como lo que es en apariencia y entenderla como una forma de entretenimiento, o puede entenderse en el contexto de la vida del artista y, por supuesto, desde la perspectiva de observador individual.

—Entonces, ¿el artista envía un mensaje de verdad?

—Así es. Y al trabajar en su técnica, la destreza manual, la comprensión del color, la luz y la forma, el artista construye un arsenal de herramientas con las que expresar un sentimiento, una imagen del mundo desde su perspectiva.

—A mí me parece que esos artistas son un poco blandos.

—«Sensibles» es la palabra.

Billy negó con la cabeza.

—Ahora que lo pienso, los tipos como el señor B-H tuvieron que pasarlo muy mal en la guerra. Si eres una persona que vive en los cuadros, alguien que ve algo más donde los demás vemos solo lo que hay, entonces lo que todos nosotros vimos allí, en Francia, tuvo que ser horrible para él, con esa sensibilidad o como se diga. No me extraña que el pobre hombre se largara a Estados Unidos a disfrutar de esa tierra. —Frunció el ceño y continuó con una risa amarga—. Si volvió de la guerra la mitad de extenuado que el resto de nosotros, por lo menos él encontró la manera de sacarlo de dentro, ¿sabe? —dijo tocándose el pecho—. Llevarlo al papel, al lienzo o a lo que sea que utilice.

Maisie asintió con la cabeza.

—Por eso quiero ver todos los recuerdos que plasmaba en el lienzo. —Miró la hora—. Hora de irte a casa, Billy.

El hombre recogió sus cosas, se puso el abrigo y la gorra y abandonó la oficina con un rápido «Gracias, señorita».

Maisie releyó sus notas y después se acercó a la ventana y miró hacia la plaza envuelta en la oscuridad de la media tarde. Esos momentos de tranquilidad eran su lienzo. Su intelecto, su sensibilidad y su duro trabajo formaban su paleta. Con calma, pero con seguridad, utilizaría los dones que poseía para recrear mentalmente la vida de Nicholas Bassington-Hope, para poder ver, pensar y sentir lo mismo que él, y llegar a entender con ello si su muerte había sido, en efecto, un accidente o un acto deliberado, si se había tratado de un acto autoinfligido o era el resultado de un ataque.

ALREDEDOR DE TRES horas más tarde, tras ver a otros dos clientes, un hombre y una mujer que habían acudido a ella en busca no de su habilidad para investigar, sino de su compasión y consejo como psicóloga para hablarle de sus miedos, sus preocupaciones y su desesperación, se dirigió a casa. Casa era ese piso nuevo que la esperaba silencioso y frío, y no poseía las comodidades a las que se había acostumbrado viviendo en la residencia urbana de lord Julian Compton y su mujer, lady Rowan. Esta había sido su empleadora en otro tiempo; más tarde había decidido financiar su educación, la había apoyado siempre y, ahora que era más mayor, se había convertido en algo más parecido a una aliada, pese a la diferencia abismal entre sus respectivos orígenes sociales.

El piso se encontraba en Pimlico, que, aunque estaba cerca de Belgravia, no se consideraba un lugar salubre precisamente.

Sin embargo, Maisie, que era muy cuidadosa con el dinero y se había pasado años ahorrando, podía permitírselo, y eso era lo primordial para ella. La lluvia de folletos diseñados por los bancos durante los últimos diez años elogiando las virtudes y la asequibilidad de una vivienda en propiedad le habían permitido soñar con la posibilidad de independencia: una casa propia. De hecho, el número de mujeres jóvenes que habían visto cómo la guerra echaba por tierra sus posibilidades de casarse —casi dos millones según el censo de 1921—, significaba que la actitud contraria a que las mujeres fueran propietarias de una vivienda había quedado en suspenso, solo un poco y solo de forma temporal.

Era cierto que vivir sin tener que pagar en el hogar de los Compton le había resultado de gran ayuda, igual que el éxito de su empresa. La invitación inicial a regresar a Ebury Place se había visto impulsada por el deseo de lady Rowan de tener a alguien viviendo «arriba» en calidad de supervisor de confianza mientras ella pasaba cada vez más tiempo en su finca rural en Kent. La invitación había nacido también del afecto que sentían por ella sus antiguos empleadores, sobre todo después del papel que había jugado al devolverles a su hijo, James, tras los problemas que había sufrido a consecuencia de la guerra. James vivía en la actualidad en Toronto, dirigiendo la oficina que la empresa familiar, Compton Company, poseía en Canadá. Había quien pensaba que, como les había ocurrido a muchos otros aristócratas, los Compton no podrían seguir manteniendo dos o más viviendas en aquellos tiempos convulsos, por lo que terminarían vendiendo la enorme casa de Londres. Pero Maisie no se imaginaba que lady Rowan fuera capaz de cerrarla y dejar en la calle a la gente que trabajaba en ella.

Ella había vivido en el número 15 de Ebury Place con un personal mínimo y sabía que iba a echar de menos a las jóvenes que trabajaban allí, aunque Eric, el criado que hacía también de chófer, le había dicho que llevara el coche a las cocheras con regularidad para «echarle un ojo y asegurarse de que sigue yendo como la seda». Pero llevaba ya dos meses en el piso de Pimlico, que había elegido no solo por el precio, sino también por su proximidad al Támesis, el río que atravesaba Londres y que tanto le gustaba, aunque para su amiga Priscilla fuera una «bazofia».

Esa mañana había tomado el metro en vez de conducir el MG, y regresó de la misma forma por la tarde. La densa capa amarilla de niebla mezclada con humo, fría y húmeda, le cortaba la piel de las orejas, los labios, los dedos enguantados y hasta los de los pies, así que se caló aún más el sombrero y cruzó desde la estación hasta el bloque de pisos nuevo siguiendo los adoquines del suelo.

Diseñado con un optimismo que se había extinguido antes de que terminaran la construcción, el edificio de cuatro plantas albergaba dieciséis pisos. Los extremos del bloque eran curvados para reflejar la fascinación por los viajes oceánicos tan de moda en los años veinte, cuando el arquitecto se sentó a su mesa a dibujar los planos. Las escaleras de servicio interiores a derecha e izquierda del edificio recibían la luz a través de unos ojos de buey y, en el centro, una columna de cristal dejaba a la vista la escalera de caracol interior para uso de los residentes y sus invitados. Se habían tenido en cuenta los requisitos habitacionales del residente adinerado, el que estaba dispuesto a pagar una buena suma por vivir en una zona con «mucho futuro» según el constructor, aunque lo cierto era que el bloque de pisos estaba ocupado solo a medias, por propietarios que, como Maisie, habían visto una oportunidad de compra, o por inquilinos que pagaban la renta a un casero ausente que había invertido todo lo que tenía en comprar cuatro pisos en la última planta.

Introdujo la llave en la cerradura y entró en el bajo. No era un palacio, pero sí engañosamente espacioso. El pasillo daba paso a una sala de estar con capacidad suficiente para un sofá y dos sillones en la zona de estar, y una mesa con sus correspondientes sillas en el extremo más alejado, como si Maisie tuviera un sofá, dos sillones, una mesa y sus correspondientes sillas. En su lugar, una alfombra persa que había adquirido en una venta judicial cubría la mitad del suelo de parqué, y había dos sillones estilo reina Ana tapizados con una cretona desvaída delante de una chimenea de gas. El piso tenía dos dormitorios a la izquierda del corredor, uno más grande que el otro, separados por un cuarto de baño. Había un cuartito a la derecha pensado probablemente para almacenar cosas en el que estaba el contador del gas. Maisie había dejado un montón de monedas junto al contador para no tener que andar buscando dinero a oscuras cuando se fuera la luz.

Solo había una cama en uno de los dormitorios y, por suerte, las ventanas estaban equipadas con persianas venecianas, que se habían popularizado unos años atrás. Maisie suspiró al tocar el radiador del pasillo y se dirigió a la sala de estar sin quitarse el abrigo. Cogió las cerillas que tenía en la repisa de la chimenea y encendió el fuego. Se acercó a continuación a las ventanas y bajó las persianas.

La cocina compacta, situada a la izquierda de la zona de comedor en la que algún día tendría una mesa con sus correspondientes sillas, estaba equipada con una cocina de gas nueva, una mesa de madera y una alacena. El profundo fregadero blanco esmaltado tenía un mueble debajo y la mitad inferior de las paredes estaban alicatadas con azulejos blancos y negros. Maisie sacó otra caja de cerillas de la alacena y encendió el fogón de gas sobre el que había una tetera para hervir el agua. Cuando empezó a calentarse, acercó las manos para entrar en calor.

—¡Pero qué frío más horroroso hace aquí!

Aunque estuviera firmemente decidida a seguir adelante pese a las muchas adversidades, como había hecho en Francia durante la guerra, había una cosa a la que le costaba acostumbrarse, y esa era el frío. Preparó el té, pero no se quitó el abrigo hasta tomarse la primera taza. Abrió de nuevo la alacena y sacó una lata de sopa de rabo de buey, la abrió y vertió el contenido en un cazo para calentarla. Se reprochó no haber ido a la compra y dio las gracias por el medio paquete de pan de molde y la cuña de *cheddar* que le quedaba. Y, como era invierno, la media botella de leche que tenía junto a la puerta trasera no se le había echado a perder.

Más tarde, después de tomarse una reconfortante sopa y con la sala de estar más caldeada, Maisie leyó un rato antes de irse a la cama. Tomó el libro que había sacado de la biblioteca ambulante Boots, por la que se había pasado ese mismo día: *Retrato del artista adolescente*. Se puso una chaqueta de lana por encima, abrió el libro y comenzó a leer. Distraída como estaba, solo pudo avanzar una o dos páginas. Cerró el libro y se quedó mirando las llamas blanquecinas de la chimenea de gas. Empujada por la actividad del día se le había olvidado escribir a Andrew, el hombre con quien llevaba saliendo más de seis meses. Sabía bien que si no le había escrito era porque le preocupaba, y mucho, pensar en lo que tendría que hacer a continuación.

Andrew era amable, buena persona, un hombre lleno de humor y energía, y Maisie sabía que quería casarse con ella, aunque aún no se lo hubiera propuesto. Estaban los que pensaban, como su padre y lady Rowan, que a lo mejor seguía enamorada de su primer amor, Simon Lynch, que vivía ajeno a todo en un estado de coma como consecuencia de las heridas recibidas en la guerra.

Maisie sospechaba que Maurice Blanche sabía que la verdad era más compleja, que no era su corazón lo que protegía, ni tampoco el recuerdo de su amor perdido. No, se estaba protegiendo a sí misma. Se había independizado muy joven, más por casualidad que por voluntad propia, y a medida que pasaba el tiempo, como les ocurría a muchas otras mujeres jóvenes de su generación, cada vez era más consciente de su necesidad de libertad. Tener una posición, conseguir una seguridad económica y un estatus profesional eran primordiales para ella.

Para algunas mujeres era difícil, les costaba dar un paso al frente y seguir el ritmo de unos tiempos que estaban cambiando, pero para ella la composición de esa nueva vida seguía una melodía familiar, la de la supervivencia, y eso la había salvado, ahora lo sabía. Desde la guerra, su trabajo había sido una roca a la que aferrarse que proporcionaba estructura y forma a la vida, lo que le permitía poner un pie delante del otro y caminar. Casarse en ese momento sería renunciar a ese apoyo, y aunque tendría un compañero, ¿cómo podría apartarse de ese sostén y abandonar su profesión para dedicarse a la vida hogareña, que era lo que se esperaba de ella? ¿Cómo iba a soltarse después de todo lo que había pasado? Y había otra cosa, algo intangible que no era capaz de definir, pero que sabía que era decisivo para su felicidad.

Tenía claro que debía poner fin a la relación, dejar que Andrew conociera a otra persona. Por mucho que le gustara, por todas las veces que hubiera sentido que era posible pensar en un futuro juntos, sabía que llegaría un momento en que el encantador y alegre Andrew Dene querría más de lo que ella deseaba o podía darle.

Suspiró y se frotó el puente de la nariz con el índice y el pulgar. Bostezó y abrió de nuevo el libro, no por la primera página, sino por la mitad. Cuando era joven, cuando la avidez de aprender la atormentaba como el hambre voraz que ataca después del ayuno, Maurice, su profesor y mentor, introdujo un juego en sus clases, al final de la lección o para reactivar sus pensamientos tras una disertación trascendente. Le daba una novela, siempre una novela, y le pedía que leyera una frase o un párrafo al azar, y que buscara algo de interés en aquella frase o párrafo. «Las palabras y los pensamientos de los personajes que brotan de la imaginación del autor pueden hablarnos, Maisie. Vamos, abre el libro y pon el dedo en la página. A ver qué sale.» A veces no encontraba nada, a veces un diálogo de importancia. Y muy de vez en cuando, el pasaje escogido la sacudía de tal forma que las palabras flotaban en su cabeza durante días.

Señaló una frase al azar y leyó en alto. Su voz reverberaba en la sala fría y casi vacía.

¡Sí, sí, sí! A partir de la libertad y el poder de su alma crearía orgullosamente... un ser vivo nuevo, alado y hermoso, impalpable, imperecedero.

Maisie cerró los ojos y repitió las palabras. «Nuevo, alado y hermoso, impalpable, imperecedero...» Y supo que iba a descansar poco esa noche. Era ya como si Nick Bassington-Hope hubiera empezado a hablarle. Aun dormida, aguzaría el oído para captar el mensaje.

4

A LA MAÑANA siguiente, Maisie y Billy llegaron al despacho a la vez.

—Buenos días, señorita. ¿Está bien?

Maisie se bajó la bufanda hasta la barbilla para que la oyera, se sacudió los pies en el escalón de la entrada, metió la llave en la cerradura y abrió la puerta.

—Sí, muchas gracias, Billy. ¿Cómo se encuentra Lizzie?

Billy cerró tras de sí y contestó mientras subían.

—No está bien del todo, señorita. Yo creo que tiene un poco de fiebre y la pobrecita escupe todo lo que le pones en la boca. Doreen compró un poco de aleta de ternera y preparó una sopa para que hubiera suficiente para todos, pero Lizzie no la probó siquiera.

—¿Que hubiera suficiente para todos? —preguntó ella mientras colgaba el abrigo detrás de la puerta—. ¡Ni que fuerais una tribu!

—No es nada, señorita, estamos todos igual en estos tiempos.

Maisie estaba de pie delante de la mesa de Billy cuando este dejó su libreta sobre la superficie de roble pulido y se metió la mano en el bolsillo interior de la chaqueta en busca de un lápiz.

—¿Ocurre algo? Mira, sé que no es asunto mío, pero ¿tenéis algún apuro?

Billy no se sentó hasta que ella fue a su mesa y tomó asiento. Negó con la cabeza y después se explicó:

—Doreen y yo siempre nos decíamos que teníamos suerte de vivir los cinco solos en nuestro pequeño adosado. Y de tener un casero razonable. Una habitación para los críos, una para nosotros y, como tenemos agua fría corriente, no hace falta que bajemos a la bomba como les pasa a muchos del barrio. —Cogió la bandeja para preparar el té—. Nos va bien gracias a usted, así que podemos permitirnos algún que otro lujo: carne de ternera de vez en cuando, algún juguete para cada niño en Navidad...

—¿Qué ha ocurrido?

—Hace unos meses, mi cuñado, el marido de la hermana de Doreen, que es carpintero, se quedó sin trabajo. La cosa se puso fea y tuvieron que dejar su casa porque no les llegaba para pagar el alquiler, y lo único que podían dar de comer a sus hijos era pan mojado en agua con un cubito de caldo diluido. Y viene otro en camino, ¿sabe?, así que la situación es aún peor. El caso es que Jim pensó que encontraría trabajo en Londres y necesitaban un sitio en el que vivir. Los tenemos durmiendo a todos en una habitación y nosotros estamos en la otra, parecemos sardinas en lata. Jim no encuentra trabajo, Doreen ha tenido que hacerse un muro alrededor de la máquina de coser para los vestidos que le siguen encargando, y, si le digo la verdad, señorita, cuesta mucho poner comida en la mesa para nueve personas cada día. No es que Jim sea un vago, no, el hombre gasta la poca suela que le queda en los zapatos recorriendo la ciudad a ver si encuentra algo.

Negó con la cabeza de camino a la puerta.

—Espera, no vayas a hacer el té. Siéntate para que hablemos del asunto —dijo ella señalando con la cabeza la mesa junto a la ventana en la que tenían extendido el mapa del caso—. Venga.

Billy se derrumbó en la silla al lado de Maisie, que se sintió aliviada. Solo un año antes, abatido por el dolor constante que le producían las heridas que había sufrido en la guerra, Billy empezó a tener cambios de humor, y al indagar un poco había descubierto que estaba abusando de los narcóticos, algo bastante habitual en hombres que, sin saberlo, habían recibido dosis de morfina excesivas en los puestos de socorro y las estaciones de evacuación de heridos durante la Gran Guerra. Menos mal que no había vuelto a las andadas.

—¿Os las estáis arreglando? ¿Qué puedo hacer por vosotros?

—Sí, señorita, nos las arreglamos. Estamos justos, pero vamos tirando. Mi Doreen es capaz de estirar la comida de cinco para otros cien más si hace falta. Todo se arreglará cuando Jim se recupere. —Guardó silencio un momento—. El pobre luchó por su país y mire cómo lo tratan ahora. No puede ser, señorita.

—¿Has hablado con la enfermera para que vaya a ver a Lizzie? —preguntó Maisie. Era habitual llamar a una enfermera de la zona cuando alguien caía enfermo por la sencilla razón de que era más barato que acudir al médico.

—No, señorita, menudo dilema. Pensamos que a estas alturas ya se habría recuperado, pero no sé...

Maisie miró la hora.

—Pensaba ir a Dungeness a lo largo de la mañana, si es que la señorita B-H me dice algo, pero me pasaré por vuestra casa antes para ver cómo está. ¿Qué te parece?

Billy negó con la cabeza.

—No se moleste, señorita. Llamaremos a la enfermera si no mejora esta tarde.

Maisie eligió varios lapiceros de colores diferentes del bote que tenía en la mesa. Sabía lo orgulloso que era Billy y no quería insistir.

—Está bien, pero la oferta sigue en pie, ya lo sabes. No tienes más que decirlo. Y, si las cosas empeoran...

Billy asintió con la cabeza y Maisie empezó con el caso que tenían entre manos.

—Muy bien, veamos lo que tenemos. Según nuestra conversación de ayer, tenemos que hablar con Levitt para averiguar más información sobre la galería, Nick B-H y ese depósito misterioso. A ver qué puedes sacarle. Y mira también a ver si puedes descubrir alguna cosa más sobre el hermano menor y si hay algo de cierto en esa historia sobre su relación con el mundo criminal. —Hizo una pausa—. Mientras tanto, yo iré a tomar un café rápido con Stratton antes de salir hacia Dungeness. Tengo curiosidad por saber por qué se mostró tan decidido a apoyar la decisión de Georgina de pedirme ayuda. Si pensaba que el caso requería una investigación más profunda, ¿por qué no se ocupó él? —Se inclinó sobre el mapa y empezó a hacer anotaciones, rodearlas con círculos y a interrelacionarlos con flechas—. El lunes investigaré algo más sobre la señorita B-H y su familia, a lo que habrá que unir las impresiones que saque de la visita a la casa, por supuesto. —Miró la hora—. El correo de la mañana debería llegar de un momento a otro y espero que me traiga noticias suyas.

—¿No usa el teléfono?

—Necesito la llave, un mapa y las indicaciones específicas de cómo llegar.

Billy asintió con la cabeza.

—¿Y cuándo va a ver a su familia?

—Me reuniré con ella en Bassington Place el sábado.

—Bassington Place. Muy finolis, si me lo permite. Y entonces conocerá al resto de los integrantes de esa casa de locos, ¿eh, señorita?

Maisie se alegraba de oírlo bromear, aunque seguía teniendo mala cara.

—Eso parece. No creo que sea exagerado decir que los Bassington-Hope son todos unos excéntricos, teniendo en cuenta la descripción de Georgina y, ¿cómo llamó a su hermana? ¿Nolly? He de admitir que...

La interrumpió el timbre de la puerta.

—Probablemente será la carta. —Billy salió y menos de tres minutos después ya estaba de vuelta—. El mensajero y el cartero han llegado a la vez, así que aquí tiene, un sobre bien gordo y unas cuantas cartas.

Maisie las dejó sobre la mesa y alcanzó el abrecartas para romper el sello del paquete que le habían enviado a través del mensajero. Al sacar la carta, un segundo sobre de grueso papel vitela color crema cayó en la mesa junto con una llave.

—Mmm, parece que voy a ir sola a Dungeness, tal como sospechaba. Interesante... —dejó las palabras en suspenso y empezó a leer la misiva en voz alta.

Estimada señorita Dobbs:

Maisie se fijó en que, aunque Georgina se había tomado la libertad de llamarla por su nombre de pila, en su correspondencia escrita era bastante más formal.

Le pido disculpas por enviarle esta nota tan apresurada. He de asistir a un banquete esta noche y tengo mucho que hacer. El mapa y las indicaciones adjuntas la conducirán sana y salva al vagón-casa de Nick en Dungeness. Prepárese, es bastante sencillo, pero él adoraba ese sitio. En caso de que tenga algún problema con la llave o la cerradura, el señor Amos White vive en la vieja cabaña que hay a la derecha del vagón de Nick si lo mira usted de frente. Seguro que la ayudará. Amos es pescador, así que lo más probable es que esté en el cobertizo remendando las redes por la tarde. Duncan y Quentin regresaron a Dungeness esta mañana, así que búsquelos para hablar con ellos. Creo que solo van a estar ahí un día.

Quedamos fuera de la estación de Tenterden el sábado a las tres, tal como acordamos. Si va desde Chelstone, probablemente llegará por Rolvenden, encontrará los carteles indicadores a la mitad de la calle principal según entre en el pueblo, tras un pronunciado giro a la izquierda. Mejor nos vemos allí y vamos juntas a la casa.

Adjunto también una invitación para la fiesta que doy en mi piso el domingo por la noche. Unos cuantos amigos nada más. He pensado que sería una buena oportunidad para que conozca a los amigos de Nick. Venga.

—Vaya por Dios... —dijo Maisie negando con la cabeza.
—¿Qué ocurre, señorita?

—Una invitación a una fiesta en el piso de Georgina B-H el domingo por la noche —respondió releyendo la invitación.

—Es bueno salir, ya sabe.

Maisie negó con la cabeza.

—No sé qué tal estará, pero desde luego pienso asistir.

—Llévese al doctor Dene. Aprovechen para salir los dos juntos.

Maisie volvió a negar con la cabeza. Se había puesto roja.

—Iré yo sola, Billy. Es por trabajo.

Billy la miró con detenimiento atraído por el tono demasiado agudo de su voz. Aunque jamás se le ocurriría discutir sobre la vida personal de Maisie, Billy veía con claridad que Andrew Dene quería casarse con ella y la reacción por lo general tibia de Maisie al respecto. Y ahora iba sola a una fiesta, algo que no haría una mujer que está a punto de comprometerse, por mucho que fuera una cuestión de trabajo.

—Muy bien, será mejor que nos pongamos en marcha. Tenemos que avanzar un poco más aquí, ver si el frío de la mañana nos ha refrescado las ideas sobre el caso. Después nos separaremos. —Maisie sacó las notas que había tomado el día anterior por la tarde y se dirigió a la mesa donde tenía el mapa del caso. Se volvió hacia su ayudante—. Y no lo olvides, Billy, avísame si quieres que vaya a ver a Lizzie.

Él asintió con la cabeza y se pusieron a trabajar.

EL CAFÉ DE Oxford Street donde había quedado con el inspector Richard Stratton era un sitio un poco deslucido, «bastante informal», según había dicho el inspector en alguna ocasión. Ya había preparado su maleta de cuero para viajar a Dungeness. En un principio había pensado dirigirse a Hastings desde allí, pero al final decidió ir a Chelstone a dormir. Pasaría por Hastings a ver a Andrew el sábado por la mañana. No tardaría mucho en ir desde allí hasta Tenterden a mediodía.

Stratton acababa de sentarse y esperaba en una mesa junto a la ventana. Tras quitarse el sombrero y el abrigo, que había colgado en el perchero detrás de la puerta, se alisó el pelo oscuro, que empezaba a mostrar canas en la zona de las sienes. Vestía pantalones de tela de gabardina de color gris oscuro, chaleco negro y corbata a juego, chaqueta de *tweed* gris y camisa blanca. Había sacado brillo a los zapatos, pero no completaba su atuendo con el tipo de accesorios que usaba Stig Svenson para adornar su atuendo: nada de pañuelo en el bolsillo de la chaqueta ni gemelos en los puños. Aunque no era un jovencito —Maisie le echaba treinta y ocho o cuarenta años—, su tez aceitunada y sus ojos oscuros llamaban la atención de los desconocidos con frecuencia. Él no era consciente del interés que suscitaba y los viandantes no habrían sido capaces de explicar qué los empujaba a volver la mirada, aunque es posible que alguno admitiera que le recordaba a uno de los actores que salían en las nuevas películas sonoras que proyectaban en el cine.

Stratton ya había pedido té y tostadas con mermelada para los dos. El té estaba fuerte y, mientras se dirigía a la mesa, Maisie pensó que tenía pinta de llevar un buen rato reposando en la tetera.

—La cuchara se tiene de pie en la taza —dijo Maisie sentándose en la silla que Stratton le ofrecía y sonrió. Aunque habían tenido algún que otro encontronazo verbal, se respetaban mutuamente, lo cual había propiciado que Scotland Yard acudiera a ella en casos que requerían la habilidad y la perspicacia especiales de Maisie.

—Pero ayuda mucho en días así. Ha hecho mucho frío esta semana, ¿verdad?

Se miraron. Maisie bebió un sorbo y asintió con la cabeza.

—Qué maravilla. Mucho mejor.

Stratton consultó la hora.

—¿Quería usted verme, señorita Dobbs?

—Así es —contestó ella dejando la taza en el platillo blanco. Guardó silencio un momento, mientras tomaba una tostada con mermelada a la que añadió media cucharadita más.

—Madre mía. ¿Quiere que le pida un poco más de pan para acompañar a la mermelada? —comentó él reclinándose en la silla mientras la miraba a los ojos.

—Estoy muerta de hambre, inspector —respondió Maisie sonriendo de nuevo antes de continuar con la explicación—. Quería hablar con usted sobre la muerte de Nicholas Bassington-Hope. En primer lugar, quiero darle las gracias por apoyar la decisión de su hermana de contratar mis servicios para aclarar ciertas dudas que alberga en su interior. Sin embargo, esperaba que pudiera contarme algo más sobre el asunto desde su punto vista. —Ladeó la cabeza y dio un mordisco al pan al tiempo que tomaba la taza.

Stratton dejó pasar unos segundos en los que Maisie tuvo la seguridad de que estaba componiendo una respuesta que habría resultado aceptable a sus superiores si le hubieran pedido cuentas. Y pese al tiempo que se demoró en responder, durante el cual fingió estar más preocupada por comerse otra tostada, Maisie sabía que Stratton había tenido tiempo suficiente para imaginar el motivo por el que le había pedido que se vieran y había decidido compartir con ella una información mínima.

—No tuve, y no tengo, la menor duda de que el señor Bassington-Hope se cayó del andamio. No lo había construido un albañil o cualquier otra persona acostumbrada a esa tarea, pese a que era obvio que alguien lo ayudó a levantarlo. Parecía estar hecho por un aficionado; es más, no me extraña que le pasara lo que le pasó. —Bebió un sorbo—. Un esfuerzo inútil para nada. ¡Y no será porque no hay albañiles en el paro que habrían estado encantados de echarle una mano por poco dinero!

Maisie dejó la corteza de la tostada en el plato.

—He visto la pared sobre la que levantaron el andamio y parecía que habían colocado varios anclajes. No soy experta en esas cosas, pero me lleva a pensar que, como artista, estaba acostumbrado a instalar estructuras que le permitieran acercarse al lienzo para pintar las piezas de formato bastante grande en las que trabajaba. Me refiero a que ese hombre no era tonto, había sido soldado, poseía cierta destreza...

Stratton negó con la cabeza.

—Es ese temperamento artístico, lo he visto muchas veces. Fue soldado hace más de trece años, por lo que dudo mucho que conservara algo del sentido práctico que le hubieran inculcado entonces. Y se mostraba extremadamente reservado con su trabajo, como seguro que ya sabe. ¡Si no son capaces de encontrar la mitad que falta! No, por algún motivo, quería hacerlo todo él solo y eso lo empujó a la muerte.

—Lo que me lleva de vuelta a mi motivo principal para querer hablar con usted: ¿Cree que podría haber alguna base, por pequeña que sea, en la creencia de la señorita Bassington-Hope de que su hermano fue víctima de un crimen?

Stratton bebió otro sorbo. Maisie sonrió con complicidad. «Intenta ganar tiempo.»

—Si le digo la verdad, me alegra mucho que haya acudido a usted, pues de lo contrario la tendría encima todo el tiempo. Esa mujer es una de esas personas que son como perros de presa: una vez que tienen algo entre los dientes, no lo sueltan. Para empezar, el caso no tendría que haberme llegado a mí, puesto que no era la escena de un crimen. —Suspiró—. No aceptaba que su hermano hubiera sido víctima de su propia ineptitud y parecía decidida a dar la lata, igual que hizo en la guerra.

—Pues a mí me parece que fue muy valiente. Al fin y al cabo, se arriesgó mucho para conseguir información y escribir sus partes de guerra.

—Ay, por favor, señorita Dobbs, ¿es camaradería entre compañeras de Girton o qué? Espero de corazón que no haya caído bajo el embrujo de la carismática Georgie Bassington-Hope...

—¿Camaradería entre compañeras de Girton? ¿Carismática? Me decepciona, inspector.

—Es una forma de hablar. Aprovecha su encanto jovial para conseguir lo que quiere, como acceder a lugares peligrosos en los que no se le debería ocurrir entrar siquiera, y todo para escribir una historia.

Maisie enarcó las cejas.

—Contar la verdad.

Stratton negó con la cabeza.

—Es una agitadora. Sus «historias» socavaron la decisión del Gobierno de...

—Pero si el Gobierno no hubiera socavado...

—Señorita Dobbs, yo...

—Inspector Stratton, ya que voy a quitarle a Georgina Bassington-Hope de encima, a recogerle la ropa sucia y a dejársela limpia y perfectamente doblada, diría que me debe algo más que una conversación de un cuarto de hora en una cafetería de tercera en Oxford Street. —Se fijó en que el hombre se sonrojaba, pero continuó—. Quiero hacerle varias preguntas, si no le importa.

Stratton miró hacia el mostrador.

—Creo que acaban de sacar una tetera recién hecha. ¿Otra taza?

Maisie asintió con la cabeza. El inspector recogió las tazas y fue al mostrador. Maisie consultó el reloj y pensó que, si salía de la ciudad a las once y media, estaría en Dungeness a las dos y media, y tendría al menos una hora de luz antes del granuloso atardecer costero.

—Así está un poco mejor —dijo el inspector antes de dejar las dos tazas sobre la mesa y empujar una hacia ella.

—Gracias. —Maisie tomó la taza y apartó la vista mientras el inspector se echaba varias cucharadas de azúcar en la suya, una costumbre en la que se había fijado con anterioridad y que le ponía los pelos de punta. Se giró de nuevo mientras el hombre dejaba el azucarero en el centro de la mesa—. Bien. Quiero que me cuente todo lo que pueda sobre la muerte del señor Bassington-Hope; es lo menos que puede hacer si voy a tener ocupado al perro de presa. —Hizo una pausa—. Ah, por cierto, he de decir que, aunque estoy al corriente de su reputación, no me pareció un perro de presa cuando vino a verme la primera vez. Apenas pudo reunir el valor suficiente para entrevistarse conmigo.

—No soy quién para dar cuenta del comportamiento de esa mujer. Sin embargo, supuse que quería usted verme por el caso. —Se metió la mano en el gran bolsillo interior del chubasquero y sacó un sobre, del cual extrajo varias hojas de papel—. No puede llevárselo, pero sí leer con detenimiento el informe del forense.

Maisie levantó los documentos y se tomó un buen rato para leerlos con detalle. Decidida a no apresurarse porque Stratton estuviera allí, abrió su maletín y sacó un taco de fichas para tomar notas. Tomó la taza y se la puso contra la mejilla hasta que terminó la lectura. Dio dos o tres sorbos más mientras dejaba el informe encima de la mesa y lo hojeó una vez más. Por último posó la taza en la mesa, sacó un lápiz del maletín y comenzó a tomar notas.

—No tengo todo el día, ¿sabe?

Maisie sonrió. Si no la conociera en el ámbito profesional desde hacía ya un tiempo, Stratton podría haber pensado que lo estaba manipulando.

—Un momentito, inspector —pidió ella mientras terminaba de escribir y se reclinó en la silla—. Rotura de cuello, previsible, causada por una desafortunada caída en un ángulo extraño. Muerte casi en el acto, según el forense. ¿Y qué hay de los moratones en la sien y la parte superior del brazo? ¿Está seguro el forense de que estas indicaciones de traumatismos están en consonancia con la naturaleza de la caída?

—¿Criticando al médico?

—No debería recordarle que no solo trabajé como enfermera, sino que fui ayudante del doctor Maurice durante bastante tiempo. Estoy acostumbrada a cuestionar al médico. Es lo que me han enseñado a hacer.

—Los moratones no son lo bastante graves como para indicar una causa de muerte alternativa y, según el forense, están en consonancia con la naturaleza del accidente.

—Mmm, esos son dos «en consonancia». Me pregunto con qué otra cosa habrá consonancia.

—Señorita Dobbs, parece sugerir falta de atención al detalle, ineptitud incluso. No habría cerrado el caso si hubiera albergado alguna duda de...

—¿No lo habría hecho? —Maisie no permitió que la pregunta flotara en el aire demasiado rato, pero sí quiso dejar constancia de ella—. Si le parece que mi actitud es agresiva, es solo porque lo que me ha contado mi clienta, gracias a la remisión del caso por su parte, me empuja a hacerle todas estas preguntas. De hecho, creo que podría señalar varias anomalías, pero, al mismo tiempo, veo por qué el médico llegó a la conclusión a la que llegó.

—¿Me permite? —preguntó Stratton alcanzando el documento—. Me temo que no puedo hacer nada más. Estoy seguro de que tendrá más preguntas, pero si dispusiera de tiempo para responder, o viera razón alguna para hacerlo, no habría cerrado el caso. —Guardó los papeles en el sobre y se lo metió en el bolsillo—. Tengo que irme. Me espera un día muy ajetreado, porque hoy tengo que salir del trabajo antes.

Maisie se anudó la bufanda y se levantó mientras él le retiraba la silla.

—¿Va a pasar el fin de semana fuera, inspector?

Él negó con la cabeza.

—No, solo voy a salir esta noche. Un banquete. Me apetece mucho.

Salieron de la cafetería y se despidieron con un apretón de manos. Maisie sintió la necesidad de darse la vuelta mientras se dirigía a su coche y, al hacerlo, vio que Stratton cruzaba la calle en dirección al Invicta negro y un agente le abría la puerta. Fue justo en ese momento cuando se fijó en que había otro coche aparcado detrás del coche del inspector y, aunque no podía saberlo con absoluta seguridad, le pareció que se trataba de un modelo más nuevo y rápido, el tipo de vehículo que utilizaba el

Escuadrón Volador, la unidad especial de Scotland Yard dedicada a la investigación de robos.

Un hombre con sombrero y abrigo negros esperaba apoyado en la puerta del vehículo, pero en ese momento tiró la colilla al suelo y la aplastó con la suela del zapato. Se encaminó hacia Stratton. Comentaron algo brevemente muy de cerca y miraron hacia donde se encontraba ella. Maisie fingió mirar el escaparate de la tienda contigua y, cuando consideró que era seguro, miró de nuevo hacia el coche del inspector justo en el momento en que los dos se estrechaban la mano y subían a sus respectivos automóviles.

Maisie llegó a su MG y miró la hora. Sí, estaría en Kent antes de las dos y media. Conducía con seguridad pese al aguanieve que convertía las calles de Londres en un lugar aún más peligroso, repasando mentalmente su encuentro con Stratton como si fuera una película. Tenía preguntas, pero si se apresuraba a responderlas en esa fase de la investigación, podría perder la posibilidad de extraer una conclusión atinada y completa del caso a su debido tiempo. Sus primeras dudas, ya que la curiosidad de Maisie rara vez se desarrollaba sin llevar aparejadas nuevas preguntas, como si fuera una raíz gigante de la que se alimentaban raíces menores, se centraban en la alegría de Stratton al saber que estaba ocupándose del caso de Georgina Bassington-Hope. ¿Quería que la mujer estuviera ocupada para evitar que escribiera algún artículo controvertido sobre los procedimientos policiales para un periódico o una revista política? ¿Tendría motivos para continuar con su investigación sobre la muerte del artista sin que lo supieran Maisie o los familiares más cercanos?

Limpió con el dorso de la mano la condensación que se formaba en el interior del parabrisas mientras pensaba en el segundo coche, y en el encuentro entre el inspector y el hombre vestido de negro. El hecho de que dos hombres con diferentes responsabilidades dentro de la Policía se relacionaran —uno que investigaba homicidios y otro que se centraba en robos y delitos relacionados con bandas criminales—, no debería levantar sospechas; seguro que sus caminos se cruzaban más de una vez. Pero tenía una sensación extraña en la nuca, como si una colonia entera de hormigas repasara una y otra vez un camino entre sus hombros.

Se le dibujó en la mente la imagen de un sótano y pasos que se internaban en la oscuridad. No era la primera vez que se le presentaba dicha imagen al empezar con un caso complicado, pero se estremeció al darse cuenta de que ya había bajado el primer peldaño. Se encontraba en mitad de la oscuridad cuando aceptó el caso y comenzó el descenso, pero ya no había vuelta atrás.

Conforme dejaba atrás las afueras de Londres y se adentraba en el condado de Kent, el sol bajo de la media tarde consiguió abrirse paso y arrojar un brillo reluciente sobre la zona de verdes prados y bosques conocida como el Weald. Le alegró el respiro que les daba el tiempo, ya que le bastaba con que asomara un pedacito del luminoso cielo azul para caldearle el cuerpo. Se relajó en lo que esperaba que fuera un agradable viaje por la costa y contempló la campiña, ringleras de tierra blancuzca en esa época invernal que se intercalaban con recuadros de terreno cubiertos de hierba verde en los que se apiñaban ovejas y vacas de espaldas al viento frío. Kent la tranquilizaba, la había calmado desde niña, cuando abandonó Londres para ir a trabajar en la finca de campo de los Compton.

A pesar de esa calma que le producía, se sentía inquieta; ver a Stratton con aquel otro hombre lanzándole miradas furtivas le había generado nuevas preguntas. Después pensó en Georgina y Stratton. ¿Irían a la misma fiesta aquella noche? ¿Juntos tal vez? Cambió de marcha para tomar una curva preguntándose si habría en marcha algún plan y si sería ella un peón en el juego. En cuyo caso, ¿cuál podría ser? ¿Y hasta qué punto era serio el juego?

5

Maisie llegó a Dungeness a las dos de la tarde, el viaje había ido bien. El vasto terreno plano cubierto de guijarros, un promontorio que se adentraba hacia el límite occidental del paso de Calais, parecía extenderse desde el pueblo de Lydd hasta el mar. Se le ocurrió que el término «azotado por el viento» debió de inventarse para Dungeness, dada su ubicación en el extremo más meridional de las marismas de Romney Marsh, donde el viento soplaba con fuerza incluso los días de buen tiempo.

Redujo la velocidad y continuó por la vía que utilizaba el ténder para el transporte de la leche. Se apreciaba tan poco movimiento en la zona que pensó que posiblemente su MG fuera el primer vehículo de motor que se había aventurado por aquel camino en mucho tiempo; ni siquiera se veía a los pescadores. Miró a ambos lados antes de cruzar las líneas de vía estrecha del ferrocarril de Romney, Hythe y Dymchurch, y comprobó una o dos veces el mapa que le había proporcionado Georgina y llevaba apoyado sobre el volante antes de continuar. Parecía que la mayor parte de los viejos vagones-casa se encontraban más al sur, así que giró a la derecha nada más pasar el faro y continuó despacio hasta el antiguo vagón en el que había vivido Nicholas Bassington-Hope.

Aparcó, se puso la bufanda y abrió la puerta del coche, a la que tuvo que agarrarse por temor a que la arrastrara el viento. Llegó al vagón y metió la llave en la cerradura; por suerte, no tendría que recurrir a Amos White, ya que consiguió entrar tras un solo giro de la llave. Apoyó todo el peso de su cuerpo para cerrar la puerta y giró una sola vez la cerradura. Dejó escapar un suspiro de alivio, contenta de poder resguardarse del frío invernal.

—¡Nada como las marismas para sentir que se te van a quebrar los huesos! —dijo en voz alta soltándose la bufanda y quitándose el gorro mientras echaba un vistazo. Se quedó momentáneamente sorprendida al ver que el vagón reconvertido en casa no era como había imaginado.

Sin quitarse el abrigo, porque aún sentía frío, se secó las gotas de agua del pelo y la cara mientras daba una vuelta por la vivienda. Lo cierto era que no recordaba con exactitud la idea que se había hecho la primera vez que Georgina mencionó que su hermano vivía en un antiguo vagón de tren reformado, pero sí que había pensado en tapicería roja de lana áspera, paredes de madera oscura y letreros de «PRIMERA CLASE» O «TERCERA CLASE» en las puertas. Se había imaginado al artista viviendo en un vagón de mercancías adecentado, que no tenía nada que ver con el buen gusto que desprendía aquel lugar.

Empezaba a caer el sol, pero encontró cerillas junto a una lámpara de aceite que había en el aparador, y quitó la pantalla de vidrio para encender la mecha. La lámpara le devolvió una luz acogedora mientras ponía de nuevo el vidrio protector y encima una tulipa en forma de globo de color amarillo que había al lado.

—Así está mucho mejor —dijo colocando el maletín sobre la mesa para dar una vuelta por la estancia principal.

Esta estaba limpia como una patena y la habían decorado con esmero, aunque saltaba a la vista que Nick había conservado los elementos más atractivos del diseño del vagón. Había retirado los mamparos de madera oscura de los extremos, y los había barnizado y pulido, igual que los tablones del suelo. Las paredes de los lados estaban pintadas con temple de color crema y unos estores de lino de color oscuro cubrían las ventanas que daban al mar. Había dos sillones de cuero, de esos que suele haber en los clubes masculinos, delante de una estufa de leña situada contra el mamparo a la derecha de la puerta de entrada.

A un lado del hogar de ladrillo rojo se advertía una pila de madera de deriva y al otro, una tetera grande llena de agua, junto a varios accesorios de chimenea. Apoyada a lo largo del otro mamparo vio una cama con estructura de madera, cubierta con una colcha de un intenso color vino que colgaba a ambos lados hasta juntarse con la alfombra persa de lana tejida en toda la gama de rojos, desde el burdeos al bermellón, pasando por el granate y un tono ocre oscuro. Frente al aparador había un mueble de dos cuerpos, con puertas en el superior y soportes para la vajilla, y un espacio abierto bajo el tablero en el que el artista había colocado una serie de tarros, y una panera con una pesada tabla para cortar el pan y proteger la superficie. Debajo, dos armarios en los que guardaba una sartén, un cazo y alimentos en conserva, como latas de sopa.

Maisie se dio la vuelta pensando que la compacta estancia irradiaba calidez, algo que pensó que tenía que ser esencial para vivir en aquella zona de la costa, en cualquier estación del año.

Abrió una segunda puerta y se dio cuenta de que la casa no la formaba solo un vagón, sino dos colocados en paralelo. A través de una puerta de entrada como la de una casa normal se accedía a un pequeño vestíbulo construido para unir los dos vagones. Habían pintado de blanco las ventanas del lado más largo del vagón y las habían decorado con un mural. Maisie no se detuvo a observar la historia que contaba aquella serie de pinturas, sino que continuó la inspección de la vivienda.

El vestíbulo daba paso a un estudio y un cuarto de baño, aunque los habitantes de Dungeness no disponían de agua corriente ni sistema de tuberías. El cuarto de baño contaba con un lavabo de madera en un mueble con el tablero de mármol y el frente de la pared alicatado con azulejos para proteger de las salpicaduras. Sobre el mueble había una jarra y un aguamanil y, debajo, un orinal cubierto con un sencillo paño blanco. Maisie sospechó que los habitantes de la zona cruzarían la playa de guijarros todas las mañanas hasta la orilla para vaciar el «vaso de noche». Encontró también un armario con varias prendas de ropa: tres camisas, unos pantalones azules de pana, una chaqueta marrón de lana y otra de un tejido de algodón encerado para el agua. Al rebuscar en el armario, se encontró con la textura áspera de la lana gruesa y tiró de una manga para sacar la prenda. Nick Bassington-Hope había conservado su abrigo del ejército. Lo sostuvo en alto y por instinto se lo llevó a la nariz.

«Dios mío, no debería haberlo hecho.» Apartó la prenda y entró en el estudio para observarla con más detenimiento. «Madre mía.» Vio que todavía quedaba una mota de barro en el bajo del abrigo, y al observarlo a la luz, advirtió la mancha grande y reseca que tenía en la manga. Enseguida supo que era sangre. «Madre mía, lo ha conservado todo este tiempo.» Cerró los ojos y estrechó la prenda contra su cuerpo, el olor a muerte aún presente entre los pliegues de la tela, como si hubiera absorbido algo de lo que el artista había visto cuando era un joven soldado. Tras devolver la prenda al armario, dejó la mano en la manilla de la puerta unos segundos mientras intentaba quitarse de la cabeza la idea de Nick Bassington-Hope y ese abrigo del que no había podido deshacerse.

Casi había anochecido por completo y apenas había avanzado en la tarea que se había propuesto para la tarde. Se anotó preguntar a Georgina por qué no se habían llevado la ropa de su hermano de su casa y siguió con lo suyo. Había imaginado que el lugar de trabajo de un artista estaría desordenado, lleno de dibujos por todas partes, botes de pintura mal cerrados chorreando, trapos sucios, libros y papeles por los suelos. Al ver aquel estudio tan limpio y cuidado, Maisie se dio cuenta de que probablemente tenía los mismos prejuicios que Stratton sobre los artistas. Se reprendió por ello y continuó inspeccionando el estudio en el que Nick había creado la obra tan ensalzada por todos.

En la pared que corría paralela a la del primer vagón había colocado un mueble de madera especial para guardar las pinturas. Le recordaba al panel de los buzones del bloque de pisos que era ahora su casa. Había asignado a cada comparti-mento de madera un color, y dentro había un tubo y botes de pintura de las numerosas tonalidades que podían describirse: azul, rojo, amarillo, verde, negro, naranja y morado.

Había dispuesto botes de varios tamaños con pinceles sobre una mesita con ruedas para el té decorada con colores alegres, y aunque se notaba que estaban manchados por el uso, los había limpiado antes de meterlos de nuevo en los botes. Vio un caba-llete junto al mamparo cerca de la hilera de ventanas, y, apoyada en el nuevo tabique levantado para hacer el cuarto de baño, ha-bía una cómoda de cajones estrechos que contenían papeles de diferentes pesos, así como madera para bastidores y secciones de lienzo sin usar. En el suelo yacía una cesta de trapos lavados, aunque las manchas de pintura no se quitaban ya, y, junto a la ventana, un hondo sillón y una mesita con un cuaderno de di-bujo y lápices sin tocar.

—Pero ¿dónde está tu obra, Nicholas? ¿Dónde has dejado tu cuadro? —preguntó Maisie en voz alta dentro del estudio vacío.

Sostenía la lámpara con la mano izquierda mientras abría el cajón inferior de la cómoda. Dentro había almacenados monto-nes de cuadernos de dibujo usados, de modo que, aún con el abrigo puesto, se sentó en el suelo, dejó la lámpara a un lado y comenzó a hojearlos. Todos estaban fechados y firmados. Aca-baba de empezar cuando oyó un golpetazo en la puerta.

Maisie se sobresaltó, pero se levantó a toda prisa, agarró la lámpara y fue a abrir al impaciente visitante.

Abrió y se encontró frente a un hombre fornido, no mucho más alto que ella. Llevaba un chaquetón largo de tela plástica y un gorro de lana sobre la mata pelirroja que ya empezaba a en-canecer recogida en una larga y gruesa trenza. Los pantalones eran de la misma tela plástica y los llevaba metidos por dentro de las botas, con una vuelta en la parte superior. A Maisie le dieron ganas de sonreír, pues no tenía ninguna duda de quién era aquel hombre.

—Usted debe de ser el señor White —dijo antes de que el hombre pudiera decir nada, para ahorrarle las preguntas que pudiera tener sobre lo que hacía en la casa de un hombre que acababa de morir.

El hombre se quedó mirándola un rato en apariencia sorprendido por su actitud directa. Y al final habló con el redondeamiento vocálico típico del acento de los pescadores de Kent.

—He pensado que no estaría mal venir a echar una ojeada, no quiero que haya desconocidos metiendo las narices en las cosas del señor Hope.

—Yo no soy una desconocida, señor White. Soy amiga de la hermana del señor Bassington-Hope, Georgina. Me pidió que pasara por aquí, ya que iba a estar de visita por la zona.

—Una zona extraña para venir de visita. Está un poco retirada para cualquiera, no es un lugar de paso este Dungeness.

—No, ya lo sé, no está de camino —contestó ella sonriendo de nuevo, aunque tenía la impresión de que sus educadas respuestas no estaban surtiendo mucho efecto en el pescador—. Conozco las marismas y me dirigía hacia Hastings, y me pareció que era una buena oportunidad para ayudar a la señorita Bassington-Hope.

Él negó con la cabeza.

—Una gente rara esos Hope. Cualquiera habría imaginado que bajarían por aquí algo más de tiempo, no una simple visita y ya. Vinieron tres de ellos y no se quedaron ni un minuto. Gente muy rara —repitió negando con la cabeza y se dio la vuelta para marcharse, pero de repente se volvió de nuevo hacia ella—. Será mejor que meta ese cochecito detrás del vagón, allí atrás, o se levantará sin techo por la mañana con el viento que hace. —La miró sin decir nada un momento y luego añadió—: Alguien que conoce las marismas habría aparcado ahí detrás desde el principio.

Maisie miró la hora.

—No esperaba quedarme tanto —dijo notando el picor de la lluvia fría en las mejillas, y la luz de la lámpara parpadeó—. Es más, creo que ya es hora de irme.

Amos White se dio media vuelta y dijo mientras se alejaba:

—No se olvide de proteger el cochecito detrás del vagón.

Y se marchó.

Maisie cerró la puerta con un estremecimiento de frío. A lo mejor tendría que quedarse en Dungeness, puesto que no había hecho más que empezar a inspeccionar las cosas de Nick, aunque sabía que se sentiría como una invasora durmiendo en una cama que no era suya, en una casa en la que no le habían invitado a pasar la noche. No le quedaba mucho tiempo y ya le habían surgido preguntas nuevas. «¿A qué miembros de la familia se refería el pescador? ¿Georgina y sus padres? ¿Los tres hermanos tal vez?» Miró a su alrededor. O Nick era una persona muy ordenada, o alguien había pasado por allí y lo había recogido todo. Alguien que había sabido esquivar la astuta mirada de Amos White.

De pie en el centro de la habitación, Maisie se permitió empujar todas las preguntas a un rincón de la mente y estudió en detalle el laborioso mural pintado en las antiguas ventanas del vagón de la pared de enfrente. Cada ventana, pintada con una base de blanco como si fuera un lienzo, representaba una escena muy propia de Romney Marsh, desde los árboles que el viento obligaba a inclinarse tierra adentro hasta las iglesias aisladas, construidas en terrenos llanos delimitados por muretes de seto, con ovejas pastando y, por encima de las vegas, nubes plateadas deslizándose a toda prisa por el cielo gris.

Maisie acercó la lámpara y sonrió, porque al mirar de izquierda a derecha, desde la calma de las marismas hacia el mar que rompía sobre los guijarros, con algunas imágenes más grandes que otras para dar sensación de distancia unido a la inmediatez de los detalles, se fijó en que el mural contaba la historia de la costa desde hacía siglos. En mitad de la narración, el día se había convertido en noche y la escena mostraba una barca de pesca subida a tierra. Los hombres descargaban la captura del día a la luz de los faroles, la cabeza cubierta con pañuelos al estilo de los gitanos. Encima de un caballo negro con ojos enloquecidos, un hombre con un sombrero de tres picos y una máscara empuñaba una pistola mientras observaba la descarga, que no era de bacalao, ni platija, ni alitán, ni mielga, ni abadejo, sino barriles y cofres desbordantes de todo tipo de riquezas: oro, especias, seda y ron.

Al avanzar por el mural, vio que los hombres habían salido huyendo hacia la iglesia con su botín, donde un amable párroco los invitaba a entrar, facilitándoles la huida hacia un lugar al otro lado del púlpito. La siguiente escena mostraba el amanecer y a los recaudadores de impuestos, tan temidos en la actualidad como antaño, buscando a los contrabandistas sin éxito. En la escena final, situada sobre el piecero de la cama, la luz del día iluminaba las marismas una vez más. Las ovejas pastaban, el viento azotaba los árboles inclinados hacia el interior y un cielo azul sustituía al gris de tormenta. Era una escena de paz, de calma.

Maisie retrocedió un paso para contemplar el mural completo. Las bandas famosas por sus fechorías que operaban en Kent en el siglo XVIII cobraban vida y color de la mano del artista. Avanzó hacia la pared y acercó la luz a los rostros dibujados con delicadeza, maravillada con los detalles, incluso el perro encogido de miedo ante el caballo encabritado. Nick Bassington-Hope tenía verdadero talento, evidente hasta en una caprichosa escena que representaba la vida en tiempos pasados en el lugar donde había establecido su residencia, alejado de todo.

Miró la hora y suspiró. Se quedaría un rato más a ver si encontraba algo. Pasaban ya las cuatro y se había hecho de noche, pero decidió que no podía irse hasta que no hubiera inspeccionado todo el vagón, aunque eso significara conducir después en condiciones que distaban mucho de ser seguras y que la obligarían a avanzar con cuidado por caminos accidentados. A medida que se acostumbraba al ambiente, se le ocurrió que a lo mejor las otras personas que habían pasado por allí buscaban algo importante.

Llevó el coche detrás del segundo vagón, donde vio que habían construido un tejadillo sorprendentemente recio, bajo el cual conservaban una buena pila de leña al abrigo del viento, y había espacio también para un retrete y un barril que servía para recoger el agua procedente de un inteligente sistema de canalones. Maisie aparcó debajo y rodeó el vagón para entrar por la puerta delantera con una sonrisa. Parecía que, lejos de lo que pudiera pensar Stratton, Nick era un artista con gran sentido práctico, si uno tenía en cuenta el trabajo que implicaba readaptar los dos vagones, que Maisie imaginó que habría hecho él solo.

Entró y cerró con llave, bajó los estores, encendió la estufa y puso agua a hervir para hacer té. Mientras se caldeaba la habitación, abrió la puerta del estudio para permitir que el calor circulara y poder moverse cómodamente por toda la casa. Observó el hogar que Nick había creado. No, estaba claro que quien había hecho todo eso no levantaría un andamio chapucero.

Volvió a los cuadernos de dibujo que había empezado a hojear justo cuando la interrumpió Amos White y vio que contenía trabajos tempranos de Nick: dibujos a carboncillo y acuarelas que carecían de la interpretación madura de años posteriores, y también otros trabajos más recientes que mostraban un trazo más firme. Maisie los hojeó. Estaba segura de que tenía que haber más. Calculando que Nick habría utilizado más de cien o doscientos cuadernos, se puso a buscar de nuevo, aunque había pocos espacios de almacenaje. Debajo de la cama encontró varias cajas de madera para guardar manzanas, junto con las muchas obras de ficción y no ficción que había ido adquiriendo con los años. De rodillas en el suelo, tiró de las cajas de madera y las llevó junto a la lumbre. Colocó la lámpara en una mesita auxiliar, se sentó en el suelo y empezó a hojearlos.

Al contrario que en el resto de la vivienda, en la que todo parecía tener su sitio, los cuadernos de dibujo no estaban catalogados ni guardados por orden. Maisie se aventuraría a decir que alguien había estado revisándolos hacía poco tiempo. Recordó las conversaciones que había mantenido con Georgina y se preguntó si la familia esperaba encontrar algo que pudiera indicar el paradero del depósito secreto, algo que también ella quería averiguar.

Los dibujos del principio retrataban escenas pastoriles, de caballos en los prados de Kent, granjas y secaderos de lúpulo, vacas dirigiéndose sin prisa al establo para el ordeño a media tarde y mujeres reunidas en los alrededores de la granja, con la chaqueta ceñida con una cuerda y botas con cordones embarradas debajo de la falda de paño recio con su correspondiente delantal. Tan fuertes como los hombres, las mujeres pasaban sacos recién lavados por el escurridor manual; dos hacían girar una manivela gigante mientras otras dos hacían pasar la tela entre los rodillos. Había también dibujos sobre detalles: un rostro, una nariz, el brazo de un granjero o la mano gordezuela de un niño sujeta por la mano curtida y fuerte de su padre. Y después, llegó la guerra.

Maisie casi no podía ni mirar los dibujos y, cuando lo hizo, sintió que la cabeza y la herida del cuello empezaban a dolerle. No pudo continuar, así que pasó al cuaderno de las obras completadas en la época posterior al regreso de Nick de Francia, la época en que, todavía recuperándose de sus heridas, lo destinaron a trabajar para la causa bélica diseñando literatura propagandística. Aquellos dibujos la enfurecieron. Se retiró del fuego a causa del acaloramiento que le provocaron los eslóganes que leyó en los cuadernos. Un niño pequeño sentado en las rodillas de su padre y las palabras: «¿Qué historias de la guerra va a contarme, padre?». Un joven con su amada, que mira hacia otro lado, a un hombre vestido de uniforme: «¿Sigues siendo el mejor muchacho para ella?». Y otro, de un soldado alemán echando abajo la puerta de una casa en la que vive una familia: «¡Tú puedes impedírselo!». Maisie había visto los carteles durante la guerra, pero jamás se había preguntado a quién se le habrían ocurrido, jamás pensó en el hombre que había desafiado a otros a unirse a la guerra y obligado a los que quedaban en el país a empujarlos a alistarse.

Y ahí, en sus manos, estaba el germen. Por cada cartel que había visto en una estación de ferrocarril, en un cine o en un tablón fuera de una tienda, había diez o quince dibujos, si no más, con el diseño en diferentes fases de desarrollo. Al principio, sintió rabia hacia el artista. Después se preguntó si habría tenido opción y, en caso negativo, cómo se habría sentido conociendo las letales consecuencias que tendría su trabajo. A medida que el fuego de la rabia cedía, Maisie regresó junto a la estufa y se preguntó si el remordimiento habría ensombrecido los días de Nick Bassington-Hope.

Los dibujos de la época que había vivido en Estados Unidos le parecieron más interesantes, no solo porque ilustraban unas tierras lejanas, sino porque mostraban a un hombre que parecía haber encontrado la paz interior. Magníficos cañones y el sol alto en el cielo del horizonte; árboles tan imponentes que no era capaz de imaginarse caminando por el bosque, y esas llanuras... A pesar de que no eran más que dibujos a lápiz y carboncillo, con tizas de colores y acuarela, casi podía oler el calor, la brisa que agitaba los maizales o el agua pulverizada del río al precipitarse por unos rápidos formidables.

En ese cuaderno el artista también había incluido detalles de las escenas: del agua que corría por encima de una roca, una rama, una parte del ala de un águila. Y ahí, a lápiz en una esquina de una página, había escrito: «Puedo volver a bailar con la vida». Cuando cerró el cuaderno y se estiró para alcanzar otro, se dio cuenta de que se le habían caído las lágrimas, que la obra de un artista al que ni siquiera conocía la estaba conmoviendo profundamente. Viajar al otro lado del mundo había curado el alma de Nick Bassington-Hope.

Cogió un paquete hecho con varios cuadernos atados con un cordón en el que ponía «montajes» mientras se secaba los ojos y empezó a pasar las páginas intrigada, ya que parecía que el artista no solo había ideado sus murales y las piezas de sus trípticos con sumo cuidado, sino que había previsto cada paso del proceso de exhibición de estos, hasta el último tornillo y anclaje necesarios para sujetar una pieza. De modo que ella tenía razón: Nick no era ningún chapucero que hacía las cosas de cualquier manera, sino que llevaba a cabo su trabajo con el mayor esmero. Uno se daba cuenta también de que semejante grado de atención al detalle era una obsesión. Siguió pasando las páginas y se fijó en que los detalles de ese juego de cuadernos eran de exposiciones pasadas, y que no había nada sobre la pieza sorpresa de la galería Svenson. ¿Lo habría apartado de los demás? ¿Seguiría allí? ¿O estaría en el depósito secreto?

Maisie dejó los cuadernos a un lado, se levantó y tocó el respaldo de un sillón y luego del otro. Sonrió, porque al tocar el de la izquierda de la chimenea, notó algo cálido en los dedos, pero no porque estuviera cerca del fuego. Era otro tipo de calor, una sensación que a otra persona probablemente le habría pasado desapercibida. Al apoyar la mano en el cuero, Maisie supo que aquel era el asiento favorito de Nick Bassington-Hope, que siempre habría elegido aquel sillón antes que el otro. Se sentó en él, cerró los ojos y, dejando reposar las manos suavemente en el regazo, inspiró hondo tres veces, llenándose los pulmones por completo antes de soltar el aire. Y, tras ello, aguardó sentada en silencio, con el romper de las olas en el exterior y el crepitar de la madera en la estufa por toda compañía.

Vació la mente de pensamientos y esperó. Al rato, aunque no habría sabido decir cuánto tiempo había pasado —le habían enseñado que los momentos y las horas que se pasaban en silencio sin pensar de forma consciente en nada proporcionaban la posibilidad de trascender la forma humana de medir el tiempo—, le viene a la mente una imagen del artista en su hogar, moviéndose entre las habitaciones. El salón —la habitación en la que se encontraba ella sentada—, es cómodo y cálido, igual que en ese momento, aunque en vez de invierno, es verano y la luz se filtra por las ventanas. Nick está en su estudio con la paleta en la mano, el carrito de pinceles con una selección de pinturas a su lado. Está trabajando. La imagen se difumina y a continuación aparece sentado en el sillón junto a la cómoda. Está dibujando, aunque cuando el carboncillo roza el papel, llora y se aparta las lágrimas con el dorso de la mano. Tiene los ojos rojos. Hace buen día, pero lleva puesto el abrigo, se arrebuja en él mientras trabaja, como si se debatiera con la emoción que despierta en él. Se detiene y mira a su alrededor, deja a un lado lo que está haciendo, pasea por la habitación y después saca un papel del bolsillo. Lo mira un momento y se lo guarda de nuevo. La imagen se difumina de nuevo y Nick desaparece. El mar rompe contra la orilla, las gaviotas chillan y revolotean sobre su cabeza.

Maisie abrió los ojos y se frotó las sienes. Tuvo que mirar a su alrededor para orientarse. «¡Las siete y media!» Se levantó y fue al estudio, pero, de repente, se detuvo porque se le había ocurrido que oír los chillidos excitados de las gaviotas era inusual a esas horas de la noche. Los fines de semana con Andrew Dene en Hastings le habían enseñado el ritmo de la vida costera. Se acercó a la ventana y apagó la lámpara al pasar, de modo que estaba en completa oscuridad cuando retiró el estor un centímetro.

Unas luces se movían hacia delante y hacia atrás, y se oía jaleo junto a la playa de guijarros a la que acababan de subir un bote de pesca. Maisie observó a los hombres, serían tres, puede que cuatro, descargar el botín. Había esperado muchas veces a los botes que llegaban con la captura de la mañana, pero lo que tenía delante le pareció extraño. No había redes, al menos a la vista, ni barriles para el pescado, y era tarde para estar pescando. Un ruido fuerte como de un motor la distrajo y vio aparecer un camión marcha atrás, acercándose todo lo que pudo a la playa de guijarros. Entornó los ojos; le costaba ver en la oscuridad, aunque la escena estaba iluminada por varias lámparas de queroseno. A lo mejor era una captura tardía. Las sombras podían confundir y crear malas pasadas e ilusiones ópticas. Y estaba cansada y tenía trabajo que hacer. Pero no lo suficiente como para no tomar precauciones y protegerse, aunque no fuera necesario.

Apagó el fuego y se dirigió al estudio con la lámpara, prendió de nuevo la mecha y con una mano buscó entre los pliegues del asiento del sillón. Sus dedos finos tocaron unos cuantos peniques y hasta un florín, un tubo de pintura seca y un lápiz. Los hundió aún más, frustrada al no hallar nada de enjundia, segura como estaba de que la meditación le daría la pista que buscaba. Regresó al salón, se puso el sombrero y el abrigo, lavó la taza y el platillo y los colocó en el aparador. Y esperó. Esperó hasta que no hubo en la playa más luz que la del faro, hasta que la costa quedó desierta y pudo salir. Extendiendo la mano para guiarse por el vagón, lo rodeó hasta llegar al tejadillo que protegía su coche. El motor hacía ruido, pero esperaba que quedara ahogado por el choque de las olas, y regresó despacio por el camino de guijarros hasta la carretera.

Puso rumbo a Chelstone atravesando Kent. Al abandonar las marismas, los faros del MG iluminaron durante uno o dos segundos la parte trasera del camión que se desviaba de la carretera principal para tomar un sendero. Pensó que lo más probable sería que el conductor no la hubiera visto, aunque ella sí reconoció el camión al instante. Era el de la playa.

Se anotó mentalmente el lugar en el que se había desviado y siguió conduciendo en la oscuridad, consciente de que en algún momento tendría que volver.

6

Maisie había llegado tarde a casa de Frankie Dobbs, pero, a pesar de la hora, padre e hija se habían quedado levantados hasta la madrugada, a ratos en silencio y a ratos charlando sobre el trabajo de Maisie o sobre el pasado, algo que ocurría cada vez con más frecuencia. Frankie empezaba diciendo: «¿Te acuerdas de cuando...?» y continuaba con una historia sobre alguien que había conocido de joven, cuando trabajaba en las pistas de carreras de caballos, o con una historia sobre alguno de sus clientes, personas a las que entregaba frutas y verduras en su domicilio cuando era vendedor ambulante. Pero desde 1914 vivía en Kent, aunque era fácil reconocer su acento del área donde se oyen las campas de St. Mary-le-Bow; es decir, un *cockney* de pura cepa.

Frankie ya no preguntaba a su hija por el doctor Dene ni si su relación llevaría en algún momento a integrar a un yerno en su familia de dos. Sí que lo había comentado con la cocinera de Chelstone, la señora Crawford, justo antes de que se jubilara la pasada Navidad. «Me cae bien el muchacho, nacido y criado en Londres. Un buen tipo. Tiene los pies en la tierra y se porta bien con Maisie, pero no sé, no parece capaz de...» Y, al quedarse mirando a lo lejos, la mujer le había puesto la mano en el hombro y le había dicho: «No se preocupe por Maisie, ella es diferente. Siempre lo he dicho: esa chica es diferente. Ella hará las cosas a su manera. Siempre lo ha hecho y siempre lo hará. No hay de qué preocuparse». Aunque según lo decía también ella pensó por un momento en las numerosas ocasiones en que se había preocupado por Maisie.

—¡Aquí tienes, huevos frescos y dos lonchas de beicon! Para que te dé energía, hija mía.

—Cuánto te gusta malcriarme, papá —le riñó ella mientras el hombre se sentaba para dar cuenta de su copioso desayuno.

El hombre miró la hora.

—Tengo un poco de prisa por salir a ver los caballos esta mañana. Se nos está dando bien, te lo aseguro, tenemos otra yegua que está a punto de parir, aunque yo preferiría que el pequeño no viniera al mundo aún, con el frío que hace. Me paso todo el tiempo haciendo cosas para que la cuadra esté confortable. —Volvió a su desayuno y mojó el pan en el huevo frito.

—Pero recuerda que no debes hacer demasiados esfuerzos, papá.

Frankie negó con la cabeza.

—No, lo hago todo durante la jornada laboral. —Para no tener que seguir escuchando la misma cantinela sobre la lesión que había sufrido en un accidente el año anterior, Frankie optó por contarle un cotilleo que había oído en la finca—. Tienes alborotado a todo el palomar, ¿eh?

—¿Yo? —se sorprendió ella dejando el tenedor y el cuchillo en la mesa—. ¿Qué quieres decir?

—Andan diciendo que la señora no quiere seguir manteniendo abierta la propiedad de Ebury Place ahora que tú no vives ahí, que no tiene a nadie de confianza que la supervise y que lo mejor será cerrarla hasta que James vuelva a Inglaterra.

—Pero no la mantenía abierta para mí, papá. Yo estaba allí un poco para supervisar, y admito que fue un acuerdo muy práctico. Me permitió ahorrar. Estoy segura de que son habladurías, ya sabes que a la gente le gusta murmurar.

—Me parece que esta vez sí hay algo de verdad en ello —dijo su padre negando con la cabeza—. Cuesta mucho dinero mantener una casa como esa y, si la cierran, tendrán menos gastos. —Guardó silencio un momento para beber un sorbo de té—.

Pero yo creo que no es por el dinero. Creo que lady Rowan no quiere pasar demasiado tiempo allí, en la ciudad. Y tampoco quiere andar con la gente de esa zona, ya sabes, le causa rechazo estar con personas que no saben nada sobre ningún tema. A mí me da que los únicos que le importan son las personas como el doctor Blanche, gente con un poco de sesera. —Apartó el plato y se dio unos golpecitos en la sien—. No le importa el estatus de las personas, siempre y cuando tengan algo interesante que decir. Por eso creo que es lo que va a pasar, sobre todo ahora que la señora Crawford se ha ido a vivir con su hermano y su cuñada a Ipswich. Han traído a Teresa para que trabaje en la cocina, pero parece que ya nadie quiera tener mucho personal de servicio, ya no es como hace unos años.

—Espero que nadie me eche la culpa —dijo Maisie.

—No es culpa tuya, cariño, es que ha pasado todo a la vez. Y, como tú has dicho, a la gente le gusta hablar. —Miró la hora de nuevo—. Sé que no vas a tardar en irte, así que nos despedimos ya. Tengo que ir a la cuadra.

Maisie besó a su padre y se despidió de él con la mano mientras lo miraba alejarse por el sendero. Sabía que a él no le gustaba nada verla meterse en el coche, por eso había esperado a que se marchara. Era hora de que se jubilase, y Maisie le estaba muy agradecida a lady Rowan por dejar que su padre se quedara en la casita del mozo de cuadra mientras viviera. Jamás olvidaría que Frankie Dobbs había impedido que les requisasen los caballos para la guerra.

Tras recoger la cocina, Maisie guardó sus cosas y antes de las nueve estaba saliendo de la casa. Quería estar en Hastings a las diez. Aprovecharía la soledad del viaje hasta la costa de Sussex para pensar en el caso de Nicholas Bassington-Hope a la fría luz del día. Y es que hacía un día helador y claro, ya que el viento se había llevado las nubes, pero había dejado la tierra cubierta de escarcha.

A Maisie le gustaba trabajar de forma metódica en sus casos y dejar al mismo tiempo que su intuición le hablara, que la verdad diera la cara. A veces, llegaba por algo tan sencillo como un olor desconocido en el aire o al destapar información sobre una decisión que hubiera tomado alguna víctima. Y había descubierto que con frecuencia el autor de un crimen era también un damnificado. Sin embargo, le daba la impresión de que el caso que tenía entre manos pedía a gritos un enfoque distinto que le exigía «trabajar en dos direcciones al mismo tiempo», como le había comentado a su padre cuando le preguntó por el asunto que la había llevado a Dungeness. No había dicho mucho más sobre el caso, solo que precisaba algo diferente por su parte.

Y ese algo era ser capaz de crear una fotografía, una imagen de la vida de la víctima sin tener, tal vez, parte de la información que normalmente tenía. Mientras conducía iba pensando en que no había contado con la ventaja de estar presente poco después del accidente, por lo que el entorno estaba libre de ese residuo energético que siempre se percibía en presencia de una muerte reciente. Pensó que a lo mejor tenía que pasar otra vez por la galería lo antes posible y a solas. De momento estaba empezando a esbozar cómo había sido la vida de Nick Bassington-Hope. Lo primero era dibujar el paisaje y después ir añadiendo colores y profundidad, a medida que fuera recabando información.

Cambió de marcha para reducir la velocidad al bajar la pequeña pendiente que llegaba hasta Sedlescombe. Su energía mental empezaba a subir. Aquel caso se parecía a crear uno de esos murales, construir una imagen sobre terreno irregular, contar una historia añadiendo detalles que daban vida y fuerza a la obra, ¿o no?

Tenía un boceto a carboncillo de cómo había sido la existencia del artista; ahora tenía que empezar a pulir. Primero, Dungeness. ¿Había visto algo extraño o es que el inquietante silencio de la costa por la noche había estimulado su imaginación? A lo mejor el mural de la ventana del vagón la había confundido hasta el punto de hacerla creer que había visto algo que no era real, mientras unos pescadores se afanaban en descargar la captura del día con aquel viento invernal implacable. A lo mejor el camión que iba delante de ella por la carretera no era el mismo que había visto en la playa, o puede que fuera el mismo vehículo de camino al almacén o a la factoría donde empaquetaban el pescado en cajas con hielo para su transporte a Londres. Maurice le había advertido en muchas ocasiones que cuando uno se encontraba agitado o alterado emocionalmente, un comentario inocente podía interpretarse como un motivo de discusión, podía convertir un acontecimiento felizmente anhelado en la revelación de un terrible secreto. ¿Y acaso no se había alterado al ver el abrigo y sentir el peso de aquella prenda que había arrastrado Nick Bassington-Hope por el barro de Flandes, cuyas mangas habían cubierto unos brazos que, tal vez, hubieran proporcionado apoyo y consuelo final a hombres moribundos?

Maisie tomó el estrecho camino que conducía a las afueras del casco antiguo de Hastings, por encima de la barriada pobre con sus destartaladas casuchas de vigas vistas en Bourne Street, y a lo largo de las casas que disfrutaban de vistas al canal, y fue consciente de que tenía una lista de dibujos detallados que crear: la familia Bassington-Hope; los amigos y compañeros de Nick; los coleccionistas de arte que buscaban su obra y los que la odiaban; el depósito misterioso. Quería saber por qué su clienta había discutido con Stig Svenson en la galería. Recordó su primera reunión y la observación de Georgina sobre que si alguien había matado a su hermano, era posible que también fuera a por ella. ¿Qué suceso, qué situación podría haber dado lugar a ese miedo, o solo había sido un comentario hecho de pasada para incitarla a aceptar el caso? ¿La estaban tomando por boba tanto Georgina como Stratton?

Aún era pronto, solo habían pasado dos días desde su primer encuentro con ella, pero tenía que ponerse a trabajar en serio, si no por su clienta, por ella misma. Porque ahora estaba bastante segura de que, aun en el caso de que Nick Bassington-Hope hubiera muerto en un terrible accidente, y posiblemente como resultado de una negligencia por su parte, su muerte había dado motivos a Svenson para discutir con la albacea de su cliente, había propiciado una pelea entre las hermanas Bassington-Hope y había derivado en un comportamiento de lo más extraño por parte del inspector Stratton.

—¡Maisie! Por Dios, ya pensaba que no volvería a verte... ¿Y qué haces, si me permites que te lo pregunte, sentada en ese cochecito rojo tuyo mirando el mar con la vista perdida?

Maisie negó con la cabeza.

—Perdona, Andrew, estaba a muchos kilómetros de distancia.

Andrew Dene abrió la puerta del coche, tomó a Maisie de la mano y la estrechó contra sí en cuanto puso un pie en el suelo.

—Me estabas evitando, creo yo —dijo él con tono juguetón, aunque estaba claro que estaba desafiándola a llevarle la contraria.

Maisie sonrió y se sonrojó.

—Claro que no, no seas bobo. —Giró la cabeza hacia el mar—. Vamos a dar un paseo. Tengo que irme a las dos, así que será mejor que no malgastemos la mañana.

Andrew puso cara de decepción durante un segundo, pero enseguida le devolvió la sonrisa.

—Gran idea, Maisie. Entra un momento mientras me pongo el abrigo —dijo extendiendo el brazo en una invitación a pasar a la casa—. Una pena que no te quedes hasta mañana.

Maisie no respondió, no se dio la vuelta para darle una explicación o para disculparse siquiera. Y él no lo repitió, pensando que el aire se había llevado sus palabras, y decidió que tal vez fuera lo mejor.

TARDARON SOLO UN cuarto de hora en llegar paseando tranquilamente hasta High Street y desde allí a Rock-a-Nore, en dirección a los edificios de madera de gran altura que servían como almacenes para los aparejos frente a la playa conocida como Stade, donde se detuvieron a observar cómo subían a tierra una barca de pesca con un cabrestante. Las redes de las otras embarcaciones se apilaban en montones, a la espera de que las limpiaran, repararan y guardaran para la siguiente jornada. Aunque Andrew era cirujano especializado en ortopedia en el centro de recuperación All Saints, viajaba a Londres con regularidad para impartir clases a los estudiantes de Medicina sobre el tratamiento en caso de lesiones de espalda y rehabilitación tras un accidente, enfermedad o heridas de guerra. Al haber sido otro de los protegidos del doctor Maurice Blanche, Andrew Dene pensaba que ese punto en común con Maisie favorecería su relación, pero, tras un comienzo prometedor, empezaba a preguntarse si no habría pecado de optimista. Aquella mañana había intentado hablar en varias ocasiones con la esperanza de profundizar en el tema, pero al final se había quedado callado.

Observaron a las mujeres del pueblo vendiendo pescado, bígaros y buccinos a los turistas que iban a pasar el día desde Londres y que lo compraban para llevárselo de vuelta como un capricho para acompañar al pan con pringue de la merienda del domingo. Y luego estaban los que pagaban unos peniques por un platillo de anguila en gelatina o buccinos, y se los comían de pie en el mismo puesto, un manjar con una taza de té bien fuerte.

«Qué buen plato de buccinos.»

«¿Han probado las anguilas en gelatina?»

«Hace buen día cuando se para el viento, ¿verdad?»

Oían a la gente charlando a su alrededor, pero ellos no se decían nada. El doctor iba a probar desde otro ángulo, iba a hablar cuando se dio cuenta de que Maisie miraba al otro lado de la playa Stade en la que se varaban las barcas de pesca, su atención fija en una de ellas. Tenía los ojos entornados y se hacía visera con la mano en la frente para protegerse del sol.

—¿Qué ocurre, Maisie? ¿Te gusta uno de los chicos que están descargando el pescado? —bromeó.

Ella no se movió apenas, la vista fija en la embarcación, y de pronto lo miró.

—Perdona, Andrew, ¿qué decías? Estaba preocupada.

—Si no te importa que te lo diga, Maisie, estás así desde que has llegado —respondió él lacónico—. ¿Qué pasa? ¿Es que no podemos siquiera pasear tranquilamente sin que te fijes en algo que te haga pensar en tu trabajo y te transporte a cualquier otro sitio que, como es obvio, no es aquí, conmigo?

Maisie ignoró el comentario y respondió con otra pregunta.

—¿Conoces a los pescadores de la zona, Andrew? ¿Te suenan sus nombres?

Él sospechó que Maisie ni siquiera lo había oído.

—Pues... Pues sí, Maisie, los conozco. Conozco a la mayoría de las familias simplemente porque soy médico y he decidido vivir cerca de Bourne Street, donde reside la gente corriente.

Notaba que se ponía cada vez más tenso según hablaba, una mezcla de enfado al ver que Maisie ignoraba su observación y miedo a que eligiera ese momento justo para hablarle de lo que sentía por él, algo que no estaba seguro de querer oír. Sintió alivio cuando lo agarró del brazo y siguieron caminando en dirección a los hombres que Maisie se había quedado mirando.

—Venga, vamos a tomar un té antes de que me marche a Tenterden.

Lo dijo con una sonrisa, aunque Andrew se dio cuenta enseguida de que, aunque ella siguió hablando, le habían llamado la atención tres pescadores que estaban de pie junto a su barca. Parecían enfrascados en una discusión, de espaldas al viento, tan juntos que se rozaban las cabezas. Al pasar a su lado, Andrew se fijó en que todos ellos levantaron la vista a la vez y al cabo de un segundo retomaron su discusión. Maisie lo miraba de frente y se le ocurrió que parecía que no quería que supieran que los había visto. Cruzaron la calle.

—¿Conoces a esos hombres, Andrew?

—Pero ¿qué ocurre, Maisie? Sé que no es asunto mío, pero...

—Solo necesito sus nombres, por favor.

Suspiró, y no era la primera vez ese día.

—No conozco al del centro, el pelirrojo con coleta, pero los otros dos son hermanos. Rowland y Tom Draper. Patronean el *Misty Rose*, la embarcación en la que estaban apoyados.

Maisie aceleró el paso y se soltó del brazo de Andrew para mirarlo de frente otra vez.

—¿Sabes algo sobre el contrabando en la costa?

Él se rio y negó con la cabeza. Acababan de llegar a la cafetería.

—Menudas preguntas haces, Maisie, menudas preguntas. —Dejó unas monedas en el mostrador y esperó a que le dieran las dos tazas de té y a estar sentados en una mesa antes de contestar—. Sí, claro. Sé que el contrabando ha florecido en la costa desde la Edad Media. Hace tiempo traficaban con tejidos, lana y seda de calidad. Las especias también tuvieron valor para el contrabando, y después fue el alcohol e incluso los frutos de la piratería. Tiene todo un aire de historia de espionaje, es muy *Doctor Syn*.

—¿*Doctor Syn*?

Andrew bebió un sorbo antes de responder.

—Deberías leer más historias de aventuras, Maisie, y así a lo mejor se te quitaban las ganas de meterte en líos. —Aguardó un momento a ver si mordía el anzuelo, pero escuchaba atenta sin decir nada—. La serie de libros sobre el doctor Syn, el párroco y contrabandista de Romney Marsh, ¡historias de jinetes malditos y brujas, mis valientes! —lo dijo imitando la voz de un pirata de teatro de títeres infantil y le encantó que Maisie se riera, aunque la alegría no le duró mucho.

—¿Y qué me dices de la época actual? ¿Con qué trafican ahora?

Él se reclinó en la silla.

—No sé si sigue habiendo contrabando ahora mismo, Maisie. Corren rumores de que las cuevas que hay allí arriba, en los acantilados, conducen a túneles que serpentean hasta unos sótanos en el casco antiguo de la ciudad; vamos, que el contrabando continuó y tenían forma de escapar con el botín, digamos.

Maisie se quedó pensativa.

—Pero si tuvieras que aventurar una respuesta, ¿qué pasaría la gente de contrabando, si pudiera?

Andrew negó con la cabeza y se encogió de hombros.

—La verdad es que lo desconozco. Quiero decir que supongo que la gente trafica con cosas que son difíciles de obtener y con las que puedan obtener beneficio. No estoy seguro de que siga siendo el caso del alcohol, las especias, la seda o la lana. —Se quedó pensativo un rato—. Es probable que no todas las personas trafiquen por una misma razón... —Negó con la cabeza—. Ya lo has conseguido, Maisie. Hacerme especular sobre algo sin importancia. —Le tocó el turno a él de mirar el reloj—. Será mejor que salgas ya si quieres llegar a tiempo a tu cita en Tenterden.

Fueron andando en silencio hasta el coche. Maisie se volvió hacia él antes de meterse en el coche y arrancar.

—Lo siento, Andrew. Parece que no soy capaz de darte lo que quieres, ¿no crees? —Lo miró a los ojos como queriendo calibrar el efecto de su admisión, su evaluación de la relación.

—Es probable que seamos esa clase de personas que terminan queriendo lo mismo, pero no en el mismo momento —respondió él sonriendo, aunque con los hombros hundidos y la mirada gacha. Era la sonrisa de un hombre resignado ante una situación más que la de un hombre que sabe lo que habría que hacer para cambiarla.

Maisie le acarició la mejilla con la mano, pero no le dio un beso. Y cuando se disponía a sacar el coche del aparcamiento, el rostro enmarcado por la ventanilla, Andrew se inclinó y la besó. Se retiró a continuación y dijo:

—Ah, y sobre el tema de los contrabandistas, creo que la única razón para traficar ahora es que alguien esté dispuesto a pagar una buena suma por algo que desea fervientemente, algo difícil o imposible de conseguir. ¿Sabes? Algunas personas harían lo que fuera con tal de obtener algo que desean con todas sus fuerzas.

Tras lo cual dio una palmadita en el techo del coche y se apartó para dejarla ir.

«¿Sabes? Algunas personas harían lo que fuera con tal de obtener algo que desean con todas sus fuerzas.» Maisie repetía aquellas palabras mientras conducía hacia Tenterden. El tercer hombre de la playa, el que Andrew había dicho que no conocía, era Amos White, el pescador de Dungeness. Se preguntaba si los pescadores se reunirían habitualmente. «Pues claro, tiene que ser así. Está claro que todos los pescadores se conocen, pescan en la misma zona; es probable que estuvieran haciendo negocios.» Pero la habían visto y habían considerado necesario comentarlo entre ellos cuando Andrew y ella pasaron a su lado. Aunque hablaban entre susurros, la tensión de los hombros, la forma de juntarse como queriendo proteger un secreto, le decían algo muy claro, tanto como si estuvieran hablando con ella directamente o a gritos. Sí, los había visto a todos antes, igual que Nick Bassington-Hope. Ahora lo sabía.

Cuando llegó a Tenterden, el cielo se había cubierto, pero en vez de presagiar tormenta, las nubes resplandecían iluminadas por detrás, por el sol de la tarde que hacía que los campos parecieran más verdes y que los árboles desnudos resaltaran aún más en el paisaje. Eran las condiciones ideales para que se produjera una capa de hielo sobre las carreteras; que nevara incluso. Había salido con tiempo de sobra de Hastings y había hecho muy bueno todo el camino, así que aún podía hacer un par de recados. Entró en la floristería a comprar un pequeño ramo de flores para la señora Bassington-Hope. No era época de floración, pero siempre podían adquirirse las especies de invernadero procedentes de las islas de Jersey y Guernsey, aunque eran caras. Maisie salió de la floristería preguntándose cuánto podría aguantar abierto el negocio, puesto que las flores constituían un gasto cada vez más superfluo para todo el mundo, y los pobres nunca tenían dinero para caprichos frívolos.

La librería del pueblo era otro negocio que funcionaba en un local con espacio limitado. Sentía curiosidad por ver el libro del

Doctor Syn que le había comentado Andrew. Había dos ejemplares en la librería y Maisie se sentó en un sillón a leer las primeras páginas para comprobar si la novela había inspirado de algún modo al artista. Maisie quería saber más sobre la historia. Antes de salir, anotó un par de cosas en una ficha y se la guardó en el bolso mientras se dirigía al dependiente para darle las gracias por haberla permitido hojear el libro.

—¡Maisie! —Georgina Bassington-Hope la saludó con el brazo cuando la vio aparcar en la estación, se acercó a la puerta del copiloto, abrió y se sentó—. He convencido a Nolly para que me trajera en coche al pueblo. Tenía que hacer unos recados, ya sabes, visitar a los arrendatarios y esas cosas, pero, cuando le pido un favor, se pone como si la hubiera obligado a que se echara a los leones.

Maisie comprobó que no venía ningún coche y se incorporó a la calzada.

—Espera, me gustaría hablar contigo antes de ir a casa.

—Claro —dijo Maisie avanzando unos metros antes de aparcar. Apagó el motor y echó mano de la bufanda y los guantes que había dejado detrás de su asiento—. ¿Te importa que hablemos dando un paseo en vez de quedarnos aquí sentadas? Veo que llevas puestos unos zapatos de suela recia. Venga, vamos.

Georgina aceptó, aunque parecía sorprendida. Maisie supuso que por lo general era ella quien proponía las ideas, quien hacía sugerencias.

—¿De qué quieres hablar?

—Bueno, antes de nada, del vagón-casa de Nick. ¿Has encontrado algo útil en tu visita?

Maisie asintió con la cabeza mientras decidía qué contarle al tiempo que evaluaba el estado de ánimo de Georgina. La forma de andar, de mantener las manos a los lados del cuerpo, de abrir y cerrar los dedos, para poco después meterse las manos en las mangas del abrigo revelaba tensión, pero ¿y qué más? Maisie acompasó el paso al de su clienta y colocó las manos y los hombros de la misma forma. Notaba que Georgina estaba asustada y también que el miedo procedía de la idea de que algo malo estaba pasando. En su trabajo, Maisie veía el miedo muchas veces, pero había aprendido que había diferentes grados de miedo, y que se expresaban mediante actos y reacciones que variaban según la persona y la situación. El hecho de anticipar una mala noticia daba como resultado un aura deprimida, diferente de la que presentaba alguien que tenía miedo de otra persona, de no ser capaz de hacer algo en un determinado momento o de las consecuencias de un acto en particular.

Sospechaba que Georgina tenía miedo de lo que pudiera salir a la luz y lamentaba en cierta forma haber tomado la decisión de hurgar en las causas del accidente de su hermano. Maisie consideraba que esos sentimientos podían deberse a que hubiera recibido alguna información o quizá a la sensación de que había intentado abarcar demasiado.

—Salí de allí con más preguntas que respuestas, si te soy sincera. Claro que no es extraño en esta fase de la investigación. —Hizo una pausa—. Tengo curiosidad por saber más sobre la obra de Nick. Era un artista de lo más interesante, ¿no es así?

Georgina sacó un pañuelo del bolsillo y se secó el sudor que se le había formado en la frente y a ambos lados de la nariz.

—Sí, muy interesante, e innovador. Pero ¿en qué aspecto lo has encontrado interesante?

Maisie metió la mano en el abrigo y miró la hora en el reloj que llevaba prendido en la solapa de la chaqueta.

—He visto una o dos piezas y me he fijado en que Nick pintaba a personas que conocía, con su rostro, en escenas para las que no es posible que pudieran haber posado. Me pareció interesante. De hecho, y ten en cuenta que no sé nada de arte, supuse que, igual que un escritor construye un personaje inspirándose en alguien conocido, pero lo protege dándole un nombre ficticio, un pintor empleará todo tipo de artificios para evitar mostrar a una persona real en una escena determinada. Parece que Nick se ha tomado muchas molestias en hacer justo lo contrario.

—¿A qué piezas te refieres?

—Al mural pintado en las paredes del vagón.

—¿Los contrabandistas?

—Sí. Parece que se inspiró en un personaje ficticio, el doctor Syn, creado por Russell Thorndike, para crear su historia ilustrada. Pero cuando te fijas en las caras, ves que son hombres que conocía de verdad.

—¡Ah, sí, claro! Verás, creo que solo lo hizo una vez. Recuerdo haberle oído decir que los pescadores tienen rostros muy curtidos, como las rocas moldeadas por el agua a lo largo de años, y que por eso quería pintarlos en un contexto histórico. Decía que el aspecto de aquellos hombres le recordaba a las leyendas sobre el contrabando que existió en aquella zona. Luego leyó el libro, claro, y le dio la inspiración necesaria para pintar esa historia como decoración para el vagón, muy apropiada, en mi opinión, dado que vivía en la frontera de esas misteriosas marismas de la novela.

Maisie asintió con la cabeza.

—Sí, me pareció muy inteligente. Pero ahora tengo curiosidad por otra cosa.

Se volvió hacia Georgina de camino al coche y se fijó en que tenía la frente cubierta de sudor.

—¿Qué cosa?

Maisie se sentó y se inclinó hacia la derecha para abrir la puerta del copiloto. Encendió el contacto y continuó:

—He localizado a los tres pescadores que inspiraron los rostros de los contrabandistas del mural, pero no consigo dar con el personaje que representa al intrépido líder a lomos de su caballo. —Dejó el comentario en el aire y miró a ambos lados de la calle antes de salir de la zona donde había aparcado en dirección a High Street—. ¿Derecha o izquierda?

7

La entrada de Bassington Place estaba flanqueada por dos columnas recubiertas de musgo que hacían las veces de soporte para las puertas de la verja de hierro, abiertas de par en par. Maisie pensó que era muy probable que aquellas puertas no se hubieran cerrado en años, a juzgar por la hiedra que las inmovilizaba. A la izquierda había una casita de piedra arenisca de una planta, cubierta también por la hiedra.

—Gower, nuestro guardabosques, criado ocasional y empleado para todo vive aquí con su mujer, el ama de llaves. Sinceramente, me pregunto por qué seguimos teniendo guardabosques, pero Nolly está decidida a recaudar fondos para abrir la finca a partidas de caza. Siempre hemos dejado que venga aquí la gente del pueblo, que pagan algo por cazar en los terrenos, pero Nolly está pensando en algo más grande. De hecho, la idea se la dio uno de los clientes de Nick —dijo y señaló a continuación hacia la derecha—: Sigue por ahí, después gira a la derecha a la altura de ese roble.

Maisie avanzó por el camino de entrada bordeado de rododendros blancos de nieve despacio para evitar los baches, siguiendo las indicaciones de Georgina.

—¿Un cliente de Nick?

—Sí, el magnate estadounidense que quiere conseguir el tríptico a toda costa. Dijo que allí hay muchos hombres con dinero con ganas de probar un bocado de la vieja Europa. Creo que si dejáramos que mi hermana hiciera lo que le diera la gana, vendería todo esto y a mis padres con la casa. ¿Quieres un bocado de la vieja Europa? Pues ahí lo tienes.

—¿Es ahí?

—Sí, ya hemos llegado. Nolly aún no está. Menos mal.

Maisie redujo la velocidad un poco más para poder estudiar en detalle la casa, que le pareció un ejemplo magnífico de imponente finca rústica medieval, aunque un poco deteriorada. Parecía casi como si hubieran juntado tres casas; tenía numerosas áreas con tejado inclinado y varias chimeneas isabelinas de estilo sinuoso y recargado, que se habían añadido con posterioridad sin ningún tipo de duda. Habían enlucido las vigas robustas que enmarcaban la estructura con una capa marrón grisácea, y entonces sospechó que lo habrían hecho siguiendo el antiguo método de zarzo y barro. Las hojas de vidrio con forma de rombo habían cambiado de forma con los siglos, y las vigas apenas se advertían en las zonas en las que el suelo había cedido bajo el peso de los muros y el paso de los años. Pese a su tamaño, la casa recubierta de hiedra parecía cálida y acogedora. Le recordó en cierto modo a Chelstone.

Nada más aparcar, la puerta de roble macizo se abrió con un chirrido sobrecogedor de los goznes, que pedían a gritos que los engrasaran. Un hombre alto de unos setenta años se les acercó, pero, antes de que llegara, Georgina se inclinó hacia Maisie.

—Mira, acabo de darme cuenta de que debería habértelo dicho antes de venir. Me pareció mejor contarles a mis padres que yo misma te di instrucciones de investigar el accidente de Nick. Como es natural, aunque les pedí que lo mantuvieran en secreto, se lo contaron a Nolly, que se puso como un basilisco. No es que le tenga miedo a mi hermana, pero puede ponerse muy pesada, aunque nos da pena... Pero ya estoy harta de bailarle el agua siempre. —Bajó del coche y se dirigió hacia su padre, al que dio un beso en la mejilla—. Hola, Piers, querido. Te presento a Maisie Dobbs, una vieja amiga de Girton.

El patriarca de la familia le tendió la mano, y sintió de inmediato el calor y la fuerza que irradiaba. Era alto, más de metro ochenta, y seguía teniendo el porte de un hombre más joven. Vestía unos pantalones de pana bien cuidados, aunque un poco gastados, camisa de viyela con una colorida corbata en tonos lavanda y jersey de lana de ochos de color marrón. Llevaba el pelo de color ceniza, a juego con las cejas, peinado hacia atrás, y tenía unos ojos grises de apariencia afable, acompañados por arrugas y manchas de la edad en las sienes y la frente. Como Georgina había descrito a sus padres como algo excéntricos, Maisie había ido preparada para cualquier comportamiento inusual, pero le sorprendió que la mujer llamara a su padre por el nombre de pila. No le costó hacerse una idea de cómo era Piers Bassington-Hope al observarlos juntos y sospechó que el hombre sabría sacar provecho de su excentricidad, en caso de que le hiciera falta.

—Un placer conocerla, señorita Dobbs.

—Gracias por invitarme a su casa, señor Bassington-Hope.

—No hay por qué darlas. Nos alegramos mucho de que haya venido y haya aceptado ayudar a Georgina. Lo que sea con tal de que se quede tranquila, ¿no le parece?

La sonrisa de bienvenida del hombre era sincera, pero no conseguía camuflar la palidez que señalaba el dolor de haber perdido a su hijo mayor. No le pasó por alto que utilizaba la sonrisa para dar efecto a sus palabras, como queriendo dar a entender que cualquier investigación era para asegurar el bienestar emocional de su hija, un acto de indulgencia para calmar su agitación. Sospechó que, por lo que concernía al padre, el asunto estaba cerrado, no tenía dudas al respecto. Se preguntó cómo estaría llevando la madre la pérdida.

—Adelante. ¡La señora Gower ha preparado una merienda como hacía años! Tu favorita, Georgie, ¡pasteles de hojaldre rellenos de pasas! —Y volviéndose hacia Maisie añadió—: Puede que nuestros hijos sean ya mayores, pero la señora Gower siente la necesidad de atiborrarlos con sus comidas favoritas cuando vienen de visita el fin de semana. Nolly vive aquí todo el tiempo, la pobre, y, claro está, si estuviera aquí Nick... —Dejó las palabras en el aire mientras cedía el paso a las jóvenes hacia la salita de dibujo.

Incluso antes de entrar, Maisie pensó que le haría falta una semana para asimilar todo lo que veía. Si aquello fuera Chelstone, o alguna de las otras casas señoriales que había visitado por cuestiones de trabajo, la decoración habría sido más moderada, más acorde con la idea general del buen gusto. Estaban los partidarios de las costumbres victorianas, que cubrían hasta las patas de las mesas que quedaban a la vista y llenaban todas las habitaciones de pesado mobiliario, plantas y cortinajes de terciopelo. Los que preferían darle un aire más suave, combinando quizá muebles más antiguos con cortinas más alegres y ligeras, paredes pintadas de color crema en vez del grueso papel decorado con motivos en relieve de aire más solemne. Y luego estaban los que se tiraban de cabeza en lo que los franceses habían denominado *art déco*. Pero para la mayoría decorar una casa era, con frecuencia, una cuestión de equilibrio entre el gusto personal y el presupuesto, de manera que incluso en las casas señoriales, el mobiliario y los accesorios de decoración ilustraban una combinación entre historia familiar e inversión en algunas piezas nuevas: un gramófono, una radio, un mueble bar. En el caso de los Bassington-Hope, la decoración le pareció una forma estimulante y un poco alarmante a la vez de salirse de la norma.

En el vestíbulo de entrada, cada pared estaba pintada de un color, y no solo eso, alguien, un grupo de personas tal vez, había dejado su impronta añadiendo un mural de un jardín con flores y hojas que brotaban de un zócalo verde. Parecía que la hiedra se hubiera colado en el interior. En otra pared, un arcoíris enmarcaba la entrada a otra zona, y hasta las cortinas mostraban estampados variados a juego con la frivolidad artística del resto de la vivienda. Había una antigua *chaise longue* tapizada en loneta clara y lisa, y sobre el tejido habían pintado una serie de triángulos, círculos, hexágonos y cuadrados. Tapices vanguardistas en las paredes y fundas de cojines de punto de cruz con círculos rojos y amarillos, o líneas paralelas naranjas y verdes se sumaban a la profusión de colores.

Aquello parecía más un aula de dibujo que una sala de estar para recibir a los invitados y tomar el té. Las paredes estaban pintadas de amarillo pálido, el marco del cuadro de granate oscuro, y los zócalos de las paredes y las puertas eran de color verde caza. Al mirar más de cerca, Maisie vio que los bordes biselados de las puertas de paneles estaban acabados en el mismo color vino que los marcos de las ventanas.

La madre de Georgina, que estaba de pie delante de uno de los dos caballetes situados junto a las ventanas balconeras, se dio la vuelta limpiándose las manos con un trapo y fue a saludar a Maisie, que pensó que la mujer era tan colorida como su casa. Llevaba el pelo canoso y rizado, recogido en una trenza suelta sujeta en lo alto de la cabeza, y algunos mechones se le habían soltado y le caían por la nuca y los lados. Se protegía la ropa con una bata azul de pintor manchada de pintura, pero por debajo de la bata Maisie vio que llevaba una falda roja con bordados. Lucía las orejas y las muñecas adornadas con unos pendientes de aro y varias pulseras rígidas de oro y plata. Tenía un aire de gitana que le recordó a Maisie a la población inmigrante romaní de la etnia *kalderash* que había inundado las calles del East End londinense veinte años atrás con una forma de vestir que ya habían adoptado muchas personas cansadas de la adusta moda victoriana que se resistía a desaparecer.

—Menos mal que te ha encontrado Georgina. Como conducía Nolly, temíamos que insistiera en terminar todos sus asuntos antes de llevarla a la estación. Nos preocupaba que te hubieran dejado plantada. —Emma Bassington-Hope tomó la mano de Maisie entre las suyas, manchadas de carboncillo—. Como puedes ver, la señora Gower ha preparado una merienda magnífica. ¿Se lo has dicho ya, Piers? Ven por aquí, vamos a dar cuenta del festín mientras nos hablas de ti. —Y volviéndose hacia su hija y su marido añadió—: Dejad todos esos libros en el suelo, queridos.

Se acomodó en un sofá cubierto con una funda de tejido floral y le indicó a Maisie que se sentara a su lado dando unas palmaditas en el asiento. Georgina y su padre se acomodaron cada uno en un sillón que le recordaron a Maisie a unos caballeros ancianos a la hora de la siesta. Los muelles del sofá habían cedido en el centro, por lo que, a pesar de los cojines de plumas, no podía evitar ladearse hacia la anfitriona. Era como si el sofá maniobrase para que compartiera confidencias con la mujer, algo que tampoco era mala idea.

—Emsy, recuerda que Maisie ha venido por motivos de trabajo. Tendrá que haceros algunas preguntas.

Maisie sonrió y levantó una mano.

—No te preocupes, Georgina. Más tarde. Tenemos tiempo de sobra. —Y volviéndose hacia Emma Bassington-Hope y después al padre de Georgina dijo—: Tienen ustedes una casa preciosa, muy interesante.

Georgina sirvió el té y ofreció una taza a su invitada primero y después a sus padres, antes de pasar los sándwiches de pepino. Emma continuó charlando con Maisie.

—Bueno, es una casa maravillosa para la gente a la que le gusta pintar. Estamos rodeados por una campiña fantástica. Cultivamos nuestras propias verduras, ¿sabes?, y disponemos de todo este espacio para poder experimentar. Y Piers y yo siempre hemos sido defensores de la idea de que nuestros lienzos no tienen por qué ser unas estructuras cuadradas de madera forradas de tela. —Señaló a su hija—. De hecho, cuando Georgie era pequeña, escribía historias enteras en las paredes de su habitación y luego iba Nick y las ilustraba. Todavía las conservamos. No fuimos capaces de pintar encima, y ahora es aún más... —Se tapó la boca con la mano y sujetó el borde de la bata para secarse los ojos.

Piers Bassington-Hope se miró los pies y a continuación se acercó a la ventana a contemplar lo que estaba pintando su mujer. Levantó un carboncillo y añadió algo al dibujo, pero a continuación lo aplastó entre los dedos. Por su parte, Georgina se miraba las manos y observaba de soslayo a Maisie, que se había movido ligeramente para consolar a la mujer, cuyos hombros subían y bajaban acompañando su llanto. Las lágrimas le estaban empapando la bata.

Pasó un rato durante el cual el padre de Georgina abrió las balconeras y salió a que le diera el aire. Maisie alargó el brazo y tomó las manos de la mujer entre las suyas igual que había hecho esta al conocerse.

—Hábleme de su hijo, Emma.

La mujer guardó silencio un rato, y después se sorbió la nariz y negó con la cabeza mientras la miraba a la cara.

—Esto no es habitual en mí. Acabo de verte por primera vez, y, sin embargo, tengo la sensación de que nos conocemos desde hace mucho.

Maisie no contestó, esperó sin soltarle las manos.

—Me he sentido perdida, mucho, desde el accidente. Nick se parecía mucho a mí, ¿sabe? Georgina es como su padre. Él escribe, y también se le dan muy bien otras cosas, como diseñar muebles, dibujar y componer música. De ahí le viene a Harry, creo yo. Pero Nick era un artista por los cuatro costados. Desde niño. Las cosas que hacía eran demasiado sofisticadas para su edad; su sentido de la perspectiva, su capacidad de observación tan aguda. Recuerdo que pensé que no solo dibujaba a un agricultor trabajando en el campo, sino que parecía lo que sentía ese hombre. Era como si fuera capaz de contar la historia completa del campo, de cada pájaro, del caballo, del arado. Si te enseño los dibujos y las pinturas de cuando era niño, podrás juzgar por ti misma: ponía el corazón y el alma en cada línea de carboncillo, en cada pincelada de color. Nick era su obra.

Se atragantó con un sollozo y se inclinó sobre las rodillas hasta tocar casi con la frente las manos de Maisie, que seguía sosteniendo las suyas. Se aferraba tan fuerte a ella que Maisie se sintió empujada a inclinarse hacia delante en un gesto de agradecer la confianza de la madre y consolarla apoyando la mejilla en la cabeza de la destrozada mujer. Permanecieron así un rato hasta que Maisie notó que el doloroso lamento por la muerte del hijo remitía. Entonces se incorporó, pero no retiró las manos. Al cabo de un momento, cuando Emma Bassington-Hope levantó la cabeza, Maisie ya sí apartó las manos y la miró a los ojos.

—Oh, Dios mío, yo... Perdóname, por favor, no sé...

—No hace falta que diga nada —la tranquilizó Maisie con suavidad y guardó silencio antes de continuar—. ¿Le gustaría mostrarme el trabajo de su hijo, contarme algo más sobre él?

ALREDEDOR DE UNA hora después, Maisie y la madre de Georgina regresaron a la sala. Durante ese tiempo, Maisie había disfrutado de una visita guiada por la casa, le había enseñado cada habitación decorada en un color y un estilo diferentes, y había llegado a la conclusión de que aquella familia ejemplificaba todo lo que ella asociaba con el término «bohemio». Saltaba a la vista que los padres habían adoptado una forma de vida que habría sorprendido a otros padres de la época, pero no estaban solos en la búsqueda de una autenticidad que les permitiera explorar su sensibilidad creativa. Habían tenido la suerte de heredar tierras y propiedades, recursos que les habían permitido transmitir su peculiaridad a sus hijos, que no habían tenido motivos para creer que fueran a encontrarse las puertas cerradas, aunque Maisie tenía curiosidad por ver si la hija mayor compartía esa afirmación.

Había más obras de Nick por toda la casa, aunque Emma señaló que Nolly había vendido algunas piezas, regalos que había hecho a sus padres, antes incluso de su muerte. Aquello había provocado que Nick discutiera con su hermana y había hecho enfurecer a Georgina. Los padres habían aceptado en un principio, conscientes de que los fondos familiares estaban bastante mermados. La conversación que había mantenido con ella despertó aún más la curiosidad de Maisie por Harry, pues casi no se mencionaba su nombre.

Maisie y Emma se sentaron de nuevo en el sofá de la salita y la efusiva mujer le tomó de nuevo las manos entre las suyas. Le habló del servicio de Nick durante la guerra y le explicó que este había sentido que tenía que «cumplir» con la patria, y por eso había decidido alistarse en el regimiento de los Artists Rifles al iniciarse la guerra en 1914.

—Creo que el hecho de haber estado en Bélgica antes del conflicto fue lo que le hizo sentir que era su obligación. Nosotros no estuvimos de acuerdo, como es natural, y más sabiendo lo sensible que era Nick. —Sonrió—. Si le hubieran dado un rifle a Nolly o a Georgie puede que no me hubiera preocupado tanto; es más, Georgie también fue, y acabó metiéndose en líos con las autoridades. Y, en cuanto a Nolly...

—En cuanto a Nolly, ¿qué?

La puerta se cerró de golpe y una mujer alta de unos cuarenta años, vestida con falda de *tweed*, zapatos marrones de piel y chaqueta de lana también marrón entró en la habitación. Se quitó la boina y se alisó con los dedos el pelo de color castaño apagado peinado en un estilo *bob* bastante corto a la vez que maldecía que se hubiera puesto a nevar de nuevo. Miró a Maisie con cara de pocos amigos mientras se servía un té y un bollo. Con unos rasgos más acusados que los de Georgina, Noelle Bassington-Hope daba la impresión de ser seca e inflexible, y Maisie pensó que la preocupación y la tensión se habían cebado con su aspecto.

—Adelante, madre, confiesa. En cuanto a Nolly, ¿qué?

—No empieces, Nolly. La señorita Dobbs es nuestra invitada —dijo Georgina molesta en el momento que entraba con su padre en la salita de estar a través de las balconeras, justo a tiempo de oír a su hermana mayor exigiendo una explicación a la conversación que acababa de interrumpir.

Maisie le tendió la mano, aunque se dio cuenta de que desconocía el apellido de casada de Noelle.

—Señora...

—Grant. Usted debe de ser la investigadora privada de Georgie, aunque no creo que haya gran cosa que investigar. —Dio un mordisco a su bollo, dejó el plato de nuevo en la mesa y le tendió la mano. Su comportamiento era revelador: dar a la palabra un tono ofensivo como quien no quería la cosa, con cierta ligereza. Sin embargo, Maisie reconoció en sus modales falta de seguridad y algo más, una sensación que ya había tenido antes ese día. «Le doy miedo.»

—Encantada, señora Grant —dijo, y tras una breve pausa añadió—: Tenía ganas de conocerla.

—¡Ya, ya! —Noelle se sentó junto a su madre, en el lugar que acababa de dejar libre Maisie—. Me sorprende que una mujer de su inteligencia haya accedido a esto. Está claro que fue un accidente. Pero siempre me han desconcertado las cosas que mujeres supuestamente inteligentes son capaces de hacer, ¿a que sí, Georgie? —Miró a su hermana, que había vuelto a sentarse, mientras que su padre indicaba a Maisie que se sentara ella también y acercaba una recia silla de madera pintada de color vino y adornada con estrellas doradas en el asiento.

—Ay, Noll, por favor —dijo la hermana pequeña poniendo los ojos en blanco.

Aunque una riña familiar le habría revelado muchas cosas, Maisie no quería enredarse en discusiones de hermanas. Se levantó y alcanzó el bolso.

—Señora Grant, soy consciente de que la decisión de Georgina de contratar mis servicios debe de haberla sorprendido mucho; no olvidemos que la pérdida para su familia es aún muy reciente, a lo que hay que añadir las infinitas responsabilidades que tiene como jueza de paz y las relativas a la administración de las propiedades de sus padres. Pero me gustaría mucho hablar con usted, sobre todo porque, en calidad de jueza de paz, debe de estar familiarizada con la necesidad de conocer todos los detalles, ¿no es así?

—Bueno... yo... Visto así, supongo que...

—Bien —la cortó Maisie indicando con la mano el jardín en el que se divisaba un sendero a la luz del atardecer—. Vamos a dar un paseo. No hace tanto frío y solo está empezando a nevar. Me gustaría conocer su opinión sobre varios asuntos.

—Cómo no. —Noelle Grant dejó la taza y el platillo en la mesa visiblemente halagada por los cumplidos—. Llamo a los perros y nos vamos. Deme un segundo para ir a por la bufanda y los guantes. —Se detuvo un momento a mirar por la ventana—. Será mejor que salgamos por la puerta de atrás. Le daré unas botas de agua y un chaquetón viejo, los necesitará.

Noelle la condujo a la sala de armas, que olía a perro mojado, botas de goma y humo de pipa rancio. Una vez provistas de la ropa adecuada para salir al exterior, Noelle tomó dos bastones de un paragüero de cerámica y le dio uno a Maisie antes de abrir y salir a la ligera nieve.

—Mmm, espero que no cuaje, o tendré que pedirle al viejo Jenkins que salga con los caballos a limpiar el camino de entrada por la mañana. —Y sin apenas mirarla continuó—: Tiene un tractor nuevecito en la cuadra, pero insiste en que se trabaja mejor con los percherones. Yo no dejo de repetirle: «¡O avanzamos con los tiempos, Jenkins, o estamos arreglados!».

Maisie la siguió al pasar junto a un viejo automóvil bastante largo que debía de servir para trasladar útiles de caza, y que supuso era el que usaba la mujer para asistir a sus reuniones de comité y visitar a sus arrendatarios.

—A algunas personas les da más seguridad trabajar con las herramientas que ya conocen, y por eso es muy probable que lo haga mejor con los caballos que con el tractor.

—¡Qué bobada! Bueno, ya nos ocuparemos de eso mañana por la mañana, ¿no cree?

El sendero casi no se veía bajo la capa de nieve, así que en lo que a Maisie se refería, tendría que ser un paseo rápido si quería estar en la carretera hacia Chelstone antes de que empeorase y le fuera complicado circular con su MG.

—Señora Grant, me preguntaba...

—Llámeme Nolly, todos me llaman así. En Bassington Place somos bastante informales.

—Nolly, me preguntaba si podría contarme algo sobre su hermano Nick, desde su punto de vista. Tengo curiosidad por saber más cosas sobre él, y entiendo que puede que usted sepa más que la mayoría, dado que su marido sirvió con él en la guerra.

Maisie la miró y se fijó en las arrugas que se le formaban alrededor de la boca al apretar los labios. Aunque no le veía la frente porque se la tapaba el sombrero, sabía que la mujer estaba frunciendo el ceño.

—Creo que Nick nunca fue un botarate como Georgie. Vale que eran mellizos, pero él siempre fue más decidido. —Calló un segundo y continuó—: Sé que me ha preguntado por Nick, pero, si retrocedemos al principio, tenemos que hablar de los dos, porque eran mellizos, y aunque se trataba de personas distintas, también existían similitudes obvias entre ellos, y para la gente eran la misma persona.

—Comprendo.

—Georgie podía, y sigue haciéndolo, he de decir, ser un poco polvorilla; cada dos minutos tenía una ocurrencia nueva, como contratarla, si no le importa que se lo diga. —Se volvió hacia ella frunciendo visiblemente el ceño, ahora sí—. Está claro que la guerra la ha calmado mucho; una idea fabulosa hacer lo que hizo, pero estuvo a punto de intentar abarcar demasiado. La achantó un poco meterse en el corazón del horror. No me malinterprete, la admiro por ello, pero... da igual, quiere que le hable de Nick. —Hizo una pausa para saltar por encima de una rama que se había caído e indicó a Maisie que pasara delante antes de continuar—. Nick tenía toda la emoción de Emsy, todo ese sentimiento, esa intensidad, pero de mi padre heredó algo que suavizaba todo aquello. Solidez supongo que podríamos decirlo así. Todos en mi familia tienen una vena artística, pero Piers tiene algo más, ¿cómo diríamos? —Se detuvo y levantó la cabeza, momento que aprovechó para llamar a los perros, que se habían quedado atrás.

—¿Pragmatismo?

—¡Eso es! Piers puede ser un individuo creativo, pero también es pragmático. Por ejemplo, su habilidad para fabricar muebles funcionales y artísticos a un tiempo; es artesano y artista en igual medida. Ahora, si hablamos de mí, y no me hago ilusiones en absoluto, yo soy toda pragmatismo, ni un ápice de sentido artístico. Nick, como ya he dicho, era ambas cosas. Aunque ya de pequeño era capaz de pisar terreno peligroso, y lo hacía.

—¿Como Georgina?

—Pero de otra manera. A ella le daba igual si molestaba a alguien, mientras que Nick era más reflexivo. Quería desmentir las suposiciones que ciertas personas, cierto tipo de personas, pudieran haber hecho. Georgina disparaba a diestro y siniestro; Nick siempre buscaba su objetivo antes de disparar. Y no me malinterprete, yo lo admiraba mucho. Es que creo..., no sé..., creo que hay asuntos que más vale no tocar, eso es todo.

—¿Como la guerra?

—Sí, como la guerra, para empezar. —Levantó la cabeza de nuevo y observó el terreno cubierto de suave nieve blanca—. Será mejor que volvamos. Está oscureciendo y va a seguir nevando toda la noche. Escucharemos el parte meteorológico en la radio cuando entremos en casa.

Las dos caminaron charlando sobre las ocupaciones y los planes diversos de Nolly para Bassington Place y las tierras. La propiedad se extendía considerablemente sin que se viera ni una granja. Aunque gran parte del terreno estaba cubierto de nieve, había prados y bosques que Maisie imaginó que estarían cuajados de prímulas, campanillas azules y abundantes anémonas de bosque de color blanco en primavera. Un río atravesaba parte del terreno y probablemente se uniría al río Rother, que discurría por las marismas.

Maisie continuó con su interrogatorio de vuelta a la casa.

—Hábleme de Nick y de la guerra.

—Se alistó enseguida y arrastró a sus amigos artistas con él, incluso a aquel que era demasiado joven por entonces, ¿cómo se llamaba? —Se tiró del cuello mientras pensaba—. Courtman, eso, Alex Courtman. El caso es que a cada uno lo mandaron a un regimiento después de la formación, así que fue una sorpresa que Godfrey y Nick terminaran sirviendo juntos.

—Lamento que perdiera a su marido en Francia.

Nolly Gran negó con la cabeza.

—No lo perdí. Lo mataron, lo enterraron allí. No se perdió, sé exactamente dónde está. Mi marido murió como un héroe en el campo de batalla, luchando por su país y orgulloso de hacerlo, se lo aseguro. Las cosas claras, nada de «perdido» o «fallecido». Estoy harta de pasar de puntillas alrededor de la verdad de lo ocurrido. ¡La gente muere, no se pierde!

Maisie enarcó las cejas.

—Entiendo que Nick estaba muy unido a él cuando murió.

—A Nick lo hirieron poco después de que Godfrey muriese. Recibí el telegrama en el que me informaban de ello y después cuidé de mi hermano cuando llegó a casa. Para mantenerme ocupada. Mejor no tener tiempo para pensar, ya sabe. Hay que seguir adelante y cuidar de los vivos, ¿no?

—Desde luego —dijo Maisie asintiendo con la cabeza mientras elegía con cuidado las palabras siguientes—: Nolly, ¿Le parecía bien lo que hacía Nick?

La mujer suspiró y miró los adoquines del suelo al entrar en el patio de la cuadra.

—¿Qué más da que me parecía bien o no? Esta familia hace lo que quiere cuando quiere sin pensar en los demás. ¡Y si no me dejan que siga adelante con mis planes para la propiedad familiar, nos veremos todos en la puerta del asilo! —Guardó silencio un momento—. Estoy exagerando un poco, como podrá comprender, pero soy la única con sentido común en lo que respecta al dinero que se necesita para mantener esta casa o tratar con los arrendatarios. Godfrey se convirtió en una especie de administrador de facto cuando nos casamos, antes de que se marchara a Francia, y nos ocupábamos de todos los asuntos los dos juntos.

Ahora quiero atraer a la gente, ya sabe, visitantes. Aunque no habrá ninguno si dos miembros de la familia, tres como Harry siga así, se empeñen en sacar de quicio a la gente todo el rato. Así que a la pregunta de si me parecía bien lo que hacía Nick, la respuesta es no. Intentaban cambiar cosas que no pueden cambiarse. —La miró fijamente—. ¿De verdad creían Nick y Georgie que podían detener una guerra con sus cuadros y sus palabras? Menuda estupidez, qué quiere que le diga. Si le soy sincera, alguien debería haberles parado los pies hace tiempo. Tome, para que pueda descalzarse.

Se quitaron las botas y los abrigos, y antes de entrar en el área principal de la casa, Nolly miró por la ventana evaluando el tiempo.

—Me parece, Maisie, que hoy no va a ir a ninguna parte más que a la habitación de invitados. Desde aquí se ve que el camino que lleva a la carretera está intransitable. De hecho, será mejor que lleve el coche a la cuadra para que esté protegido.

—Pero he de...

—No discuta, por favor. Jamás dejamos que nuestros invitados se marchen cuando el tiempo o el alcohol no lo permiten. Así, al menos Piers podrá impresionarla con su vino de sauco de 1929.

—Nolly tiene toda la razón, no pensarás en serio que puedes conducir hasta Chelstone con este tiempo. Y seguro que está peor aún por Tonbridge. Tienes que quedarte, ¿verdad que sí, Emsy, Piers? —Georgina miró a sus padres mientras su hermana servía jerez en las copas que acababa de llevarles la señora Gower.

Maisie aceptó sin protestar.

—Les agradezco mucho la hospitalidad. Pero me gustaría pedirles un favor. He dejado mi bolsa de viaje en casa de mi padre y tengo que llamar por teléfono para decirle que estoy bien.

—Por supuesto, querida. Nolly, acompaña a Maisie hasta el teléfono. Esperemos que no se hayan producido cortes en las líneas, pero nunca se sabe. La buena noticia es que, según Jenkins, que llegó nada más iros vosotras, este poquito de nieve habrá desaparecido mañana por la mañana. Ha dicho textualmente que «es de la esponjosa, no de la dura, así que mañana a primera hora sacaré a Jack y a Ben y limpiaremos el camino de la entrada».

—¿Y el tractor no?

—No, los caballos.

—¡Qué hombre más tonto! —exclamó Nolly enfadada mientras acompañaba a Maisie hasta el teléfono situado en el vestíbulo.

TRAS ASEGURAR A su padre que estaba a salvo en casa de unos amigos, Maisie metió el MG en un cubículo vacío de la cuadra. Construida originalmente para quince caballos, la cuadra albergaba en la actualidad cuatro corceles de salto, y los demás cubículos se utilizaban como almacén y para los caballos de los huéspedes que visitaran la finca previo pago que intentaba promover Nolly Grant. Georgina le mostró la habitación de invitados a Maisie cuando regresó a la casa.

—Muy bien. La chimenea está encendida y la señora Gower te ha puesto toallas limpias. Mira, tienes el cuarto de baño aquí al lado. Es un poco antiguo, podrías echar uno o dos largos en la bañera. Te traeré un camisón y un vestido para la cena, aunque puede que te quede un poco grande. A Nolly le gusta guardar las apariencias y, por mucho que me moleste, no tiene ningún otro sitio al que ir, así que le sigo la corriente. No nos cambiábamos de ropa cuando éramos más jóvenes y vivíamos aquí, y por eso traer amigos a casa le resultaba incómodo. Le daba vergüenza. —Sonrió mientras se despedía con la mano al salir—. El aperitivo se sirve en media hora y después cenaremos. Creo que hay pato asado.

Maisie miró a su alrededor. Seguro que el recubrimiento de madera de las paredes había sido de color oscuro en otro tiempo, barnizado y encerado para que estuviera brillante, pero en la actualidad estaba pintado de distintos colores, un tablero de ajedrez en verde y amarillo con un borde azul. En los cuadrados amarillos, alguien había hecho una interpretación geométrica de una mariposa, una polilla o una abeja en una flor. Sobre el riel azul del que colgaban los cuadros, una telaraña doraba trepaba y atravesaba el techo, de modo que el centro de esta coincidía con el punto en el que habían instalado la lámpara.

«¡Atrapada en la telaraña de los Bassington-Hope!»

Maisie sonrió para sí pensando en la afortunada coincidencia de la habitación de invitados que le habían asignado. Entró en el cuarto de baño, que le pareció sencillo, por suerte, pintado de blanco y con unos azulejos pequeños y blancos alrededor de la bañera de patas en garra y en el suelo. Una silla de roble oscuro en un rincón y un toallero a juego en otro. Sin embargo, cuando se inclinó para abrir los grifos, se fijó en que era muy probable que hubieran hecho ambas cosas a propósito para esa sala, ya que la silla tenía una mariposa tallada, como si acabara de posarse en el respaldo, y una araña de madera trepaba por un lado del toallero.

Al regresar al dormitorio y mirar más de cerca la colcha, se fijó en el diseño de retazos multicolores en el que se apreciaban insectos, y cómo los cojines de punto de cruz de la ventana hacían juego. Mientras llenaba la bañera de agua bien caliente, se dio la vuelta y vio el poema pintado en la puerta por dentro de la habitación. Era un verso sencillo, de un poema infantil. No cabía duda de que Georgie y Nick se habían ocupado de decorar la habitación; Piers había fabricado los muebles y Emma había diseñado la colcha y los cojines. ¿Sería cada habitación de la casa una muestra de la vena artística de la familia? En cuyo caso, ¿cómo se sentiría Nolly al verse fuera de aquel hervidero de actividad? Hasta el momento no había visto prueba alguna de su implicación.

Maisie descubrió que Piers era de lo más solícito con sus hijas y su mujer, a quien le ofreció el brazo formalmente para acompañarla hasta el comedor, en cuya puerta aguardó y cedió el paso a sus hijas y a Maisie. Después, acompañó a Emma a un extremo de la mesa, se aseguró de que estaba cómoda y esperó a que las demás se hubieran sentado antes de ocupar su asiento en el extremo opuesto a su mujer. Emma llevaba un vestido de terciopelo rojo y se cubría los hombros con un chal negro. Se había cepillado el pelo canoso, pero se lo había dejado suelto.

—¡Vas a disfrutar de los vinos de mi padre! —dijo Georgina desdoblando la servilleta y a continuación se volvió hacia él—. ¿Con qué vamos a acompañar el pato, papá?

Piers sonrió.

—Con el vino de ciruela damascena del año pasado.

—Afrutado con un equilibrado toque de roble —añadió Georgina.

—¡Menuda basura! —dijo Nolly tomando la copa, cuando Gower, vestido con uniforme formal, servía el vino tinto de un decantador de cristal tallado—. No el vino, claro, papá, me refiero a la descripción de Georgina, adornada de encaje como siempre.

—¡Niñas, por favor! Dejad de reñir. Hoy tenemos visita.

—Tienes toda la razón, Em, toda la razón —dijo Piers enarcando una ceja con fingido enfado. Acto seguido extendió los brazos para tomar a cada una de sus hijas por una mano—. Puede que sean adultas, Maisie, pero ¡cuando están juntas son como el perro y el gato!

—Y cuando estaba Nick...

Maisie miró a Emma y después a Piers. El cabeza de familia había soltado la mano a sus hijas y negaba con la cabeza gacha.

—Ay, querido, lo siento, no tendría que haber dicho nada —se reprochó Emma negando también con la cabeza—. No era el momento, estando todos aquí y con visita.

—Si me disculpáis... —Piers dejó la servilleta junto a la copa todavía llena y abandonó el comedor.

Nolly corrió la silla hacia atrás, como si fuera a echar a correr detrás de su padre.

—¡Noelle! —exclamó Emma llamando a su hija por su nombre completo, lo que hizo que se diera la vuelta de inmediato. A Maisie no le pasó desapercibido—. Deja a tu padre solo un momento. Todos sentimos la pérdida, y no sabemos en qué momento podría alcanzarnos. Para Piers es la pena de un padre que ha perdido a su hijo, y ninguna de nosotras sabe lo hondo que puede llegar al corazón de uno.

—Emsy tiene razón, Nolly, tú siempre crees que puedes...

—Ya vale, Georgina. ¡Ya vale! —Emma se volvió hacia Maisie y sonrió—. Y dime, Maisie, tengo entendido que eres buena amiga de lady Rowan Compton. ¿Sabías que nuestra presentación en sociedad tuvo lugar el mismo año?

Maisie tomó la copa por el tallo y se echó a un lado para dejar que la señora Gower le sirviera la crema de guisantes desde la sopera.

—¡Qué coincidencia! —respondió sonriendo a su anfitriona—. No lo sabía, no. Seguro que era una agitadora ya de joven.

—Ya lo creo. De hecho, me parece que por eso la admiraba tanto. Al fin y al cabo, a ninguna nos gustaba especialmente ese tipo de cosas, aunque fuera un gran honor que te presentaran a su majestad la reina. Como es natural, fue y se casó con Julian Compton, a quien todo el mundo consideraba un buen partido, cuando, según mi madre, su madre temía que tuviera una relación con ese hombre tan raro, ¿cómo se llamaba? —dijo dando golpecitos con los dedos en la mesa intentando acordarse.

—¿Maurice Blanche? —sugirió Maisie.

—¡Sí, así se llamaba! Aunque ahora se ha hecho muy famoso, ¿no?

Maisie asintió.

—Y yo, gracias a Dios —continuó Emma—, encontré a un artista que veía el mundo con los mismos ojos que yo, y que también tenía un nombre, para satisfacción de mis padres.

—¿Hablando de la suerte que tuviste de cazarme, Emsy?

—¡Justo estaba haciendo eso, querido! —exclamó ella con ojos resplandecientes cuando su marido entró por la puerta y se sentó de nuevo.

—Ya estamos. ¿Preparado para darte un paseo por la calle de la nostalgia, Piers? —dijo Nolly poniendo los ojos en blanco con gesto conspirador.

—No se me ocurre mejor paseo, si nuestra invitada está dispuesta a escucharnos —contestó él mirando a Maisie.

—Por supuesto. Y he de decir que este vino está exquisito.

—Así es, y esperemos que haya más. ¿Dónde está Gower? —intervino Nolly de nuevo.

Dos decantadores más del vino hecho con primor por Piers Bassington-Hope suavizaron las tensiones, y la familia se convirtió en un grupo muy animado, en opinión de Maisie. A las once de la noche estaban con los quesos, Piers se había aflojado la corbata a petición de Emma y las dos hermanas parecían haber hecho las paces.

—¿Por qué no le contamos a Maisie lo de aquella obra de teatro? ¿Os acordáis? La vez que Nick estuvo a punto de ahogar al pequeño Harry en el río.

—¡Tendría que haberle metido la cabeza debajo del agua durante más tiempo!

—¡Ay, Nolly, no seas así! —dijo Georgina estirándose para darle unas palmaditas a su hermana en la mano, y las dos se echaron a reír. A continuación, se volvió hacia Maisie—: Creo que Nolly tendría dieciséis años por entonces, porque Harry tenía solo cuatro.

—Acababa de cumplir dieciséis, boba. ¡Era mi cumpleaños!

Piers se rio.

—Cumplías dieciséis e invitamos a todos nuestros conocidos a pasar el fin de semana. ¿Cuántas jóvenes de dieciséis años tienen en su fiesta dos miembros del Parlamento, tres actores, un puñado de poetas y escritores y no sé cuántos artistas?

—¡Y ni un solo joven de dieciséis años! —dijo Nolly entre risas volviéndose hacia Maisie, que pensó que se parecía mucho a su hermana cuando se reía.

Georgina siguió con la historia.

—Y decidimos hacer una obra de teatro de río, todos juntos.

—¿Qué es eso? —preguntó Maisie moviendo la cabeza confusa.

—¡Una obra de teatro en el río! Teníamos que inventar una obra que pudiera interpretarse desde unos botes de remos, así que se nos ocurrió que podía ser buena idea apropiarnos de la historia de los vikingos.

—Una lástima que no conociéramos aún a tu amigo Stig, ¿eh?

—No vayas por ahí... —advirtió Piers a su hija mayor, preocupado por que el comentario pudiera enfadar a Georgina, que le quitó importancia con un gesto de la mano, como si estuviera espantando una mosca.

—Y tenías que vernos allí a todos, vestidos de punta en blanco, subidos a los botes y declamando con efusivos gestos teatrales, y, en un impulso, Nick decide dar un toque de realismo a la obra. Harry, el pobre, ya dominaba la flauta dulce y le tocó hacer de bufón. Siempre hacía o de perro, o de bufón...

Georgina casi no podía hablar de lo que se reía, y Maisie pensó que el letal vino de ciruela damascena también contribuía a ello.

Nolly continuó donde su hermana lo había dejado.

—Así que fue Nick y levantó a Harry diciendo: «¡Arrojaré a vuestro sirviente al mar!», y lo lanzó al río. Como era de esperar, Harry se fue al fondo como un ancla y todo el mundo se rio, hasta que Emma se puso a gritar desde la orilla. ¡Y entonces nos acordamos de que no sabía nadar! Cuando lo pienso, me doy cuenta de que fue una estupidez lo que hicimos.

—El caso es que Nick se tiró al agua, que no cubría, y sacó al pobre Harry, que no paraba de escupir agua —terminó Georgina, partiéndose de risa.

Piers sonrió.

—Así se las gastaban nuestros hijos cuando eran más jóvenes, Maisie. Eran terribles a veces, verdaderas trastadas si echamos la vista atrás, pero a toro pasado nos divertimos bastante recordándolo.

Maisie inclinó la cabeza y asintió, aunque se preguntaba si a Harry le parecería una trastada, «echando la vista atrás».

—Y —añadió Georgina—, recuerdo al pobre Harry, tan pequeñito y hecho una sopa, gritando: «¡Te odio, Nick, te odio! ¡Ya verás cuando sea mayor!», que no hizo sino incitar aún más a Nick a meterse más con él. «¿Tú y quién más, Harrycito?»

Cuando las risas fueron apagándose, Emma sugirió tomar el café en la salita. Relajados delante de la chimenea, sacó los álbumes de fotos y empezó a contar anécdotas sobre unas y otras. Sin embargo, al poco rato, el mismo vino que les había hecho reír una hora antes, los condujo a un estado de sopor.

Maisie regresó a su habitación, cálida y confortable, ya que Gower había encendido el fuego antes de retirarse. Le había dejado también una bolsa de agua caliente en la cama y una manta de más doblada sobre la colcha. Se desvistió, se puso el camisón que le había dejado Georgina y se metió en la cama. Antes de apagar la luz, Maisie se apoyó en las almohadas y contempló los hilos dorados de la telaraña del techo. Los Bassington-Hope le habían resultado tan embriagadores como el vino casero de Piers, aunque solo había dado unos sorbitos durante la cena. Le agradaba lo íntimo de sus historias, el hecho de compartir momentos y fotografías. Pero ¿era el colorido y el absoluto descaro de la familia lo que la había cautivado? En cuyo caso, ¿podrían cegarla e impedirle apreciar detalles importantes con su habitual integridad?

Estaba claro que Nick Bassington-Hope era el niño mimado de la familia. Y, a pesar de sus diferencias, Maisie detectaba respeto entre Noelle y Georgina, como si cada una tuviera en cuenta la fortaleza y la valentía de la otra. Aunque puede que Noelle pensara que Georgina corría muchos riesgos, y estaba claro que no le parecía bien la vida que llevaba, estaba orgullosa de los logros periodísticos de su hermana. Y en cuanto a Georgina, puede que estuviera molesta con Nolly por lo mandona que era o con la desaprobación incluso por parte de sus padres, aunque también sentía una profunda compasión por la mujer que había perdido a su marido en la guerra, el joven al que estaba claro que adoraba. Georgina también estaba sola y entendía que Noelle quisiera rehacer su vida, su necesidad de labrarse un futuro con una seguridad económica, compañía y haciendo algo que fuera importante para ella.

Noelle le había hablado a Maisie con toda sinceridad de sus planes para la propiedad familiar, y su idea de que deberían utilizar el legado de Nick para costear las reparaciones y contar con una base de ingresos más allá de las ganancias que les reportaban el arrendamiento de las granjas y la venta de los cereales cosechados. Era evidente que, para ella, Nick y Georgina eran «una molestia», y Harry, una causa perdida. «¡Un músico, ni más ni menos!»

Y mientras repasaba una por una las frases de la conversación que habían mantenido, junto con una imagen de cómo se movía Noelle cuando manifestaba una opinión o cómo esperaba a que Maisie terminara de hacerle una pregunta, le llamó la atención el hecho de que la hermana mayor —la que intentaba, aunque con éxito limitado, llevar las riendas de la familia, la que se comportaba más como la matriarca que su propia madre— no hubiera querido, al menos en apariencia, hablar con la persona que había descubierto el cadáver de Nick, ni hubiera visitado la galería, y se hubiera negado a ir a Londres a dar su último adiós a su hermano. Mientras que la hermana mayor narraba lo sucedido en una de las exposiciones de Nick, Georgina, que se encontraba algo más que achispada y se caía sobre Maisie en el blando sofá, le había susurrado: «Ni siquiera fue al velatorio».

Maisie llegó a la conclusión de que aún no había terminado con la «pobre Nolly», o con el resto de la familia. Y luego estaba

Harry. ¿Qué había dicho el padre sobre su hijo menor cuando estaba viendo las fotos de su prole en el verano de 1914? Había señalado la fotografía en la que se encontraban Noelle, Georgina, Nicholas y Harry, que tendría doce años por entonces —diez menos que los mellizos y doce menos que Noelle—, y había dicho:

—Y aquí está, cerrando la marcha, Harry. Siempre detrás, siempre en los márgenes, así es Harry.

Se metió bien debajo de las mantas reflexionando sobre aquellas palabras hasta que se durmió: «Siempre detrás, siempre en los márgenes, así es Harry».

8

GRACIAS A QUE el hielo se deshizo por la mañana y a la limpieza llevada a cabo por el diligente trabajador de la finca y sus caballos, el camino que llevaba hasta Bassington Place quedó libre de nieve a las once de la mañana, lo que permitió a Maisie abandonar la casa a las doce en compañía de Georgina, que le preguntó si podía llevarla a Londres. Tras un viaje lento llegaron a Chelstone. Fueron charlando agradablemente todo el camino, aunque en los momentos de silencio, Maisie se preguntaba a qué se debería el malestar que sentía cuando estaba con Georgina desde el día que esta fue a verla por primera vez. Al principio le había quitado importancia, pero ya no podía seguir pasándolo por alto. Por mucho que admirase su fortaleza y que sintiera lástima porque hubiera muerto su hermano, había algo que no la dejaba tranquila.

Estaban entrando en Chelstone cuando la palabra se le apareció en la cabeza con tanta claridad que estuvo a punto de exclamarla en voz alta. «Duda» era la palabra. Y estaba minando su seguridad habitual, aunque no sabía si era de su habilidad intuitiva de lo que dudaba o de su relación con Georgina y el resto de su familia, o del caso en sí. Ojalá pudiera estar a solas para pensar y descubrir lo que estaba causando aquella sensación potencialmente incapacitante.

—Esta mansión es inmensa, Maisie. ¡Y yo que creía que Bassington Place era grande! Sí que te lo tenías calladito —dijo Georgina con una voz que a Maisie se le antojó ruidosa.

—No vamos al edificio principal, Georgina. Mi padre vive en la cabaña del mozo de cuadras —respondió tomando el sendero de la izquierda nada más pasar la casa de la viuda, en la que vivía en la actualidad Maurice Blanche, y se detuvo ante la cabaña de ladrillo visto donde residía su padre—. Será solo un momento.

—¡No pienso quedarme aquí sentada pasando frío! Vamos, tú has conocido a mi familia. Me toca —dijo Georgina abriendo la puerta del copiloto, y salió corriendo hacia la casa frotándose los brazos.

A Maisie no le dio tiempo a dar un paso siquiera cuando se abrió la puerta y apareció Frankie Dobbs, que, en vez de ver a su hija, se encontró de frente con Georgina Bassington-Hope. Maisie se sonrojó. Era la tercera vez desde que murió su madre en que llegaba con una «amistad» a casa. Simon durante la guerra, Andrew el año anterior y nadie más.

—Papá, te presento a... —empezó Maisie cerrando la puerta del coche.

—Georgina Bassington-Hope. Es un verdadero placer conocerlo, señor Dobbs.

La situación había sobresaltado al hombre, pero se repuso rápidamente y saludó a su vez.

—Encantado de conocerla, señorita —dijo. Una sonrisa le iluminó el rostro cuando vio a su hija acercarse y la abrazó mientras ella se inclinaba a darle un beso en la mejilla—. Vamos dentro. Hace mucho frío.

Una vez dentro, Frankie colocó otra silla delante del fuego.

—No me habías dicho que venías con una amiga, Maisie. Habría comprado algo especial para acompañar el té.

—Lo hemos decidido sobre la marcha, papá. Nos nevó y Georgina necesitaba que la llevaran a Londres.

—Pondré agua a hervir —dijo él dirigiéndose a la cocina.

—No vamos a quedarnos. Solo he venido a...

—¡Pues claro que sí! —interrumpió Georgina quitándose el abrigo y la bufanda, que dejó en el respaldo de un sillón antes de colocarse de espaldas al fuego—. Una taza de té nos irá bien para el camino. ¿Le echo una mano?

Maisie se sonrojó de nuevo, molesta con Georgina por tomarse tantas libertades, primero al insistir en entrar en la casa y luego asumiendo que podía entrar como si tal cosa y hacer lo que diera la gana—. No, está bien, ya lo hago yo.

Oía las risas en el salón mientras colocaba las tazas y los platos para el té en una bandeja con tanto ímpetu que no rompió nada de milagro. Sabía que estaba comportándose como una niña, sabía que si trataba de explicarlo parecería que estaba siendo grosera —incluso a ella se lo parecería—, pero, al escuchar a Georgina preguntándole cosas a su padre, haciéndolo salir de su concha y conversar animadamente, pese a lo reacio que era a hablar, le dieron ganas de entrar en el salón y poner fin a la conversación. «¿Por qué me siento así?» ¿Tenía celos de Georgina, de su extravagante familia, de la facilidad que tenía para ocupar el lugar de invitada encantadora? Levantó el pesado recipiente del fuego y vertió el agua en la tetera de loza. Se apartó a un lado para evitar el vapor del agua caliente en la cara y se dio cuenta de que solo quería proteger a su padre; quería detener la conversación para que no revelara nada más de la vida que compartían. Dejó el cazo del agua sobre el fogón otra vez, puso la tapa en la tetera y esperó. «No me fío de ella.» Ahí estaba el origen de sus dudas, en la desconfianza.

Había bajado la guardia mientras estaba en Bassington Place, y ahora sentía que Georgina estaba usando lo que sabía sobre ella, pasándose de la raya, dando a su padre la impresión de que compartían una amistad que no existía entre ellas. No, no podía hacerlo. Tomó la bandeja y, agachándose un poco para no darse con la viga baja que había sobre la puerta, regresó al salón decidida a tomar el control de la conversación.

Media hora más tarde, Maisie insistió en que debían irse por si se encontraban algún problema en la carretera. Su padre se puso una chaqueta de lana gruesa para salir a despedirlas. Al enfilar el sendero amplio y curvado de la mansión, Maisie miró automáticamente hacia la izquierda antes de seguir por la derecha y vio a lady Rowan paseando por el césped cubierto de nieve con sus tres perros. La mujer levantó el bastón para llamar su atención.

—¿Quién es? —preguntó Georgina.

—Lady Rowan Compton. Te pido que te quedes en el coche, Georgina, tengo que saludarla, pero no quiero entretenerme.

Georgina abrió la boca, pero Maisie no le dio tiempo a decir nada. Salió del coche, cerró la puerta y echó a correr hacia su antigua empleadora.

—Pero bueno, qué maravilla verte, Maisie. Ojalá hubiera sabido que estabas en Chelstone. Hace mucho que no charlamos tranquilamente.

—Ha sido una visita relámpago, lady Rowan, he venido a recoger mi bolsa de viaje. La nieve me sorprendió mientras hacía una visita y no he podido venir hasta esta mañana. Volvemos ya a la ciudad.

Lady Rowan miró hacia el coche entornando los ojos.

—¿Es tu amigo el doctor quien te espera en el coche?

Maisie negó con la cabeza.

—Ah, no. Es la amiga a la que fui a visitar ayer cuando se puso a nevar, Georgina Bassington-Hope.

—¿Bassington-Hope? —Maisie se fijó en cómo cambiaba la pose de la mujer al oírla, cómo erguía la espalda y tensaba los hombros—. ¿La hija de Piers y Emma Bassington-Hope por casualidad?

—Así es.

Lady Rowan negó con la cabeza.

—Vaya, vaya.

—¿Ocurre algo, lady Rowan?

—No, no, en absoluto —respondió ella sonriendo y añadiendo como si tal cosa—. Mejor no te entretengo. Hace muy buen día y el sol está derritiendo la nieve. Las carreteras estarán limpias, seguro que llegas a la ciudad sin problemas. —Los perros se pusieron a ladrar en dirección a la cabaña, porque habían visto a Frankie y sabían que siempre les daba alguna chuchería—. Y yo que creía que habían aprendido a comportarse por fin. Hasta pronto, Maisie.

Maisie se despidió y regresó a toda prisa al coche. Al volver la mirada antes de tomar Tonbridge Road, vio a lady Rowan de pie junto a su padre. Los dos miraban hacia el automóvil. Su padre se despidió una vez más con el brazo, pero la mujer no levantó el suyo. Incluso de lejos Maisie vio que tenía el ceño fruncido.

MAISIE SE ALEGRÓ mucho al llegar a su piso y ver que los radiadores estaban calientes al tacto. Bastante gastaba ya con la contribución para la calefacción central, sin contar con el gas de la chimenea. Menos mal que los constructores habían decidido no poner aquellas chimeneas eléctricas eficientes, pero extremadamente caras.

Se sentó en un sillón con las piernas dobladas a un lado y el cuaderno apoyado en las rodillas y se dispuso a tomar notas. Pese a las ideas y los sentimientos que la habían asaltado con anterioridad, no estaba convencida de que la muerte de Nick Bassington-Hope no hubiera sido accidental. Sin embargo, tal vez avanzara más si partía de la base de que había sido un acto criminal. Debía buscar pruebas, un móvil y un asesino. No había querido empezar por ahí, porque un método basado en suposiciones podría dar lugar a malentendidos, a llevar a confundir un detalle inocente con una pista decisiva o un comentario fortuito con la base de una conclusión errónea. Había visto que todo eso le había ocurrido a la policía cuando les metían prisa desde las altas esferas para que encontraran un culpable al que arrestar. Aunque su enfoque a veces requería más tiempo, la precisión de sus logros corroboraba la integridad de su trabajo. Pero esa vez iba a abordar el asunto desde aquel punto de vista para estimular el avance.

Cerró los ojos y vio la galería y al artista trabajando en su andamio. Estaba afianzando los anclajes que iban a sujetar el tríptico, que debía de ser bastante grande. ¿O no? En el estudio que tenía en su vagón-casa podría meterse un lienzo de dos metros y medio de alto en caso de necesidad si se colocaba en ángulo para poder trabajar en él. Pensó en el lugar en el que se colgaría el tríptico. Sí, ese tamaño estaría bien para una pieza central, dos metros y medio de alto por metro o metro y medio de ancho. Y a eso habría que añadirle los paneles laterales. Pensó en el mural. Todo el mundo daba por hecho que la obra desaparecida estaba formada por tres piezas, pero ¿y si eran más? ¿Afectaría al resultado final? Estudiaría la pared con toda la minuciosidad que le fuera posible para tratar de determinar la presentación que preparaba Nick: los agujeros que habían dejado en la pared los anclajes podrían darle una pista sobre el número de piezas que formaban la obra, aunque también habían dejado marca los tornillos y los clavos utilizados en la construcción del andamio, pese a la reforma posterior.

El reloj de la repisa de la chimenea dio la hora. Eran las seis, hora de arreglarse para la fiesta de Georgina. Le daba pavor. Lo cierto era que sabía con seguridad que iba a estar a disgusto, y no solo por las dudas que la habían asaltado por la mañana. El mero hecho de pensar en la fiesta le recordaba los años de Girton, cuando regresó tras la guerra para terminar sus estudios. A veces, ella y otras chicas recibían invitaciones a fiestas por parte de hombres que también habían retomado los estudios, y de otros más jóvenes que estaban empezando los suyos. Era como si todos quisieran olvidar lo ocurrido bailando al ritmo de la música. Para ella, aquellas fiestas se resumían en una o dos horas sujetando la pared, con un vaso en la mano del que apenas bebía, tras lo cual se marchaba sin ni siquiera despedirse de los anfitriones. Solo había disfrutado de verdad en una, donde se había permitido bajar la guardia por completo, y había sido al principio de la guerra. Su amiga Priscilla la había llevado a la fiesta que habían organizado los padres del capitán Simon Lynch para que se fuera contento a Francia. Los recuerdos de aquella fiesta eran agridulces. Desde entonces, y pese al tiempo transcurrido y el éxito académico y profesional conseguido, seguía sin sentirse segura de sí misma en ese tipo de situaciones sociales.

Se puso su vestido negro y la chaqueta de punto de cachemir azul hasta la rodilla con chal a juego que le había regalado Priscilla el año anterior, se cepilló el pelo, se aplicó un poco de colorete y se pintó los labios. Miró la hora antes de guardar el reloj en el bolsillo de la chaqueta y sacó el abrigo azul marino del armario de su habitación, cogió el bolso negro y se puso los zapatos a juego de tira sobre el empeine que había dejado junto a la puerta.

Maisie había estado dándole vueltas a cuál sería la mejor hora para llegar a la fiesta, que, según la invitación, empezaba a las siete y en la que se serviría una cena ligera a las nueve. No quería ser la primera, pero tampoco quería llegar tarde y perderse la oportunidad de encontrar a alguien con quien pudiera tener una conversación provechosa.

No HABÍA FORMA de avanzar rápido por Embankment de lo densa que era la niebla mezclada con humo que envolvía autobuses, carros de caballos y peatones por igual, aunque tampoco podía decirse que hubiera muchos de esos últimos en aquella turbia noche de domingo. Aparcó cerca de las mansiones de ladrillo visto, agradecida por haber encontrado un sitio desde el que veía acceder a los invitados al piso de Georgina, y dedicó un momento a serenarse antes de entrar. Hacía frío, así que se rodeó el cuello con el chal y se sopló los dedos mientras esperaba a que llegaran más invitados.

Una elegante pareja llegó en un coche con chófer. Maisie se fijó en que la mujer no llevaba vestido de noche, sino algo bastante más corto, para salir a tomar unos cócteles, como lo llamaban. Camino de Chelsea, a Maisie se le había ocurrido que tal vez hubiera sido más apropiado un vestido de noche, aunque no importaba, puesto que no tenía ninguno. Otro coche se detuvo delante de la mansión equivocada, y el conductor metió la marcha atrás con un crujido de engranajes y se detuvo con un chirriar de frenos delante de la dirección correcta. Bajaron del coche dos mujeres y un hombre, todos con pinta de estar achispados, mientras el conductor les gritaba que iba a aparcar. Unos metros más adelante dejó el coche de cualquier manera y se marchó, dejándose las luces encendidas. Maisie decidió que, en vez de avisarle, ya lo buscaría después en la fiesta.

Tomó el bolso y estaba a punto de abrir la puerta cuando otro vehículo se detuvo junto a ella, seguido por otro que reconoció al instante. Confiaba en que no se viera el MG desde el edificio. Por suerte, a oscuras, el normalmente reconocible coche rojo se disimulaba bien entre los otros coches aparcados en la calle. Vio bajar a Stratton del Invicta y acercarse al automóvil que se había detenido delante justo cuando el hombre con quien había visto hablar al inspector el día anterior bajaba a la acera. No se estrecharon la mano, de modo que Maisie supuso que ya se habían visto antes o —y eso se le acababa de ocurrir—, no sentían un aprecio especial el uno por el otro. Una mujer joven con traje de fiesta siguió al hombre del primer coche. Los dos le dijeron algo y ella asintió con la cabeza. Maisie sospechó que tal vez fuera una de las agentes que Scotland Yard había empezado a reclutar para trabajar con Dorothy Peto. Esperó. Al poco, la mujer entró en el edificio y ellos subieron a sus respectivos coches y se fueron. Maisie se agachó cuando pasaron a su lado con la esperanza de que no la hubieran visto.

Esperó un rato más, tiempo en el que llegaron otros dos coches con chófer a dejar a los invitados en la fiesta. De pronto, un hombre emergió de entre las sombras y la niebla, y echó a andar por la calle. Se balanceaba sobre un bastón y su forma de andar sugería que se trataba de alguien joven. Puede que fuera tarareando. No llevaba sombrero, y el abrigo desabrochado dejaba a la vista su traje de noche y su bufanda blanca al cuello con aire descuidado. Maisie sospechó que se trataba de Harry

Bassington-Hope. Mientras subía los escalones de la entrada, otro coche emergió de entre las sombras y pasó muy despacio, como un depredador que acecha a su presa. El conductor parecía seguirlo sin más, como un león vigilando solo para pasar el rato. La escena le sugirió a Maisie que quienquiera que fuera aquella persona, se limitaba a observar y esperar, sin prisa por actuar. «Al menos de momento.»

Aunque la calle no estaba muy iluminada, cuando el coche pasó junto al MG, lo miró directamente. Maisie se pegó al asiento inmóvil como una estatua, pero en ese momento, una luz se encendió en una habitación de la mansión a su izquierda e iluminó la cara del hombre. Solo lo vio de refilón, pero lo reconoció al instante.

—QUÉ BIEN QUE hayas venido, Maisie, me alegro de verte.

Georgina indicó a un camarero que fuera hacia un lado y enlazó el brazo con el de Maisie en una demostración de afecto desconcertante para ella, aunque entendía que para las personas con las que había empezado a mezclarse, determinados límites y códigos de conducta sociales habían ido cambiando en los últimos diez años.

—Voy a presentarte a algunas personas —dijo. Se volvió hacia otro camarero que pasaba con una bandeja y tomó dos copas, una para cada una, y acto seguido dio un toquecito en el hombro a un conocido. El parecido resultaba evidente y no cabía duda de que era el mismo hombre que había visto caminando por la calle un rato antes con el bastón en la mano. Se había quitado el abrigo, pero seguía llevando puesta la bufanda blanca de traje formal—. Harry, te presento a Maisie Dobbs.

El joven le tendió la mano.

—Un placer, estoy seguro. Encantado siempre de conocer a una de las amazonas de Georgina.

—¿Amazonas? —preguntó Maisie.

—Sí, ya sabe, mujeres independientes, talentosas y todo eso, otra compañera de aventuras. Le gusta acorralar a un hombre que está en la flor de la vida, ¿no es así, Georgie?

—No hagas que me arrepienta de haberte invitado, Harry —contestó esta negando con la cabeza. A continuación, acompañó a su invitada por la atestada sala hacia tres hombres que estaban de pie cerca de la chimenea—. Quiero que conozcas a los amigos de Nick. Una pena que no vieras a Duncan y a Quentin en Dungeness. Han vuelto esta misma mañana. Alex, como siempre, ya ha encontrado cama para unas cuantas noches. Caballeros —dijo llamando su atención según se acercaban—, os presento a Maisie Dobbs, una vieja amiga de Girton. Maisie, estos son Alex Courtman, Duncan Haywood y Quentin Trayner. —Georgina miró hacia atrás y se separó del grupo—. Disculpadme, acaban de llegar los Sandling.

La vieron desaparecer entre el gentío y se miraron. Maisie fue la primera en hablar.

—Tengo entendido que se conocen desde hace años.

Duncan aplastó un cigarrillo a medio fumar en el cenicero de plata que había en la repisa de la chimenea. Era más bajo que sus amigos, delgado pero fibroso, de movimientos rápidos y precisos. Tenía unas facciones angulosas, nariz fina, ojos negros y pequeños, y el pelo castaño claro peinado hacia atrás dejando a la vista la frente. A Maisie le recordó a un ratoncillo. Estaba a punto de decir algo cuando Alex se le adelantó.

—Sí, desde antes de la guerra, de hecho. Duncan, Quentin, Nick y yo nos conocimos en la Escuela de Bellas Artes —contestó señalando con la cabeza a cada uno al pronunciar el nombre, y hacia el suelo al mencionar a Nick—. Y, cuando las autoridades se enteraron de que era un poco joven para alistarme, porque yo solo quería ir a la batalla con mis compatriotas, pero mi madre me chafó los planes al insistir en que me mandaran a casa, y luego me dio un buen pescozón para asegurarse de que no volviera a marcharme, me pusieron a trabajar en el ministerio. Nick llegó después de que lo hirieran en el frente y los dos terminamos haciendo carteles para arrancar a la población de su letargo mediada la guerra. Y luego enviaron a Nick de nuevo al frente un tiempo, armado con un pincel en vez de con una bayoneta.

—Entiendo.

Maisie pensó que Alex había descrito las hazañas de sus amigos en tiempos de guerra de un modo casi romántico, cosa que tampoco le sorprendía, puesto que también él tenía un aire de figura romántica, con ese pelo oscuro peinado de un modo que le recordaba a un poeta o un actor, alguien que había visto en una sala de cine, un poco del estilo de Leslie Howard. Era el más alto de los tres y conservaba algo de la complexión larguirucha de la adolescencia. Quentin, que era de estatura media y fornido, con el pelo castaño claro y unos ojos profundos de párpados caídos, se mantenía a un lado, mirándose los pies o a los demás invitados mientras sus amigos conversaban con ella. Le pareció percibir en él algo similar al miedo, como si solo quisiera que se fuera y los dejara en paz.

—Tendría que habernos visto recién alistados haciendo marcha de entrenamiento por la ciudad los viernes —contaba Alex refiriéndose a los primeros días nada más alistarse—. La banda del regimiento nos seguía por Euston Road, por delante del estadio Lord's de críquet, y subiendo por Finchley Road y Swiss Cottage hasta Hamstead Heath. Nos lo pasábamos muy bien, porque todas las dependientas salían y nos lanzaban cigarrillos y dulces.

—Sinceramente, como Nick decía siempre, los enemigos más repugnantes e insufribles a los que teníamos que enfrentarnos eran el barro y las ratas —terció Duncan.

—¿Y os acordáis del himno? —preguntó Alex dándole un codazo a Quentin. Miró a Duncan y se volvió de nuevo hacia Maisie—. Nick conseguía que todos nos pusiéramos a cantar. De hecho, creo que quería participar en el concierto para reclutar hombres que el Artists Rifles celebró en 1915, claro que, para entonces, todos estábamos ya allí —explicó. Se aclaró la garganta y comenzó a cantar.

> El peligro y el sufrimiento no nos preocupan.
> Preparados para acudir a la llamada de Inglaterra,
> las artes de la paz nos ayudarán
> a luchar por la reina y por la libertad.

Un grupo cercano se volvió y aplaudió, animándolo a que siguiera cantando. Alex respondió con una reverencia, pero negó con la cabeza y se volvió hacia Maisie.

—En realidad, creo que solo me acuerdo de esa estrofa, y está claro que tiene que ser «reina», porque el regimiento de los Rifles se creó en tiempos de la reina Victoria.

Quentin habló por primera vez y lo hizo con una voz sorprendentemente fuerte:

—Y nunca estuvimos preparados, ninguno de nosotros, para nada. Y menos para Francia.

El grupo guardó silencio durante unos segundos incómodos hasta que se aproximó un camarero con una bandeja de copas de champán llenas hasta el borde.

—¡Aquí! —Alex pasó una copa a sus amigos. Maisie alzó la suya para indicar que aún tenía.

—¿Y ahora viven todos en Dungeness?

Alex fue el primero en responder de nuevo.

—Todos nos estamos marchando de allí, ¿verdad, compañeros? —Y sin esperar respuesta continuó—: Duncan acaba de casarse con su sufrida prometida y se han mudado a una casita idílica en Hythe. Y Quentin también está mudándose. —Se volvió hacia Maisie y añadió con tono de burla—: Se va a Mayfair con su amante, casada tres veces.

—Déjalo ya, si no te importa —dijo Quentin con tono de advertencia.

Mientras la conversación giraba hacia asuntos de propiedad en Londres, Maisie se preguntaba cómo podría reunirse con cada uno por separado, pues le parecía que la fiesta no era ni el momento ni el lugar adecuados para hablar. Por el momento se conformaba con haberlos conocido, pues le resultaría útil para concertar una nueva cita, lo que tenía intención de hacer en los próximos días.

Maisie estuvo charlando con ellos un rato más y luego se excusó diciendo que quería saludar a una antigua amiga a la que acababa de ver. Se dio cuenta del silencio que se produjo a su espalda cuando se giró para dirigirse a la joven que había visto con Stratton un rato antes. Sabía que los tres comentarían algo en cuanto se alejara.

—Hola, creo que nos hemos visto antes, ¿no es así? ¿No fue en el derbi del año pasado? —la saludó Maisie mientras tomaba un aperitivo que les ofrecía un camarero.

—Yo... yo... sí, creo que nos conocemos. Y sí, tuvo que ser en el derbi.

Maisie sonrió.

—¿No apostó por un caballo llamado *Departamento de Homicidios*?

—¡Ay, caramba! —exclamó la mujer atragantándose con un volován y a continuación negó con la cabeza.

—No se preocupe, su secreto está a salvo conmigo, pero la próxima vez no afirme haber visto a alguien en un sitio donde no haya estado antes. Es mejor admitir que no recuerda quién es y empezar de cero. Siempre la pillarán si dice una mentira flagrante, a menos que sea usted muy inteligente.

—¿Quién es usted?

Maisie sonrió como si de verdad estuviera charlando con una vieja amiga.

—Me llamo Maisie Dobbs.

—Ay, Dios.

—Por lo menos sabe que soy amiga, no enemiga. ¿Trabaja con Stratton?

La mujer asintió con la cabeza.

—No... No puedo decirle nada. Mire, tengo que irme.

—No, no se rinda ahora que ha llegado hasta aquí. Probablemente perdería su trabajo o terminaría delante de una máquina de escribir en Scotland Yard. Solo dígame a quién tiene que vigilar. ¿Sabe la anfitriona quién es usted?

—No. Nada más llegar, me pegué a uno de esos hombres espantosos de allí, estaban apoyados contra la pared cuando entré, la situación ideal.

—Continúe.

La mujer suspiró.

—Sigo instrucciones de Stratton y Vance, del Escuadrón Volador.

—¿Y a quién vigila?

—A Harry Bassington-Hope.

—¿Por qué?

—No lo sé.

—¿No lo sabe?

La mujer negó con la cabeza.

—Solo tengo que informar de a qué hora ha llegado, con quién ha hablado y a qué hora saldrá de aquí. Tengo que fijarme también en si ha venido en taxi o si toma uno cuando se vaya.

—¿Y cómo va a saber cómo ha llegado si estaba usted aquí antes?

—Preguntándoselo.

—¿Y lo ha hecho?

Negó con la cabeza.

—¿Cómo se llama?

—Doris Watts.

—Muy bien, Doris, esto es lo que tiene que saber. Ha venido a pie desde el final de la calle, es probable que caminando o en metro desde el lugar en el que se aloja, o de una cita previa, aunque nadie esperará que pueda averiguar todos esos detalles, a menos que él mismo se los dé. Bebe y charla con cualquiera que quiera darle conversación, así que, ¿por qué no va y se presenta?

—¿Le dirá a Stratton que me ha visto?

Maisie miró a su alrededor buscando a Georgina y respondió:

—Sí, es probable, pero también le diré que estaba actuando con discreción y que si adiviné que trabajaba para Scotland Yard fue porque la vi bajar de su coche. Eso sí que ha sido poco profesional, así que la culpa es de ellos.

Doris Watts estaba a punto de abrir la boca cuando oyeron jaleo en la puerta y vieron a Georgina recibiendo a un nuevo invitado. El ruido en la fiesta había aumentado en el rato que había transcurrido desde su llegada. El barullo de voces se calmó y la gente se giró para mirar al recién llegado al tiempo que abrían paso a su anfitriona, que acompañó al hombre a la sala, hasta un grupo reunido junto a la ventana. Maisie se dio media vuelta, porque se había quedado helada.

—¡Ay, Dios mío! ¿Ha visto quién es? —dijo Doris poniéndole la mano en el brazo.

En ese punto, Maisie se giró. Sentía curiosidad por aquel invitado al que todos abrían paso y cuya presencia le había helado los huesos.

—Mosley —susurró.

—Es él, ¿verdad? Ya verá cuando le diga al inspector Stratton que la dueña de la casa conoce a Oswald Mosley.

El hombre empezó a charlar con el grupo y otros invitados fueron acercándose. Y, a medida que el número de asistentes crecía a su alrededor, lo que en un principio había sido una conversación íntima, fue dando lugar a un discurso frente a su público. Maisie también se sintió atraída hacia la aglomeración de invitados, aunque no para escuchar, sino para observar el efecto que podía tener un hombre sobre todas aquellas personas apiñadas en torno a él, todos los asistentes a la fiesta excepto Alex, Duncan y Quentin, que se habían alejado visiblemente, y miraban de forma alternativa al hombre y entre sí con el ceño fruncido mientras hablaban entre ellos.

Oswald Mosley, el antiguo parlamentario del partido laborista, era un orador elegante e hipnótico, con ese pelo negro que le acentuaba unos penetrantes ojos oscuros. A Maisie le recordaba a una cobra, con esa capacidad para engatusar que obnubilaba a todos los presentes mientras exponía su opinión sobre el futuro del país.

—El Partido Nuevo marcará el camino a seguir, amigos. Acabaremos con el desempleo, que no ha hecho más que aumentar gracias a las políticas de nuestro partido laborista; forjaremos nuevas amistades con nuestros antiguos enemigos y nunca más volveremos a marchar para ir a morir en tierras extranjeras en defensa de lo nuestro. Levantaremos nuestro país y protegeremos nuestras fronteras, y progresaremos hasta ocupar el lugar que por derecho nos corresponde como líderes de la era moderna.

A su alrededor se alzaron vítores y gritos de «¡Así se habla!» y «¡Bravo!». Hombres y mujeres alargaban el brazo para tocar al carismático político cuando este se puso a estrechar la mano a todos los que aguardaban en fila, casi como si fuera el rey Midas y se dispusiera a colmarlos de riquezas con solo tocarlos. Maisie decidió irse. Se detuvo de camino a la puerta a hablar con Alex Courtman, que retiraba otra copa de champán de la bandeja de un camarero.

—Pero, señorita Dobbs, ¿ya se marcha? ¡El baile está a punto de comenzar! —Y, como si lo hubieran escuchado, la música pasó de una suave melodía de fondo a una alegre música de baile—. ¡Hora de la diversión! —Courtman le quitó la copa y la dejó en la bandeja con la suya antes de arrastrar a Maisie al centro de la sala, donde otros ya habían empezado a bailar—. Un baile antes de que se vaya.

—Ay, no, yo no...

Pero no le dio tiempo a decir nada más. Estaban en el centro de la sala. Y, aunque afirmaba que no sabía bailar, sus pies encontraron el ritmo. Miró a los otros bailarines para imitar sus movimientos y poco después era una más entre los fiesteros que pasaban la noche bailando. Se rio cuando Courtman la tomó por la cintura con una mano y le agarró la mano derecha moviéndose sincronizadamente hacia delante y hacia atrás al ritmo de la rápida melodía sincopada. Y también cuando pisó a su pareja sin darse cuenta y este gesticuló como si le hubiera hecho daño. Maisie olvidó las preocupaciones de la mañana y dejó que la música le alegrara el espíritu y le acariciara el alma. Courtman aún le robó dos bailes más antes de que Maisie le indicara con gestos que de verdad tenía que marcharse, y se llevó la mano al corazón para indicar el dolor que le causaba su marcha, para terminar despidiéndose con una reverencia. Maisie se abrió paso sonriendo por lo que se había convertido en una pista de baile, miró a su alrededor y vio que su pareja de baile agarraba a una horrorizada Doris Watts y la estrechaba contra sí mientras la música ganaba intensidad.

Seguía sonriendo cuando fue a buscar a su anfitriona para darle las gracias por la fiesta y despedirse. El vestíbulo se encontraba silencioso y desierto cuando dobló la esquina, pero justo en ese momento oyó voces exaltadas en una habitación lateral. Se había fijado fugazmente en ella al entrar en el piso, el santuario forrado de libros de la periodista. Según se acercaba, oyó la voz de Georgina seguida por la de su hermano pequeño.

—Venga ya, Georgie, no seas cascarrabias. Cada vez te pareces más a Nolly.

—Si preguntarte qué demonios estás haciendo es ser como Nolly, pues que así sea. ¡¿Crees que puedo seguir dándote dinero para pagar tus deudas?!

—Anda, Georgie. Tú estás forrada y esto es un asunto de vida o muerte.

—No te pongas dramático, Harry —contestó Georgina. Maisie oyó un crujido de papeles de fondo—. Toma. Es lo único que puedo darte ahora mismo.

Silencio y, al poco, Harry volvió a hablar.

—Puede que Nick me soltara un buen sermón, pero siempre me iba con algo en el bolsillo después del rapapolvo.

—¡Pero yo no soy Nick! Lo menos que puedes hacer es darme las gracias.

Maisie oyó que abrían la puerta entornada y retrocedió para que al entrar en el vestíbulo no sospecharan que había estado escuchándolos. La puerta de la calle se cerró cuando Harry salió sin despedirse siquiera de su hermana.

—Georgina, ya me voy. Quería...

—¿Tienes que irte ya? —Georgina parecía cansada, pero en el sentido de la anfitriona que finge ponerse triste cuando un invitado se marcha. Miró por encima del hombro de Maisie mientras hablaba y sonrió—. Ahora mismo voy, Malcolm. —Y volviéndose hacia ella dijo—: Espero que te lo hayas pasado bien, Maisie, querida.

Esta asintió con la cabeza.

—Pues la verdad es que sí. Me ha sorprendido bastante ver a sir Oswald Mosley. ¿Lo conoces?

—Ay, querida, todo el que es alguien en esta ciudad conoce a Oswald. Futuro primer ministro, ya lo verás.

—¿Qué opinas de él?

Georgina se encogió de hombros, como si solo existiera una respuesta a esa pregunta.

—Creo que es un político brillante, un hombre asombroso. Somos afortunados de tenerlo entre nosotros. Que haya venido esta noche ha sido un triunfo. Lo quieren en todas las fiestas.

Maisie asintió de nuevo con la cabeza y cambió de tema.

—Me gustaría que nos viéramos mañana por la mañana lo más temprano posible. Tengo que hacerte unas preguntas y me gustaría tratar algunos aspectos más del caso.

—Por supuesto, pero que no sea demasiado temprano. ¿Te parece bien a las diez?

—Sí, claro. ¿Puedes ir a mi despacho?

—Perfecto, a las diez en tu despacho.

Maisie sonrió.

—Gracias por invitarme a la fiesta.

Georgina se inclinó hacia delante y pegó la mejilla a la de Maisie, y después miró a su alrededor para asegurarse de que estaban solas.

—Me alegro mucho de que hayas venido. Sé que te parecerá que no tengo corazón al dar una fiesta cuando acaba de morir alguien a quien quería con toda mi alma, pero...

Maisie asintió con la cabeza.

—No te preocupes, Georgina, no tienes que darme ninguna explicación. Lo entiendo. —Guardó silencio un momento y le puso la mano en el brazo para tranquilizarla—. Tienes que seguir con tu vida. Estoy segura de que Nick estaría de acuerdo. Todo el mundo se está divirtiendo y yo lo he pasado de maravilla.

Georgina asintió con la cabeza y le confirmó que iría a verla por la mañana. Después se volvió hacia el mayordomo para indicarle que su invitada se marchaba. Cuando salía, la oyó decir a lo lejos:

—¿Te marchas tan pronto, Oswald?

MAISIE SE SENTÓ delante del volante de su MG y suspiró. Pese a los recelos a los que llevaba horas dando vueltas con preocupación, había visto un lado vulnerable de Georgina Bassington-Hope y se había dejado conmover. Seguía en guardia, pero eso no había impedido que sintiera compasión por su clienta al escuchar la conversación que había mantenido con el manipulador de su hermano. Entendía que las verdades que se encontraban entre el blanco y el negro, en las áreas grises de la experiencia, nunca estaban perfectamente definidas, y aunque no confiaba en Georgina —aún tenía que identificar las dudas que levantaba en ella—, siempre había intentado ver el lado humano en los demás.

Puso el coche en marcha, encendió las luces y salió del aparcamiento. La niebla era todavía más densa, y era peligroso conducir deprisa.

Conducía inclinándose hacia delante para poder ver y se detuvo en el cruce con Embankment antes de girar a la derecha. Justo en ese instante se percató de un movimiento inesperado junto al muro del río, una actividad que despertó sus sospechas e hizo que detuviera el coche junto a la acera y apagara las luces. No distinguía bien lo que estaba ocurriendo debido a la densidad de la niebla. A la luz turbia de las farolas de gas vio a dos hombres hablando con un tercero que se encontraba con la espalda pegada a la pared. Uno de los dos hombres golpeaba sin cesar al de la pared en el hombro hasta que al final le metió la mano en el bolsillo y sacó algo que entregó a su compañero. El tipo lo golpeó una vez más, tras lo cual este y su acompañante se subieron a un coche que esperaba con el motor en marcha y se alejaron. El hombre pegado a la pared tardó un momento en recuperarse, parecía algo borracho también, y finalmente se separó de la pared y se alejó sin saber muy bien hacia dónde iba. El hombre era Harry Bassington-Hope.

Al principio, Maisie pensó que tal vez debería ofrecerse a llevarlo a algún sitio, pero al final decidió no hacerlo. No quería que creyera que había visto lo que acababa de suceder, la entrega del dinero que le había dado su hermana. Incluso los borrachos tienen recuerdos, aunque no sean fiables. Y pensó que probablemente ya no iba a pasarle nada, puesto que había pagado lo que debía. Pero ¿a quién le debía dinero? Por experiencia sabía que los hombres como los que acababa de ver con el hermano de Georgina solían trabajar para alguien mucho más poderoso, y desde luego la conversación que había oído un rato antes indicaba que Nick ya le había sacado las castañas del fuego a su hermano antes.

Aparcó cerca de su piso, en el sitio de siempre. Sonrió mientras cerraba la puerta y echaba la llave recordando el baile y dio un par de pasos al ritmo de la música que seguía resonándole en los oídos. Pero la sonrisa se evaporó enseguida. Se detuvo a escuchar, atenta a la sensación física de miedo que la envolvió de pronto y siguió caminando. Pensó que aquello podría tener algo que ver con la escena que había presenciado en el río y consideró la posibilidad de que la persona a la que Harry Bassington-Hope debía dinero se hubiera enfrentado directamente a Nick. O, si no se había acercado a él, era aún más posible que tratara de buscar un punto débil del que sacar provecho. Pensó en el conductor del coche que había seguido al joven Harry hasta la fiesta y se le ocurrió que acababa de descubrir el talón de Aquiles de Nick. Por lo tanto, era vital que hablara con sus amigos lo antes posible.

La sensación de miedo se intensificó al acercarse a la puerta. Sacó del bolso la llave del piso y miró hacia la escalera central bien iluminada y la silueta de un hombre que caminaba de un lado para otro. Ahora entendía por qué tenía miedo. Que Billy Beale se presentara en su casa tan tarde un domingo por la noche solo podía significar una cosa.

9

CONDUCIENDO A UNA velocidad de vértigo —teniendo en cuenta que no veía a más de un metro de distancia—, Maisie estaba tan concentrada en llegar a la casa de Billy que corría riesgos que no habría asumido en otras circunstancias. Estuvo a punto de chocar con un carro, cuyas luces apenas alumbraban, y entró en la calle de Billy con un chirrido de frenos que seguro que hizo pensar a los vecinos que la policía estaba buscando a algún delincuente. Era un barrio en el que no se veían muchos coches, y en el que los residentes vivían hacinados entre la humedad, la mayoría de ellos no tenía agua corriente y debían mantener las ventanas cerradas para que no se les colara el aire fétido que subía de los muelles.

La mujer de Billy esperaba de pie con la puerta abierta cuando Maisie salió del coche de un salto, sacó del asiento trasero lo que ella llamaba el «maletín de las medicinas» y corrió hacia la casa.

—La tenemos aquí abajo, señorita Dobbs.

Doreen Beale había estado llorando, pero la siguió por el estrecho pasillo hasta la cocina, que estaba al fondo de la vivienda. Una mujer embarazada sostenía en los brazos a una Lizzie llorosa que, por la forma en que ponía los ojos en blanco, estaba a punto de perder la consciencia.

—Dejad libre la mesa y poned una manta y una sábana encima. Billy, acércame esa lámpara para poder explorarla. —Maisie extendió los brazos para sujetar a la niña y se la colocó en un brazo mientras abría con la otra mano el chal en el que la habían envuelto y le desabrochaba los botones del camisón de franela—. Está ardiendo de fiebre y le cuesta respirar. ¿Decís que no habéis podido dar con la enfermera o con el médico?

Billy negó con la cabeza mientras Doreen extendía una manta sobre la mesa y encima una sábana limpia. Maisie tendió a la niña encima.

—No, señorita —respondió Billy—. Y cada vez que intentábamos coger a Lizzie, se ponía a gritar, así que no hubiéramos llegado al hospital, suponiendo que quisieran ingresarla. —Calló y siguió negando con la cabeza—. Puede que ahora los hospitales los dirija el Ayuntamiento, pero no parece que hayan cambiado mucho las cosas.

Maisie asintió con la cabeza deseando que estuvieran cerca de alguna de las clínicas de Maurice. Abrió el maletín que Billy había puesto en una silla a su lado y sacó una mascarilla blanca de algodón con la que se cubrió la boca y la nariz, y se la ató detrás de la cabeza. A continuación, sacó un termómetro y un palito de madera para aplastar la lengua de la pequeña, y un recipiente pequeño y estrecho con un asa a cada lado, y lo llenó de peróxido de hidrógeno, una forma improvisada de desinfección. Tomó el termómetro y lo sacudió varias veces antes de colocárselo en la axila. Entonces se inclinó sobre la pequeña para observarla más de cerca, le levantó los párpados y le examinó los ojos. Negó con la cabeza mientras le abría con cuidado la boquita roja y le aplastó la lengua con el palito.

—Acerca más la lámpara, Billy.

Él obedeció y se inclinó sosteniendo la lámpara de gas con ambas manos.

—Lleva cuatro o cinco días enferma, ¿no es así? —preguntó mientras retiraba el instrumento y lo dejaba sobre la mesa, luego le puso la mano en la frente y sacó el termómetro para mirar la temperatura.

Billy y su mujer asintieron con la cabeza al mismo tiempo.

—Al principio pensamos que había empezado a mejorar, pero luego empeoró y ahora está así —dijo Doreen tapándose la boca con un pañuelo y se apoyó contra Billy—. ¿Qué cree que le pasa, señorita Dobbs?

Maisie levantó la cabeza.

—Tiene difteria, Doreen. La membrana gruesa de color blancuzco que se le ha formado en la garganta así lo indica, tiene una inflamación grave de las amígdalas y las adenoides, está ardiendo y hay que llevarla al hospital para enfermedades infecciosas de inmediato. No hay tiempo que perder cuando la enfermedad está tan avanzada. —Se volvió hacia Billy—. Si no me equivoco, el más cercano está en Stockwell. Si la llevamos a otro centro, lo más probable es que no nos reciban, con dinero o sin él. Doreen, ven conmigo. Nos vamos ahora mismo. En el coche hay espacio para otra persona y tú eres su madre. La envolveremos en la manta y la sábana. —Se quitó la mascarilla y fue al fregadero a lavar los instrumentos, que envolvió en un paño de algodón limpio antes de guardarlos en el maletín—. Esto que os voy a decir es importante. Tenéis que desinfectar toda la casa. Normalmente, os diría que quemarais la ropa de cama, pero el lino no es barato, así que tendréis que meter todas las sábanas y las mantas en agua hirviendo en la caldera de lavar la ropa, y cuando digo todas, es todas, en agua con desinfectante, y es necesario que el agua rompa a hervir. Llevad a los demás niños arriba y metedlos en la bañera con desinfectante lo antes posible. Limpiad todo, Billy, todo. Frotaos bien, a los niños, limpiadlo todo y a todos. Tirad toda la leche que os quede en la despensa. No abráis las ventanas para que no entre el aire fétido. No os dejéis nada. Lavad en agua hirviendo la ropa de los niños. hay cuatro más en esta casa y todos corren peligro. Que todos lleven pañuelo y estad atentos a cualquier herida que se hagan, porque habrá que taparla con un vendaje limpio. Toma —dijo entregándole un rollo que sacó del maletín—. Los niños se hacen heridas y los padres ni se enteran, pero es uno de los focos de transmisión de la enfermedad. Es muy probable que venga el inspector mañana y es posible que se los lleve por precaución. Y ahora vamos, no podemos perder más tiempo. —Recogió todas sus cosas, pero se detuvo a darles una última indicación, dirigida a la hermana embarazada de Doreen, que ya estaba apilando leña para calentar agua—. Usted debe ser doblemente cuidadosa, señora. —Sacó una mascarilla limpia del maletín—. Puede que esto sea demasiado, pero póngasela siempre que esté con los niños. Al menos hasta que los hayan examinado.

Era casi medianoche cuando Maisie se puso en marcha de nuevo tratando de buscar el equilibrio entre la comodidad de sus acompañantes y la necesidad de llegar al hospital. No se lo había dicho a Billy y a su mujer, pero sabía demasiado bien que las posibilidades de que Lizzie sobreviviera habrían sido mucho mayores si la hubieran llevado al hospital tres días antes. Cada día sin cuidados médicos desde la aparición de los síntomas contribuía a aumentar la tasa de mortalidad infantil. Saber que uno de cada cinco niños que no habían recibido tratamiento a los cinco días de los primeros síntomas de la enfermedad moría la obligó a pisar el acelerador.

Aparcó delante del hospital y rodeó a Doreen con un brazo mientras la acompañaba al interior del austero edificio victoriano. Maisie facilitó al médico que salió un diagnóstico inmediato y detalles de los síntomas, y se llevaron a toda prisa a la pequeña. Les pidieron que se dirigieran a la sala de espera hasta que el médico saliera a informarlas del pronóstico, aunque Maisie sospechaba que iba a ser una espera larga, ya que sabía que iban a llevar a la niña al quirófano, donde le pondrían inyecciones de antitoxina para proteger los órganos vitales ante la agresiva enfermedad. No le cabía duda de que le harían una traqueotomía para despejar la obstrucción de las vías respiratorias altas y le extirparían las amígdalas y las adenoides. ¿Soportaría su pequeño corazón una operación tan peligrosa?

—Ay, mi preciosa Lizzie, mi preciosa niñita. —Doreen Beale se derrumbó en los brazos de Maisie, las lágrimas le caían por las mejillas—. Podríamos haber vendido algo, empeñado mi anillo de boda. Yo tengo toda la culpa, debería habérselo dicho a

Billy, «Vende el anillo». Ojalá lo hubiera hecho, ojalá lo hubiera sabido. No lo pensé.

Los sollozos le comprimían el pecho, tal era el dolor y el reproche hacia sí misma.

—No te eches la culpa, Doreen, no debes hacerlo. No ha sido culpa tuya. Algunos niños no muestran los signos habituales hasta que la enfermedad está ya avanzada. Seguro que parecía un resfriado normal y corriente al principio.

Abrazó a la mujer concentrándose en insuflar ánimos a la madre que iba a necesitar todas las fuerzas que pudiera recabar en las horas, y con suerte los días, que tenía por delante. Había sido una noche larga y, mientras esperaban en aquella salita, Maisie pensó en la fiesta, en aquellos que jamás tendrían que preocuparse por el dinero si un niño, o a un adulto, enfermaba. Pese al desagrado que le había producido desde el primer momento, entendía por qué el hombre que Georgina predecía que llegaría a ser primer ministro había comenzado a seducir a ricos y a pobres por igual. Prometía un gobierno que cuidara de lo suyo por encima de todo lo demás. Prometía esperanza. Y la gente necesitaba desesperadamente motivos para la esperanza.

Pensó después en Billy.

—Doreen, Billy debería estar aquí contigo y con Lizzie. El médico saldrá en cuanto tenga noticias, y después de verte, te aconsejará que te marches. Voy a ir a buscar a Billy. Toma —dijo metiendo la mano en el bolso—, dinero para el taxi de vuelta.

Doreen quiso negarse, pero Maisie no se lo permitió.

—Por favor, cógelo. Estoy demasiado cansada para discutir y tú estás demasiado exhausta para ponerte orgullosa.

La mujer lo aceptó entre sollozos y Maisie se fue.

MÁS TARDE, TRAS dejar a Billy en el hospital, con instrucciones de avisarla si necesitaban cualquier otra cosa, Maisie regresó a su casa. Casi no sentía el frío silencio de la sala de estar, porque estaba entumecida como no lo había estado nunca ante la perspectiva de la muerte. Se había echado la culpa una y otra vez por el camino: debería haber insistido en ir a ver a Lizzie días atrás. Sin embargo, llegado ese punto, y a pesar de que estuviera en casa, a varios kilómetros de distancia, aún le quedaban recursos. Aún podía hacer algo para ayudar a la niñita a luchar por sobrevivir. Se sentó en uno de los sillones sin quitarse el abrigo y cerró los ojos. Con los pies bien apoyados en el suelo y las manos en el regazo, entró en un estado de meditación profunda, como le había enseñado el sabio Khan, y como sus mayores le habían enseñado a él. Buscó ese estado atemporal en el que, según su maestro, todo era posible.

Tiempo atrás había albergado todo tipo de dudas sobre lo que se suponía que podía hacer esa extraña práctica y se había preguntado por qué el doctor Blanche había querido que recibiera formación en algo que a ella le parecía embarazoso e inútil. Pero más adelante, en los momentos más negros de su vida, aquellas lecciones le habían demostrado lo valiosas que eran en repetidas ocasiones, y había llegado a tener en muy alta estima la palabra de su maestro. Abrió la mente e imaginó la dulce carita de Lizzie, sus rizos, su risa cuando algo le hacía gracia, sus mejillas sonrosadas y sus labios rojos. La vio en el hospital y empezó a hablar con la pequeña, que se encontraba en otra parte de la ciudad. Le dijo que tenía un corazón fuerte, que podía descansar y que, cuando despertara, estaría buena otra vez. Imaginó a la niña riéndose en la cama con sus padres a su lado. Y antes de abrir los ojos y regresar a su sala de estar, le pidió a la pequeña Lizzie de su imaginación que eligiera vivir.

Cuando se metió por fin en la fría cama y se tapó bien con las mantas, tardó en dormirse de tantas vueltas como estaba dando a los acontecimientos de la última semana, repitiendo conversaciones como si la aguja del gramófono se hubiera atascado en un disco. Para su sorpresa, la emoción más profunda que sentía era la rabia. Era consciente de que su opinión del mundo estaba teñida por los acontecimientos de la noche, pero, así y todo, se daba cuenta de que, al igual que Billy, empezaban a disgustarle las personas que le daban de comer y un lugar en el que vivir. Sabía que había tenido mucha suerte en la vida, porque ¿acaso no había conseguido superar el obstáculo de la clase social, la educación y las oportunidades? Pero, cuando pensaba en el dinero que pasaba de unas manos a otras, la injusticia patente en una sociedad en la que algunas personas gastaban miles de libras en una pintura, mientras que una niña podía morir porque no tenía el dinero para pagar la atención médica que necesitaba, le dejaba un regusto amargo en la boca. ¿No se reducía todo al final a quién tenía dinero y quién no, quién podía ganarlo y quién no? Daba igual lo agradables que pudieran ser las personas; ¿no era sencillamente injusto que hubiera gente que contara con los recursos necesarios para pasarse el día pintando, mientras que otros solo conocían la amargura de no tener trabajo, la miseria lacerante?

Se dio la vuelta en la cama una vez más y sus pensamientos divergentes comenzaron a entremezclarse, y su mente consciente cedió finalmente a la fatiga. Había aprendido que su trabajo solía girar en torno a un tema, como si en una danza con el destino le llegaran casos que no parecían estar relacionados en un principio, pero que en realidad sí lo estaban, a veces por las emociones que se despertaban en la búsqueda de la verdad, y otras veces por la similitud de las circunstancias. Desde el día que Georgina Bassington-Hope acudió a ella para contratar sus servicios, había sido consciente de la red de conexiones existente entre los miembros de la selecta comunidad de los ricos y poderosos. Reflexionó sobre los hilos que unían a aquellos que ansiaban un puesto en las altas esferas y aquellos que se lo conseguían; la relación entre los que querían algo tanto que estaban dispuestos a pagar lo que fuera y los que estaban dispuestos a conseguirles ese objeto de deseo.

¿Podría negarse que el artista poseía un insólito poder? Bastaba con echar una ojeada a los carteles propagandísticos creados por Nick Bassington-Hope. El don de la creatividad le había proporcionado el poder para empujar a la población a pensar de determinada manera y actuar conforme a ello. Justo antes de que el sueño la venciera, Maisie recordó haber visto a un grupo de estudiantes apiñados en torno a un cartel de reclutamiento en la pared de la estación de Cambridge en el otoño de 1914. Llamaba a los jóvenes a unirse a las filas en nombre del rey y de su país. «¡Ven, antes de que sea demasiado tarde!» Se quedó allí escuchando con descaro a aquellos jóvenes intercambiar opiniones sobre un eslogan que en realidad era un desafío. Llegaron a la conclusión de que sería «divertido» y salieron de la estación en dirección a una oficina de alistamiento. Eso era poder y Nick Bassington-Hope se avergonzaba de ello. Y, en realidad, ¿no se sentía ella un poco avergonzada también? Avergonzada por haber utilizado el poder que tenía a su alcance para conseguir un piso propio, mientras que a los Beale les costaba salir adelante compartiendo su casa, su comida y los ingresos de un solo hombre con otra familia.

MAISIE NO ESTABA de muy buen humor cuando llegó a la oficina a la mañana siguiente. Se había levantado temprano y había salido de casa antes de las seis con idea de pasar por casa de los Beale. Cuando bajaba por la callejuela adoquinada con hileras de casas adosadas a ambos lados, vio una ambulancia gris en la puerta de la casa de Billy y Doreen. Aparcó detrás del vehículo y vio que sacaban a tres niños envueltos en mantas rojas. Un grupito de chavales del barrio observaban la escena tirándose del cuello mientras coreaban de forma supersticiosa:

¡Tócate el cuello,
y no tragues,
no vayas a pillarla!
¡Tócate el cuello,
y no tragues,
no vayas a pillarla!

Billy salió de la casa para echarlos de allí, sacudiendo el puño en alto mientras los chiquillos se alejaban calle arriba cantando. El hombre tenía el mismo color que la ambulancia en la que habían introducido cuidadosamente a su hijo mediano y a sus dos primos. Dio media vuelta para entrar en casa y entonces la vio.

—No hacía falta que vinera, señorita. Ya hizo bastante anoche.

—¿Qué ocurre, Billy? ¿Sabes algo?

—He llegado hace un par de horas, Doreen se ha quedado. No les ha parecido muy bien en el hospital, pero no ha querido venir dejando a la niña tan enferma. Y con todas esas pobres criaturas en cunas, todas en fila, es un milagro que puedan estar pendientes de todos, aunque Lizzie se encuentra en una sala especial por la operación. —Calló un momento y se frotó los ojos—. La operaron nada más llegar, tuvieron que hacerle un corte aquí —y se señaló la garganta—. Le han sacado las anginas y le han puesto inyecciones de anti no sé qué.

Maisie asintió con la cabeza.

—¿Qué dicen los médicos?

—Está en estado crítico. Dicen que les sorprende que siga con vida, luchando, con lo pequeña que es. Nos han dicho que pensaban que la perdían en el quirófano, pero empezó a recuperarse. Se quedaron todos de piedra. El estado es crítico, ya le digo. Y ahora se llevan para allá a los otros, todos menos el mayor, que no tiene ningún síntoma. El inspector ha dicho que ha sido porque está en el colegio. Cogen algo ahí que los protege, ¿cómo ha dicho? —Billy negó con la cabeza visiblemente exhausto.

—Es probable que esté inmunizado, Billy. Y los otros no se encuentran en una fase tan avanzada como Lizzie. ¿Quieres que te acerque al hospital?

Billy dio una patada al escalón.

—¿Y qué pasa con el trabajo, señorita? No puedo quedarme sin trabajo.

Maisie negó con la cabeza.

—No te preocupes por eso. Te llevo al hospital. Te aseguro que la enfermera jefe te va a decir que te vayas; no les gusta que los familiares se queden allí esperando. La nuestra solía quejarse todo el tiempo de que estaban siempre por medio, y eso en horario de visita. Hasta los médicos le tenían miedo. Lo que quiero decirte es que ya volverás al trabajo cuando puedas, Billy.

Más tarde, cuando ya iba a salir del coche delante del hospital de Stockwell, Billy se volvió hacia Maisie.

—Más de uno me habría puesto de patitas en la calle por este apuro que estamos pasando. Nunca lo olvidaré.

—No te preocupes por nada, Billy —respondió ella suspirando—. Tú sigue imaginando a Lizzie en casa, como antes. No pienses en la enfermedad. Piensa en la vida que tiene tu pequeña. Es lo mejor que puedes hacer.

MAISIE NO PUDO evitar recordar las reflexiones de la noche anterior. Tenía mucho en lo que inspirarse, ya que por todo Londres veía hombres de camino a los centros de ayuda para desempleados o haciendo cola en las fábricas donde alguien les había dicho que encontrarían trabajo. Y luego estaban los que predecían que la situación empeoraría todavía más antes de mejorar.

Notó que volvía a sentir rabia y vergüenza, y puso aún más a prueba los pensamientos que le daban vueltas en la cabeza cuando vio el éxodo de hombres en busca de trabajo. Muchos de ellos cojeaban, otros tenían la cara llena de cicatrices o la expresión de aquellos que habían pasado tanto tiempo en el frente que no les quedaba ni un resquicio para el optimismo. Hombres, y mujeres también, cuyo país había tirado de ellos cuando les hacía falta, y ahora se encontraban sin recursos. Héroes olvidados librando otra batalla por el honor.

Cerró de un portazo la puerta del despacho y levantó el auricular para llamar a Scotland Yard realmente enfurecida. Pidió que le pasaran con el inspector.

—¡Diga! —contestó este como si tuviera prisa.

—Inspector Stratton, me gustaría hablar con usted esta mañana. ¿Podemos vernos en la cafetería de siempre sobre las once y media?

Maisie era consciente de su tono seco, pero no hizo nada por cambiarlo.

—Está bien. Supongo que será algo importante.

—¿Importante, inspector? Ya me dirá usted cuando nos veamos si Harry Bassington-Hope es importante o no.

Y colgó sin esperar respuesta.

Miró el reloj de pulsera y el de la repisa. Georgina Bassington-Hope llegaría en media hora más o menos. Le daba tiempo a serenarse antes de su reunión, encuentro que temía hasta el punto de que parte de sí no quería calmarse, sino encontrarse con su clienta rebosante del enfado que había ido ganando fuerza desde la noche anterior. El teléfono sonó.

—Fitzroy...

—Maisie.

—Ah, hola, Andrew.

—No pareces contenta de oír mi voz.

Maisie negó con la cabeza, aunque él no pudiera verla.

—No es eso, es que tengo un asunto apremiante entre manos.

—Como siempre, no te molestes porque te lo diga.

En su opinión, era un comentario inoportuno en un momento inoportuno, la gota que colmaba el vaso.

—Pues mira, Andrew, a lo mejor es verdad. A lo mejor creo que el hecho de que una niña pueda morir o hayan asesinado a un artista es algo apremiante. ¡A lo mejor sería mejor que siguieras con lo que estuvieras haciendo y me dejaras en paz con mis apremiantes asuntos!

—Maisie, eso ha estado totalmente fuera de lugar. No eres la única persona que tiene que ocuparse de cosas urgentes o la única que debe lidiar con la muerte. ¡No tienes más que venir a este rincón perdido de la mano de Dios para verlo!

—Andrew, yo...

—Podemos hablarlo cuando nos veamos. De hecho, a mí me parece que tenemos que hablar de muchas cosas.

—Sí, por supuesto, tienes razón.

—Te dejo, Maisie. Estás ocupada y sé por experiencia que no es momento para alargar la conversación. Ya te llamaré.

Y colgó. Maisie soltó el auricular con un sonoro golpe, frustrada, y se pellizcó el puente de la nariz con el índice y el pulgar. No era así como había previsto poner fin a su noviazgo. Sabía que se había comportado de manera grosera e inexcusable. Había dejado que la tristeza por la niña enferma se convirtiera en rabia, y eso no era bueno para nadie. Pero debía dejar la conversación a un lado, tenía mucho trabajo por delante.

Otra mujer habría esperado junto al teléfono a que sonara la llamada en la que ambas partes se pedirían disculpas. O también podría haber levantado el auricular para decir «Lo siento». Pero ya le estaba dando vueltas a sus propias palabras. «Que hayan asesinado a un artista.» Aunque su intención era mantener la mente abierta todo el tiempo que fuera posible, y pese a haberle dicho a Billy que aceptar el trabajo como un caso de asesinato haría avanzar la investigación, hasta ese momento no había declarado lo que pensaba personalmente sobre el asunto. Acababa de hacerlo. ¿Su intuición había hablado abrumada por el peso de las emociones? Casi se había olvidado de Andrew Dene cuando se inclinó sobre el mapa del caso preparándose para reunirse con Georgina, que tampoco podía considerarse fuera de toda sospecha, pese a los sentimientos que había expresado, con la mano en el corazón, el día que se conocieron.

Maisie estaba a punto de anotar algo en el mapa cuando volvió a sonar el teléfono. Estuvo tentada de no contestar, no estaba preparada para hablar con Andrew todavía; de verdad que no sabía qué decir, pero al ver que la persona que llamaba no se daba por vencida, respondió.

—Me alegra que estés ahí —dijo lady Rowan sin darle ni tiempo a contestar dando su propio número.

—Lady Rowan, qué alegría. ¿Va todo bien?

—Sí. Bueno, no, la verdad es que no, por eso me he tomado la libertad de llamarte a tu despacho.

Maisie se sentó a la mesa.

—No hay ningún problema, lady Rowan. ¿En qué puedo ayudarla? —preguntó haciendo pasar el cordón del teléfono entre los dedos.

—De hecho, espero ser yo quien te ayude a ti. Sé que no es asunto mío, pero, ya me conoces, tengo que decir lo que pienso. —Guardó silencio un momento y al ver que Maisie no decía nada, continuó—: Al verte con la hija de los Bassington-Hope me pregunté si sois amigas.

—Es una conocida. Me invitó a tomar el té en su casa el sábado y, cuando el tiempo empeoró, insistieron en que me quedara a dormir.

—Sí, estoy segura de ello.

—¿Qué quiere decir?

La mujer suspiró.

—Conozco a los Bassington-Hope desde hace años, desde antes de que Piers y Emma se casaran. Parecían hechos el uno para el otro, los dos amantes del arte. Sé que suena todo muy romántico, pero quería advertirte.

—¿Advertirme de qué?

—Ay, qué difícil es explicar algo sin parecer intolerante, pero creo que deberías saber el tipo de personas que son, cómo funcionan, digamos.

—¿Cómo funcionan?

—Está bien, te lo diré tal cual, es lo que siempre hago y, al menos, sabré que he hecho lo que me parecía oportuno.

—Adelante.

—Los Bassington-Hope han sido siempre unos consentidos, antes de casarse, y también después. Han llevado siempre una vida permisiva y se lo han transmitido a sus hijos. Sé que no hay ninguna ley que lo prohíba. Sin embargo, esas personas pueden ser peligrosas, no en un sentido agresivo, entiéndeme, sino por la forma en que usan a los demás. —Guardó silencio—. Lo he visto otras veces. Es como si coleccionaran personas, las que les resultan interesantes, hasta los artistas terminan cansándose de rodearse siempre del mismo círculo artístico. Es como si les chuparan la vida a aquellos con quienes deciden entretenerse y escupen las sobras cuando se cansan antes de pasar al siguiente.

—Pero eso es muy feo, lady Rowan, si me permite que se lo diga.

—No digo que haya nada terrible en su modo de hacer las cosas, Maisie, y a una le dan lástima, perder a un hijo en un accidente así... Leí la esquela en el periódico. —Calló un momento e inspiró hondo antes de continuar con el motivo de su llamada—. Y pueden ser unas personas muy divertidas, eso es verdad. Pero cuando pierden el interés, cuando ya han conseguido lo que quieren, te tiran a la basura. Uno nunca puede sentirse a salvo con ellos.

—Entiendo.

—¿De verdad? ¿Te parece que hablo como una vieja cascarrabias? Me preocupaba porque temía que pudiera ocurrir algo así contigo. Sé que eres muy inteligente y perfectamente capaz de distinguir ese tipo de comportamiento por ti misma, pero quería asegurarme. Eres el tipo de persona que querrían arrastrar a su círculo, alguien interesante que tiene mucho que decir. Y luego, una vez que te sintieras cómoda, verías disminuir su curiosidad y comprenderías que alguien a quien habías considerado una verdadera amiga, no lo era. No creo que sean malos por eso o que lo hagan de manera consciente. Como te digo, es algo que también hacen sus hijos, excepto la mayor tal vez. Debe de rondar los cuarenta. ¿No perdió a su marido en la guerra? Pobrecilla. Recuerdo que nos invitaron a una fiesta cuando cumplió dieciséis o algo así. La casa estaba llena de gente de todo tipo, me sentí como en un teatro de marionetas, pero no había nadie de su edad, los demás eran más pequeños. En su lugar estaba todo repleto de mentes brillantes llenas de ideas: políticos, escritores, artistas, profesores universitarios, incluso algún miembro de la realeza.

—Entiendo. Y sé que no es propio de usted hablar cuando no le corresponde, y por eso le agradezco la sinceridad. Gracias por preocuparse por mí, y por tomarse la molestia de llamarme.

—¿Y no he metido las narices donde no me llaman?

—Pues claro que no. Espero que siempre me avise de cosas como esa. Y esta conversación quedará entre las dos.

—Sí, ya lo sé, Maisie. Puedo confiar en ti.

MAISIE DEJÓ EL auricular sobre la horquilla y permaneció sentada un rato. La advertencia que le había hecho lady Rowan había iluminado un rincón oscuro en su comprensión sobre la familia Bassington-Hope, un punto ciego en el que se habían esparcido las semillas de la duda y la desconfianza. «Ahora sé por qué no podía sentirme segura.» Había ejercido de público en el espectáculo de la familia, una representación que continuaba a pesar de la sombra de la muerte. Pensó en Nick y en Georgina, y reconoció los rasgos descritos por lady Rowan. Nick utilizando a personas reales en sus cuadros, sin importarle el dolor o la vergüenza que pudiera provocar, y a la vez la mayoría de esas personas se veían atraídas de nuevo hacia él. Y Georgina, que organizaba una fiesta llena de gente «interesante» a la que invitaba a un político polémico y absorbía la energía de las mentes brillantes que la rodeaban.

Para su sorpresa, Maisie sintió una oleada de ternura hacia ella. Mientras que lady Rowan solo veía a una mujer que utilizaba a los demás, ella veía a alguien sedienta de atención y relaciones que la definieran. ¿Sería porque los logros pasados ya no significaban nada para ella? Se levantó y empezó a andar de un lado para otro. Miró la hora. Estaba a punto de llegar y quería estudiar bien la conversación que había mantenido con lady Rowan antes de verla. No había duda de que la hija de los Bassington-Hope tenía defectos —«todos los tenemos», pensó—, pero ¿hasta qué punto habían contribuido a la muerte de Nick?

Esa era la preocupación principal, junto con la necesidad de construir una base de respeto entre su clienta y ella.

Se acordó de la discusión que había tenido con Maurice años atrás, en un caso en el que era evidente la desconexión entre su mentor y un cliente nuevo. Maurice y ella discutieron sobre el tema del carácter. «No me cae especialmente bien ese hombre. Sin embargo, lo respeto. Sospecho que él siente lo mismo hacia mí. He llegado a la conclusión de que no tiene por qué caernos bien una persona con la que tenemos una relación profesional, Maisie. Pero el respeto sí es vital, por ambas partes, igual que la tolerancia y un conocimiento profundo de esas influencias que moldean el carácter.»

En ese momento sonó el timbre. Acababa de llegar Georgina Bassington-Hope.

10

—ME ALEGRÓ MUCHO verte ayer en la fiesta, Maisie. Temía que te hubieras hartado de nosotros —dijo Georgina al tomar asiento junto al fuego—. Todo el mundo se lo pasó en grande, y Nick no hubiera querido que la vida se detuviera, ¿sabes? De hecho, él habría dicho que siguiéramos bailando.

—Fue una velada interesante, muy divertida —respondió Maisie colgando el abrigo de la recién llegada detrás de la puerta—. Tuve oportunidad de hablar con los amigos de Nick y de conocer a Harry. Gracias por invitarme, Georgina. ¿Te apetece un té?

—No, gracias —contestó ella mirando a su alrededor—. ¿Dónde está tu hombre esta mañana?

Maisie se sentó cerca de ella.

—Sus hijos se han puesto muy enfermos, así que me ha parecido justo que se quedara con su familia. Si todo va bien, volverá al trabajo mañana.

—Ay, qué pena, cuánto lo siento... Querías hablar de Nick, ¿no?

—Sí, Nick —contestó Maisie sorprendida al ver que la mujer hacía a un lado el dolor de la familia de Billy como si no tuviera importancia, aunque entendía que no quisiera hablar mucho sobre enfermedades, por lo cercano de estas a la pérdida—. Me gustaría hacerte algunas preguntas más, si no te importa.

—Dispara —dijo ella recolocándose en el asiento y se cruzó de brazos.

—En primer lugar, me gustaría que me describieras con más detalle la relación de Nick con sus más allegados y con las personas influyentes en su vida. Empecemos por su trabajo y Stig Svenson.

Georgina asintió con la cabeza.

—Claro, Stig. Defendió el trabajo de Nick desde el principio, poco después de que abandonara la Escuela de Bellas Artes, más o menos. Empezó presentando piezas sueltas de vez en cuando, dentro de otras exposiciones mayores, y siempre lo animó a desarrollar su propia voz. Fue él quien posibilitó que Nick fuera a Bélgica y a Estados Unidos después de la guerra.

—¿Cómo lo posibilitó? ¿Contactos? ¿Económicamente?

—Las dos cosas. Stig es partidario de nutrir y guiar a los nuevos talentos. Se le da muy bien conducir a sus clientes hacia obras que no solo reflejan sus gustos, sino que resultan ser inversiones lucrativas. Conoce el mercado y comprende a sus artistas.

—Entiendo. ¿Representa también a los amigos de Nick?

—Sí, en cierta forma. Exponen en la galería de vez en cuando. Conocen a Stig desde hace años.

—¿Cómo reaccionó el señor Svenson cuando Nick se alistó?

—Le dieron los siete males. Se pone frenético cuando pierde el control de una situación o pierde dinero. Se puso furioso. Le dijo a Nick que estaba arruinando su carrera, que estaba en la cima de la fama, que cómo podía, etcétera. Pero cuando vio las obras tan asombrosas en las que se tradujo aquella experiencia, se quedó asombrado. Estaba ansioso por venderlo todo al mejor postor.

—De modo que Svenson ha ganado mucho dinero gracias a su relación con Nick, ¿no?

—Ya lo creo, muchísimo. No creo que pierda dinero con nada de lo que hace.

Maisie asintió con la cabeza, se levantó y se acercó a la ventana, y luego volvió a la chimenea. Se apoyó en la repisa y continuó con la conversación.

—Georgina, necesito saber cómo era tu hermano de verdad —dijo tocándose el pecho—. Es importante. Sé que la guerra le afectó mucho, a quién no. Pero me gustaría que recordaras conversaciones que tal vez puedan ayudarme a comprenderlo mejor.

—¿Es necesario?

Maisie mantuvo la calma sin apartarse del fuego.

—Mmm, sí, lo es. Si quiero establecer un móvil para el asesinato, debo meterme dentro de la víctima, todo lo que me sea posible. Es mi modo de trabajar.

—Sí, lo sé —contestó la otra mujer. Calló un momento y se frotó las manos. Al verlo, Maisie se inclinó para aumentar la salida de gas—. Decir que Nick perdió la inocencia en Francia sería una observación demasiado ligera —continuó la mujer—, pero sirve para explicar lo que le ocurrió.

—Lo entiendo —dijo Maisie en voz baja—. Lo entiendo muy bien. Continúa.

—No fue tanto por la primera vez, cuando resultó herido, aunque fue bastante grave. Pero volver lo alteró profundamente.

—Háblame primero de sus heridas.

—Una herida de metralla en el hombro que le proporcionó el billete de vuelta a Inglaterra. También lo gasearon y... —Calló—. No estaba trastornado, no sufría neurosis de guerra como los casos sobre los que escribía yo, pero sí estaba alterado. Después, lo reclutaron para diseñar carteles propagandísticos. No tuvo elección.

Maisie se quedó pensativa.

—Me gustaría hablar más sobre su alteración emocional. ¿Algún detalle llamativo en alguna conversación nada más ser repatriado?

—Lo que llamaba la atención era su silencio, aunque dentro de esa reserva, oías alguna que otra historia si daba la casualidad de que estabas con él en ese momento.

—¿Historias?

—Sí —dijo ella y se calló entornando los ojos, como si regresara mentalmente al pasado—. Vio situaciones horribles. Bueno, como todos. Pero tuvo que ser más perturbador, por lo que he podido entender, que las que vimos tú o yo. Y tampoco decía gran cosa, pero yo sabía que recordaba cosas...

—¿Te encuentras bien? —preguntó Maisie al percibir que Georgina se estaba desmoronando.

Asintió con la cabeza lentamente.

—Como artista que era, Nick veía un mensaje en todo lo que sucedía, no sé si me explico. Veía que mataban a un hombre y a la vez, en la montonera que se formaba, levantaba la vista y veía un punto en el cielo sobre sus cabezas, la alondra. Era algo que lo impresionaba e intrigaba, la realidad del momento.

Maisie no dijo nada y esperó a que la mujer prosiguiera con sus reflexiones.

—Me contó que había visto actos de terror demoledores, y también la otra cara de la moneda, gestos de compasión profundamente conmovedores. —Se inclinó hacia delante—. Escribí sobre una de esas historias. Son el tipo de cosas que uno no encontraría jamás entre las páginas de *The Times*, pero conseguí vendérselo a una revista estadounidense. Había un hombre, no lo conocía muy bien, ya que acababa de unirse al regimiento tras la formación con los Artists Rifles. Fue después de una batalla terrible, y el hombre había perdido la cabeza por completo, corría de un lado para otro sin control. Nick dijo que pensó que se compadecerían de él, que lo entenderían, pero no, lo que ocurrió fue bastante distinto. —Volvió a callar, como eligiendo con cuidado las palabras—. Alguien lo llamó remolón. Otro dijo: «¿Qué hacemos con él, chicos?». Y lo que decidieron fue enviarlo solo a plena luz del día a comprobar las alambradas. Así que el hombre salió tambaleándose hacia la primera línea y no tardó en ser interceptado por un francotirador enemigo.

Maisie negó con la cabeza y estuvo a punto de decir algo, pero Georgina la interrumpió.

—Y ahí no acaba la cosa. Recogieron el cuerpo y lo colgaron de un poste sobre la trinchera, para que los soldados utilizaran el cuerpo abatido como diana, las letras «FFM» pintarrajeadas en la espalda. Ese es el tipo de cosas que jamás verás en un historial oficial.

—¿FFM?

—Falta de fibra moral.

Maisie notó el sabor salado de la saliva que le inundó la boca. Tragó antes de continuar preguntando.

—Georgina, sé que has dicho que Nick acababa de unirse al regimiento, pero ¿conocía a los hombres que cometieron ese espantoso acto o al oficial al mando?

—Pues ahí está la cosa —dijo Georgina frunciendo el ceño—: creo que sí, porque me estoy acordando ahora de que dijo que era horrible lo que hacía la guerra, cambiaba a los hombres y generaba una suerte de anarquía en la que los soldados, seres humanos, eran capaces de hacer cualquier cosa por miedo.

—¿Miedo?

—Sí, el que te produce alguien que en otro tiempo fue como nosotros, pero después cambió. Nick siempre decía que quería mostrar que las personas se unían, que eran todos iguales, que era algo sagrado. Y dijo que eso era lo que asustaba a la gente: gente como aquellos hombres, ver algo horrible que podría haberles sucedido a ellos, y por eso tenían que destruirlo. La ley de la calle. —Negó con la cabeza.

—¿Pintó esa escena?

—Estoy segura. La busqué cuando fui al vagón tras su muerte. De hecho, buscaba obras que representaran algunas de sus historias y solo encontré los bocetos generales de la guerra que seguro que tú también has visto.

—A mí no me pareció que fueran generales.

—Ya, lo sé.

Maisie miró la hora y se sentó al lado de Georgina otra vez.

—¿Y qué me dices de la compasión? ¿Dibujó alguno de esos episodios?

—No veo razón para que no lo hiciera. Creo que hay una serie de trabajos completa que no hemos visto, si te digo la verdad, y creo que Nick guardó todo ese material a buen recaudo, porque era como un ensayo de la gran obra, la pieza que no encontramos, el tríptico.

Maisie tomó sus notas, sabía que tenía que empezar a hacer progresos.

—Me gustaría retomar el tema de la obra de Nick la próxima vez que nos veamos, pero aún me quedan algunas preguntas más. Voy a ir directa al grano: ¿Había tenido algún problema con alguien en los últimos tiempos? Sé que ya te lo he preguntado, pero debo hacerlo de nuevo.

—Bueno, aunque todos vivían en Dungeness, los chicos, quiero decir, Quentin, Alex y Duncan, ya no estaban tan unidos como antes. Todos se están yendo. De hecho, creo que Duncan y Quentin vienen a la ciudad el miércoles otra vez. Los dos se van a cambiar de casa. Creo que tienen que embalar cosas y eso. —Calló un segundo—. Y Nick se estaba distanciando de todo el mundo, al parecer, aunque tampoco era de extrañar en alguien como mi hermano, un artista que llevaba meses preparando una exposición importante.

—¿Y con alguien de la familia?

—Nick se había peleado con Harry. Probablemente ya lo habrás adivinado. Harry es un hombre y un niño a la vez, aunque la parte del niño es la más evidente la mayoría del tiempo. Apuesta mucho y tiene la mala costumbre de perder, así que ha acudido tanto a Nick como a mí en busca de ayuda. De nada le sirve pedírsela a Nolly. Nick le echó una buena bronca la última vez que se metió en un lío gordo.

—¿A qué te refieres con un lío gordo?

—Varios cientos de libras.

—¿Y Nick pudo ayudarlo?

—Había alcanzado una posición en la que su arte se pagaba bien. Desde su muerte, Harry ha acudido a mí dos veces. Yo tuve cuidado con mi dinero e invertí con inteligencia la herencia de mi abuela, y conseguí retirar las acciones del mercado justo a tiempo, pero no puedo perder todo lo ganado con Harry. ¡Si acabo de darle dinero hace poco!

—¿Dónde trabaja?

—En varios clubes, ya sabes, Kit Kat, Trocadero, Embassy, ese tipo de sitios.

Maisie no sabía nada de aquellos sitios, pero tenía que dar con Harry.

—Me gustaría hablar con él, Georgina. ¿Puedes darme la dirección?

—Pues... lo cierto es que no la tengo.

—Ya. ¿Y una lista de clubes?

—Está bien, te anotaré unos cuantos. Sé que siempre aparece cuando necesita dinero, si te soy sincera. Y nunca me ha decepcionado.

Maisie hojeó sus notas.

—¿Y qué me dices de Nick y Nolly?

Georgina suspiró antes de hablar.

—Como ya sabes, puede ser muy difícil tratar con Nolly. Y no siempre fue así, aunque tampoco se pareciera al resto de nosotros. Adoraba a Godfrey, su marido, y está empeñada en conservar su memoria como héroe de guerra.

—Sí, me lo ha contado.

—Es una pena. Quiero decir que era un hombre encantador, aunque un poco soso. Todos decíamos en broma que su meta era criar hijos que aportaran sentido común al linaje, ya sabes, granjeros, administradores y abogados. Tiene que ser muy difícil para ella ser una Bassington-Hope, ahora que lo pienso. Pero Nick y ella estaban muy unidos desde que volvió.

—¿En serio?

—Sí. Claro que yo todavía estaba fuera y Nolly iba a visitarlo todos los días al hospital y durante la convalecencia; después se quedó en Londres con él, para asegurarse de que estaba bien cuando empezó a trabajar en el Departamento de Información. Creo que el hecho de que estuviera con Godfrey cuando murió...

—¿Nick estaba con el marido de Nolly?

—¿No lo sabías? Estaba convencida de que... El caso es que se encontraba con él cuando murió. Godfrey estaba en el regimiento al que destinaron a Nick. Fue un golpe de suerte, pero esas cosas pasaban todo el tiempo. —Se quedó pensativa y después miró a Maisie frunciendo el ceño—. Es una verdadera pena que Nolly y Nick se enfadaran y no fueran capaces de dejar a un lado sus diferencias.

—¿En qué consistían esas diferencias?

—Estoy intentando recordar cuándo empezaron a deteriorarse las cosas entre ellos. Sé que a ella empezó a disgustarle lo que pintaba Nick, decía que debería olvidar la guerra, que era una idiotez sacar a la luz todo aquello por un cuadro.

—¿Cuándo ocurrió eso?

—Ya se llevaban mal justo antes de que él se fuera a Estados Unidos. Sí, eso es, recuerdo oírle decir un día, en la comida, justo después de que zarpara: «¡A ver si los vaqueros y los indios cautivan su imaginación y se olvida de la maldita guerra!». Papá le dio la razón. Claro que papá siempre intenta ver las cosas desde el punto de vista de Nolly. Es la mayor y él es muy protector, intenta comprender su forma de ser, aunque pienso que está tan desconcertado como el resto de nosotros. Oye, Maisie...

—Perdona, te estaba escuchando, pero a la vez estaba pensando en algo que has dicho. —Se quedó pensativa un momento—. ¿Y Nick y tú? ¿Teníais buena relación cuando murió?

—Por supuesto. Teníamos opiniones distintas, claro, sobre una obra de teatro o un artículo de prensa, pero Nick y yo estábamos muy unidos, no nos peleábamos.

Maisie se fijó en que Georgina se empujaba sin cesar la cutícula de los dedos con la uña del pulgar de la otra mano mientras hablaba.

—Muy bien. Un par de preguntas más. ¿Estaba con alguien? ¿Tenía algún amor?

Georgina sonrió.

—Qué palabra tan anticuada, amor. Nick solo pensaba en su arte la mayor parte del tiempo y, cuando no, alternaba con cualquiera un poco de incógnito. Siempre había alguna muchacha con la que ir a una fiesta, si quería que alguien lo acompañara.

Y hago hincapié en «muchacha». Nadie digno de mención y, desde luego, nadie que recuerde.

—¿Qué sabes sobre Randolph Bradley?

Georgina se encogió de hombros y apartó la mirada. Maisie se fijó en que se había sonrojado levemente.

—El típico hombre de negocios estadounidense. Tiene dinero a espuertas y consigue conservarlo, que no es poca cosa. He oído que los problemas económicos son más graves allí. Es cliente de Stig desde hace años, de modo que empezó a comprar obras de mi hermano hace ya tiempo. Tengo entendido que tiene una galería en su casa con las obras de mi hermano. Mira que les gusta a esos millonarios presumir de sus adquisiciones entre ellos, ¿eh?

—¿Eso hacen?

—¡Ya lo creo! He oído que Bradley no se detiene ante nada cuando quiere una obra.

—¿Y quiere el tríptico?

—Sí, pero, cuando lo encontremos, no vamos a venderlo. Nick no quería. Tras su muerte, Nolly pensó que sería buena idea deshacerse de todo. Me resulta extraño, puesto que en otro tiempo quería que se ocultara toda la obra de Nick. Imagino que habrá cambiado de opinión ante la ruina inminente de la propiedad familiar, no me sorprendería. Y a eso hay que sumar que el lienzo terminaría en otro continente. Como ya he dicho, odiaba los cuadros sobre la guerra, dijo que no habría que permitir que se exhibieran en ninguna pared de Gran Bretaña o Europa.

—Ya veo —dijo Maisie consultando la hora de nuevo—. Tengo una última pregunta, por el momento, claro está. Has insinuado que, si Nick fue asesinado, tu vida podría correr peligro. ¿Qué te hace pensar eso?

Georgina negó con la cabeza.

—Creo que pequé de demasiado cautelosa. Es que mi hermano y yo hacíamos el mismo tipo de trabajo, nos parecían importantes las mismas cosas. Es difícil de explicar, pero los dos queríamos realizar algo significativo en nuestros respectivos campos. Yo no quería limitarme a garabatear palabras, quería escribir exactamente lo que vi cuando conducía una ambulancia en Francia. Nick quería hacer lo mismo con su arte, ya fuera mostrar la belleza de la naturaleza o la violencia de hombres y bestias.

—Sí, ya me he dado cuenta.

—¿Crees que lo asesinaron? —preguntó mirándola de frente.

—Hay muchas pruebas que apoyan la tesis del forense de que murió a causa de un accidente, aunque yo tengo la sensación, igual que tú, de que la verdad no es tan sencilla. Creo que hemos hecho grandes avances esta mañana, Georgina. El miércoles volveré a Dungeness, pero voy a pedirte que no se lo digas a nadie. Tengo intención de regresar a la galería y también quiero visitar al señor Bradley. Pero no puedo continuar fingiendo un interés pasajero en Nick. Inevitablemente, otras personas aparte de los miembros de tu familia se enterarán de que investigo la muerte de tu hermano.

—¿Y cómo piensas abordar esas reuniones?

Maisie dio unos golpecitos sobre el taco de fichas de notas con el bolígrafo.

—Si la intención de Nick era ilustrar verdades personales o universales, su obra habrá conmovido a muchos. Puede que algunos le estén agradecidos por haberles abierto los ojos, pero, como el propio Nick aprendió en las trincheras, a la gente no siempre le gusta ver las cosas como son, sobre todo si se ven reflejados en la sinceridad brutal del artista. Tengo curiosidad por saber el efecto que tuvo sobre su público más cercano, amigos y compañeros. Verás, si Nick fue víctima de un crimen, es muy posible que conociera a su asesino. Lo que significa que es muy probable que tú también lo conozcas.

—Lamento llegar tarde, inspector. La primera cita del día se ha alargado un poco. —Se quitó la bufanda y la dejó sobre el respaldo de la silla frente a Stratton, que ya estaba tomándose su té—. ¿Otra taza?

—No, gracias, tengo suficiente.

—Entonces no le importará esperar mientras pido una para mí.

Regresó al momento con una taza de té fuerte y unas tostadas con jamón, y lo puso todo en la mesa antes de sentarse.

—Y dígame, señorita Dobbs, ¿de qué se trata esta vez?

—Inspector, como ya le dije, le agradezco que apoyara la decisión de la señorita Bassington-Hope de contratarme, aunque, como ya hemos comentado, lo hiciera para quitársela de encima y tenerla ocupada. Sin embargo, lo que me ha quedado claro es que hay algo más en este asunto. Comprendo que sus investigaciones son asunto suyo, pero tendría que haber imaginado que terminaría tropezándome con el hecho de que usted, y su compañero del Escuadrón Volador, tienen mucho interés en las actividades de Harry Bassington-Hope.

Stratton negó con la cabeza.

—Les dije que lo averiguaría.

—¿Vance? —preguntó el inspector.

—Les dije también que no tardaría en enterarme de su nombre.

—¿Y a quién se le ocurrió llevar en coche a Doris hasta el lugar donde debía establecer su vigilancia sin pensar en que alguien podría verlos? —inquirió Maisie.

Stratton suspiró.

—Muy bien, ya sabe que nos interesa el joven Harry.

—Va a tener que contarme algo más, inspector. ¡Sin comerlo ni beberlo me encuentro enredada en su trabajo!

Este negó con la cabeza y bebió un sorbo.

—Harry Bassington-Hope, como probablemente sabrá, tiene tratos con unos indeseables. De hecho, indeseables es poco. Lo de siempre, una apuesta en los caballos o una partida de cartas ocasional terminaron convirtiéndose en algo habitual, y el hábito del juego, unido a los tipos que frecuenta en esos clubes, lo han llevado a endeudarse con una gente a la que es mejor no deber nada.

—¿Y qué tiene eso que ver con su hermano?

—Estamos en ello, aunque dudamos que haya una conexión directa, más allá de que el hermano mayor sacara las castañas del fuego al pequeño en alguna ocasión. No, el motivo de la colaboración entre departamentos, es decir, entre Vance y yo, es que un jugador de poca monta, poco menos que un delincuente, del estilo de Harry Bassington-Hope, apareció muerto hace un par de meses, creemos que asesinado por los mismos a los que debe dinero Harry.

—Harry es el ratón para llegar al gato, ¿no es así?

—Exacto. De momento estamos vigilando y a la espera.

—Se lo pregunto una vez más, inspector, ¿hay alguna relación con la muerte del artista o no?

—Nick Bassington-Hope se tropezó cuando estaba subido al andamio, que nosotros sepamos. Pero no podía haber sido más inoportuno en lo que a nuestra investigación se refiere. Lo que menos falta nos hace es que una mujer tan impetuosa como esa hermana suya, con sus contactos en el Parlamento y su negativa a creer que su adorado y perfecto hermano pudiera haber cometido la torpeza de resbalar y matarse, ande por ahí buscando a un asesino y se lleve por delante meses de trabajo policial.

—Lo entiendo. Pero ¿y si no fue un accidente?

—¿Lo dice por el objeto de nuestra investigación criminal? No, no tendrían ningún interés en Nick Bassington-Hope. Hasta donde nosotros sabemos, los peces gordos en esta trama ni siquiera habrán establecido relación entre ellos. El arte no es lo suyo.

—¿Y qué es lo suyo?

—Ganan mucho dinero en los clubes, protección y esas cosas. Trafican con joyas, diamantes y oro. Están implicados en atracos de bancos. Son los señores del crimen organizado londinense, digamos. Es como una pirámide: abajo están los delincuentes más insignificantes que sacan una o dos libras de aquí y allí, y así van subiendo hasta arriba del todo, donde se encuentran los que dirigen el cotarro.

—Ya veo...

—¿Qué ve?

—Pues que ahora entiendo por qué estaba tan callado, aunque podría habérmelo dicho hace una semana.

El hombre suspiró.

—Bueno, he de decir que tiene muy entretenida a esa mujer.

—¿No me diga?

—Pues sí le digo. Estoy seguro de que no tardaremos mucho en meter a los cabecillas entre rejas. Lo único que tenemos que hacer es pegarnos al joven Harry y tarde o temprano los pillaremos con las manos en la masa.

—Mmm...

—¿Qué se supone que quiere decir con eso?

—Nada, inspector, nada en absoluto. —Apuró el té, se terminó la tostada y tras dejar la taza en el platillo, echó mano de la bufanda—. Por cierto, ¿qué tal está Doris?

—Creo que no vamos a encomendar tareas de investigación a una mujer en un tiempo. No estuvo a la altura.

Maisie se levantó arrastrando la silla por las baldosas desnudas.

—Yo no descartaría a alguien como Doris a la primera de cambio, inspector. Nunca se sabe lo que podría descubrir una mujer en un asunto que a usted se le ha pasado por alto.

MAISIE ENCONTRÓ A Doreen y a Billy en la sala de espera del hospital de enfermedades contagiosas.

—¿Qué sabemos de los niños? ¿Y de Lizzie?

Acababa de entrar corriendo en el edificio y se quitaba la bufanda y los guantes mientras hablaba.

Billy abrazaba a Doreen tratando de consolarla. El agotamiento y la preocupación se les notaba en la cara, las arrugas alrededor de los ojos y la piel macilenta.

—Hemos pasado aquí la noche entre unas cosas y otras —contestó Billy negando con la cabeza—. El mayor está en casa con la hermana de Doreen, no le pasa nada, y los otros niños, nuestro Bobby y los dos de Jim y Ada, ya están mejor. Pero Lizzie... sigue en estado crítico, ya se lo dije antes. Hemos ido a ir a ver cómo se encontraba y al entrar nos han echado, diciendo que era una emergencia.

Maisie asintió con la cabeza y miró a su alrededor buscando una enfermera o un médico a quien preguntar.

—¿Os han dicho de qué se trataba?

—La pobre tiene problemas en todo el cuerpo. Creo que le han pinchado más anti lo que sea. —Billy vaciló antes de seguir—. No es solo la respiración, es el corazón, los riñones, todo. Está luchando con todas sus fuerzas, Dios sabe que sí.

—Iré a ver si puedo averiguar algo más —dijo ella poniéndole una mano en el hombro a Doreen, y tras una pequeña inclinación de cabeza a Billy salió a buscar a una enfermera. No había llegado a la puerta cuando un médico entró en la sala de espera.

—¿Es usted la señora Beale?

—No, soy la empleadora del señor Beale. He venido a ver si me necesitaban. Fui enfermera, de modo que entiendo la situación. Yo traje a su hija.

—Me alegro, a veces es bastante difícil hablar con los padres, sobre todo cuando son del East End: monosílabos, no sé si me entiende.

Maisie frunció el ceño.

—No le entiendo, la verdad. Los padres son personas perfectamente competentes, pero la situación los tiene alterados, y solo cuentan con su compasión y sinceridad, si me permite que lo diga. Si es tan amable de decirme cómo se encuentra su hija, yo se lo explicaré.

—Lo siento, no pretendía... es que esta noche han ingresado muchos niños. La mitad de las veces, los pobrecillos llevan tiempo sin comer como es debido porque el padre no encuentra trabajo, y no parece que la situación vaya a mejorar. No tienen fuerzas para luchar.

Al fijarse en la piel cérea del médico y la forma en que se frotaba la frente, Maisie suavizó el tono, consciente de que había sido muy cortante, en parte quizá porque aún estaba enfadada después de hablar con Stratton. Había visto ese agotamiento años atrás, en Francia, aunque entonces la lucha era contra las armas de fuego, no contra las enfermedades que prosperaban en condiciones de insalubridad y miseria.

—¿Cuál es el estado de Lizzie Beale?

El médico suspiró.

—Me gustaría tener mejores noticias. Me asombra que siga viva. Es evidente que no presentó signos tempranos evidentes de difteria, y por tanto la enfermedad progresó y la golpeó de repente como si le cayera encima un muro de ladrillo. Como sabe, procedimos de inmediato a realizar una traqueotomía, una adenoidectomía y una amigdalectomía, lo que implica un riesgo alto de infección. Se le administró antitoxina, pero está luchando por mantener los órganos vitales en funcionamiento. Poco más podemos hacer ya, excepto vigilarla, esperar y que esté lo más cómoda posible.

—¿Cuál es el pronóstico?

—Cada minuto que está viva vale oro, pero no puedo prometerle que siga con vida mañana.

Maisie notó que el nudo de la garganta se le hacía más grande.

—¿Y los otros niños de la familia?

—Los trajeron a tiempo. Se encontraban en las fases iniciales, así que se pondrán todos bien.

—¿Pueden los padres ver a Lizzie?

El médico negó con la cabeza.

—Las normas son estrictas, ya lo sabe. La enfermera jefe me sacaría las entrañas de cuajo si se enterase de que he dejado entrar a una familia en la situación actual.

—Qué me va a contar de las enfermeras jefe. No me extraña que hable así. Sin embargo, esa niña está aferrándose a la vida con uñas y dientes, y los padres necesitan un poco de esperanza, aunque sea mínima. ¿Por qué no les dejamos que la vean unos minutos?

El hombre volvió a suspirar.

—¡Madre de Dios, va a hacer que me maten! Pero..., está bien. Vaya a buscarlos y vengan conmigo.

Las enfermeras negaban con la cabeza al ver pasar al doctor seguido por los padres, que los llevó primero a una pequeña antesala en la que les ordenó que se lavaran las manos y se pusieran una mascarilla, y desde ahí los acompañó a una sala mayor en la que guardaban cuarentena los casos más graves. Había una fila de cunas austeras con estructura de hierro, y en cada una de ellas el cuerpecillo febril de un pequeño tapado con una sábana y una manta gruesa. Los vapores del desinfectante no conseguían disimular el olor que flotaba en el ambiente, el fétido aliento de la muerte a la espera de una nueva víctima.

—Esperaré fuera por si aparece la enfermera jefe —dijo Maisie—. Yo sí puedo aguantar la bronca si descubre que se han infringido las normas.

El médico asintió con la cabeza y ya se llevaba a los padres cuando Maisie le dijo algo a la pareja.

—No tengáis miedo de tocarla. Cogedle la mano, decidle que estáis ahí, frotadle los pies. Que sienta vuestra presencia. Es importante. Ella lo notará...

Maisie abandonó el hospital media hora después, mientras que Billy y Doreen se quedaban esperando a ver al pequeño Bobby antes de volver a casa. Billy prometió que iría a trabajar al día siguiente por la mañana. Maisie reorganizó los planes de camino al Ritz, donde pensaba ver a Randolph Bradley, y decidió que sería más efectivo visitar a Stig Svenson al día siguiente, antes de ir a Dungeness. Si Billy la acompañaba, podría presentarle al conserje. Y tampoco quería llegar a la costa demasiado pronto. Tenía que hacerlo al atardecer. Y esperar.

11

EL EMPLEADO DE recepción con el pelo pulcramente encerado y peinado hacia atrás, se subió las gafas de montura de carey y estudió la tarjeta de visita.

—¿Sabe el señor Bradley que está usted aquí?

—No, pero estoy segura de que me verá en cuanto sepa que he llegado. —Extendió la mano hacia la tarjeta—. Deje que añada algo en el dorso. ¿Puede darme un sobre?

Maisie escribió algo y metió la tarjeta en el sobre, que entregó al recepcionista junto con una moneda.

—Seguro que se ocupará de que lo reciba de inmediato.

El hombre hizo una escueta reverencia y se volvió hacia otro empleado, que asintió y salió a cumplir con su tarea. Veinte minutos después, mientras Maisie esperaba en el vestíbulo, un hombre alto y de aspecto distinguido se acercó a ella. Calculó que mediría cerca de metro noventa, y tendría cuarenta y cinco años. Iba impecable con un traje hecho a medida, inglés sin duda. Llevaba un pañuelo de color azul real en el bolsillo frontal de la chaqueta colocado con elegancia y corbata del mismo color. Zapatos resplandecientes. Caminaba con una mano en el bolsillo del pantalón y saludó con la mano libre al recepcionista. Tenía una sonrisa encantadora y unos ojos azules chispeantes. Era un hombre de éxito que parecía sentirse muy a gusto con el estilo inglés, aunque su actitud relajada delataba que no había nacido en las islas británicas.

—¿Señorita Dobbs? —El hombre extendió la mano que acaba de sacar del bolsillo para estrechar la de Maisie—. Randolph Bradley.

Maisie sonrió. Solo había conocido a un estadounidense en su vida, Charles Hayden, el amigo médico de Simon, durante la guerra. Recordaba que tenía el mismo estilo, pese a la seriedad de su trabajo.

—Gracias por reunirse conmigo, señor Bradley. Es muy amable por su parte.

El hombre miró a su alrededor buscando un lugar en el que poder hablar en privado.

—Tomemos un café —dijo señalando el comedor, que estaban preparando para la hora de la comida. El hombre avanzó sin inmutarse hacia una mesa y esperó de pie mientras un camarero sacaba una silla y se la ofrecía a Maisie. Después se sentó y pidió una cafetera de café recién hecho—. Y bien, señorita Dobbs, dice usted que quiere saber más sobre mi interés por la obra de Nick Bassington-Hope, ¿no es así?

—Sí. ¿Cuándo se fijó en él y en su obra, como coleccionista de arte?

El hombre metió la mano en el bolsillo interior de la chaqueta y sacó un paquete de cigarrillos y un mechero.

—Me gustaría preguntarle algo antes de decir nada. ¿Colabora usted con los hombres de azul?

—¿Cómo dice?

—La policía.

—No, no colaboro con ellos. Trabajo de forma privada, como le he dicho en mi nota y puede ver en el texto de mi tarjeta de visita.

—Entonces, ¿para quién trabaja? ¿Quién le paga?

—Georgina Bassington-Hope me pidió que investigara la muerte de su hermano. Sentía que quedaban cuestiones sin resolver. Me contrató para poder cerrar el asunto de la muerte de su hermano.

—Entonces, ¿me está investigando?

—Señor Bradley —dijo ella sonriendo—, es usted un ávido coleccionista de la obra del señor Bassington-Hope, por lo que es obvio que habrán estado juntos muchas veces. Cualquier artista se desviviría por tener contento al comprador, ¿no cree?

El hombre asintió con la cabeza.

—Ha dado usted en el clavo. Nick no tenía ni un pelo de tonto y sabía quién le daba de comer. Puede que tuviera su escondite en la playa (nunca he estado, aunque sí he oído hablar de él), pero sabía cómo vender sus cuadros.

—¿A qué se refiere?

El hombre agradeció con un gesto al camarero que llegó con una cafetera de plata y la colocó en la mesa junto con la jarra de la leche y el azucarero a juego. No habló hasta que este se alejó tras servir a ambos.

—¿Leche?

Maisie negó con un movimiento de cabeza.

—Me estaba hablando de Nick y su conocimiento sobre el negocio del arte.

El hombre bebió un sorbo antes de contestar.

—Muchos de ellos, los artistas, no tienen ni idea de cómo vender su trabajo. Tienen agente, alguien como Svenson, y ya está, lo dejan todo en sus manos. Pero a Nick le interesaba, sí, le interesaba mi interés en su obra. Quería saber sobre mí, hablábamos mucho, llegamos a conocernos.

—Ya veo —dijo Maisie asintiendo con la cabeza mientras dejaba la taza en el platillo.

—¿Qué ve?

Maisie se aclaró la garganta. No estaba acostumbrada a conversar con alguien tan directo y le pareció embarazoso recordar que Stratton la había desafiado con las mismas palabras.

—Es una forma de hablar. Estoy intentando hacerme una imagen de la persona que era y me parece que se trataba de alguien bastante camaleónico. Era artista y las personas a veces sacan conclusiones precipitadas sobre ellos, que no tienen los pies en la tierra y cosas así. Sin embargo, Nick era una persona muy sensata, alguien que había visto cosas espantosas en la guerra y se atrevía a mostrarlas. Y no tenía miedo de utilizar a personas reales en sus cuadros. Por eso, cuando digo «Ya veo», me refiero a que estoy viendo algo más sobre el hombre que desconocía. Y ver a Nick Bassington-Hope, al hombre, es esencial para mí si quiero entregar a mi clienta un informe concienzudo. —Y sin darle un segundo de tregua le lanzó una nueva pregunta—: Dígame, ¿cómo conoció su obra? ¿Cómo empezó a crear su colección?

El hombre aplastó la colilla del cigarrillo y fue a sacar otro, pero cambió de opinión.

—Recuérdeme que contrate sus servicios antes de hacer negocios con alguien nuevo. —Guardó silencio un momento y luego continuó—. En primer lugar, le diré que estuve en la guerra, señorita Dobbs. Ya había levantado mi negocio para entonces, pero el Gobierno de mi país me reclutó para asesoramiento logístico, en el suministro de, bueno, todo lo que pudiera necesitarse, antes de que enviaran a los primeros soldados de infantería en el diecisiete. Podría haberme quedado en Estados Unidos, pero fui en persona a Francia para supervisar las cosas. Regresé después del armisticio. Así que vi la guerra, vi lo que tuvieron que soportar aquellos muchachos, y los suyos lo hicieron durante más tiempo.

Maisie no dijo nada, consciente de que en ese punto era mejor dejarlo hablar a él. Se había reclinado en la silla, no en exceso, pero sí lo suficiente como para indicar que estaba bajando la guardia. Echó mano del segundo cigarrillo, sirvió café para ambos y continuó mientras sacaba un mechero de plata grabado. Cerró un poco un ojo para protegerse de una pequeña voluta de humo.

—Svenson vino a verme, en el veintidós creo. Tenía algunas piezas de Nick expuestas en la galería, que era un sitio mucho más pequeño que el de ahora, claro está. Creo que Svenson ha ganado mucho dinero con Nick Bassington-Hope y gracias a las obras de grandes maestros que compra a europeos al borde de la ruina. El caso es que me avisó y yo me acerqué (estaba en Inglaterra y en aquel preciso instante fui consciente de que yo sabía apreciar su arte). No soy el tipo de coleccionista que compra porque sí, señorita Dobbs, tiene que gustarme lo que compro. Pero...

—Se detuvo un momento y la miró de frente—. Pero voy a por todas cuando quiero algo. Y yo quería la obra de ese muchacho.

—¿Por qué?

—¡Porque era asombrosa! Tan sencilla, tan... ¿cómo decía Svenson? Austera, eso es, austera. Nick no te servía sangre y vísceras, él era capaz de llegar... de llegar a la esencia de la escena. Y se atrevía a mostrar el horror en sus cuadros sobre la guerra, y eso fue lo primero que vi. Pero él le añadía algo más, añadía algo que era...

—¿Verdad?

—Sí. Era capaz de llegar a la verdad.

—Y empezó a comprar sus cuadros.

—En aquel preciso instante, como ya he dicho. Quería ver lo que había hecho antes, quería todo lo que pusiera a la venta a partir de ese momento. Su período estadounidense es un punto de partida, pero posee su sello de identidad, y recuerde que yo conozco aquello, he hecho negocios por todo el país.

—¿Y qué puede decirme de su última colección? Tengo entendido que ha comprado todo menos la pieza central.

—Así es. La compré entera, no tengo que verla siquiera. Sé lo que compro cuando se trata de él y vale muchísimo más ahora que está muerto. Aunque no tengo intención de venderla.

—¿Y no ha intentado adquirir la obra central?

—Nick no quería venderla. Pero me haré con ella, ya lo verá. Cuando la encuentren, será mía.

—Según tengo entendido hay otro comprador.

Randolph Bradley se encogió de hombros.

—Nadie importante. Será mía, ya se lo he dicho.

—¿Sabe algo de esa obra, aparte de que se supone que está formada por varias piezas?

—Eso es lo que me han dicho, el propio Nick me lo comentó, y es lo que habría esperado.

—¿Por qué?

—Si mira sus obras anteriores, todas sugieren que forman parte de una serie. Por eso estoy bastante seguro de que se trata de un tríptico. Y estoy seguro de que toca el tema de la guerra. Por eso lo quiero.

Maisie no respondió de inmediato, y, tras decirlo, el hombre aplastó la colilla y se echó hacia delante hasta apoyar los codos en la mesa.

—Creo que esa pieza, sea lo que sea, destilará (sí, creo que es una buena palabra), destilará todo lo que pensaba y sentía sobre la guerra. Recuerde que llevo años coleccionando sus cuadros; lo he visto crecer, cambiar, arreglar su vida con su arte. Creo que en cuanto la terminó, la pieza central, digo, decidió que ya estaba preparado para dejar el pasado en el pasado y continuar con lo que le deparase el futuro. Auguro que lo siguiente sería un ejemplo de... de...

—¿Resurrección? ¿Renacimiento? —ofreció ella casi sin pensar, porque su mente estaba en acción, pensando en Nick Bassington-Hope y en la obra que le había causado la muerte.

—Sí, suena bien. Me gusta. Sí. Estaba ya ahí, en cierto sentido, en su período estadounidense. Pero incluso aquello daba la impresión de ser como una exploración, un viaje, no la llegada. —Asintió con la cabeza de nuevo y miró a su alrededor. El comedor estaba lleno de huéspedes comiendo. Miró la hora—. ¿Quiere saber algo más, señorita Dobbs?

—Pues sí, un par de cosas más si no le importa. Me gustaría saber desde cuándo lleva haciendo negocios con Stig Svenson y, le prometo que esto es confidencial, cómo es tratar con él.

—Lo conozco desde antes de la guerra, cuando los dos estábamos empezando. Yo había ganado algo de dinero y quería darme un capricho. Cuando era niño, en nuestra calle vivía un caballero inglés. —Sonrió al ver que Maisie había reparado en el uso de la palabra—. No era rico, nadie lo era en aquel barrio, pero salía de casa todos los días vestido como si fuera al Banco de Inglaterra. La ropa que llevaba no era nueva, pero sí buena. Lo único que sabía de él era que siempre lo veía muy pulcro, como dirían aquí. Yo quería ser como él y cuando murió su familia (resulta que tenía hijos en la ciudad), lo vendió todo. ¿Y sabe qué?

Trabajaba en una fábrica. No en una oficina elegante, sino en una fábrica. Había gastado dinero en arte, todo tipo de cuadros de artistas de los que uno no había oído hablar en la vida. Yo era joven, pero compré un par que me gustaron, baratos. Ahí empezó todo, mi amor por el arte. Acudí a ver a Svenson en 1919. Me encontraba en Londres antes de embarcar hacia Estados Unidos. Le compré un par de piezas a precio de saldo, los ingleses no estaban en posición de regatear por entonces, y seguimos en contacto. Mi negocio empezó a prosperar y pasaba tanto tiempo aquí como en casa. —Guardó silencio y fue a sacar otro cigarrillo, pero se lo pensó mejor y siguió hablando mirándola de frente—. Aunque lo conozco desde hace tiempo, creo que me quitaría hasta la camisa si pudiera. Nos respetamos, pero sé de lo que es capaz. Es inteligente, sabe lo que vende, y ahora mismo es el arte europeo, con todos los duques, condes y príncipes ricos liquidando las reliquias familiares. A saber de dónde lo saca, pero desde luego sabe quién está dispuesto a comprarlo. Si hay algún negocio lucrativo en algún lugar de Londres, París, Roma, Gante o Ámsterdam, Stig Svenson está metido en él, no le quepa ninguna duda. —Se levantó y fue a retirarle la silla—. Y Nick le había pillado el truco. Sabía que Svenson podía encontrar comprador, pero lo vigilaba como un halcón igualmente.

La acompañó hasta el vestíbulo.

—Gracias por hablar conmigo, señor Bradley. Me ha ayudado, y ha sido muy amable al dedicarme su valioso tiempo.

—Un placer, señorita Dobbs —dijo él entregándole una tarjeta de visita—. Llámeme si necesita algo más. —Soltó una carcajada y añadió—: De hecho, llámeme si encuentra el dichoso cuadro. Lo quiero y estoy dispuesto a pagar a la familia lo que me pida. Nolly Bassington-Hope lo sabe y lo cierto es que está deseando verlo fuera del país.

Maisie tomó aire dispuesta a hacerle una última pregunta, pero el hombre ya se había dado la vuelta y se alejaba. Y, aunque pese a su aire relajado caminaba a buen paso, no tardó en desaparecer.

Maisie sabía que le estaba costando avanzar en el caso. Hilos sueltos que no le dejaban distinguir el patrón. Se le escapaban cosas y sabía que no era cuestión de pensar, sino que el caso era complicado. Tenía que seguir trabajando, confiando en que cada paso que diera sería una gota más sobre la piedra, horadando poco a poco el duro caparazón que se había ido formando con el tiempo y las circunstancias y no dejaban ver con claridad. Excepto que no podía permitirse ir poco a poco. Le habría ayudado mucho contar desde el principio con una carta de presentación de Georgina en la que explicara que le había dado permiso para investigar la muerte de Nick Bassington-Hope. Pero al principio esta no había querido que se supiera lo que en realidad estaba haciendo, por eso había decidido que Billy se ocupara de hablar con el conserje, en vez de hacerlo ella. Sin embargo, puede que hubiera sido una buena estrategia después de todo, porque al día siguiente quería hablar con él, y Billy podría allanarle el camino.

Los tres mejores amigos de Nick seguían en Londres según Georgina, y, hasta donde ella sabía, Alex Courtman estaría en su piso esa tarde. De camino a Kensington, cayó de pronto en que todos habían decidido mudarse, y la situación económica de dos de ellos parecía haber mejorado últimamente, lo que resultaba interesante si uno se paraba a pensar en que un artista creaba algo para que otra persona lo adquiriera por puro deseo, no por necesidad. Por otro lado, pensó, ya había visto que había muchas personas que podían seguir dándose esos lujos y puede que para muchos de los que se dedicaban a comprar arte, la situación actual fuera una oportunidad de hacerse con una buena colección a un precio más bajo que en otra situación. Negó con la cabeza mientras caminaba y deseó entender el mundo del arte un poco mejor.

Nick Bassington-Hope elegía lugares desolados para vivir. Su pasado era desolador, igual que los paisajes naturales que lo atraían. Había mujeres, muchachas como había dicho Georgina, pero su trabajo era su vida, su verdadero amor. Y también parecía contar con una seguridad económica, tenía dinero suficiente para ayudar a Harry con sus deudas. Georgina dijo que el arte de Nick se vendía bien y Maisie sabía que Randolph Bradley se había gastado una suma considerable en él, pero ¿tendría alguna otra fuente de financiación? ¿Y qué relación había entre Nick, Harry y el hombre que había seguido a este último hasta la fiesta? Sabía la apariencia que tenía, y sospechaba, aunque no tenía pruebas, que Stratton se equivocaba al dar por hecho que el mundo del hampa que Harry Bassington-Hope conocía no había asediado también a su hermano.

Tras aparcar el MG, fue andando hasta el piso de Georgina y llamó a la puerta. Abrió el ama de llaves y la condujo hasta la sala de estar mientras iba a avisar a Alex Courtman.

—Pero si es la señorita Dobbs, la bailarina. Un placer volver a verla.

El hombre le tendió la mano. Parecía aún más joven que el día anterior, vestido con pantalones de gabardina, camisa blanca de cuello redondo remangada y un chaleco marrón rojizo. No llevaba corbata y no parecía demasiado preocupado por su aspecto informal, que acentuaba aún más el pelo oscuro que no parecía haber visto el peine esa mañana.

—Me preguntaba si podría dedicarme un minuto, señor Courtman.

—Por supuesto.

Le indicó con el brazo un sillón y él se sentó en un extremo del sofá chester, cerca de ella, que miró a su alrededor antes de volverse hacia él. Había tanta gente en la fiesta la noche anterior que apenas había podido fijarse en la habitación, que se le antojaba la quinta esencia del estilo bohemio, aunque tal vez no tan estrafalario como la casa familiar. Había antigüedades que indicaban que provenía de una familia con dinero, pero en vez de la seriedad que podría inspirar una sala mal iluminada, el interior de aquella estaba lleno de luz gracias a las ventanas flanqueadas por unas cortinas tupidas con bandos drapeados de seda de color dorado suave. En una esquina había un biombo tallado cubierto de telas asiáticas y una colección de máscaras de todo el mundo decoraba la pared.

Maisie se sintió cómoda, ahora que era capaz de prestar atención a los detalles. Las paredes estaban pintadas de color amarillo pálido, los raíles de los cuadros y la repisa de la chimenea, de color blanco; colores neutros elegidos a propósito para hacer resaltar las obras de arte. Había tres cuadros del hermano de Georgina y varios de otros artistas que no conocía.

—¿En qué puedo ayudarla, señorita Dobbs?

—Como ya sabe, trabajo para la señorita Bassington-Hope. Quiero descubrir más sobre las circunstancias que rodean la muerte de su hermano. Con ese fin, debo averiguar más detalles sobre su vida. Usted era uno de sus mejores amigos, y he pensado que podría ayudarme a hacer un retrato de él respondiendo a algunas preguntas —dijo con una sonrisa.

—Pregunte —dijo él reclinándose en el sofá con un movimiento que llamó la atención de Maisie. Tenía la impresión de estar en un escenario con Alex Courtman, que, tras leer las frases del guion, esperaba a que ella representara su parte. Sintió instintivamente la necesidad de desestabilizarlo.

—Todos se están cambiando de casa. Nick está muerto, claro, pero Duncan vive ahora en Hythe, Quentin ha comprado un piso «con su amante casada tres veces» y usted pasa más tiempo aquí que en Dungeness. No puede ser que lo hayan planeado después del accidente.

—Bueno, estas cosas suelen venir todas de golpe, ¿no cree? —respondió con calma—. En cuanto uno da el primer paso, los demás van detrás. Duncan llevaba saliendo con su ahora esposa toda la vida. La pobre debía de estar preguntándose si tendría intención de hacer lo que Dios manda y casarse con ella. Y Quentin aprovechó la oportunidad para hacer lo que Dios no manda con otra, que sigue casada con su tercer marido. Y yo vengo cada vez más por aquí. —Miró por la ventana y luego la miró a ella—. Lo más probable es que me busque un piso propio.

—A todos les va bien el trabajo, ¿no es así?

Él se encogió de hombros.

—Los cuadros de Nick se vendían muy bien, y creo que los nuestros se venden también porque nos asocian con él, como si nos envolviera parte de su encanto. Y, si le soy sincero, Svenson explota al máximo las amistades. Si se queda cerca el tiempo necesario, lo oirá hablar de la «escuela Bassington-Hope» y de la influencia de Nick en nuestro trabajo.

—¿Y es así?

—En absoluto. Todos somos bastante diferentes, pero si puedo ascender gracias a Nick, lo haré.

Maisie guardó silencio un momento antes de efectuar la siguiente pregunta.

—Dijo en la fiesta que se conocieron hace varios años.

Él asintió.

—Sí. Como le dije, nos conocimos en la escuela Slade, aunque yo conocía más a Duncan que a Nick y a Quentin, la verdad. No se nota, pero yo soy un poco más joven que ellos, el último en llegar al grupo. Ahora eso da igual, pero entonces era algo que saltaba a la vista. Luego nos alistamos juntos en los Artists Rifles, más o menos, y aquello reforzó la amistad, aunque Nick, Duncan y Quentin son, eran, algo así como un trío exclusivo. Pero en lo que respecta a irnos de Dungeness y abandonarlo a la vez, basta con que lo haga uno para que los demás lo imitemos.

—¿Y quién fue el primero?

—Nick. Fue él quien dijo que debíamos cumplir e ir a la guerra. Parecía que era lo que decía todo el mundo, eso de que tienes que cumplir. El problema fue que intentamos abarcar demasiado, la verdad. Los mayores siempre dicen a los jóvenes que tienen que cumplir, y la mitad de las veces es algo que ellos no querrían hacer.

—Ya lo creo.

Maisie asintió con la cabeza. También ella reconocía el tono de desilusión que se apreciaba en las conversaciones sobre el asunto de la guerra. A veces, el origen del sentimiento era una defensa acalorada de la guerra, pero la mayoría de las veces respondía a la incapacidad de entender cómo y por qué se producía, y por qué parecía que se hubiera abandonado a tantos de aquellos que habían ido a luchar. ¿Acaso no había sacado el tema Mosley la noche anterior en la fiesta? ¿Y no había atraído a todos los presentes con sus palabras, como si tuviera la respuesta a todas sus preguntas? Pero continuó preguntando:

—¿Cree que podría contarme algo sobre el regimiento de Artists Rifles? ¿Fue allí donde se conocieron todos mejor?

—Durante la formación, no en Francia. Nos asignaron regimientos distintos. Nick coincidió, para gran disgusto suyo, con su cuñado, aunque creo que al final acabó cayéndole bien. —Miró por la ventana con la mirada perdida a lo lejos, más allá de los humeros de las chimeneas—. Dijo en una carta que siempre le había parecido un poco blandengue, pero al final le pareció que se trataba de un buen hombre. Nick quedó destrozado cuando lo mataron.

—¿Conoce las circunstancias de su muerte?

Maisie no había esperado que la conversación diera aquel giro, pero la cuestión la intrigaba, así que dejó que se perdiera en los recuerdos.

—¿Circunstancias? —preguntó él—. ¿Le parece poco un montón de hombres apuntándose con un arma y disparándose?

—Me refería a...

—Sí, sé a lo que se refería. Me estaba haciendo el gracioso. Es lo que me pasa cuando hablo de la guerra. ¿Que cómo murió Godfrey Grant? Que yo sepa, ocurrió durante un alto el fuego.

—¿Un alto el fuego?

—Sí. Habrá oído hablar de la tregua de Navidad y todo eso, ¿no? Bueno, no hubo solo una tregua. Ocurría con frecuencia. De hecho, no era raro que se estableciera una tregua rápida para que los dos bandos salieran a recoger a los heridos y enterrar a los muertos. Imagínese, hombres corriendo como hormigas por todas partes tratando de honrar a los suyos antes de que algún oficial sabiondo les gritara que volvieran a la línea de fuego para seguir disparando.

—¿El marido de Nolly murió durante una tregua?

—Que yo sepa. Pero no sé qué fue lo que pasó exactamente. Lo más probable es que no le diera tiempo a llegar a la trinchera antes de que se retomara el ataque.

—Entiendo. —Maisie lo anotó en una ficha y sacó otra nueva—. Volvamos a Nick. ¿Cómo fue la formación? ¿Continuó con su trabajo?

—Nunca lo vi sin un cuaderno de dibujo en la mano. Claro que éramos artistas, todos llevábamos encima nuestros cuadernos, aunque era Nick el que estaba empeñado en que sus dibujos tuvieran más enjundia.

—¿Usted no ha vendido sus pinturas de la guerra?

—Señorita Dobbs, yo nunca he llegado a terminar ninguna pintura de la guerra. Aunque puede que a Svenson le guste decir que mi trabajo se encuadra en la escuela Bassington-Hope, yo prefiero dibujar el día a día actual a volver a recordar aquellas escenas cada vez que me pongo delante del lienzo. En cualquier caso, ahora tengo otro trabajo. Artista comercial, eso es lo que se lleva ahora... —Calló un momento mientras buscaba las palabras—. El arte fue un exorcismo, por decirlo así, para Nick. Pintaba la guerra para sacársela de dentro y liberarla. Cada vez que su memoria paría un cuadro, era como si enterrara para siempre algo muy oscuro. Y si esa oscuridad enfadaba a algún mandamás, mejor que mejor para Nick.

—¿Qué sabe sobre el tríptico?

—Si usted sabe que es un tríptico, ya sabe tanto como yo —contestó negando con la cabeza.

—¿Cree que era la última de sus pinturas de la guerra? —preguntó inclinándose hacia delante.

Courtman guardó silencio un momento y, al final, levantó la vista y la miró.

—¿Sabe? Yo creo que sí. No me había parado a pensar en ello, pero viendo su obra y cómo hablaba de esa pieza, aunque jamás dijo nada específico sobre ella, por cierto, creo que sí era la última de sus pinturas de la guerra. —Calló otra vez—. Muy buena intuición la suya, señorita Dobbs. Muy astuta.

—No ha sido cosa mía. En realidad, me lo ha sugerido Randolph Bradley.

—Vaya, con que ha sido el ricachón estadounidense. Quién mejor para saberlo que él, ¿no? Adquiría los cuadros de Nick con tanta ansia que solo le faltaba comprarlo a él también. Se puso como una fiera con lo del tríptico, o lo que sea. ¡Como una fiera! Vino a la galería cuando estábamos montando el andamio y voy a decirle una cosa, sabíamos lo que hacíamos. El andamio era sólido, se lo aseguro.

—¿Qué quería?

—Se llevó a Nick aparte para hablar con él. Empezaron en voz baja, mucha palmada en la espalda y mucho comentario de felicitación de Bradley, esas cosas. De repente, se produjo un silencio y, cuando quisimos darnos cuenta, fue el tipo y le dijo: «¡Conseguiré ese cuadro, aunque sea lo último que haga, y como no lo consiga, ya puedes decir adiós a tu carrera, amigo!». Da que pensar, la verdad. Aunque no creo que hiciera nada. De hecho, eso fue lo que me sorprendió, ¿sabe? Siempre es todo un caballero, como si quisiera enseñarnos a los demás cómo debe comportarse un británico. Hay que tener cara dura viniendo de un maldito colono.

—¿Y qué pasó después?

—Ah, pues que Svenson llegó frenético y todos se calmaron. Bradley nos pidió disculpas a Nick, a Duncan y a mí. Dijo que había sido por la emoción que despertaba en él la obra de Nick.

—¿Nick dijo algo?

—Ya lo creo, ahí fue cuando se fue de la lengua.

—¿Ah, sí?

Maisie ladeó la cabeza de un modo que sugería simple curiosidad en vez de la excitación que habían despertado en ella las palabras del hombre.

—Sonrió como si fuera él quien llevara ventaja y dijo con toda la calma del mundo: Bueno, me sorprende que Georgie no se le haya contado...

—¿Ella lo sabe?

—¡Cómo no lo va a saber si estaba allí! El caso es que...

—¿Estaba en la galería cuando ocurrió todo eso?

—Llegó con Bradley, de hecho —dijo sonriendo—. Vamos, ¿no sabía lo de Georgie y Bradley?

Maisie negó con la cabeza.

—Pues no lo sabía, no. —Guardó silencio un momento y retomó enseguida la conversación. Ya pensaría en Georgie y el estadounidense más tarde—. Pero, señor Courtman, ¿a qué se refiere con que Nick se fue de la lengua?

—Anunció lo que pretendía hacer con el cuadro, que todos pensamos que es un tríptico, pero no sé, igual hay más piezas...

—¿Y?

—Dijo que no adornaría ninguna casa, sino que pensaba entregárselo a la nación, a la Tate o a la National Gallery, o al museo de la guerra que está en lo que era el manicomio de Bethlem, en Lambeth. Un sitio muy apropiado para un museo de la guerra, ¿no le parece? Un antiguo manicomio. ¿Por dónde iba? Sí, Nick dijo a todos los presentes que la pieza era su regalo para todos los que habían muerto en la guerra y para los que nos hicieran ir a la guerra en el futuro, para que no se nos olvidara nunca quiénes somos.

—¿Para que no se nos olvide quiénes somos? ¿Explicó a qué se refería?

—Sí, Bradley se lo preguntó. «¿Y quién demonios somos, vamos a ver?» Resultó un poco embarazoso, ya le digo, pero Nick no se dejó intimidar, aunque aquel hombre se hubiera gastado una fortuna, una verdadera fortuna, en sus cuadros. No sonrió, su rostro no delataba lo que sentía, y dijo simple y llanamente: «Somos humanidad». Y se dio media vuelta y volvió al andamio. Duncan y yo nos miramos, e hicimos lo mismo, seguir con nuestro trabajo, que era dar vueltas al mapa para ver dónde debían ir los anclajes según el mapa de Nick y colocarlos. Todo el mundo volvió a sus asuntos comentando lo ocurrido, como podrá imaginar, pero, que yo sepa, Svenson no volvió para enfrentarse a Nick y echarle un sermón sobre cómo administrar el dinero. En aquel momento pensé que iba a esperar a que se calmaran los ánimos antes de ponerse diplomático, pero...

Maisie no dijo nada. Alex se reclinó hacia atrás en el sofá y cerró los ojos. Permaneció así un rato, hasta que ella dijo en voz baja:

—Ha sido usted de mucha ayuda, señor Courtman. —Se levantó, tomó su maletín y miró la hora—. Tengo que irme.

—Lo que necesite —dijo él levantándose también—. Espero no haber metido la pata al contarle lo de Georgie y Bradley. No vaya a decirle nada... Y, si lo hace, no le diga que he sido yo.

—No, descuide —contestó ella tendiéndole la mano—. Tengo otra pregunta, ¿le importa?

—Dígame.

—¿Se llevaban bien Georgina y Nick cuando murió?

—¡Caray! Ya estamos... —exclamó con un suspiro—. Habían tenido sus más y sus menos antes de la inauguración. Nick estaba molesto por su aventura con Bradley. El tipo está casado, ¿sabe? Tiene mujer en Nueva York y no le gusta venir a Europa. Y Nick se lo dijo a su hermana. Creo que también discutieron por algún asunto familiar. Yo creo que Harry los picaba para que se enfrentaran. El día que nos fuimos para ir a montar el andamio, yo estaba en la habitación de invitados con Duncan cuando oí la bronca entre Georgie y Nick, echándose en cara no sé cuántas cosas. —Se encogió de hombros—. Me da pena Georgie. Tiene que sentirse muy mal ahora que Nick no está. De hecho, es muy inesperado que acudiera a usted, ¿no le parece?

—¿Por qué? —preguntó ella cuando llegaron a la puerta y él se inclinó por delante de ella para abrir.

—Bueno, si yo fuera detective, el temperamento de Georgie me daría mucho que pensar.

Maisie sonrió.

—Eso es lo más interesante del trabajo de investigación, señor Courtman. Las cosas casi nunca son lo que parecen y, cuando lo son, solemos pasarlas por alto. Mantendré en secreto nuestra conversación y confío en que usted haga lo mismo.

—¡Por supuesto! No se preocupe por eso, señorita Dobbs. Avíseme si necesita alguna otra cosa.

—Ah, sí, antes de que se me olvide —y se dio la vuelta—, ¿pasarán por aquí Duncan y Quentin en algún momento?

—No, los dos han vuelto ya a Dungeness —respondió él negando con la cabeza—. Creo que Duncan ha encontrado comprador para el vagón, otro artista melancólico, ¿eh? Y Quentin sigue embalando objetos. Dijeron que tenían muchas cosas que hacer y se fueron para allá.

Maisie volvió a darle las gracias y se despidió con la mano. Y se puso en marcha. La madeja se le estaba enredando aún más y tenía que desenredar las hebras y ordenarla en ovillos. Se sentía como una artesana delante de un telar gigante con sus madejas de lana dispuestas para formar parte de la escena final, la imagen que sacaría a la luz las circunstancias en las que se había producido la muerte de Nick Bassington-Hope. Lo único que tenía que hacer era ir encajando la trama y la urdimbre de forma que el tejido quedara prieto y sin huecos.

Caminaba por la calle pensando que seguía intrigándola el hecho de que Alex Courtman se hubiera mostrado tan comunicativo si estaba tan implicado en el caso como ella pensaba. Y aún más interesante era que los otros dos amigos hubieran regresado a Dungeness, hecho que subrayaba la necesidad de seguir adelante con su plan de ir a la costa al día siguiente, y de tener aún más cuidado de lo normal.

12

Maisie pasó junto al Austin Swallow aparcado al llegar a su piso aquella tarde. «Ay, no», pensó mientras aparcaba su MG en el sitio de siempre. Cerró con llave y al darse la vuelta vio que Andrew Dene se acercaba caminando. Una repentina racha de aire frío le agitó los faldones del abrigo y le revolvió el pelo. Andrew era de los que siempre sonreían, y así lo hizo cuando Maisie lo saludó, aunque notó la tensión que delataban sus hombros encogidos. Le puso una mano en el brazo y la besó en ambas mejillas. Cualquiera que los hubiera visto habría pensado que eran primos o amigos, jamás habría sospechado intimidades compartidas en un noviazgo que se estaba derrumbando.

—Qué sorpresa, Andrew —dijo buscando las llaves. Le temblaban las manos ante la confrontación que se avecinaba y se dirigió hacia la entrada principal del bloque de pisos—. Vamos, pondré la tetera al fuego.

Andrew entró tras ella en el portal y la siguió hasta su piso mientras Maisie sacaba la segunda llave.

—He pensado que ya es hora de solucionar algunas cosas —comentó mientras ella metía la llave en la cerradura.

Abrió la puerta y se volvió hacia él asintiendo con la cabeza. Tocó el radiador por un reflejo automático antes de depositar el sombrero y los guantes en una pequeña consola, y se quitó el chubasquero.

—Sí, por supuesto. Dame tu abrigo. Pasa y ponte cómodo. —Esperó a que Andrew se quitara el abrigo y la bufanda, y dejó ambas cosas sobre una silla en el cuarto trastero.

—¿Hago té?

Él, sentado en uno de los dos sillones, negó con la cabeza.

—No, gracias. Creo que no voy a quedarme mucho, Maisie.

Ella asintió con la cabeza mientras se acomodaba en el otro sillón. Al principio, dudó si quitarse los zapatos, pero después se recordó que podía hacer lo que quisiera porque para eso estaba en su casa, así que se deshizo de ellos, dobló las piernas, se sentó encima y se frotó los pies fríos.

—Creo que tenemos que hablar de nosotros, Maisie.

Ella no dijo nada, prefirió dejarlo hablar sin interrumpirlo. No había tardado en aprender de Maurice que siempre era mejor dejar hablar libremente a alguien que tenía que decir algo importante, como una declaración o una queja. Interrumpiendo solo se conseguía que la persona sintiera que tenía que empezar de nuevo, con la consiguiente repetición. Y ya había observado signos de nerviosismo en Andrew, por lo que no quería dar lugar a que la conversación fuera aún más incómoda. Ella solo quería que él tuviera una buena opinión de ella si era posible.

—Cuando empezamos a salir juntos, esperaba que algún día te convirtieras en mi mujer. —Al ver la dificultad que tenía para tragar, Maisie se reafirmó en su opinión de que tendría que haber aceptado su ofrecimiento de beber algo antes de empezar a hablar—. Aunque pueda parecer lo contrario, no he tenido suerte en el amor y no soy el seductor que la gente piensa. Estaba esperando a la chica ideal, alguien que comprendiera mis orígenes, lo que cuesta subir, digamos, desde la posición que le ha tocado en la vida. Y pensé que tú podrías ser esa mujer. —Le tembló la voz ligeramente cuando se echó hacia atrás el pelo que se le caía sobre los ojos—. Sé que tu trabajo es muy importante para ti, pero confiaba en que, con el tiempo, pasara a un segundo plano en nuestra relación. Ahora ya no lo sé. —Se volvió hacia ella con los ojos brillantes—. He de decir que me dejaron perplejo tus modales la última vez que hablamos por teléfono. Y el hecho de que compraras este piso —dijo abarcando con un gesto del brazo—, ya me puso en mi lugar, aunque aún abrigaba esperanzas.

Maisie continuó callada, la atención puesta en el hombre que tenía enfrente. No es que no sintiera nada, le daba pena que las cosas hubieran llegado a ese punto. Pero sabía que también había algo más, una sensación agridulce de alivio. Y tomar conciencia de ello le daba más pena aún.

—Así que antes de decir nada más, quiero saber si tendría, o tendríamos, como pareja, alguna posibilidad si te pidiera que te casaras conmigo.

Maisie no dijo nada durante unos segundos. Pese a que había ensayado la conversación por la noche dando vueltas en la cama mientras se preguntaba cómo mostrarse para que la comprendiera, se sentía del todo incapaz de expresarse con palabras en los asuntos personales. Habló con voz suave y contenida.

—Andrew, eres, y has sido, un compañero maravilloso. Disfruto mucho con tu compañía, ¿cómo no ibas a cautivarme con tu presencia? —Pausa—. Pero la verdad es que... Ay, qué complicado es explicar esto.

Andrew abrió la boca para decir algo, pero Maisie negó con la cabeza.

—No, por favor, déjame intentarlo, Andrew, debo expresar lo que quiero decir para que me entiendas. —Cerró los ojos buscando las palabras—. Después de la... la crisis nerviosa que sufrí el año pasado, porque fue eso, ahora lo sé, me está costando encontrar el camino. Sé que tanto Maurice como tú dijisteis que debía descansar más tiempo, pero no estoy acostumbrada. Siento que... que poseo cierto control sobre las circunstancias cuando estoy trabajando. Ese dominio, no, esa no es la palabra. —Se mordió el labio—. Ese orden me hace sentir segura, me proporciona un parapeto y un foso. Y la verdad es que mi negocio consume toda la energía que tengo en este momento, y tú mereces más. —Se aclaró la garganta—. Llevo unos meses temiendo que con el tiempo llegarían las presiones para cumplir con el papel que la sociedad ha establecido para un médico y su mujer, y eso significaría tener que elegir. Así que ya he hecho mi elección, Andrew. Ahora, en vez de dejarlo para después. —Hizo otra pausa—. He visto que las alegrías del noviazgo se han visto comprometidas por mis responsabilidades hacia las personas que acuden a mí en busca de ayuda, y mi elección ha sido, con frecuencia, fuente de pesar para los dos. Aunque has estado viniendo a Londres cada dos semanas y yo he ido a Hastings entre medias, no ha contribuido a la felicidad de nuestra relación, ¿a que no?

Andrew se miró las palmas de sus bonitas manos, los largos dedos extendidos ante sí.

—No te lo tomes a mal, Maisie, me alegro de que lo digas, pero podrías haber sido más sincera conmigo desde el principio. Seguro que sabías todo esto hace tiempo, y también que yo no estaba preparado para continuar en esta deriva de forma indefinida. De hecho, he venido a poner fin a nuestra... nuestra... relación. Al menos soy yo el que ha tenido el valor de afrontar la...

Maisie lo interrumpió con la vista empañada por las lágrimas. No había previsto una reacción tan furiosa.

—Creo que he sido formal contigo y respetuosa, he...

—No has sido sincera contigo misma, hasta ahora, supongo. Estoy seguro de que en ningún momento has tenido intención de prolongar la relación y, mientras tanto, yo podría haber conocido a otra persona y haber seguido con mi vida. De hecho, he conocido a otra persona, pero quería saber en qué punto se encontraba lo nuestro.

—Puedes hacer lo que quieras, Andrew. Creo que he sido sincera en mi trato hacia ti y...

—¿Tu trato? ¿Sincera? Me sorprendes, Maisie, en serio. No he sido más que una diversión cómoda para ti, algún fin de semana, alguna cena, paseos cuando te apetecía y la pelota en tu tejado.

Maisie se levantó agitada.

—Andrew, creo que es hora de que te vayas. Me habría gustado que nos hubiéramos separado de forma amistosa, pero después de esta conversación, me temo que eso no va a ocurrir.

Él, de pie también, respondió con un tono que rebosaba sarcasmo.

—Muy bien, señorita Dobbs, psicóloga e investigadora. —Suspiró y añadió—: Lo siento, eso ha estado fuera de lugar.

Maisie asintió con la cabeza y sin decir nada más fue al trastero a recoger el abrigo de Andrew y lo abrió para ayudarlo a ponérselo.

—Conduce con cuidado, Andrew. Va a helar esta noche.

—Esta noche me quedo en el alojamiento que me proporciona el hospital, no va a pasarme nada.

—Buena suerte, Andrew.

—Lo mismo digo, Maisie.

Dio media vuelta y se alejó.

MAISIE FUE DIRECTAMENTE a su habitación, encendió la luz y abrió el armario. No tenía ganas de pensar en Andrew ni en las consecuencias de su ruptura. Sacó unas cuantas prendas de ropa y se dejó caer en el borde de la cama, aferrándose a su chaqueta y su chal de cachemir azul. Se apretó la mejilla con el suave tejido y lloró. A pesar del alivio, sentía en el corazón el frío de la soledad. Conocer a Andrew le había servido como barrera entre ella y el aislamiento que parecía a punto de envolverla, pero utilizarlo como amortiguador a causa de la necesidad de tener un compañero no era justo. Era un pretendiente alegre que la había adorado todo ese tiempo, pero ella no se sentía capaz de renunciar a su trabajo. «Que es lo que habría terminado pasando», se recordó.

Apartó la ropa de cama y se envolvió con el edredón. Necesitaba un momento de consuelo antes de afrontar la noche que se le venía encima. Estaba temblando, pero no hacía frío en la habitación. Conforme fueron remitiendo las lágrimas, admitió para sí que había algo más, una verdad en la que tal vez no hubiera reparado nunca de no haber conocido a los Bassington-Hope, y aquello le había dado una pista sobre eso que buscaba en la vida que era incapaz de definir, algo desconocido e ilusorio que sabía que jamás encontraría con Andrew Dene.

Se dio cuenta de que había aprendido a amar el color, tanto en el carácter humano como en el sentido literal: en los tejidos, los lienzos, la cerámica o una habitación. Andrew era divertido, alegre, pero el mundo que había conocido a raíz de trabajar para Georgina rebosaba frescura: había en él una energía, un fuego que le hacía sentir como si hubiera empezado a romper el cascarón y estuviera esperando a que se le secaran las alas antes de echar a volar. ¿Y cómo podría su espíritu herido elevarse en el aire si se ataba justo en ese momento? En eso radicaba su insatisfacción. Había algo en esas palabras... Se bajó de la cama y buscó en el libro el lugar donde las había marcado. «A partir de la libertad y el poder de su alma crearía orgullosamente...» ¿Podría hacer ella lo mismo con su vida? Y, en caso de que sí, ¿terminaría estampándose contra el suelo como Ícaro? ¿Qué era lo que le había dicho Priscilla el año anterior? «Siempre te has limitado a lugares en los que te sientes segura.» Ahora se encontraba rodeada de personas para las que un enfoque tan conservador era una especie de maldición.

Maisie sentía que la cabeza le daba vueltas y sus pensamientos la empujaban desde la emoción máxima a la desesperación, y entonces se censuraba por su egocentrismo cuando los Beale y miles de familias como ellos tenían que hacer frente a situaciones realmente angustiosas. El mero hecho de pensar en Priscilla la entristeció de nuevo, porque echaba de menos su sinceridad y su amistad. Ir a verla a Francia el año anterior había hecho que se diera cuenta de que ansiaba tener una amistad estrecha con alguien.

Tras su crisis nerviosa, había vuelto a sentir la soledad que la había invadido cuando murió su madre. Estar con Andrew la había ayudado a lanzar una cuerda hacia el futuro, un ancla que aprovecharía para salir del hoyo de la guerra, de la pérdida de Simon, de las espantosas imágenes que la perseguían, y vivir el presente para seguir con la vida. Pero ahora estaba tratando tímidamente de levar el ancla, preparada para soltar amarras y partir hacia la luz que emanaban Georgina, su familia y sus amigos. Se estremeció de nuevo, helada hasta los huesos, y recordó sus dudas y la advertencia de lady Rowan. ¿Se parecería más a Georgina de lo que pensaba si también ella absorbía la energía, la vida, de aquellos que vivían en un mundo de color, de palabras, de arte? ¿Se convertiría en la clase de persona que había descrito lady Rowan, alguien que utilizaba a los demás?

Maisie se reclinó hacia atrás, exhausta. Maurice le había ordenado que no asumiera trabajos demasiado exigentes dada la fragilidad de su estado aún en recuperación. Aunque su mentor estaba a favor de que se mudara a un piso propio, le había sugerido que tal vez no fuera el momento más adecuado, que debería aprovechar la oportunidad que le daban los Compton de vivir en su mansión de Belgravia durante otros tres o cuatro meses. Pero ella había seguido adelante con su plan, porque quería aprovechar que la propiedad tenía buen precio y sabía que deseaba subrayar su singularidad, su capacidad de continuar como había empezado, volando libremente con sus propias alas. Aunque esas alas se le hubieran arrugado un poco en los últimos tiempos.

Al darse cuenta de que estaba entrando en una espiral de recriminación hacia sí misma, se rearmó, se secó los ojos e inspiró hondo.

—Era lo mejor —dijo en voz alta pensando en Andrew. Y sonrió al acordarse otra vez de Priscilla. Sabía lo que le recomendaría su amiga, dejando caer la ceniza de su cigarrillo mientras gesticulaba con la mano para enfatizar el mensaje con su acento recortado: «Yo en tu lugar, Maisie, me relajaría en el mar hasta que se me arrugaran los dedos y entonces me espabilaría, me empolvaría la nariz, me pondría bien guapa y saldría a quemar la ciudad, y hago énfasis en "quemar"».

Se frotó los ojos y después se colocó delante del espejo y se envolvió en su elegante chal azul. Sí, el chal quedaría muy bien con el vestido negro para salir sola de noche, aunque fuera por trabajo.

MAISIE SALIÓ DE su piso a las diez sin parar de bostezar. Ya no era tan inusual que una mujer saliera sola por la noche. De hecho, se consideraba aceptable, sobre todo porque no había hombres suficientes. Por su experiencia desde que terminó la guerra le daba la impresión de que muchos solteros se portaban como unos canallas, y aprovechaban con una ligereza pasmosa que había mujeres de sobra. Y parecía que Harry Bassington-Hope era de esos.

Cogió la lista de clubes y salió con la idea de asomarse como si estuviera buscando a su amigo Harry Bassington-Hope, y marcharse lo más rápido posible si no lo encontraba. Por suerte, ahora que Joynson-Hicks ya no era ministro del Interior, no le asustaba estar en un club nocturno y que hubiera una redada, el juego del gato y el ratón al que les gustaba jugar a muchos jóvenes de clase alta amantes de la diversión antes de que relevaran de su cargo al ministro Jix.

De los clubes que tenía apuntados en la lista había dos en Chelsea, otros dos en Soho y uno en Mayfair. Para cuando llegó a Stanislav's, en el Soho, se notaba más cómoda a la hora de entrar despreocupadamente en un club y sonsacar información con halagos al hombre o la mujer que estuviera en la puerta, y salir cuando la respuesta que obtenía era que lo esperaban más tarde u otra noche. Estaba claro que tenía varios compromisos cada noche y trabajaba en distintos lugares, aunque Maisie no tenía la menor intención de quedarse a esperarlo a menos que estuviera a punto de llegar.

Había desechado el vestido negro y se había puesto pantalones negros y una blusa larga sin mangas con cuello barco y fajín a juego a la altura de la cadera. El conjunto era de Priscilla, que ya no se lo ponía y se lo había enviado por correo con varias prendas más. Lo había recibido justo antes de Navidad, acompañado por un mensaje que decía: «Haber tenido hijos me ha borrado la cintura. Esto que te envío está un poco pasado de moda, pero seguro que tú sabes sacarle provecho». Los pantalones estaban prácticamente nuevos, y como seguían siendo pocas las mujeres que los usaban, no estaban tan pasados de moda como decía Priscilla. Maisie pensó que la blusa era amplia, aunque tenía que reconocer que, si su amiga no le hubiera mandado la ropa, la tendría muerta de risa en el fondo del armario. Y el conjunto le había venido muy bien en ese momento, porque, aunque en su opinión no le favorecía, era perfecto para su escapada nocturna.

Inspiró hondo y empujó la puerta del club, y un hombre fornido avanzó hacia ella para sostenérsela y dejar que entrara. Una mujer joven sonrió desde el otro lado de un mostrador negro y plateado enmarcado por una serie de lámparas con una tulipa cuadrada también plateada. Maisie pestañeó y sonrió a la mujer, que llevaba un vestido negro de terciopelo largo con lentejuelas bordadas a lo largo del bajo, la línea de la cadera, el cuello y los puños. Se había recogido el pelo rubio en un pequeño moño y maquillado los ojos con una raya de *kohl* que le acentuaba la mirada y los labios de color rojo.

—¿Es usted socia? —preguntó la mujer con cordialidad.

—Pues no, pero me ha invitado el señor Harry Bassington-Hope. ¿Ha llegado ya?

La mujer inclinó la cabeza.

—Voy a preguntar. Espere un momento, por favor.

Abrió la puerta que tenía detrás y asomó la cabeza en una sala que Maisie no alcanzaba a ver.

—Eh, ¿ha llegado Harry?

Tardó unos segundos en cerrar la puerta y se dirigió de nuevo a ella con el acento pulido de antes.

—Está a punto de llegar, señora. Sígame, por favor. La acompañaré a una mesa donde podrá esperarlo.

Maisie observó aliviada que esta estaba situada en un rincón, cerca de la pared del fondo, la posición perfecta desde la que observar a la gente que entraba y salía del club. Pidió una cerveza de jengibre con cordial de lima al camarero que se le acercó. Alguien le había dicho que era un cóctel popular en ciudades de Estados Unidos, donde la prohibición hacía necesario borrar del aliento toda presencia de alcohol. Lo pidió no porque tuviera intención de beber, sino para dar la impresión de que era una mujer acostumbrada a ir a clubes nocturnos que pedía eso para empezar y luego ya se atrevería con algo más fuerte. Le llevaron el inofensivo cóctel y Maisie se acomodó para observar la sala.

Había mesas de diversos tamaños, desde pequeñas para dos hasta para ocho personas, situadas en varias filas a lo largo de tres lados de la pista de baile. En el cuarto lado, situado al fondo, un cuarteto acababa de empezar a tocar y ya había varias parejas bailando. Maisie golpeaba el suelo con el pie al ritmo de la música y tomó un sorbito. Aunque estaba cansada cuando salió de casa, se había ido animando y pensó que sería divertido ir a un lugar como ese con amigos. Si tuviera un grupo de amigos con los que salir, claro.

Escudriñó la sala buscando alguna cara familiar. No tardó en ver a Randolph Bradley y Stig Svenson en una mesa cerca de la barra. El sueco se inclinaba hacia delante absorto en la conversación, mientras que el estadounidense parecía relajado, reclinado en su asiento, vestido con un traje gris de seda, y corbata y pañuelo de bolsillo de un tono más oscuro, que resaltaba su posición de hombre acaudalado. Maisie se preguntó si aparecería Georgina en algún momento y corrió la silla hacia atrás para ocultarse entre las sombras del rincón. Observó al estadounidense levantar el dedo para avisar al camarero, que se apresuró a acudir. Randolph Bradley se levantó, le colocó un billete en la mano y le dio una palmada en la espalda. Estrechó la mano a Svenson después y se marchó. El galerista se quedó mirando su copa un momento y después la levantó y echó la cabeza hacia atrás para apurar lo que le quedaba de bebida. Se limpió la boca con un pañuelo que sacó del bolsillo trasero del pantalón y abandonó el club también.

Escudriñó la sala una segunda vez y se fijó entonces en otro hombre que se quedó mirando a Svenson salir del club. Maisie no lo había visto antes. Cerró los ojos y repasó mentalmente la escena de la primera vez que había estudiado la sala. Sabía que el hombre estaba allí cuando entró ella y que había estado observando con detenimiento a Svenson y a Bradley. ¿Quién sería? Entornó los ojos y vio que el hombre se levantaba, sacaba un billete del bolsillo del pantalón y comprobaba de cuánto era a la luz del aplique de pared antes de dejarlo en la barra. Tomó el sombrero de la silla de al lado y se fue.

—¿Le apetece bailar, señorita Dobbs?

—¡Qué susto me ha dado!

Alex Courtman sacó una silla y se sentó a la mesa.

—No me creo que esté usted aquí por algo que no esté relacionado con el trabajo. He de decir que está impresionante, por cierto.

Maisie enarcó una ceja.

—Gracias por el cumplido, señor Courtman. Si no le importa, estoy esperando a un amigo.

—¿Un amigo? Pero estoy seguro de que a su amigo no le importará que baile una canción conmigo, ¿no cree?

—No, gracias, señor Courtman, prefiero quedarme aquí.

—¡Venga! Nadie va a un club si no tiene ganas de echar uno o dos bailes. —Courtman alargó el brazo para tomarla de la mano y la condujo a la pista protestando y sonrojada. La popular melodía había atraído a muchas parejas, por lo que casi no había sitio para moverse, pero eso no impidió que Courtman agitara los brazos de un lado a otro rítmicamente, abrazando la música, y a Maisie de vez en cuando, con entusiasmo. Ella también comenzó a agitar los brazos siguiendo el ejemplo de su pareja. Al ver su entusiasmo, Courtman la tomó por la cintura y la hizo girar. En el momento álgido de la canción, se unió a la banda una trompeta con una nota larga y aguda, en compañía del piano, el bajo, la batería y el trombón. Los bailarines lanzaron vítores y rompieron a aplaudir sin dejar de moverse por la pista. Harry Bassington-Hope había llegado.

Courtman retuvo a Maisie durante dos canciones más hasta que, levantando las manos en señal de rendición fingida y sin aliento, regresó a su mesa. Él la siguió.

—Digo yo que podrá bailar si le apetece, ¿no?

Maisie negó con la cabeza.

—Si le digo la verdad, aparte del otro día en la fiesta de Georgina, creo que no bailaba desde... Desde... bueno, desde antes de la guerra, de hecho.

Courtman llamó al camarero con la mano y se volvió de nuevo hacia ella.

—No me lo diga, bailó con el amor de su vida, que no volvió de Francia.

La sonrisa desapareció del rostro de Maisie.

—No es asunto suyo, señor Courtman.

Él le tocó la mano.

—Lo siento muchísimo, perdóneme. No pretendía ofenderla, es una de tantas historias de la guerra, ¿no?

Maisie asintió con la cabeza en señal de que aceptaba la disculpa, pero retiró la mano. Y cambió de tema.

—¿Y viene usted mucho por aquí?

—De vez en cuando, pero sobre todo cuando me deben dinero.

—¿Harry?

Él asintió con la cabeza.

—Al fin y al cabo, es el hermano de Nick. Me pidió unas libras el domingo. Dijo que me las devolvería en dos días, así que he venido a recogerlas.

—¿Fueron solo unas libras?

Él hizo un gesto negativo con la cabeza.

—No, un poco más, veinte en realidad. Pero no nado en la abundancia que se diga, por eso quiero que me las devuelva. Y me las va a devolver.

Maisie miró hacia la pista de baile, que seguía llena a reventar, y después a Harry, que con las piernas separadas y la pajarita aflojada, echaba la cabeza hacia atrás de nuevo y levantaba la trompeta para arrancar otra nota altísima al reluciente instrumento.

—Si cuidara su dinero como cuida esa trompeta, sería un hombre rico —comentó Courtman tomando el cóctel que le llevaba el camarero.

—Está reluciente —dijo Maisie, y preguntó volviéndose hacia su acompañante—: ¿Cuándo para o hace un descanso?

—Dentro de un cuarto de hora más o menos. Puede mandarle el recado de que necesita verlo a través del camarero, junto con el correspondiente acompañamiento económico, y él se lo hará llegar a Harry.

Maisie obedeció y le puso unas monedas en la mano al camarero junto con la nota doblada.

—¿Quiere que me quede aquí hasta que venga? —Courtman le dirigió una sonrisa tan franca que Maisie casi le perdonó la poca delicadeza que había tenido un momento antes.

—Se lo agradezco, señor Courtman. No estoy acostumbrada a estos sitios, si le soy sincera.

—Lo sé. Me quedaré, pero con una condición.

—¿Condición?

—Sí. Que baile conmigo la primera canción en cuanto nuestro chico de la trompeta vuelva al escenario.

HARRY BASSINGTON-HOPE bajó del escenario pavoneándose y se dirigió al bar, parándose por el camino a recibir palmadas en la espalda y apretones de mano de los clientes, y a inclinarse a dar un beso en la mejilla a las mujeres, que le dejaban la marca del pintalabios en la cara. Maisie vio que el camarero se le acercaba a susurrarle algo al oído, tras lo cual Harry se giró y buscó la mesa en la que estaba sentada. Le hizo un gesto de cabeza al camarero y tomó la copa que acababan de ponerle delante en la barra antes de dirigirse hacia ella.

—Señorita Dobbs, volvemos a encontrarnos, aunque he de decir que jamás la habría tomado por una trasnochadora. —Sacó una silla, la giró y se sentó apoyando los brazos en el respaldo. Al dejar la bebida en la mesa se fijó en que Maisie miraba el líquido transparente—. Agua con gas. Nunca bebo nada fuerte cuando toco, aunque intento recuperar el tiempo perdido cuando libro. —Se volvió hacia Alex Courtman—: Alex, amigo, ¿aún sigues en el piso de mi hermana? Pensé que el yanqui ya te habría echado de una patada a estas alturas.

El aludido se levantó.

—Me mudo la semana que viene, Harry, a un sitio nuevo en Chelsea.

—¿Cómo llaman a un artista que no tiene chica? —preguntó Harry mirando a Maisie.

Esta negó con la cabeza.

—No tengo ni idea.

—¡Un sin techo! —respondió él riéndose de su propia gracia, mientras que Maisie sonreía y negaba con la cabeza.

—Los más viejos son los mejores, ¿a que sí, Harry? —dijo Courtman levantándose y apurando el vaso—. Vuelvo en un rato para reclamar mi baile cuando el de la trompeta regrese al escenario.

El hermano de Georgina lo miró alejarse hacia el bar y se volvió hacia Maisie de nuevo.

—¿Y qué puedo hacer por usted, señorita Dobbs?

Maisie pensó que Harry Bassington-Hope no se comportaba como un hombre que había perdido a su hermano un mes antes.

—Como ya sabe, Georgina no se quedó contenta del todo con la valoración que hizo la policía sobre las circunstancias de la muerte de su hermano y cree que tal vez fuera víctima de un acto criminal. Me pidió que investigase el asunto y...

—Y normalmente es alguien cercano a la víctima, ¿no es así?

—No siempre, señor Bassington-Hope. Sin embargo, la familia y los amigos suelen tener una relación transparente con la víctima, aunque no siempre son conscientes de que le lleve tiempo sucediendo algo extraño que al final conduce a la muerte. He comprobado que las preguntas ponen en marcha la memoria, hasta cierto punto, y que hasta un detalle mínimo puede arrojar luz sobre una pista importante de lo que ocurrió en realidad.

—Supongo que no es ningún secreto entonces que la relación que tenía con mi hermano, por importante que fuera para mí, no era buena.

—¿Ah, sí? —dijo ella para empujarlo a seguir hablando.

—Yo estaba aún en el colegio cuando se fue a la guerra, haciendo su papel de hermano mayor, y en cuanto a las chicas, Georgie estaba por ahí viviendo su propia aventura y Nolly casi no se fijaba en mí. Podría decirse que yo era un inconveniente para mis hermanos. Pero me caía bien Godfrey, el marido de Nolly. Siempre estaba dispuesto a echar un partido de críquet. Era más un hermano mayor para mí que Nick, de hecho.

—¿Y qué pasó cuando murió Nick?

—Un accidente absurdo, muy absurdo, ¿no le parece?

—¿Fue un accidente?

—Ya lo creo. Si hubiera dejado que sus amigos lo ayudaran un poco más en vez de guardarlo todo en secreto, no habría sucedido. —Hizo un gesto negativo con la cabeza—. No puedo imaginar que no fuera un accidente, y podría haberse evitado.

—¿No habían discutido Nick y usted por dinero?

—¡Ya estamos! Supongo que debe de ser de dominio público. —Guardó silencio un segundo mientras consultaba la hora y prosiguió—. Mi hermano y yo llevábamos vidas distintas. Es cierto que tuve problemas económicos y que él me ayudó, pero con Nick siempre había que aguantar un sermón, ¿entiende? Vete tú a saber por qué, tampoco es que fuera un santo.

—¿Qué quiere decir?

—Nada en realidad. Solo que no era el niño bonito que Georgina hacía creer a la gente. Le daba lo mismo que su trabajo molestara, ¿me entiende? Y, créame, molestaba.

—¿A quién molestaba?

Miró hacia el escenario, donde los demás músicos estaban ocupando sus puestos, se levantó y apuró su bebida antes de decir una última cosa.

—Podría empezar por la familia. Tenía la costumbre de importunar a todo el mundo en algún momento. Padre tuvo que calmar a Nolly un par de veces. Pensar que fue capaz de disgustarla así después de todo lo que había hecho por él...

—¿Qué hizo para...?

—Lo siento, señorita Dobbs. Tengo que irme, los chicos me esperan.

Se dio la vuelta y se alejó a toda prisa rodeando el perímetro de la habitación para que sus admiradores no lo entretuvieran y subió al escenario de un salto, levantó su trompeta y se inclinó hacia atrás para arrancarle un nuevo lamento agudo y prolongado que alcanzó el techo de la sala. La banda se unió a él en un momento en que la nota bajaba una escala. Los clientes seguían moviéndose en la pista y cuando Maisie fue a echar mano de su bolso, sintió que alguien la tomaba del codo.

—¡Ah, no, de eso nada! Me ha prometido otro baile —dijo Alex Courtman, que se había aflojado la corbata mientras esperaba en la barra a que Harry se fuera.

—Pero...

—No hay peros. Vamos.

MAISIE TARDÓ UNA hora más en salir a la gélida noche, cubierta por la niebla y el humo en dirección a su piso. Aparcó el coche, cerró con llave y se dirigió hacia la entrada del edificio. Estaba abriendo la puerta cuando miró hacia atrás. Un escalofrío le recorrió la columna y, tras entrar y cerrar, apretó el paso hasta su piso en la planta baja. Una vez dentro, dio un par de vueltas a la cerradura y, sin encender las luces, fue a la ventana y miró hacia el jardín delantero y los árboles que separaban el bloque de pisos de la calle. Se quedó ahí un buen rato, pero no vio a nadie, aunque el instinto le decía que la estaban observando.

Se sentó sobre un cojín con las piernas cruzadas en postura de meditación y vació la mente antes de irse a la cama, con la esperanza de que su práctica le abriera un camino de pensamiento consciente en el que se le mostraran nuevas conexiones. No había podido interrogar a Harry Bassington-Hope tan en profundidad como le habría gustado, aunque tampoco había salido del club con las manos vacías. Desde un punto de vista práctico, había conseguido una lista de clubes en los que trabajaba y tenía una idea general de dónde podía encontrarlo, en caso de que necesitara continuar con la conversación zanjada de forma tan brusca. No había tocado ningún tema que pudiera haberlo puesto sobre la pista de que estaba al tanto de sus tratos con el hampa, y ella sabía que Nick también conocía a uno de los hombres que lo habían atacado el domingo anterior.

La conversación había arrojado aún más luz sobre la familia Bassington-Hope, y aunque no era algo propio de una mujer educada, planeaba dejarse caer por su casa sin avisar cuando regresara de Dungeness. Tenía la sensación de que sería bienvenida. Nick ofendía a su familia de vez en cuando y, según parecía, en las semanas previas a su muerte había discutido con sus dos hermanas y con su hermano, aunque no es que tuviera mucho en común con este último en general. Había enfadado al hombre que además de ser una fuente considerable de ingresos para él, era el amante de su hermana. Y daba la impresión de que la dinámica de esas relaciones iba a ocasionarle a Stig Svenson una úlcera de estómago, que tenía mucho que perder cuando Nick Bassington-Hope se negaba a acatar las normas. Alex Courtman era un tipo interesante, no tan íntimo de Nick como los otros dos y brutalmente franco sobre su destreza artística. También se había mostrado bastante comunicativo a la hora de compartir información con ella. ¿Estaría tratando de confundirla? ¿Y por qué parecía estar al margen del «círculo íntimo»?

Maisie decidió empujar el caso a un rincón de la mente y concentrarse en Lizzie Beale. Puede que Billy volviera al trabajo al día siguiente por la mañana, esperaba en vano que tuviera noticias alentadoras sobre la pequeña. Tras un buen rato pensando en ella con preocupación, le angustiaba no haber conseguido evocar una imagen de la niña. Veía su abriguito rojo, los zapatos de cuero con cordones, los rizos de muñeca y sus manos regordetas. Pero no su cara.

13

Mientras Maisie preparaba la maleta para viajar a Dungeness al día siguiente, el olor terroso del cuero nuevo le recordó a Andrew Dene, que se la había regalado unos meses antes. Tocó las correas y acarició la tapa superior cuando la cerró. El día iba a suponer un reto, lo sabía, y también que habría sido reconfortante pensar que, al final del día, alguien que la amaba estaría esperándola para decirle: «Ya estás en casa, ven, te abrazaré hasta que llegue mañana».

Aunque no llovía ni tampoco granizaba, el cielo gris acerado arrojaba una luz plateada igualmente grisácea sobre los adoquines de Fitzroy Square. Parecía como si alguien le hubiera borrado el color al día que empezaba, como si el tiempo hubiera quedado suspendido hasta el día siguiente y el siguiente. Comprobó la hora en el reloj que llevaba prendido en el bolsillo de la chaqueta mientras metía la llave en la cerradura. Aunque llegaba unos minutos tarde, sabía que sería una sorpresa encontrar a Billy en la oficina. No iba a aparecer. Se dirigió a la escalera y se detuvo. «¿Para qué molestarme en subir?» Giró sobre los talones, cerró la puerta y se dirigió de nuevo hacia el coche.

Había empezado a llover, un agua fina que seguiría envolviéndolo todo el resto del día. No fue al hospital de Stockwell porque sabía que no hacía falta, sino directamente a casa de los Beale.

Vio las cortinas echadas mientras aparcaba delante de la casa y salió, consciente del movimiento entre las gastadas cortinas de las otras casas de la calle, pues los vecinos estaban atentos a las idas y venidas. Maisie llamó a la puerta. Nadie salió a abrir, así que llamó de nuevo, y esa vez oyó pasos. La puerta se abrió. Era la hermana de Doreen. Maisie se dio cuenta en ese instante de que no las habían presentado, de modo que no sabía cómo se llamaba ni de qué manera dirigirse a ella.

—He venido a... Espero que...

La mujer asintió con la cabeza y se echó a un lado para dejarla pasar en el estrecho pasillo. Tenía los ojos rojos y se notaba que el peso de la abultada barriga la obligaba a apoyar la mano en la espalda.

—Han estado hablando de usted, señorita. Querían verla.

Maisie le puso la mano en el hombro y se dirigió hacia la cocina. Se detuvo un momento ante la puerta y cerró los ojos mientras suplicaba para sí ser capaz de decir y hacer lo correcto. Tocó dos veces con los nudillos y abrió.

Billy y Doreen estaban sentados a la mesa con una taza de té sin tocar delante de cada uno. Maisie entró y no dijo nada, simplemente se quedó detrás de ellos y les puso una mano en el hombro.

—Lo siento muchísimo.

Doreen se atragantó con un sollozo, se llevó el delantal a los ojos hinchados y lloró. Empujó la silla hacia atrás y se dobló hacia delante. Se abrazó el cuerpo como si tratara de calmar el dolor que emergía del mismo vientre en el que había llevado a Lizzie. Billy se mordió el labio inferior y se levantó para dejarle el sitio a Maisie.

—Sabía que usted lo sabría, señorita. Sabía que usted sabría que se había ido. —La voz se le quebró sin dejarle apenas pronunciar las palabras—. Esto no está bien, no puede estar bien que nos quiten algo tan hermoso como nuestra pequeña Lizzie. No está bien.

—Tienes razón, Billy, no está bien.

Cerró los ojos y continuó buscando las palabras que pudieran reconfortar, que permitieran comenzar a sanar a aquellos padres que acababan de perder a su hija. Al entrar en la cocina había visto el abismo de dolor que dividía ya al hombre y a su mujer, cada uno tan hundido en su propio sufrimiento que no sabía qué decir al otro. Sabía que empezar a hablar sobre lo ocurrido era clave para reconocer la pérdida, y que aceptarlo los ayudaría a soportar los días y los meses que tenían por delante. Cuánto deseaba poder hablar con Maurice y pedirle consejo.

—¿Cuándo ha ocurrido?

Billy tragó saliva mientras Doreen se enderezaba, se secaba los ojos con la punta del delantal y alargaba la mano hacia la tetera.

—Perdone nuestra falta de modales, señorita Dobbs. Voy a preparar té.

—Yo lo hago, Dory —dijo su hermana dirigiéndose hacia ella.

—No, Ada, siéntate, tienes que descansar.

Doreen Beale empezó a atizar el fuego. Iba a coger el cubo del carbón cuando Billy la detuvo.

—No lo hagas, yo lo haré.

—¡Billy, puedo hacerlo! —contestó ella agarrando el cubo de nuevo—. Habla tú con la señorita Dobbs. Ha sido muy amable al venir.

Maisie recordó los días siguientes a la muerte de su madre. Su padre y ella apenas decían nada. Los dos se mantenían ocupados con sus tareas habituales y no hablaban de la pérdida, evitando todo contacto que pudiera obligarlos a ver que la tristeza los estaba consumiendo. Y las heridas que el duelo había infligido a su alma habían tardado años en curarse.

—Volvimos al hospital ayer por la tarde. Resulta que se había puesto peor, así que fuimos a verla, pobrecita. No quedaba nada de ella casi, señorita, pobre mía. —Calló y tomó la taza de té frío justo cuando Doreen se volvía para coger la suya. Le indicó con un gesto que continuara hablando mientras ella se llevaba la taza para enjuagarla en el fregadero. Flotaba un ambiente rancio en la cocina y lleno de humo, y el vapor del agua hirviendo contribuía a aumentar la incómoda sensación de humedad—.

El médico estaba allí, y también las enfermeras, y trataron de echarnos, pero nosotros no nos fuimos. ¿Cómo piensan que vas a irte cuando es tu propia hija la que está ahí tendida?

Maisie dio las gracias a Doreen con un susurro cuando puso las tazas de té recién hecho en la mesa y le indicó que se sentara dando unas palmaditas en el asiento. Ada permaneció sentada junto al fuego, acariciándose la abultada barriga en silencio.

Billy continuó.

—Fue como si estuviéramos horas allí esperando, pero eran... no recuerdo bien la hora, si le digo la verdad...

—Las once. Eran las once. Recuerdo que miré el reloj de la sala —lo interrumpió Doreen dando vueltas al té, pero en vez de beber, siguió removiendo.

—Pues a las once la enfermera vino a buscarnos y cuando nos llevó a la sala, el médico nos dijo que estaba en las últimas. Que ya no podían hacer nada más. —Se tapó la boca para ahogar el sollozo y cerró los ojos.

Permanecieron en silencio unos momentos y, de pronto, Doreen se enderezó en su silla.

—Estábamos allí, señorita Dobbs. Me dejaron tomarla en brazos antes de que se fuera. Creo que nunca podré olvidarlo, ¿sabe?, que nos dejaran entrar y tomarla en brazos, para que no se fuera sola. —Hizo una pausa y la miró—. Nos dijeron que seguro que no se enteró de nada al final. Que no tenía ningún dolor. ¿Cree usted que sí lo sabía, señorita Dobbs? Usted fue enfermera, ¿cree que sabía que habíamos ido a verla, que estábamos allí con ella?

Maisie le tomó las manos y miró primero a Billy y luego a su mujer.

—Sí, lo sabía. Sé que lo sabía. —Hizo una pausa buscando la forma de expresar lo que había aprendido a sentir, a saber, cuando se trataba de la muerte—. Antes, durante la guerra, solía pensar que cuando alguien moría, era como si se quitaran un grueso abrigo de paño que pesaba demasiado. El peso que aquellos hombres dejaban de soportar era el resultado de heridas causadas por armas, por proyectiles, por cosas horribles que los moribundos habían visto. El peso de Lizzie ha sido una enfermedad más fuerte que su cuerpo, y aunque los médicos han hecho todo lo que han podido para ayudarla a superar el ataque, la pelea ha sido demasiado para ella. —Se le quebró la voz—. Así que sí, creo que sabía que estabais allí, que habíais ido a abrazarla mientras se quitaba su pesado abrigo. Sabía que estabais a su lado. Y entonces su pequeño espíritu dejó de luchar y se marchó.

Doreen se giró hacia su marido, que estaba de rodillas a su lado. Se abrazaron y lloraron juntos. Maisie se levantó en silencio, indicó por señas a Ada que se marchaba y salió sin hacer ruido al pasillo en dirección a la entrada. Se volvió hacia Ada cuando esta le abrió la puerta y salió a la calle.

—Dígale a Billy que no vaya a trabajar hasta que esté preparado.

—Muy bien, señorita Dobbs.

—¿Ha encontrado trabajo su marido ya?

La mujer negó con la cabeza.

—No, cree que puede que le salga algo en los muelles a finales de semana. Pero con los sindicatos...

Maisie asintió con la cabeza.

—¿Cuándo será el entierro de Lizzie?

—Dentro de unos días, puede que más de una semana entre unas cosas y otras.

—Avísenme, por favor. Y si necesita cualquier cosa... —Maisie le entregó su tarjeta.

—Gracias, señorita. Ha sido usted muy buena con Billy y con nuestra Doreen. Tienen suerte de tener trabajo.

Maisie sonrió y se despidió. Se alejó del East End aferrándose con fuerza al volante, atenta a la carretera, le escocían los ojos. Pero en vez de dirigirse a Fitzroy Square, sintió la necesidad de ir hacia Embankment. Aparcó el coche y bajó hacia el río. Se apoyó en el muro y observó las aguas del Támesis, más grises aún al reflejarse en ellas las nubes. La niebla húmeda mezclada con el humo casi no se había levantado. Se subió el cuello del chubasquero y se recolocó la bufanda para cubrirse mejor. Cerró los ojos y pensó en Lizzie Beale; sintió su cabecita apoyada contra su hombro el día que Doreen fue a verla a la oficina el año anterior y la tuvo en brazos. Por aquel entonces, el motivo de preocupación de la mujer era Billy. Maisie se abrazó tratando de contener las lágrimas que sabía que estaban por llegar y se apartó del precipicio que la engulliría si volvía a sucumbir.

Se quedó un rato más mirando el agua y regresó al coche. Que Billy y Doreen hubieran buscado consuelo el uno en el otro era un alivio para su afligido corazón, y eso le hizo pensar en Emma y Piers Bassington-Hope. ¿Se habrían buscado mutuamente al enterarse de la muerte de su hijo? El carácter de un artista sugería capacidad de mostrar las emociones, y el hecho de que los dos lo fueran hacía suponer que habían compartido de buena gana las alegrías y las penas de tener una familia. Pero, en lo relativo al corazón, ¿y si estaban presos de la conducta que sus propios padres habían tenido hacia ellos y se ocultaban sus sentimientos más íntimos? ¿Habría sido por eso por lo que Emma se había desmoronado delante de ella el día que estuvo en su casa hasta el punto de buscar consuelo en los brazos de una absoluta desconocida? En caso de ser así, de que el matrimonio hubiera levantado un muro de silencio entre ambos en lo referente a la muerte de su hijo, el peso de la pérdida debía de resultarles insoportable, más aún cuando su hija había expresado sus dudas sobre las circunstancias de la muerte de su hermano.

Hundida en el sillón de su oficina, Maisie miró por la ventana el día frío y húmedo, y sintió que la invadía el agotamiento. Aún era pronto para saberlo. Sabía que, si Maurice estuviera con ella, la reñiría por retomar tan pronto el trabajo tras su recuperación. Se inclinó hacia delante para encender el fuego en la estufa de gas y sacó el diario de su viejo maletín negro. Lo hojeó mientras reflexionaba sobre la semana que había tenido. Georgina Bassington-Hope le estaba pagando una suma considerable por reunir las pruebas que sustentaran, o bien que su hermano había muerto de forma accidental por un error suyo, o que la muerte la había causado un tercero, y exponerlo todo en un informe. Sabiendo como sabía que el desenlace en pocos casos era una cuestión de blanco o negro, de culpable o no culpable, Maisie reconocía que era posible que la muerte del artista hubiera sido accidental, pero que el culpable fuera otro. Y que esa persona no dijera nada por miedo a las consecuencias. Aunque seguía existiendo la posibilidad de que se tratara de un asesinato premeditado, lo que inevitablemente la llevaba a preguntarse si el asesinato tenía alguna relación con el sórdido ambiente en el que había empezado a moverse Harry «siempre en los márgenes». O que hubiera sido un asesinato, pero que no hubiera tenido nada que ver con las actividades de Harry, sino con los contactos o con el trabajo de Nick.

El trabajo de Nick. Maisie reflexionó sobre el trabajo del pintor, desde sus inicios en la escuela de arte, pasando por Bélgica, hasta las representaciones gráficas de patriotismo en el trabajo de propaganda que había llevado a cabo para el Departamento de Información. El instinto le decía que en lo que a las pinturas de la guerra se refería había visto solo la punta del iceberg, y, por lo que le habían contado, Nick se había encargado de molestar a mucha gente con su arte desde que había regresado de Francia. ¿Era cierto que la estancia en Estados Unidos había sanado su espíritu? ¿Tenía razón Randolph Bradley en que el cuadro desaparecido ponía fin a la serie de las pinturas de la guerra? ¿Habría puesto en peligro alguna relación con esa decisión? Maisie sabía que cuando la gente cambiaba, cuando ocurría algo que empujaba a uno a tomar un camino diferente en la vida, los más cercanos se sentían abandonados, sentían que se habían quedado atrás. ¿Que no quisiera comprometer la integridad de su obra, tal como él lo veía, era motivo para matarlo?

Permaneció frente al fuego unos momentos más y al final se levantó con un suspiro y se acercó a la mesa, descolgó el teléfono y llamó al piso de Georgina para hablar con Duncan. Quiso la suerte que estuviera solo y que accediera a reunirse con ella en una hora. Estaba segura de que Duncan y Quentin se contarían lo que cada uno había hablado con ella, así que se tomó la libertad de preguntar dónde podría encontrar a Quentin; le indicaron el club Chelsea Arts, en el que probablemente estaría toda la tarde jugando al billar.

Al colgar se preguntó si Alex les habría contado que se había entrevistado con ella. Le inquietaba la facilidad con la que compartió sus secretos. ¿La estaría manipulando? Recordó la conversación que había tenido con los tres en la fiesta, la actitud callada de Duncan y a Quentin, mientras que Alex contaba anécdotas del pasado. Se le ocurrió que tal vez estuviera demasiado ansioso por desviar su atención hacia otros tiempos.

Giró la rueda para cerrar las salidas de gas de la estufa y revisó la oficina. Todo estaba en orden, todas las notas y los archivos en su sitio, nada fuera de lugar. Se quedó un momento de pie pensando en Billy y Doreen, la prisa en llevar a Lizzie al hospital, la fiebre que presagiaba lo que estaba por llegar y la angustia de perder a su pequeña. ¿Cómo sería volver a casa, tocar su ropa y tener que quemarlo todo por la enfermedad que la había matado?

Cerró y echó la llave de los dos cerrojos, y aún comprobó la manilla para asegurarse de que había cerrado bien. Recibió una bofetada de frío en las mejillas al salir a la plaza y cerró la puerta del portal con llave también. Cabía la posibilidad de que no volviera a la oficina hasta el día siguiente por la mañana y esperaba que Billy retomara el trabajo. Pensar en ello la llevó de vuelta al caso de Nick Bassington-Hope; miró la hora y se dirigió al MG, que había dejado aparcado a la vuelta, en Warren Street.

Si Maisie hubiera esperado un minuto más, habría visto a los dos hombres que cruzaron la plaza en dirección al edificio del que acababa de salir y abrir la cerradura con gran facilidad.

Y habría reconocido a uno de ellos, aunque desconociera su identidad.

Duncan Hawood abrió la puerta sin dar tiempo a Maisie a llamar siquiera. La primera vez que lo vio, le recordó a uno de esos animalillos que corretean de un lado para otro almacenando alimentos para el largo invierno. Iba vestido con meticulosidad: traje de *tweed* hecho a medida, aunque gastado, camisa y corbata limpias, y zapatos brillantes. ¿Se había arreglado para darle buena impresión? ¿Tendría un estilo más relajado, como Alex o como Nick? Aunque no se le había ocurrido antes, decidió que Nick era el líder del grupo.

—Señorita Dobbs, un placer volver a verla —dijo extendiendo la mano—. ¿Me permite el abrigo?

—Gracias por recibirme. Y no, no se preocupe por mi abrigo, sigo teniendo un poco de frío —respondió ella sonriendo mientras le estrechaba la mano y entraba en el piso. Se sentó en el mismo sitio que la otra vez, mientras que él se instalaba en el sofá chester igual que había hecho Alex Courtman.

—Entonces, ¿Alex y Georgina están fuera? —preguntó mientras se quitaba los guantes, que dejó encima de las rodillas, y se abría la bufanda.

—Sí. Alex ha ido a ver un estudio-salón-dormitorio para alquilar y Georgina estará con lord Bradley.

—¿Lord Bradley?

Duncan sonrió de superioridad.

—Es broma, señorita Dobbs. Le pusimos ese apodo Quentin, Alex y yo, y Nick, claro, cuando vivía. —Calló un momento, como si evaluara el sentido del humor de Maisie—. Después de todo, ese hombre se esfuerza por parecer británico hasta la médula, con sus trajes de paño para la ciudad, las prendas de *tweed* para ir a cazar, ¡y tendría que verlo a caballo! Pantalones de montar y chaqueta a medida, todo el equipo, y caza con perros con la sociedad de caza West Kent y, a veces, con la Old Surrey. Todo muy bien hasta que abre la boca.

A Maisie le pareció un esnob y le daban ganas de decírselo, pero en su lugar le preguntó:

—Querría saber si podría contarme algo más sobre su relación con Nick y sobre su vida en Dungeness, aunque ahora viva en Hythe y esté casado. —Sonrió—. Felicidades, por cierto.

—Gracias —respondió él, pero vacilaba de un modo que sugería que estaba calculando cómo responder—. Conozco a Nick desde antes de la guerra, como ya sabe, así que no voy a repetirme.

Ella inclinó la cabeza reconociendo que entendía la sutil referencia de su interlocutor de que sabía que estaba hablando con todos ellos, lo que le confirmaba que había pocos secretos entre los amigos. Pero «pocos» no eliminaba la posibilidad de que existiera alguna cosilla que no hubieran compartido, y Maisie sospechaba que tal vez Alex no les había contado todos los detalles de su último encuentro.

—Estaba muy unido a Nick, la verdad. Georgina era su confidente íntimo, pero hay cosas que un hombre no puede contarle a su hermana, ¿me entiende? —Era una pregunta retórica y continuó sin esperar—. Estábamos los dos en el mismo barco, francamente. No teníamos mucho dinero, queríamos paz y tranquilidad, y la costa tenía justo lo que necesitábamos, con el atractivo añadido de los vagones de tren baratos y la comunidad de artistas que se estaba reuniendo en Dungeness. La mayoría ya no viven allí, no todo el mundo puede soportar el clima y esa costa puede ser un lugar inhóspito. Nick iba y venía de Londres cuando empezó a tener éxito a un nivel con el que nosotros tres solo podíamos soñar, la verdad. Aunque el término «éxito» es un poco impreciso cuando se trata de un artista, señorita Dobbs. El éxito es tener dinero para comer, lienzos y pinturas, y algo de ropa que ponerte. Pero Nick lo estaba consiguiendo, estaba llegando al punto en el que ganaba grandes sumas de dinero.

—Pero yo creía que Randolph Bradley llevaba años comprándole cuadros.

—Así es, pero lord Bradley no es el único que sabe regatear. Yo creo que es algo que se lleva en la sangre. Svenson también saca una parte, y hay que pagar a muchos más cuando montas una exposición. Y es obvio que está al tanto de que Nick financiaba más o menos las actividades de su hermano.

—Sabía que lo ayudaba.

Él volvió a sonreír con malicia.

—¡Con esa clase de ayuda todo es fácil!

Se levantó con la intención de apoyarse en la repisa de la chimenea, pero al final se arrodilló y encendió los papeles, las astillas y el carbón que estaba preparado en la chimenea. El fuego no prendió de inmediato, de manera que, durante unos segundos, Duncan se centró en la lumbre. Maisie estaba mirándolo cuando se fijó en el viejo cajón de madera, con las letras negras aún visibles en uno de los tableros astillados. Leyó de forma mecánica lo que ponía: «Stein». Mientras Duncan encendía otra cerilla, Maisie observó la sala y se sintió atraída, como le ocurría últimamente, por los cuadros. Había uno nuevo de un paisaje en la pared justo encima del mueble bar, una obra moderna no muy de su gusto. Se preguntó una vez más lo que sería tener dinero suficiente para gastárselo en algo que no tenía una utilidad real.

La madera empezó a arder y, al alargar el brazo para agarrar el fuelle, Duncan se volvió hacia ella y continuó respondiendo a lo que le había preguntado.

—Vivir en Dungeness fue una aventura, pero yo llevaba un tiempo ya pensando en Hythe, y me pareció lógico mudarme a la zona de manera permanente cuando encontré la casa idónea.

—Debe de estar yéndole muy bien —comentó ella sabiendo que se estaba pasando al fisgonear en su situación financiera, aunque él no pareció darse cuenta.

—Hago trampas. Doy clases en dos escuelas y en la iglesia por las tardes. Es una buena cantidad. Y la familia de mi mujer nos ha ayudado con la casa.

—Qué suerte —comentó Maisie y casi sin pausa añadió—: Estaba con Nick y Alex la noche que él falleció, ¿verdad?

—Así es. Mire, señorita Dobbs, ya lo sabe, ¿por qué me lo pregunta? ¿Cree que tuve algo que ver con la muerte de Nick? Porque, si es así, pongamos todas las cartas sobre la mesa y dejémonos de tonterías. No tengo nada que ocultar y no voy a permitir que me acribille a preguntas de esta forma.

El estallido fue repentino y Maisie tuvo que admitir que estaba justificado. Su intención había sido presionarlo.

—¿Cree que lo asesinaron?

—Digámoslo de este modo: no era una persona descuidada por lo general y había planeado dónde debía ir hasta el último clavo. Aunque eso no responde a su pregunta. Estaba agotado, había estado trabajando sin descanso y quería que la inauguración fuera la mejor de todo Londres, que todo el mundo hablara de ella.

—¿Lo habría sido?

—Vi todo menos la pieza central y me pareció brillante. Pero Bradley se ha quedado con el grueso de la colección. Y todos sabemos que mataría por echarle el guante al tríptico, o lo que sea.

—¿Sabe usted lo que es?

—No.

—¿Estuvo trabajando en la pieza en Dungeness?

—Si lo hizo, yo nunca lo vi. ¿Nadie le ha dicho lo hermético que podía llegar a ser?

—¿Nick recibía visitas en el vagón?

El hombre se encogió de hombros.

—Yo no era su guardián, ¿sabe? Aunque todos vivíamos en el mismo sitio, creo que puedo contar con los dedos de una mano las veces que hemos estado juntos allí en el último año, así que me temo que no puedo darle información que necesita sobre sus compromisos sociales.

—¿Sabe si iba Harry a verlo? Y, si no lo vio nunca por allí, ¿mencionó Nick algo?

—Bajó unas cuantas veces.

—¿Cuándo fue la primera vez?

Duncan negó con la cabeza.

—No me acuerdo.

—¿Sabe si los amigos de Harry de Londres fueron a la costa?

—¿Y para qué iban a hacer tal cosa? Es un lugar muy incómodo para esa gente de clubes. Una gente extraña. Se pasan la noche en lugares sórdidos y ennegrecidos por el hollín, y luego vuelven a su entorno palaciego.

Sin apartar los ojos de él, Maisie continuó con su interrogatorio.

—¿Conoce el casco antiguo de Hastings?

—He estado allí. Anguilas en gelatina, buccinos, londinenses que van a pasar el día y esas casuchas de Bourne Street.

—¿Ha hablado alguna vez con los pescadores?

—¿Qué?

—¿Con los hermanos Draper por casualidad? —continuó presionando ella, pero a Duncan Hawood no le dio tiempo a disimular la sorpresa que se reflejó en sus ojos, abiertos como platos.

—No... No tengo ni idea de lo que habla.

Maisie calibró la tensión.

—Dígame todo lo que sepa sobre el mural que hay en el vagón de Nick.

Él volvió a encogerse de hombros.

—El *Doctor Syn*. Le encantaban los mitos y las leyendas de las marismas, las historias de contrabandistas, de los jinetes malditos, y, además, conoció a Thorndike, el autor.

—¿Y los hermanos Draper?

—¿Qué les pasa?

—Están en el mural.

El hombre volvió a encogerse de hombros.

—No tengo ni idea de lo que me habla.

—¿Ah, no?

—No.

Maisie hizo una pausa antes de volver a la carga.

—Hay algo que no entiendo —dijo inclinándose hacia delante—. En la fiesta de Georgina, cuando entró Oswald Mosley en la sala, la gente lo rodeó al instante, pero Alex, Quentin y usted se dieron la vuelta. Yo no me cuento entre sus seguidores, pero tengo curiosidad por saber la opinión que tiene usted de él.

El hombre no tardó en responder.

—Por Dios, ese hombre me revuelve las tripas. Las poses, la retórica, y esos imbéciles no son capaces de ver lo que hay detrás, igual que no ven lo que hay detrás de ese tirano alemán, *herr* Hitler. En mi opinión, están cortados por el mismo patrón, y deberíamos vigilarlos. No puedo creer que Georgina lo invitara o que crea que hará la mitad de lo que dice que va a hacer; ese hombre solo tiene sed de poder.

—Entiendo. Tiene una opinión clara al respecto.

—Tengo amigos en Heidelberg, Múnich y Dresde, y todos sin excepción piensan lo mismo de su líder. Debemos estar atentos, señorita Dobbs.

Ella sonrió.

—Le agradezco mucho su tiempo, señor Haywood, ha sido usted muy amable.

—Pero...

—¿Pero?

—Nada, es solo que pensé que querría preguntarme alguna otra cosa.

—En absoluto —dijo ella negando con la cabeza—. Solo pregunto cuando necesito respuestas, y usted ha sido de gran ayuda. Gracias.

Se cubrió el cuello con la bufanda de nuevo y se levantó. Extendió las manos hacia el fuego y se quedó un rato así antes de enfundarse los guantes.

—Será mejor que me vaya. Quiero llegar al Arts Club antes de que Quentin se marche.

Duncan se había levantado mientras Maisie aguardaba delante del fuego.

—Sí, claro.

Y sin añadir nada más la acompañó hasta la puerta y se despidió de ella. Maisie observó la silueta del hombre moviéndose a toda prisa hacia la mesa del teléfono mientras encendía el contacto del coche.

Ella no tenía ninguna prisa. Pasaría por el club por si acaso, aunque sabía bien que el hombre al que quería ver allí se habría marchado antes de que ella llegara. De hecho, sabía que, en ese preciso momento, Quentin estaría disculpándose con sus colegas por abandonarlos de ese modo en plena partida de billar. Que iría al ropero a buscar el abrigo y llamaría a un taxi nada más salir a la calle para que lo llevara a casa de su amante. Y que probablemente ordenaría con tono seco al taxista que no se entretuviera.

AL DOBLAR LA esquina para entrar en Fitzroy Square, le sorprendió ver a Sandra, una de las criadas de la mansión de Belgravia de los Compton, esperándola a la entrada.

—¿Qué haces aquí, Sandra?

Maisie siempre había tenido cuidado con la forma en que se dirigía al servicio que trabajaba en Ebury Place. El personal de la mansión había quedado reducido al mínimo y ninguno de los que trabajaban actualmente en ella estaban cuando Maisie trabajaba allí antes de la guerra, pero estaban al tanto. A fuerza de ensayo y error había forjado una relación, mezcla de respeto y cordialidad, con ellos, y Sandra era la más comunicativa, siempre dispuesta a charlar. Pero el hecho de que no sonriera le dijo que algo malo había pasado.

—¿Estás bien?

—Quería hablar un momento con usted, señorita. —La chica retorcía el asa de la bolsa de la compra que llevaba en la mano—. He pensado que a lo mejor puede ayudarme.

Maisie comprendió que tenía que haberle costado lo suyo ir a verla. Metió la llave en la cerradura, pero le sorprendió que la puerta cediera sin empujarla siquiera.

—Qué raro... —Y mirando a Sandra añadió—: Sube conmigo y cuéntame qué te ocurre. —Hizo un movimiento negativo con la cabeza distraídamente—. Algún otro inquilino ha debido de olvidar cerrar con llave.

Sandra miró a su alrededor.

—A lo mejor han sido los dos hombres que he visto salir de aquí mientras cruzaba Charlotte Street.

—A lo mejor han venido a ver al profesor que tiene el despacho encima del nuestro —comentó Maisie encogiéndose de hombros.

—No me ha parecido que fueran profesores.

—Bueno, no creo que sea nada —dijo Maisie moviendo la cabeza mientras trataba de sonreír—. Vamos, subamos al despacho y me lo cuentas. Es la primera vez que vienes por aquí, ¿no? Mi ayudante, ¿te acuerdas de Billy?, no está ahora mismo. Un asunto muy triste, pero... ¡Dios mío!

No le hizo falta meter la llave en la cerradura ni accionar la manilla, ni tampoco apoyarse en la puerta para entrar. Estaba abierta de par en par; habían forzado la cerradura. Alguien que no había mostrado el menor respeto por el fichero de notas ordenado a conciencia o los detallados expedientes que guardaban en el archivador situado junto a su mesa. Había papeles, cartas y fichas tirados por todas partes. Habían abierto los cajones, una silla se había caído y una taza de porcelana estaba rota, obra de quienquiera que hubiera entrado a la fuerza buscando... ¿qué?

—¡Atiza! —Sandra entró y se agachó mientras se desabrochaba el abrigo—. Enseguida se...

—¡No toques nada! —exclamó Maisie escudriñando la oficina—. Déjalo todo como está.

—¿No habría que llamar a la policía?

Maisie ya se le había pasado por la cabeza que lo mismo eran policías los dos hombres que había visto Sandra, dado el extraño comportamiento de Stratton últimamente y el hecho de que estuviera trabajando con ese otro hombre, Vance. Y decidió ocuparse ella misma del asunto.

—Creo que no voy a hacerlo —contestó negando con la cabeza. Suspiró mientras evaluaba la tarea que se le presentaba y se preguntaba cómo se las iba a arreglar para ordenar aquel desastre—. ¿Conoces a alguien que pueda instalar una cerradura nueva, Sandra? Alguien mañoso.

—Sí, claro. Justo de eso había venido a hablar con usted —contestó ella asintiendo con la cabeza.

—Lo siento, Sandra. Deja que me ocupe primero de esto y después...

—Quédese aquí, señorita. Volveré lo antes posible.

—¿Adónde vas?

—Bueno, Eric ya no trabaja en Ebury Place. Ahora está en el taller de Reg Martin. Eric puede arreglar cualquier cosa, es muy hábil, voy a buscarlo. Él le instalará la cerradura. —Se puso los guantes y apoyó la mano en el marco—. Yo en su lugar, señorita, cerraría la puerta y la atrancaría con la mesa hasta que vuelva. No tardaré.

Oyó la puerta del portal cuando Sandra salió. Pasó de puntillas entre los papeles que regaban el suelo hasta la mesa que usaban para el mapa del caso. Normalmente, lo guardaban bajo llave cuando salían del despacho, pero esa vez... esa vez se le había pasado y había dejado a la vista los progresos que habían hecho en el caso Bassington-Hope para retomarlo cuando volviera Billy al día siguiente. Y ahora el mapa había desaparecido.

14

MAISIE LLEGÓ A casa exhausta. Una vez dentro del piso vacío, se derrumbó en un sillón sin quitarse el abrigo siquiera. La muerte de Lizzie Beale le había afectado mucho y el robo en el despacho había sido la gota que había colmado el vaso. Se inclinó para encender la chimenea de gas y volvió a reclinarse en el sillón. Estaba muy triste por la pérdida de la niña y sabía que no era solo porque la muerte de un ser tan pequeño fuera siempre especialmente devastador —desde luego no era la única que se preguntaba qué imagen daba de un país, de un gobierno, el hecho de que se dejara morir a un niño porque sus padres no podían pagar al médico—, pero se acordó de la primera vez que había tenido en brazos a la niña. La forma en la que enterraba la carita contra su hombro, la mano regordeta aferrándose a un botón de su blusa le habían hecho sentirse vacía cuando se la quitaron de los brazos. Era la calidez y la cercanía de ese cuerpo lo que le había hecho darse cuenta de lo sola que se sentía, de cuánto anhelaba tener una conexión íntima con alguien.

Se deslizó hasta el suelo, apoyó la espalda en el asiento del sillón y extendió las manos hacia el fuego. Se sentía vulnerable, atacada. La imagen de la cerradura forzada se le dibujó en la mente; la madera astillada al sacar la puerta del marco y el suelo cubierto de papeles y fichas la inquietaba aún más. «¿Quién nos ha robado el mapa?» ¿Habrían sido los hombres que había visto con Harry Bassington-Hope? No podían haber sido ellos. ¿Se lo habrían llevado los intrusos como premio de consolación sin saber qué buscaban en realidad, movidos solo por el instinto?

¿Y si los había contratado Randolph Bradley esperando encontrar una pista sobre el paradero del tríptico? ¿Habrían sido Duncan y Quentin, a los que había puesto nerviosos? «Ocultan algo.»

¿Podría haber sido la misma persona que había asesinado a Nick? Sandra había dicho que había visto a dos hombres. ¿Serían ellos los que habían asesinado al artista? Se preguntó una vez más si los criminales con los que se relacionaba Harry podrían haber acabado con la vida de su hermano. Se frotó los ojos, se quitó el abrigo y alargó el brazo hacia atrás para dejarlo en el asiento del sillón. «Sandra.» No había llegado a enterarse por qué había acudido a ella. Distraída por el allanamiento de su oficina, había aceptado el ofrecimiento de ayuda de la joven sin preguntar nada más.

Para cuando la chica volvió con Eric, cargado con una caja de herramientas y una cerradura nueva, Maisie ya había recogido la oficina y empezado a archivar los papeles y las fichas. Eric no había tardado en arreglar la puerta y ella había vuelto a casa, muerta de cansancio. No había vuelto a pensar en el motivo de la visita de Sandra hasta ese momento, mirando los chorros de gas de la chimenea, aunque sí recordaba haberse fijado en que su antigua doncella iba del brazo de Eric camino del metro de Warren Street.

Aunque había comprobado varias veces la cerradura de la puerta delantera y trasera, y también las ventanas, Maisie no estaba tranquila y durmió muy mal. Le había gustado la idea de vivir en un bajo con una puerta trasera que daba a un jardín del tamaño de un sello de correos, pero en ese momento se preguntaba si no habría elegido mal teniendo en cuenta a lo que se dedicaba. Ella no había esperado que fuera a tener que relacionarse mucho con aquellos que pudieran querer hacerle daño, aunque tal vez el mero hecho de no haberlo esperado ponía de manifiesto que había sido una ingenua.

Maisie estaba a gatas en el suelo de la oficina a la mañana siguiente cuando oyó la puerta del portal cerrarse con el viento y las pisadas inconfundibles de Billy subiendo las escaleras. Se levantó a toda prisa justo cuando su ayudante entraba.

—¿Qué demonios ha...?

Maisie sonrió.

—Ya he hecho lo más gordo, pero aún nos queda tarea por delante —contestó sonriendo. Se acercó a él y le tocó el brazo con suavidad—. ¿Te encuentras bien para trabajar, Billy?

Billy asintió con la cabeza. Aparentaba sesenta años cuando en realidad rondaba la treintena.

—Tengo que ganarme el pan, señorita. —Calló mientras se quitaba el abrigo y lo colgaba en el perchero de detrás de la puerta, junto con la gorra y la bufanda. Llevaba una banda de crespón cosida en la parte superior de la manga en señal de luto—. Y francamente, entre unas cosas y otras, lo mejor para mí es esto. La hermana de Doreen se ha puesto de parto esta mañana, así que no había sitio para mí en casa, ni para Jim, que se ha ido otra vez a ver si encuentra trabajo. Total, que era mejor salir de allí. Mantiene ocupada a Doreen. Además, tienen que prepararlo todo para cuando les den el alta a los otros críos. Y la mujer que vive al final de la calle, la que se ocupa de los niños de toda la zona, estaba en la puerta cuando yo salía, no tengo prisa por volver.

—¿Qué tal lo lleva Doreen?

—Yo diría que se mantiene a flote, nada más. Es todo un poco raro, si le digo la verdad. Nosotros acabamos de perder a nuestra niñita y a la vez otro bebé está a punto de venir al mundo. ¿Y para qué? ¿Qué clase de vida le espera? No pensaba decir nada, de verdad, pero Doreen y yo hemos estado hablando y hemos tomado una decisión por nosotros y por nuestros chicos.

—¿Qué decisión?

—Hemos hecho planes —contestó él haciendo un movimiento negativo con la cabeza mientras se apoyaba en su mesa—. Aquí no tenemos nada, ¿o no? Mire mi casa, mírela. Yo tengo una

237

profesión, tengo trabajo con usted, ando por ahí investigando, voy tomando experiencia, y míreme, no puedo proteger a mis hijos. No, señorita, está decidido. Estamos ahorrando para emigrar.

—¿Emigrar?

—Un compañero del frente se fue a Canadá cuando acabó la guerra. Los canadienses que estaban allí se lo decían todo el tiempo. Tuvo que esperar a 1921 para poder comprar el billete. —Negó con la cabeza recordando a su amigo—. No era hombre de escribir, nada de eso, pero me mandaba alguna que otra postal, ya sabe, y dice que un hombre como yo, que no le tiene miedo al trabajo duro, puede ganarse bien la vida allí, puede dar a su familia una vida mejor. Creo que Doreen y yo podemos ir ahorrando, será más fácil cuando no tengamos esas bocas de más que alimentar, y después nos marcharemos. A Fred le va bien, tiene trabajo, vive en una bonita casa, y no todos apiñados como nosotros en el East End, con toda la inmundicia del río.

Maisie iba a decir algo sobre las decisiones precipitadas, sobre esperar a sobreponerse de la pérdida que habían sufrido antes de abandonar su hogar, pero se limitó a sonreír.

—Eres un buen padre, Billy. Harás lo que sea mejor. Y ahora, vamos. A menos que tengas pensado zarpar hacia Canadá esta tarde, será mejor que nos pongamos manos a la obra. Más tarde me voy a Dungeness, pero quiero dejarlo todo listo aquí antes. —Se giró hacia su mesa—. Ah, sí, estas son las llaves de la cerradura nueva.

Billy agarró al vuelo las llaves que le lanzó.

—¿Hemos perdido algo importante?

Maisie asintió con la cabeza.

—El mapa del caso.

Dos horas más tarde, Maisie y Billy habían ordenado todo y estaban sentados a la mesa de roble con un pliego impoluto de papel de revestimiento del que usaban los decoradores, disponiéndose a clavarlo a la madera.

—Borrón y cuenta nueva, Billy. A lo mejor encontramos conexiones o pistas que habíamos pasado por alto.

—Eso espero, señorita. Si no habremos tirado por el desagüe un montón de trabajo.

Maisie tomó un bolígrafo rojo y rodeó con un círculo el nombre de Nick Bassington-Hope.

—Quiero ir a ver a Arthur Levitt esta mañana, Billy, y también quiero que hables con tu amigo de Fleet Street esta tarde si puedes.

—Claro que sí.

—Muy bien, sigamos con esto...

Estuvieron con el mapa hasta las diez. Después lo enrollaron y lo sujetaron con un cordón. Echaron un vistazo a su alrededor.

—Como ya le he dicho, mi madre siempre decía lo mismo: el mejor sitio para esconder algo es a la vista de todos.

—Con las prisas eso fue lo que hice, ¡y mira lo que he conseguido! No, necesitamos un sitio más seguro, y no quiero llevármelo a casa.

—Tengo una idea —dijo él acercándose a la lumbre y sacó un poco la estufa de gas que estaba colocado delante del hogar de la chimenea original diseñada para acoger troncos y carbón—. Siempre que no aflojemos el conducto del gas de tanto mover la estufa hacia delante y hacia atrás, este podría ser un buen sitio. El viejo truco del hueco de la chimenea.

—A mí me parece un poco obvio, Billy, pero hasta que se nos ocurra algo mejor, tendrá que servir. Toma.

Billy lo metió detrás de la estufa, que volvió a colocar como estaba, y comprobó que no le hubiera pasado nada al conducto del gas.

Comprobaron varias veces que la cerradura estaba bien antes de abandonar la oficina satisfechos.

—Es irónico esto de verificar una y otra vez las cosas, ¿verdad?

—¿Qué quiere decir? —preguntó él subiéndose el cuello para protegerse del viento.

—Los hombres que entraron en la oficina ya tienen lo que querían. Y si no era eso, probarán en otra parte.

—Creo que va a tener que pedirle a ese Eric que le mire la cerradura de su piso.

—Lo haré. En cuanto vuelva de Dungeness.

Billy cerró la portezuela del coche con esa fuerza que ponía tan nerviosa a Maisie e hizo otro comentario.

—Pero usted sabe lo que necesita, una mujer sola en su situación, ¿verdad, señorita?

—¿A qué te refieres?

En otro momento, puede que Maisie le hubiera dicho que sabía cuidarse sola, pero teniendo en cuenta la delicada situación que estaba viviendo Billy, le dejó continuar.

—Un perrazo bien grande. Eso es lo que necesita. Un animal grande y peludo que la defienda de esos criminales.

Ella soltó una carcajada mientras ponía rumbo a Albemarle Street.

AL VER LA banda que llevaba Billy en el brazo, Arthur Levitt se quitó la gorra.

—¿Todo bien, hijo?

Billy apretó los labios y Maisie se fijó en lo difícil que le resultaba. Sabía que cada vez que mencionaba la pérdida, la angustia le estrangulaba el corazón como si fuera la primera vez.

—Hemos perdido a nuestra hija pequeña, señor Levitt —contestó él negando con la cabeza.

—Lo siento, hijo.

—No somos los primeros y no seremos los últimos. Mi madre perdió a cuatro hijos, dos de ellos menores de dos años. Uno creería que era cosa del pasado, ¿verdad? Pero hay que seguir. Hay que cuidar a los chicos y la hermana de mi mujer está a punto de traer otro niño al mundo, así que está distraída.

—Y cambiando de tema añadió—: Arthur, le presento a mi jefa, la señorita Dobbs.

Maisie avanzó un paso con el brazo extendido. Levitt enarcó una ceja, pero se comportó con educación.

—¿Qué puedo hacer por usted, señorita Dobbs?

—Señor Levitt, estoy llevando a cabo una investigación para la señorita Georgina Bassington-Hope sobre la muerte de su hermano. Ella piensa que algunos detalles sobre los acontecimientos que desembocaron en su muerte no están muy claros, de ahí mi interés en hablar con usted, de manera confidencial.

—No sé, señorita —dijo él mirando a su alrededor—. El señor Svenson no está aquí y estoy seguro de que no le gustaría.

—Ya he hablado con el señor Svenson. —No mentía, aunque era consciente de que su forma de decirlo sugería que el galerista le había dado permiso para hablar libremente con su conserje—. Y sé que la policía le tomó declaración sobre el hallazgo del cadáver, pero me gustaría hacerle algunas preguntas.

El hombre miró primero a Billy y luego a Maisie, y suspiró.

—Como quiera. No creo que haga daño a nadie y si ayuda a la señorita Bassington-Hope, bien está.

—¿Le caía bien el señor Bassington-Hope?

—Era muy agradable —dijo él asintiendo con la cabeza—. Siempre atento y respetuoso. No como otros, tipos insustanciales que van por ahí dándose aires. El señor Bassington-Hope tenía los pies en la tierra. No le importaba hacer el trabajo pesado, es más, prefería hacerlo; era muy protector con sus cuadros.

—Sí, lo entiendo —contestó Maisie mirando a Billy, que estaba tomando notas. Vio que le temblaban las manos y se preguntó si habría comido algo. Miró de nuevo a Levitt y continuó—: ¿Podría contarme todo lo que recuerde del día de la muerte?

El hombre guardó silencio un momento y miró con ojos entornados por la ventana del almacén del fondo.

—Llegó pronto. Vino en una camioneta.

—¿Y era extraño que lo hiciera?

El conserje asintió con la cabeza.

—Solía venir en su moto, la tenía impecable siempre. Era una Scott, el modelo Ardilla Voladora. Él y el señor Courtman, seguro que lo conoce, se pasaban el día bromeando sobre qué moto era mejor, la Scott de uno o la Brough del otro.

—Muy bonita, seguro —masculló Billy levantando la cabeza.

Levitt se percató de su sarcasmo, pero continuó.

—No vino en moto aquel día porque tenía que cargar muchas cosas, entre las herramientas y todo eso, por eso lo hizo en una camioneta vieja que le habían prestado.

—Entiendo. Siga —lo animó Maisie.

—Yo llegué antes de las siete, y creo que él apareció hacia las ocho. Hubo que descargar un montón de cosas. Había pasado por casa de su hermana a recoger al señor Haywood y el señor Courtman los seguía en la moto.

—Creía que el señor Bassington-Hope había dormido también en casa de su hermana la víspera —comentó Maisie mirando el suelo más que a Billy o a Levitt.

—Así es, pero parece que salió antes para pasar por el depósito que tenía a cargar la camioneta antes de venir. Pensaba volver después a recoger la pieza final, el tríptico como dice todo el mundo.

—¿Qué hizo aquel día?

—Estuvieron todos aquí y montaron casi toda la exposición, algo sencillo, hasta cierto punto. Creo que habría sido una buena muestra, aunque no había nada para comprar, ya que el señor Bradley se había hecho con la colección.

—Eso tengo entendido. Hábleme del andamio y de lo que sucedió a continuación.

—Después de colgar los cuadros que habían traído en la camioneta, el señor Bassington-Hope regresó al depósito a por más pinturas y los otros dos salieron a comer algo. El señor Courtman le preguntó si necesitaba ayuda, pero él dijo que no. Siguieron con los preparativos y luego llegaron los tableros para el andamio, y se pasaron el resto del día con eso.

—¿Vino alguien más?

—Pues sí. Su familia pasó por aquí y, como siempre, el señor Svenson se puso nervioso y empezó a dar órdenes a todo el mundo. Aunque con el señor Bassington-Hope se andaba con más cuidado. A veces podía ser muy suyo, ya sabe, se ponía quisquilloso cuando le ordenaban que hiciera algo que no quería, y no le daba miedo reconvenir al señor Svenson. Una vez, lo vi hacerlo delante de otras personas, que eso ya me parece demasiado. Entre usted y yo, el señor Svenson se sintió abochornado y se puso furioso, si le digo la verdad. Aquella vez pensé para mí que un día iba a pasarse con él. El señor Bassington-Hope no se arredraba ante nada. Era un poco como su hermano en eso. Y como sus hermanas, ya puestos.

—¿Conoce a su hermano?

—Llevo años aquí, señorita. He visto todos los cuadros de la familia en un sentido u otro. La madre tiene mucho talento. Creo que la hermana mayor es la única que no usaría un pincel ni aunque le fuera la vida en ello. —Se rascó la cabeza al recordar que le había preguntado por Harry—. En cuanto al hermano, lo vi un par de veces, cuando el señor Bassington-Hope estaba aquí por alguna exposición o tenía alguna obra expuesta. —Apretó los labios como valorando cuánto podía desvelar—. Lo que tiene que recordar, señorita Dobbs, es que el señor Svenson es quien administra el dinero, así que si el joven quería que su hermano le diera dinero, la forma de conseguirlo era presentarse en su banco, ¿me explico?

—De maravilla —contestó ella asintiendo con la cabeza—. Háblenos del andamio y de lo que hicieron después.

—Meticuloso, diría yo. El señor Bassington-Hope era muy cuidadoso con las medidas y al comprobar cuánto aguantaba el caballete. Sabía que, en cuanto lo levantaran, se quedaría aquí solo trabajando y colocando las obras. Me dijo que lo último que quería era romperse el brazo con el que pintaba. Pero ojo —dijo mirándola para asegurarse de que estaba atenta—, también sabía que el andamio era temporal, que lo más probable era que solo volvieran a usarlo para descolgar los cuadros, por lo que no era como los que se hacen para construir una casa. No se podía saltar encima cargado de ladrillos ni nada de eso, pero era lo bastante fuerte para lo que lo necesitaba, y contaba con una barandilla en la parte de atrás para inclinarse por encima, suavemente, claro está, a comprobar los anclajes y las pinturas.

—¿Cuándo se fueron todos los demás?

—Tuvieron la bronca esa a primera hora de la tarde, seguro que ya se lo han contado. El señor Bradley estaba fuera de sus casillas porque el señor Bassington-Hope no quería vender la pieza principal de la colección. Y luego se fueron. Y los hombres estuvieron trabajando hasta las ocho diría yo.

—¿Y sabe a qué hora pretendía ir el señor Bassington-Hope a recoger la pieza principal?

—Yo suelo marcharme a las nueve, solo me quedé un poco más, pero el señor Bassington-Hope me dijo que ya se encargaba él de cerrar y que podía irme a casa, porque el día siguiente iba a ser largo. Le pregunté si estaba seguro de que podía cargar él solo con todas las piezas por las escaleras y eso...

—¿Cargar con las piezas por las escaleras?

—¿Las ve? —Señaló las escaleras que había a ambos lados del almacén y el pasillo en forma de tubo en el centro que unía con la sala principal de la galería—. Dan a los dos pasillos largos y abiertos. Hay una puerta a cada lado. Tendría que subir las piezas por las escaleras y levantarlas para pasarlas por encima de la barandilla hasta el andamio. Y después saltar por él o trepar desde abajo, aunque esa sería la parte más fácil. Y quería que la puerta de abajo estuviera cerrada para que no lo molestara nadie.

—¿A qué hora dice que se marcharon Haywood y Courtman?

—Creo que sobre las ocho. Courtman tenía prisa porque lo estaba esperando una dama no sé dónde y Haywood le pidió que lo llevara en la moto.

—¿Y no vino nadie más entre las ocho y la hora a la que se fue usted?

—El señor Svenson, pero volvió a marcharse antes que yo. Estaba muy nervioso, pero se le da muy bien tratar a sus clientes. Trabajar con el temperamento de cada uno, creo que diría usted. Y confiaba en el señor Bassington-Hope.

—¿Podría haber entrado alguien en la galería?

—La puerta de abajo estaba cerrada con llave, seguro, pero la de arriba no. Aunque era normal con tanto trasiego.

—¿Había metido la camioneta dentro?

—Estaba en la calle. Y no había ido a recoger las obras principales. Lo único que se me ocurre es que se había retrasado un poco, aunque a lo mejor quería llevarlas en el último momento por eso del secretismo.

Maisie caminaba de un lado para otro.

—Señor Levitt, cuénteme lo que recuerda de la mañana que encontró el cadáver.

—Era bastante antes de las siete y esperaba encontrarlo aquí para que nadie viera la colección antes de la inauguración. La camioneta estaba en la calle y la puerta de fuera estaba cerrada con llave, así que pensé que estaba dentro. Puse agua a hervir para el té —señaló un pequeño hornillo de gas—, y bajé por el pasillo hasta aquí. La puerta estaba cerrada con llave por dentro. Llamé a la puerta para avisarle de que era yo, pero no respondió. Así que subí por si no hubiera echado la llave de la puerta de arriba, y así era. Pero cuando la abrí y me asomé, lo vi. El andamio había cedido y el pobre hombre había perdido el equilibrio y se había caído de espaldas. —El hombre se tragó un sollozo. Maisie y Billy guardaron silencio y esperaron a que se calmara para que pudiera continuar—. Bajé las escaleras todo lo rápido que pude. Estaba frío. Vi que se había roto el cuello. Abrí la puerta de atrás, la llave estaba en la cerradura como yo pensaba, y entré corriendo en el despacho del señor Svenson, que está en el pasillo de fuera, porque tengo llave, y llamé a la policía. Fue entonces cuando vino el inspector Stratton.

Maisie se aclaró la garganta y preguntó:

—¿Sabe qué pasó con la camioneta?

—El tipo que se la había prestado descubrió lo que había pasado y pidió a la Policía que se la devolviera. Se la dieron uno o dos días después, pero no había más que unas pocas herramientas dentro.

—¿Alguna llave o juego de llaves? El señor Bassington-Hope debía de tener una de su depósito.

El hombre negó con la cabeza.

—Será mejor que le pregunte a la señorita Bassington-Hope, pero, sinceramente, no sé si había algo.

—¿Por qué dice eso?

—Pues yo estaba allí, hablando con el inspector Stratton mientras los otros policías revolvían entre las pertenencias del señor Bassington-Hope, ya sabe, registrando el cadáver. Y no encontraron ninguna llave, porque yo los habría oído. Estaba atento a ver si decían algo. Soy conserje, señorita. Cualquiera diría que soy como un carcelero jefe, que tengo llave de todo. Pero aparte de la llave de la camioneta, que el señor Bassington-Hope había dejado encima de aquella repisa, no se encontró ninguna otra, ni aquella mañana ni desde entonces.

—¿Y le parece extraño?

El hombre suspiró antes de contestar.

—Si le digo la verdad, señorita Dobbs, y no le he contado nada a nadie, a mí todo me pareció bastante extraño, como que algo no encajaba. Pero le repito que, si hubiera estado allí, usted también habría pensado que fue un accidente.

—¿Eso cree, señor Levitt? —preguntó ella inclinando la cabeza.

MAISIE Y BILLY hicieron una parada rápida para comer una buena porción de pastel de anguila con puré de patatas cubierto con salsa de perejil que devolvió el color a las mejillas hundidas de Billy. De pie en la acera antes de marcharse cada uno por su lado, le aseguró que estaba bien para seguir trabajando.

Nada más llegar a la oficina, Maisie se puso al día con el trabajo atrasado. Tenía que preparar facturas y planificar la semana siguiente. También tenía que ocuparse del correo, y le agradó ver que habían llegado dos cartas en las que solicitaban sus servicios.

Aún tenía media hora antes de salir para Dungeness y se acercó a la mesa, pero no sacó el mapa del caso de su escondite. Se sentó y se puso a garabatear con un bolígrafo en una ficha en blanco. Pensaba, basándose más en el mural de Nick que otra cosa, que en Dungeness estaba ocurriendo algo turbio y que él estaba al corriente. Pero ¿hasta qué punto estaba implicado? Sentía que Haywood y Trayner ocultaban algo, pero Courtman parecía encontrarse un poco al margen del grupo, probablemente no formara parte del círculo más íntimo.

«¿Harry Bassington-Hope? —El músico diletante se le dibujó en la mente—. Él estaba al corriente de lo que ocurría.» Pero, en su opinión, Harry estaba atrapado en una red que él mismo había creado. Maisie conocía a los tipos como él, los había visto antes. Sus propios actos lo habían empujado por una pendiente resbaladiza y sabía que arrastraría a los demás con él, ya fuera un amigo, un hermano o una hermana, sin detenerse. Era adicto a los vaivenes del juego, a la embriagadora euforia de la combinación de riesgo y azar, y los que sabían que podían sacar provecho de su debilidad no habían vacilado en hacerlo. «Pero ¿cómo lo hicieron? —Negó con la cabeza y hundió los dedos en el pelo—. No era solo el dinero de la familia lo que querían. —Se echó el pelo hacia atrás y se acercó a la ventana—. ¿Qué obtenía Harry de su hermano que le interesara a alguien más? —Tocó la condensación que se había formado en el vidrio y observó el reguero de agua que resbaló hasta el marco de madera—. ¿Y Nick había muerto por ello?»

Se volvió para recoger sus cosas y prepararse para el viaje. Siempre había recurrido a Maurice en momentos como aquel, antes de internarse en la oscuridad. Se fiaba de su consejo en ese punto del caso en el que también ella se arriesgaba al dejar tanto en manos de la suerte. «¿Soy yo también adicta a la euforia que me brinda mi trabajo a veces?» ¿Era la perspectiva de renunciar a esa exaltación lo que había alimentado la insatisfacción en su noviazgo con Andrew Dene? Se cubrió la boca con la mano. Siempre se había dicho a sí misma que se dedicaba a lo que se dedicaba porque quería ayudar a las personas. No en vano, Maurice le dijo en una ocasión que la pregunta más importante que podía hacerse un individuo era: «¿Cómo puedo ayudar?». Si la respuesta a esa pregunta hubiera sido sincera, está claro que habría seguido su vocación de enfermera y habría ayudado tal vez a niños como Lizzie Beale. Pero ese trabajo no había sido suficiente. Habría echado de menos el entusiasmo, la euforia —porque en realidad era eso—, de embarcarse en la tarea de recoger las pistas que sustentaban un caso.

¿Podía negar acaso el borboteo de la expectación en su interior la otra noche en el club, mientras esperaba atenta a Harry? La piel erizada cuando vio al hombre de la barra abandonar el local, puede que para seguir a Svenson y Bradley. Y la misma excitación creciente mientras interrogaba a Arthur Levitt en la galería. O la otra noche al llegar a la fiesta de Georgina: la compulsión de esperar, observar, estar alerta por si descubría algo que pudiera haber estado oculto. Le ocurría lo mismo a Georgina, aunque, en su caso, el deseo apremiante de buscar aventuras quedaba plasmado en el tejido de realidades que exponía en sus historias. Y tenía una relación con un hombre casado. «Ahí está el riesgo.» Y lo mismo con Nick. ¿Acaso no pisaba también él terreno peligroso con su trabajo? ¿No se arriesgaba a perder a sus defensores?

«La verdad.» ¿Acaso no era ese el motivo por el que había aceptado el caso? Ese estremecimiento que tan bien conocía cuando Georgina dijo «tengo una sensación aquí» y se puso la mano en el corazón. Y, pese a no conocer de nada a aquella mujer, su relato la había atraído. Se había acercado a ella y le había puesto la mano en el hombro mientras una vocecilla en su interior le decía: «Sí, esto lo entiendo». Era la euforia y la búsqueda lo que la empujaba a correr riesgos. «La búsqueda de la verdad.» Pero ¿y si se equivocaba? ¿Y si todas las supuestas pistas no eran más que simples conexiones casuales? El hermano rebelde, el mecenas adinerado, los amigos que parecían ocultar algo. ¿Acaso no ocultaba algo todo el mundo? Suspiró consciente de que sus pensamientos la habían llevado por un camino que no tenía ganas de seguir, el camino de la duda. Ella era perfectamente consciente de su obsesión por el trabajo, pero no había sido sincera con aquellos que merecían mucho más, como Andrew Dene.

Casi por instinto, alargó el brazo hacia el teléfono, pero lo apartó enseguida. No iba a llamar a Maurice. Se había independizado de él. Ahora llevaba ella sola su negocio, no necesitaba su consejo, su voz, su opinión sobre sus razonamientos antes de hacer algo.

Tras comprobar que tenía todo lo que necesitaba, se puso el abrigo, el sombrero y los guantes, y cogió el maletín y el bolso de colgar al hombro. Tenía ya la mano en la manilla de metal cuando sonó el teléfono. Estaba a punto de salir sin hacer caso, pero en el último minuto pensó que lo mismo era Billy que necesitaba hablar con ella antes de que se fuera a Dungeness y se volvió para contestar.

—Fitzroy...

—Maisie.

—Maurice. —Cerró los ojos y suspiró—. Pensé que a lo mejor eras tú.

—¿Salías de la oficina?

—Sí. Voy a Dungeness.

Se produjo una pausa.

—Noto que estás en ese punto de la investigación en el que debes correr el riesgo. ¿Estoy en lo cierto?

Maisie cerró los ojos y suspiró de nuevo.

—Sí, Maurice, como siempre.

—Y detecto un punto de impaciencia, Maisie.

—No, en absoluto. Es que ya salía, estoy muy ocupada.

Nueva pausa.

—Entiendo. Entonces no te entretengo. Ten cuidado, recuerda todo lo que has aprendido.

Ella asintió con la cabeza.

—Claro. Hablamos pronto, Maurice.

El clic del auricular al tocar la horquilla pareció resonar en las paredes; la breve irreversibilidad de la conversación reverberaba en el silencio. Maisie permaneció unos segundos junto a su mesa, lamentándose por no haber sido un poco más amable. Y abandonó la oficina tras comprobar dos veces que la puerta quedaba bien cerrada.

Estaba a punto de meterse en el coche cuando vio que Billy llegaba acorriendo por Warren Street.

—¡Señorita! ¡Espere un momento! ¡Señorita!

Maisie sonrió.

—Cuánta energía, Billy. ¿Qué ha pasado?

—No es nada malo, señorita, pero se me ha ocurrido algo. ¿Cómo es eso que dice usted siempre? Ah, sí, algo me ha llamado la atención.

—¿Y?

Billy tomó aire y se llevó la mano al pecho.

—Caray, creía que no la alcanzaba. Deme un minuto, por favor. —Tosió y aún con la respiración agitada miró a su alrededor—. Bien, esto es lo que me ha dicho mi colega de Fleet Street. Nada sobre Harry B-H, nada sobre Nick ni sobre las hermanas. Todo limpio en general, sin novedad por ese lado. Así que le he preguntado: «¿Y qué más andan diciendo por ahí, colega?». Y va él y me dice que lo único que ha oído, aunque no es mucho, es que se sospecha que los tipos con los que anda Harry se han metido en el negocio de la minería.

—¿Minería? ¿Qué demonios quieres decir?

—Es una forma de hablar, señorita —contestó él sonriendo—. A ver, ¿qué cree que puede querer decir?

—¿Carbón?

—Caliente, caliente. Resulta que mi colega va tras la pista de que andan metidos en el negocio de los diamantes, el tráfico de piedras.

—Pero ¿esos criminales no están siempre metidos en cualquier cosa que se pueda robar?

—No se refiere a ladrones que roban a una dama sus joyas; hablamos de diamantes en bruto, los traen de no sé dónde y los venden aquí.

Maisie guardó silencio un momento.

—Sí, sí, muy interesante, Billy. No sé muy bien qué relación podría tener con Harry y con el caso, pero...

—¿Qué?

—Estaba pensando. ¿Algo más?

—No, nada más —contestó él negando con la cabeza—. Mi colega dice que está atento a lo que se cuece en el continente, dice que es lo que tiene más interés ahora mismo, pero eso no afecta a la familia B-H.

Maisie se metió en el coche y bajó la ventanilla mientras encendía el contacto.

—¿Y qué está ocurriendo en el continente?

—Pues mi colega dice que lo de siempre. Entran a robar en casas de ricos y les birlan las reliquias de la familia, esas cosas.

—Buen trabajo, Billy. Pensaré en ello por el camino. Defiende el fuerte hasta mañana por la tarde, ¿de acuerdo?

—Por supuesto, señorita. Confíe en mí.

Maisie lo miró a los ojos azul grisáceo casi sin vida y sonrió.

—Lo hago, Billy. Cuídate, por favor, y cuida de tu familia.

15

Maisie decidió de repente que aún podía retrasar el viaje a Dungeness una o dos horas; lo último que quería era llegar demasiado pronto. Además, gran parte de su plan se basaba en una suposición. No tenía ninguna prueba sólida de que esa noche, al amparo de la oscuridad, fuera a averiguar si sus sospechas sobre las actividades de algunos habitantes del pequeño pueblo costero estaban bien fundadas. Lo único que tenía en realidad era un relato sobre hazañas pasadas, un colorido mural en un antiguo vagón de tren y la historia de un lugar desolado, solo hilos sueltos que no formaban una madeja. Pero sí podría confirmar uno o dos datos, que sin duda podrían indicar que el momento perfecto para ir a Dungeness era ese día, sobre todo porque esa noche no habría luna.

Aparcó delante del piso de Georgina y se miró en el espejo antes de acercarse a la puerta. Llamó al timbre y el ama de llaves abrió al momento, sonriendo al reconocerla.

—Señorita Dobbs. Le diré a la señorita Bassington-Hope que está usted aquí —dijo mientras la acompañaba a la sala.

—Se lo agradezco —dijo ella quitándose los guantes y la bufanda. Esperó sin sentarse.

—Maisie, qué sorpresa. ¿Alguna noticia?

Georgina entró en la sala al cabo de unos minutos. Llevaba el pelo recogido en un moño suelto que dejaba a la vista la piel clara, las pecas casi juveniles en la nariz y unas marcadas ojeras.

—No, pero quería hacerte unas preguntas, si no te importa. Me gustaría confirmar que he entendido bien ciertos acontecimientos que desembocaron en la muerte de tu hermano.

—Claro, claro.

Extendió el brazo indicándole el sofá y Maisie se fijó en la mancha circular de tinta en la articulación superior del dedo medio de la mano derecha.

—Veo que has estado escribiendo, Georgina. ¿Te pillo en mal momento?

La mujer negó con la cabeza.

—Ojalá pudiera decir que sí. De hecho, agradezco la interrupción, si te soy sincera. Me ahorras el mal rato de pasarme lo que queda de día delante de una página en blanco.

—¿Página en blanco?

Georgina suspiró al tiempo y movió la cabeza con gesto negativo.

—No me vienen las palabras que respondan a la llamada de escribir. Normalmente suelo escribir a máquina, pero pensé que a lo mejor se encendía la mecha de la inspiración si volvía a usar la pluma.

—¿Quieres escribir sobre algo en particular?

Ella negó con la cabeza de nuevo.

—Me han encargado un artículo sobre Oswald Mosley para una revista estadounidense, pero no consigo empezar.

—Puede que el problema sea el tema y no tu capacidad para escribir.

—No creo. Ese hombre enciende pasiones allá donde va. No entiendo por qué no me sale nada. No soy capaz de describir la honradez, la integridad de su misión.

—¿Tal vez sea porque dichas cualidades no existen en realidad? —sugirió Maisie con una sonrisa.

—¿Qué quieres decir? —preguntó la otra irguiéndose en el asiento. La espalda curvada hasta ese momento por el peso de la obligación se le enderezó de pura indignación—. Es un...

—Solo era una sugerencia. ¿Habías tenido alguna vez ese problema con tu trabajo?

—No —respondió ella colocándose un mechón de pelo detrás de la oreja y a continuación se inclinó hacia delante y apoyó los codos en las rodillas—. Perdona, es mentira. En honor a la verdad he de decir que, aunque me ha ido bastante bien, sobre todo con la publicación de mis artículos sobre la guerra reunidos en un volumen, no he vuelto a estar inspirada desde la Conferencia de Paz de 1919. —Negó con la cabeza, se dio una breve palmada en las rodillas y se levantó. Se acercó a la chimenea de brazos cruzados y agarró el atizador para remover las ascuas y avivar las llamas—. Creo que necesito una guerra sobre la que escribir, la verdad. Debería irme del país a buscar una.

Maisie sonrió, aunque no era una sonrisa de alegría, sino un gesto cuyo origen se hallaba en un sentimiento más parecido al que había expresado Billy nada más conocerla. Su resentimiento crecía, pero tenía presente que, aunque la conocía un poco mejor, seguía siendo su clienta.

—Como te decía antes, me gustaría hacerte unas preguntas. En primer lugar, ¿están aquí todavía los amigos de Nick?

—No, Duncan se ha marchado esta mañana. Que yo sepa, Quentin y él han ido a Dungeness, tal como tenían planeado. Tenían cosas que cerrar allí. —Hizo una pausa y la miró—. Pensé que querías volver esta semana.

—Sí, es cierto —contestó ella sin dar más explicaciones—. Han pasado aquí más de una semana, ¿no?

Georgina atizó el fuego una vez más y colgó el atizador en su sitio junto al cubo del carbón—. Sí, creo que llevaban aquí un día más o menos cuando viniste. Recuerdo que fue una pena que no coincidieras con ellos. Se te han escapado por poco.

—Sí —dijo ella pensativa. «Tengo razón. Hoy es el día.»—. ¿Puedo preguntarte algo personal?

La mujer se mostraba cautelosa; la barbilla algo elevada delataba una reticencia que probablemente no quería que se le notara.

—¿Algo personal?

—En primer lugar, ¿por qué no me hablaste de la discusión que mantuvieron el señor Bradley y Nick en la galería la tarde antes de su muerte?

—Yo... Yo... Se me olvidó. No fue muy agradable, así que preferí olvidarla, si te digo la verdad.

—¿Puede que tuviera algo que ver con la relación que mantienes con el señor Bradley? —siguió presionando Maisie.

Georgina carraspeó y Maisie se fijó en que volvía a empujarse las cutículas de la mano izquierda y luego de la derecha mientras hablaba.

—No existía «relación» como dices por entonces.

—Existía la atracción.

—Por... por supuesto. Quiero decir que siempre me había llevado bien con Randolph, el señor Bradley. Pero no éramos íntimos cuando murió Nick.

—¿Y qué me dices de Nick y tú? Ya te lo he preguntado antes. Sin embargo, tengo entendido que regresaste a la galería después de la pelea de aquella tarde, en la que, por supuesto, te pusiste del lado de Nick. Entiendo que apoyabas su negativa a vender el tríptico.

—Sí, apoyé su decisión. Siempre nos hemos apoyado el uno al otro.

—¿Y por qué regresaste?

—¿Cómo sab...? —Suspiró y dejó caer las manos, una dentro de la otra, en el regazo—. No debería preguntar, ¿verdad? Al fin y al cabo te pago para que hagas preguntas. —Tragó saliva, tosió y continuó—. Volví para hablar con Nick. Nos fuimos enfadados y no quería dejar así las cosas. Quería explicárselo.

—¿Qué querías explicarle?

—Él sabía que Randolph y yo nos atraíamos y no le gustaba. Randolph era su mayor admirador y Nick no quería complicaciones. También dejó bien clara su desaprobación. Y tiene gracia que lo dijera precisamente él, teniendo en cuenta sus deslices.

Maisie no dijo nada.

—Tuvo una aventura con la que ahora es la mujer de Duncan —continuó ella—, y también tuvo una relación con una mujer casada hace años, así que no era tan puro como te haya hecho creer Emsy. Mi padre sí sabía cómo era Nick y se lo reprochó en más de una ocasión.

—¿En serio?

—Sí. Pero de eso hace mucho —dijo quitándole importancia con un gesto de la mano—. Fui a ver a Nick para hacer las paces y decirle que estaba de su lado, pero que quería que me aceptara como era.

—¿Y no lo hizo?

—No aceptó lo de Randolph, no. Ya habíamos discutido sobre ello antes. —Guardó silencio un momento y la miró de frente—. Mi hermano podía ser muy terco cuando quería, Maisie. Por un lado era el hermano simpático, y por otro un hombre con el código moral de un cura y capaz de unas acciones más propias de Harry.

—Entiendo.

—Y nunca olvidaba. A veces las cosas que guardaba en la memoria se reflejaban en sus cuadros. Así que ya puedes imaginar cómo me sentí. Imaginé un mural con unos amantes desafortunados con el rostro de Randolph y el mío. Discutimos por la mañana y también la noche que murió, y me fui sin despedirme, sin pedirle perdón, sin... nada.

Se echó a llorar.

Maisie no dijo nada, sino que esperó a que se desahogara antes de continuar.

—¿Y no crees que la discusión pudiera desestabilizarlo hasta el punto de que calculara mal y tropezara?

—¡En absoluto! Nick no dejaba que nada se interpusiera en su camino cuando decidía hacer algo. De hecho, es probable que su reacción fuera tan dura porque solo tenía una cosa en la cabeza: exponer el tríptico.

Maisie alcanzó la bufanda, que había dejado a su lado en el sofá.

—Lo entiendo —dijo mientras se levantaba y recogía los guantes y el bolso. Ya se marchaba cuando se volvió hacia Georgina—. ¿Y no viste a nadie más cuando te marchaste de la galería aquella noche?

—Stig volvió. Lo vi entrar en Albemarle Street cuando yo salía de la galería. Francamente, no quería ni verlo y tuve la suerte de que un taxi pasaba por allí en ese momento.

—¿Sobre qué hora sería? ¿Se había ido ya el señor Levitt?

—Sí, ya se había ido. —Cerró los ojos intentando hacer memoria—. De hecho, sé que se había ido porque tuve que golpear bien fuerte la puerta delantera para que Nick me abriera. La trasera estaba cerrada con llave.

—¿Y saliste por la puerta delantera?

—Sí.

—¿Sabes si Nick echó la llave cuando te fuiste?

—Pues no, no lo sé —dijo y se mordió el labio—. Mira, me dijo que lo dejara en paz, que lo único que quería era seguir con su trabajo. Yo casi no podía dirigirle la palabra. No era propio de nosotros reñir de esa forma.

Maisie suspiró y tras una breve pausa continuó preguntando.

—¿Por qué no me contaste lo de tu aventura con Bradley? Tendrías que haber supuesto lo importante que podía ser esa información.

Georgina se encogió de hombros.

—Tener una aventura con un hombre casado no es algo de lo que sentirse orgullosa, la verdad.

Maisie asintió pensativamente y se acercó al cuadro que colgaba sobre el mueble bar.

—Este es nuevo, ¿verdad?

Georgina levantó la vista distraía.

—Ah, sí.

—¿De Svenson?

—No, se lo estoy cuidando a un amigo.

—Qué suerte tenerlo por un tiempo.

—Sí —dijo ella asintiendo con la cabeza—. Aunque espero que no sea mucho.

Maisie se percató de la actitud melancólica de su clienta, una mezcla de arrepentimiento y tristeza que parecía llevar consigo el hecho de tener en su poder aquella pieza. Continuó mirando el cuadro y, de pronto, una pieza del rompecabezas que era la vida de Nick Bassington-Hope se colocó en su lugar. Solo esperaba que fuera el lugar correcto.

No le preguntó nada más a Georgina. Por el momento parecía satisfecha con sus respuestas. Sin embargo, le produjo desazón enterarse de que la puerta de la entrada a la galería no estaba cerrada con llave.

Georgina la acompañó a la salida, tras indicárselo así al ama de llaves, y de pie en el umbral, Maisie decidió dar una oportunidad a la que fuera una periodista de renombre.

—Georgina, antes has dicho que necesitabas una guerra para recuperar las ganas de escribir —dijo sin inflexión alguna en la voz.

—Sí, pero...

—Solo hace falta que salgas de la ciudad en la que vives, aunque sí tendrás que arriesgarte a alejarte de tu entorno habitual.

—¿Qué quieres decir?

—El señor Beale y su esposa acaban de perder a su hija pequeña por culpa de la difteria. En una casa en la que apenas hay espacio para una familia, han acogido a otra de cuatro miembros, casi cinco, ya que antes de que acabe el día nacerá el quinto, porque su cuñado se quedó sin trabajo. Y los Beale consideran que ellos son de los que mejor viven. A tu amigo Oswald Mosley le ha faltado tiempo para utilizar esas circunstancias como arma política; sin embargo, no he visto señal real de que esos que tienen de todo comprendan de verdad la difícil situación que viven aquellos que no tienen de nada. Sí que hay una guerra, Georgina, solo que esta se está librando aquí y ahora, y es una guerra contra la pobreza, contra la enfermedad y contra la injusticia. ¿No prometió Lloyd George algo mejor a los hombres que lucharon por su país? Considera la posibilidad de recuperar las ganas de escribir con esa historia. Estoy segura de que la revista de la que me has hablado estará encantada de publicar algo tan inesperado si se lo propones.

—Yo... No se me había ocurrido...

—Estamos en contacto, Georgina. Tendrás noticias mías dentro de dos días.

Georgina asintió con la cabeza y ya iba a cerrar la puerta cuando Maisie se volvió de nuevo.

—Ah, sí, por cierto, ¿conoces al señor Stein?

La mujer frunció el ceño y negó con la cabeza casi con arrogancia al tiempo que decía:

—No. La única persona que conozco con ese apellido se llama Gertrude.

MAISIE SE PREGUNTABA si no habría ido demasiado lejos con Georgina. «¿Qué sé yo de periodismo para darle consejos?» Y lo reconsideró. Era evidente que aquella mujer estaba destrozada por la muerte de su hermano, pero ¿no era verdad también que sus actos desde entonces reflejaban la necesidad de recuperar parte del poder que había tenido en el pasado? Desacreditar a la policía la había llevado a visitar, llena de angustia y frustración, a la hermana Constance, que a su vez la había remitido a Maisie. Y ahora estimulaba sus emociones con una relación adúltera. Georgina se había hecho famosa durante la guerra por su carácter independiente y discrepante, una mujer joven que se atrevía con todo, que presionaba todo lo que podía; de hecho, había sido un caso célebre entre las alumnas de Girton. Su valentía le había valido una reputación que ni siquiera sus detractores podían dejar de admirar. Pero ahora, sin causa que defender, sin una apasionada llamada a las armas que sacara a la luz su destreza con las palabras, sin un juego peligroso que la excitara, su lenguaje había perdido fuerza y el interés que despertaban en ella los encargos que recibía era mínimo. No hacía falta ser experto en periodismo para entender lo que había sucedido.

Maisie siguió pensando en ella mientras conducía hacia Romney Marsh. Había terminado haciendo justo aquello sobre lo que había prevenido a Billy: albergar resentimiento hacia aquellos que tenían más medios que ella por permitirse lujos cuando tantos otros no tenían esperanzas a las que agarrarse. A medida que las zonas residenciales de las afueras de la ciudad daban paso a los huertos de manzanos cubiertos de escarcha, se acordó del club nocturno, del baile y de la casa a la que volvía cada noche, y se sonrojó. «¿Y no me estoy convirtiendo yo en una de esas personas?» Y se preguntó, de nuevo, en qué medida podía considerarse valiosa la ayuda que había decidido prestar a los demás.

Prácticamente era de noche cuando Maisie salió de Lydd y enfiló la carretera hacia Dungeness. A pesar de lo inhóspito del terreno, de que apenas había casas y soplaba un viento frío que subía desde la playa, consiguió aparcar el coche a un lado del camino protegido por un árbol de ramas que sobresalían sobre este. Se enrolló bien la bufanda alrededor del cuello, se caló el cloche todo lo que pudo, cogió la mochila del asiento del copiloto y echó a andar hacia la playa. Había sacado una linterna, pero no la usó, sino que prefirió dejar que los ojos se adaptaran a la oscuridad para poder fiarse de ellos, contando además con lo que recordaba del camino hasta el vagón-casa de Nick. Caminaba todo lo rápido y todo lo ligero que podía.

Aunque reticente, encendía la linterna cada cincuenta metros o así para ubicarse. Por fin, con el aire salado azotándole el rostro, llegó a la puerta de la vivienda, teniendo cuidado de ocultarse entre las sombras cuando el foco del faro alumbraba la playa. Tenía los dedos insensibles pese a los guantes cuando sacó la llave del bolsillo del abrigo. Se sorbió la nariz que le goteaba con el aire frío, se secó los ojos con el dorso de la mano y los entornó. Se colocó de lado contra la puerta para ocultar la luz de la linterna y que nadie pudiera detectarla, y alumbró la cerradura para meter la llave, pero apagó nada más entrar en el vagón. Cerró la puerta y fue directamente a bajar los estores oscuros, aunque no pensaba encender las lámparas. La luz, por poca que fuera, la delataría.

Inspeccionó el vagón con la linterna en busca de alguna señal de que hubiera habido alguien allí desde su última visita. La estufa estaba como ella la había dejado, parecía que nadie había tocado tampoco la colcha de la cama. Entró en el estudio y alumbró las paredes, el sillón, las pinturas, el caballete. El abrigo seguía en el armario y al tocar el tejido de paño grueso, volvió a estremecerse. Regresó al salón e inspeccionó el mural de nuevo. Estaba claro que Nick era un artista con mucho talento, aunque se preguntaba qué hubieran pensado otros al ver el mural. ¿Se habrían fijado en lo mismo que había visto ella, se habrían hecho las mismas preguntas? ¿Y Amos White? ¿Lo habría invitado Nick a entrar alguna vez? ¿Habría visto el mural? En ese caso, seguro que tenía que haberse sentido amenazado. Nick Bassington-Hope contaba historias con sus pinceles, trasladando el aspecto de personas que conocía a la representación que hacía de los mitos y las leyendas en las que se inspiraba. Tocó los rostros y pensó en el tríptico. «Pero ¿y si la historia era cierta y los rostros resultaban conocidos para otros además de para Nick?» Estaba claro que eso constituiría un riesgo.

Corrió uno de los sillones hasta la ventana y agarró la colcha de la cama. Le habría encantado encender el fuego, pero no podía arriesgarse a que vieran el humo desde la playa, así que se acomodó en el sillón envuelta en la colcha. Sacó de la mochila los sándwiches de queso y pepinillos, y el refresco que se había llevado. El estor estaba colocado de tal forma que le permitía ver la playa de refilón. No necesitaba más, por el momento. Hincó el diente a su cena, deteniéndose a escuchar entre mordisco y mordisco. Cuando terminó, esperó.

Temerosa de que el sueño se apoderase de ella, se puso a repasar mentalmente todo el caso, desde su primera reunión con Georgina. Reconocía que le intrigaban sus amistades, puesto que ella nunca se había relacionado con ese tipo de gente, pero al mismo tiempo le disgustaban las compañías que frecuentaba, y no era solo por una cuestión de dinero, educación o clase. No, aquellas personas no se regían por las mismas normas y su comportamiento la fascinaba e intimidaba al mismo tiempo. Recordó la casa de Tenterden. No había en ella ni rastro de esa familiaridad que inspira seguridad. Todo lo que tocaba parecía desafiar la forma de vida convencional, con todos esos colores y texturas que asaltaban los sentidos de una manera que nunca antes había experimentado. ¿No se había dejado seducir por la audacia de aquella familia, por el hecho de atreverse a ser diferentes? Suspiró. Aquel caso se parecía a la galería de Stig Svenson, la sala de exposiciones diseñada de tal forma que solo podía verse una sola pieza en cada momento para que el visitante no se distrajera con las siguientes. Ella también parecía capaz de estudiar una sola pista, una sola prueba en cada momento.

Cuando empezó a sentir el escozor del cansancio en los ojos, Maisie se removió un poco y se cubrió mejor con la colcha para protegerse del frío. Justo en ese momento oyó pisadas por el sendero que bajaba a la playa de guijarros. Separó el estor de la ventana un poco para tener más visibilidad. Las figuras borrosas se movían hacia la orilla atraídas por una luz brillante que les hacía señas desde la playa. Oyó voces exaltadas y después el motor ronco de un camión. Era hora de ponerse en marcha.

En menos de un minuto dejó el sillón y la colcha en su sitio. Revisó las dos estancias con la linterna y salió por la puerta de atrás. Aunque le daba la sensación de que el eco de cada pisada reverberaba de forma audible en el silencio de la noche, sabía que los hombres no oirían nada, puesto que el viento frío se llevaba los sonidos. Maisie se acercó con cuidado a la playa, ocultándose detrás de barriles viejos y de las casitas que encontraba por el camino. Unos faroles iluminaban la zona donde se llevaba a cabo toda la actividad.

Maisie se arriesgó a asomarse por un lado de un viejo cobertizo desde donde tenía una vista despejada. Y, doblándose hacia delante, salió corriendo hasta los restos de una vieja barca de pesca, con los laterales de tingladillo podridos por el paso del tiempo, descoloridos y partidos en algunos puntos, que languidecía a la espera de que alguien aprovechara la madera para leña. Contuvo la respiración sintiendo que el áspero viento frío le quemaba la garganta y el pecho, y cerró los ojos mientras reunía el valor para asomarse.

Un barco de pesca de gran tamaño había recalado en la orilla y lo izaban con un cabrestante sobre la orilla. Dentro, los hermanos Draper, de Hastings, y Amos White, se movían de un lado para otro ayudando a descargar grandes cajas de madera de la cubierta sobre los guijarros de la playa, donde Duncan y Quentin las recogían y las llevaban hasta el camión. Casi no hablaban entre ellos; la voz que se oía de vez en cuando correspondía siempre al cuarto ocupante de la cubierta del barco, el mismo hombre que había visto instigar a los suyos para que zurraran a Harry Bassington-Hope, el hombre cuyo rostro aparecía en el mural del vagón del pintor muerto. Maisie permaneció en su sitio un momento más observando, decidiendo quién era quién y quién mandaba en aquella operación. Estaba claro que los pescadores no eran más que unas marionetas que hacían lo que muchos otros llevaban siglos haciendo para aumentar los escasos ingresos que obtenían con la pesca. Los artistas parecían seguros de sí mismos, como si supieran lo que estaban llevando a cabo, y luego estaba el hombre procedente del hampa de la ciudad... ¿Qué papel tenía él en todo aquello? Observó la escena con más detenimiento. «No es un esbirro, y tampoco es el jefe, pero tiene poder.» Era hora de irse y prepararse para lo que adivinó que ocurriría a continuación. Sabía que acababa de lanzar el dado sobre el tapete.

Regresó hacia el camino que llevaba a la carretera de Lydd y echó a correr hacia el coche, abrió la puerta y se sentó al volante. Tenía tanto frío que le castañeteaban los dientes. Permaneció unos minutos en silencio para asegurarse de que no la habían seguido y después se frotó las manos enguantadas, puso en marcha el motor y se dirigió hacia el camino por el que se había metido el camión la primera vez que estuvo en Dungeness. Solo que en esa ocasión pensaba llegar ella antes.

No le había dado tiempo a hacer el reconocimiento inicial de la zona, por lo que dependía de la suposición de que el camino conducía a un granero u otra construcción similar que sirviera de almacén hasta que no hubiera moros en la costa, como se solía decir. También existía la posibilidad de que el granero hiciera las veces de cámara de compensación en la que el hombre de Londres y los artistas se repartían el botín.

Ocultó el coche detrás de uno de aquellos árboles inclinados tan habituales en las marismas y siguió a pie. Al contrario que en la playa, allí el camino estaba embarrado y sentía que el barro frío y mojado le atravesaba el cuero de los zapatos que usaba para caminar. Empezaron a hormiguearle los dedos de los pies y, tras un breve descanso, se le entumecieron los de las manos. Se llevó las manos a la boca y sopló a través de los guantes. Un perro ladró a lo lejos, y aminoró la marcha atenta a los sonidos en la quietud de la noche.

Pese a la negrura, distinguió la silueta de un granero entre los campos. Cruzó corriendo los últimos metros hasta el lateral del edificio y esperó unos minutos. Las altas paredes parecían indicar que las habían construido con maderos usados para la construcción de barcos siglos atrás, pero ella sospechaba que el armazón del interior descubriría una estructura de vigas de la Edad Media con la marca de identificación grabada por los artesanos originales con números romanos. Jadeando y frotándose los brazos para entrar en calor, Maisie sabía que aún faltaba un rato para que llegara el camión. Tenía que buscar un escondite.

Aunque el granero contaba con una puerta de doble hoja en cada extremo, Maisie supuso que habría una puerta más pequeña para cuando no había que entrar con un carro cargado de balas de paja o con animales. Buscó la puerta y escuchó antes de abrir. Sin pararse a inspeccionar los alrededores, cerró y encendió la linterna, y en un barrido rápido vio una vieja camioneta de reparto. Después, se dirigió hacia una escalera tosca por la que se accedía al pajar situado en lo alto junto a las vigas. Trepó hasta allí y encontró un pequeño cubículo debajo de los aleros, junto a las balas de paja recogidas durante el verano. Desde allí arriba vería cualquier cosa que sucediera en la otra punta del granero, por donde esperaba que entraran los hombres. Estaba claro que habían aparcado la camioneta de manera que resultara más fácil pasar las cajas de un vehículo a otro. «Todo va según lo planeado.» Suspiró aliviada. Había contado con que no hubiera nadie esperando a que llegara la mercancía y se alegraba de haber acertado. Ahora tocaba esperar de nuevo.

Silencio. ¿Llevaba allí media hora? ¿Una hora? En ese tiempo ya había vuelto a respirar casi con normalidad. De repente, a lo lejos, oyó el ruido de un motor y el traqueteo: el camión se acercaba por el camino de tierra. El ruido bronco del motor cuando el conductor aceleraba para pasar un charco le decía que el camión avanzaba marcha atrás. No tardaría en encajar la siguiente pieza del rompecabezas. No tardaría en saber lo que había descubierto Nick.

El camión se detuvo con una sacudida y, tras varias maniobras, el conductor lo colocó en posición y lo detuvo por completo a las puertas del extremo más alejado del granero. Se oyeron voces exaltadas durante unos instantes y abrieron las puertas. Levantaron la lona que cubría la parte trasera del camión, y Duncan y Quentin bajaron de un salto. Aunque no reconoció al conductor que salió a continuación, Maisie pensó que tal vez fuera uno de los que acompañaban al atacante de Harry.

Descargaron las cajas de madera. Eran como las que había visto en el almacén de atrás de la galería donde Arthur Levitt desembalaba las obras de arte.

—Muy bien, nosotros dos nos llevamos nuestra parte y nos largamos. Vosotros sabéis en qué cajón va lo nuestro, así que venga, moveos —ordenó el conductor.

Quentin señaló dos de las cajas, y Maisie se fijó en la numeración y el nombre pintados en negro en la tapa. Logró leer lo que ponía: «d. rosenberg, h. katz» en una, y en la otra, «stein». Quentin agarró la palanca que le entregó Duncan y levantó la tapa. Maisie alargó el cuello para mirar mientras el hombre metía la mano y sacaba lo que claramente era un cuadro, pero envuelto en una tela fina de lino seguido por una capa de arpillera. Duncan lo ayudó a desenvolverlo. Los dos vacilaron un momento cuando vislumbraron el lienzo.

El líder de la banda dio un empujón a Quentin.

—¡Que os mováis he dicho, joder! Ya podréis admirar el arte después.

Los dos pintores se miraron y colocaron en el suelo primero la arpillera y después el lino para proteger la obra, que colocaron justo encima bocabajo. Maisie se inclinó hacia delante tratando de ver lo que pasaba sin hacer ruido.

Duncan sacó una navaja del bolsillo y se la entregó a Quentin.

—Cuidado, colega.

—Descuida —respondió él sonriendo.

Tras decirlo se agachó y rajó el grueso papel de detrás del cuadro. Sujetó el marco con una mano para clavar bien el cuchillo y comenzó a sacar el refuerzo trasero. «Es falso.» Maisie observaba con atención mordiéndose el labio inferior. Del hueco que se formaba entre el bastidor original y refuerzo falso, Quentin sacó una bolsita y se la lanzó al líder de la banda. Repitió la operación con el segundo cuadro.

—Ya puedes decirle a tu jefe que esta es la última, Williams. No habrá más entregas en un tiempo, puede que nunca más. Hemos hecho todo lo que hemos podido, de momento.

El hombre negó con la cabeza.

—Tú piensas que me chupo el dedo, ¿verdad, pintorcillo pretencioso? Al señor Smith no le gusta que le mientan. Además, el

266

alemán ese aún no ha terminado, ni de lejos, así que creo que seguirán llegando reliquias familiares. No ha hecho más que empezar, ya te lo digo, así que habrá muchas más esperando para hacer el viaje bien guardaditas.

Quentin negó con la cabeza.

—La cuestión es, Williams, que nosotros no vamos a seguir haciéndolo. Era todo más o menos sencillo hasta que tú llegaste, pero ya no lo es. Es bastante complicado, sobre todo para nuestros amigos de Alemania y Francia.

—Mira, no puedo quedarme charlando aquí con vosotros, muchachos, pero ya tendréis noticias mías. Ah, y aquí tenéis otra cosita, por las molestias. —Se sacó un fajo de billetes del bolsillo y se lo lanzó a Duncan—. En agradecimiento. —Sonrió y tras hacerle un gesto con la cabeza al conductor, dio media vuelta. Pero volvió a girarse hacia ellos—. Y yo en vuestro lugar no esperaría mucho a poner en movimiento este lote. Nunca se sabe quién podría estar observando.

Los dos se fueron en el camión, que se alejó traqueteando por el camino de tierra. Duncan y Quentin, que parecía agitado, se quedaron en el granero un rato más.

—Maldito sea ese idiota de Harry. Y maldito sea Nick por contarle lo que estábamos haciendo. No tenía ningún derecho...

—¡Ya vale! —Duncan lo detuvo levantando la mano—. El caso es que se lo dijo y Harry nos metió en esto. Y ahora tenemos que salir de este atolladero. Es una mierda que no podamos seguir ayudando a Martin, a Etienne y a su gente. —Suspiró—. Venga, guardemos todo esto y vayámonos de aquí.

Maisie los vio meter todo en las cajas abiertas y memorizó los números de identificación escritos en negro. En cuanto terminaron de embalar, cerraron la camioneta y Duncan esperó junto a las puertas mientras Quentin salía marcha atrás. Después cerraron las puertas del granero y se fueron. Sin embargo, Maisie no se movió hasta que dejó de oír el motor de la camioneta.

Bajó por la escalera de madera y se sacudió la ropa mientras se dirigía hacia la zona en la que habían descargado las cajas y se había efectuado la entrega de la mercancía de contrabando. Había conseguido ver fugazmente el cuadro mientras los hombres lo desembalaban, y aunque no había podido identificarlo con aquella luz, sabía que, aun en el caso de que no fuera la obra de un gran artista, era una obra valiosa. Pero ¿a quién pertenecía? Y si bien introducirla en el país no era del todo ilegal, ¿cuál era el motivo de meterla en Inglaterra? No tenía ninguna prueba, pero la conversación entre Duncan y Quentin sugería que no se trataba solo de vender obras de arte a cambio de dinero.

Maisie sacó una ficha de la mochila y anotó los números y los nombres identificativos que había visto en las cajas. «¿Indicaban el nombre del propietario o su posible valor? ¿Podrían dar una pista sobre la ruta desde el punto de partida hasta su destino final?» Pensó en ello mientras anotaba las dimensiones aproximadas de cada caja.

Estaba guardando ya las fichas y el lápiz cuando se detuvo; dejó hasta de respirar casi. Las voces que se oían fuera estaban muy cerca y salió escopetada hacia las escaleras, pero antes de llegar al pajar las puertas se abrieron de golpe y un pastor alemán gigante entró corriendo. Fue directo a por ella, aunque los dos hombres que entraron tras el animal no se habían fijado en su presa. Maisie se quedó quieta y en absoluto silencio, se sentó en el escalón del medio y cerró los ojos. Se relajó, como cuando meditaba, y calmó el cuerpo y la mente para controlar el miedo. El perro detuvo la carrera y se quedó delante de ella, como sopesando instinto y adiestramiento, y al final se tumbó a sus pies sumiso. Maisie aprovechó la situación y escondió las fichas en un hueco entre dos vigas.

Un hombre se acercó al perro jadeante.

—¿A quién tenemos aquí, *Brutus*?

Lo seguía otro hombre superior en rango por su forma de comportarse y su tono de voz. Iba vestido todo de negro: jersey y gorro, pantalones y guantes de cuero. De hecho, siguieron llegando hombres y Maisie se fijó en que iban vestidos para poder pasar desapercibidos en la oscuridad: dos iban de uniforme, pero no el de la policía. No dijo nada, aunque reconoció al segundo enseguida. Era el hombre que estaba en la barra del club donde tocaba Harry, el que había seguido a Stig Svenson y Randolph Bradley. Empezaba a comprender quién era y sabía que era mucho más poderoso que la policía.

—Si tiene algo que ver en este chanchullo, señorita Dobbs, debería tener cara de preocupación.

Maisie se levantó decidida a no dejar que aquel hombre viera que le sorprendía que supiera su nombre.

—No estoy involucrada en este «chanchullo», aunque, al igual que usted, tenía curiosidad por saber qué estaba ocurriendo —dijo agachándose a acariciar al perro entre las orejas.

—¡Jenkins! —Se giró y llamó a un colega, uno de los hombres que estaban llevando a cabo el registro del granero—. Acompañe a esta señorita a la central para interrogarla. —Y se volvió hacia Maisie, pero, como si de repente hubiera recordado algo, se dirigió de nuevo hacia el hombre—: Y llévese a este perro inútil y que lo lleven otra vez a la escuela de adiestramiento. El Jack Russell de mi mujer tiene más iniciativa que este trozo de carne con ojos. ¡*Brutus*, y una mierda!

Maisie se dejó escoltar en silencio hasta un coche que esperaba fuera. No le habría servido de nada quejarse de que no tenían ninguna orden ni ningún otro documento. El poder de los oficiales del Servicio de Vigilancia Aduanera era muy conocido y era anterior a la creación de la policía. Como bien sabía ella, era un servicio de vital importancia para el Gobierno, y había sido creado en una época en la que cualquier tipo de ingresos resultaban cruciales en un país acosado por unas abultadas deudas de guerra.

El oficial comprobó que estuviera segura, aunque no cómoda, en el asiento de la camioneta.

—Disculpe, señor, ¿podrá traerme de vuelta después para recoger mi coche?

El hombre sonrió, una expresión inquietante a la luz de las linternas y los faros de los otros vehículos.

—¿El cochecito rojo? No hace falta, señorita. Ya hemos ordenado a un oficial que se lo acerque.

—Entiendo.

Maisie se reclinó en el asiento trasero de la camioneta y cerró los ojos. Aunque no fuera capaz de dormir, debía recuperar energías para el interrogatorio al que iban a someterla. Sabía que tendría que parecer que les daba información, aunque en realidad esperaba poder conseguir más datos para unir a lo que ella ya sabía. Y tendría que andarse con mucho ojo. No había duda de que aquellos hombres operaban con independencia de Stratton y Vance, quienes, con toda probabilidad, estarían siendo hábilmente manipulados con el fin de que su investigación no interfiriese con la del Servicio de Vigilancia Aduanera. Sonrió. Tenía que ser ella la que manejara los hilos en las horas que tenía por delante.

16

MAISIE SE QUEDÓ sorprendida. En vez de conducirla a una celda blanca y fría para el interrogatorio, la llevaron a una cómoda sala donde le ofrecieron té y unas sencillas galletas. Estaba cansada, no era ninguna sorpresa, ya que eran más de las tres de la mañana. Adivinó que tendría que esperar un buen rato, así que se descalzó, se tumbó en el sofá y apoyó la cabeza en un cojín.

—¿Ha tenido una siestecita agradable, señorita?

Maisie se despertó sobresaltada cuando un oficial le tocó el hombro.

—Hora de ver al jefe, si no le importa.

No dijo nada mientras se estiraba para alcanzar los zapatos. Metió los pies en el cuero frío recubierto de barro reseco y se tomó su tiempo en atarse los cordones antes de acompañar al hombre, que no llevaba uniforme.

—Ah, señorita Dobbs, adelante. —El hombre le señaló una silla con la mano y abrió un expediente del que sacó unas cuantas hojas—. Tenemos que hacerle algunas preguntas y, si todo está bien, podrá irse a casa.

—¿Dónde está mi coche?

—En perfecto estado. Hemos tenido que inspeccionarlo, ya sabe. Bonito coche. Tiene que haberle costado un buen dinero a una mujer joven como usted.

Maisie no mordió el anzuelo, pero sí ladeó la cabeza y sonrió al hombre, que sin duda era un oficial de alto rango. No vaciló, sin embargo, en demostrar que sabía hasta dónde llegaba el poder del Servicio de Aduanas.

—Supongo que mi coche no ha sido lo único que han inspeccionado, ¿verdad, señor...?

—Tucker. Me llamo Tucker —respondió él sopesando qué decir—. ¿Se refiere a su despacho?

—Sí, mi despacho. Sus hombres entraron a la fuerza y revolvieron mis archivos con muy poca consideración hacia los objetos de mi propiedad.

—Digamos que se relaciona usted con personas que están siendo investigadas. Mis hombres y yo decidimos que, por el interés del país, era buena idea comprobar qué había averiguado usted, y tuvimos que hacerlo deprisa. Como sabrá, no tengo por qué darle explicaciones.

—Podían haberme preguntado en vez de obligarme a comprar una cerradura nueva.

—Y podíamos no hacerlo. —Abrió de nuevo el expediente y sacó un taco de papeles doblados—. Creo que deberíamos empezar por esto, ¿no le parece, señorita Dobbs?

Maisie no hizo ademán de acercarse a la mesa, sino que se reclinó en la dura silla de madera, lo justo para recalcar la indiferencia que le producían las consecuencias de aquel interrogatorio. No quería que aquel hombre pensara que le preocupaba.

—Venía yo pensando que lo mismo volvía a verlo.

—¿Qué es? —espetó él.

Maisie carraspeó. «Bien, lo he pillado desprevenido.»

—Es lo que mi ayudante y yo denominamos «mapa del caso». Está claro que sabe usted a lo que me dedico y por qué necesito llevar un registro de las pistas y las pruebas que puedan conducir a la resolución de un caso. —Hizo una pausa deliberada para demostrar que sabía responder a las preguntas que pudiera hacerle—. Hacemos un diagrama al que vamos incorporando todos los datos de los que disponemos en ese formato gráfico. Las imágenes y las formas, aunque se construyan con palabras, pueden proporcionar más información que el intercambio de datos oral, aunque creo que una combinación de ambas formas de conjeturar siempre funciona, ¿no opina igual, señor Tucker?

El hombre se quedó callado un momento.

—¿Y qué le dice a usted este mapa? ¿Hasta dónde la han llevado sus dibujitos?

—Aún no he terminado —respondió con tono seco, lo que llevó al oficial a revisar de nuevo los papeles. Era evidente que no estaba acostumbrado a sentir que no controlaba la conversación.

—Muy bien. ¿Y qué me dice de los chicos de Dungeness?

—¿Qué pasa con ellos?

—¿Qué sabe sobre sus actividades en noches sin luna y sin viento, señorita Dobbs?

—Diría que sabe usted más que yo, señor Tucker —respondió encogiéndose de hombros—. Si me interesaban esos dos hombres era por su relación con el señor Bassington-Hope; me refiero a Nicholas, no a Harry. Como usted sabe, su hermana me contrató para corroborar la conclusión de la policía de que su muerte fue accidental.

—¿Se da cuenta de lo que estaba sucediendo en Dungeness?

—Contrabando.

—Por supuesto que es contrabando. No se ponga obtusa conmigo, señorita Dobbs.

—Nada más lejos de mi intención, señor Tucker. Es que sé tan poco como usted. En mi opinión, Duncan Haywood y Quentin Trayner distan mucho de ser contrabandistas experimentados y se embarcaron en la operación con la mejor de las intenciones. Sin embargo, el círculo del hampa ha encontrado la manera de sacar provecho de la situación.

—Entonces, ¿sabe lo de los diamantes?

—Lo he adivinado —dijo ella inclinándose hacia delante—. ¿Desde cuándo los vigilan?

Tucker tiró la pluma sobre la mesa y la tinta saltó sobre la carpeta de papel manila.

—Desde hace tres meses aproximadamente. No diga ni una palabra de esto, por favor. La he estudiado y sé de qué lado está, pero me gustaría que no metiera las narices en este asunto. No tengo interés en esas obras de arte que están apareciendo. Por Dios, ya podrían haberlas enviado a través de cualquier empresa de transporte legal, aunque estoy seguro de que las autoridades francesas y alemanas se ofenderían mucho si lo supieran. —Soltó una risilla cínica—. No, lo que nos interesa es el «círculo del hampa» como usted dice; solo estábamos esperando para pillar a esos condenados con las manos en la masa. Pero hemos sido demasiado lentos —dijo cerrando el expediente.

—¿Y qué sabe de las pinturas?

El hombre sonrió.

—Ahora me toca a mí, señorita Dobbs. Sabe usted bien en qué consiste la importación de obras de arte. No hace falta que yo se lo diga.

Más calmado, el oficial le explicó que a ellos no les interesaban los artistas, sino quienes se habían aprovechado del rebelde de Harry y su hermano. Por su parte, Maisie le explicó que Nick habría hecho cualquier cosa para proteger a Harry, incluso acceder a las exigencias de unos criminales. Tucker asentía con la cabeza en señal de conformidad mientras ella hablaba y le contaba lo que sabía sobre la operación de contrabando de diamantes. Cuando quedó claro que no iban a conseguir nada más de ella, la dejaron marchar.

Maisie recogió su coche y regresó a Dungeness. Todas las piezas iban encajando. Dentro de poco, cada una de ellas ocuparía su lugar en el mapa del caso que tenía en la cabeza, donde nadie podría robárselo. Pensaba con frecuencia que era como esos libros infantiles para colorear en los que había que unir los números con una línea para dibujar la figura que después se rellenaba con lápices de colores o pinturas. Pero había que seguir la secuencia correcta, o la figura resultante podría recordar a algo que no tenía nada que ver.

MAISIE NO SENTÍA miedo ya de encender el fuego y calentar el agua en la estufa de Nick. Poca importancia tenía ya que la vieran. El antiguo vagón no tardó en caldearse y Maisie aprovechó para tostar el resto de los sándwiches mientras el agua hervía. Tras calmar el hambre y la sed, el cansancio se apoderó nuevamente de ella, y sabía que antes de embarcarse en las tareas que quería completar antes de irse, tenía que dormir. Había dejado los estores bajados para protegerse del sol invernal que empezaba a subir en el cielo ahora despejado, de manera que lo único que hizo fue retirar la colcha y acurrucarse en la cama de Nick.

Eran más de las diez de la mañana cuando se despertó, descansada y lista para salir a buscar su depósito secreto, ya que estaba convencida de que encontraría la información que necesitaba ahí, en la casa del artista. Con ayuda de la jarra de porcelana que había en el vestidor recogió agua del barril que estaba fuera en la parte de atrás y, temblando, se lavó la cara y el cuerpo. Agradeció la muda que había metido en su maleta de piel, que, además, resultaría más adecuada para hacer una nueva visita a Bassington Place. Una vez limpia, se sentía con fuerzas para la búsqueda, y entró en el estudio.

No había logrado quitarse de la cabeza la imagen mental que se le había aparecido en su visita anterior, la de un papelito oculto en algún rincón del sillón. Maurice le había enseñado desde el principio que debía confiar en su intuición. Tenía la suerte, aunque a veces pensaba que era una desgracia, de poseer una aguda perspicacia. La confianza y la práctica habían mejorado su capacidad de ver lo que a otros se les escapaba, y la seguridad en sí misma y en los demás la había conducido una y otra vez a dar con lo que buscaba.

Retiró los cojines del sillón y metió las manos por los bordes del asiento tapizado. Tocó la estructura de madera y, aunque le escocían los nudillos, siguió palpando con los dedos. Otra moneda, migas, una pluma y un corcho. «¡*Maldición!*» No podía llegar más lejos con los dedos. Frustrada, Maisie le dio la vuelta con un movimiento brusco. Una pieza de lino bien tensa cubría el armazón del sillón en la base del asiento. Aunque vieja y manchada, y con algún pequeño roto, el tejido estaba en buenas condiciones en general, por lo que si algo se hubiera escurrido por entre la tapicería, no habría llegado al suelo. Metió un dedo en uno de los desgarrones y tiró hacia atrás, dejando a la vista varios tesoros más. Había una colección de monedas polvorientas, un pincel —no alcanzaba a comprender cómo habría llegado hasta el fondo del sillón— y otra pluma. Retiró la pieza de lino por completo y alumbró con la linterna el interior del armazón. No había nada. Al darle la vuelta de nuevo se le escurrió, porque tenía las manos sudadas por el esfuerzo de sujetarlo, cayó sobre el suelo de madera y rebotó.

—¡Ay, caramba! —exclamó Maisie enfadada y sorprendida, porque lo último que quería era causar daños en el vagón, y, con el peso, el sillón había levantado un tablón del suelo al golpearse—. ¡Lo que me faltaba!

Se agachó a inspeccionar el daño, pero al acercarse, se dio cuenta de que la madera se había desplazado porque no era un tablón de la misma longitud que los demás, sino un fragmento más corto que estaba suelto. No se había percatado antes, porque lo tapaba el sillón. Alumbró con la linterna el hueco que había debajo. Al meter la mano, rozó un papel con los dedos. Alargó la mano aún más al fondo y agarró con el índice y el pulgar un sobre de cierto peso.

Le dio la vuelta al sobre y lo alumbró con la linterna. Ponía «para Georgina». Se mordió el labio mientras valoraba la cuestión de la integridad, pero al final negó con la cabeza y lo abrió. Del interior cayó una llave envuelta en un papel con una dirección en el sureste de Londres. Dejó caer las manos y suspiró hondo. «La intuición está muy bien, pero la suerte tiene siempre la mejor baza.»

Tras dejar el tablón como estaba y el sillón encima para que no se notara el desperfecto, Maisie guardó sus cosas y comprobó una vez más que todo estuviera en su sitio. Tenía la mano en el pomo y estaba a punto de salir, cuando dejó las bolsas en el suelo y fue otra vez al vestidor de Nick. No tenía una explicación lógica para sus actos, y prefería no preguntarse qué la había llevado a hacer tal cosa, pero abrió el armario y sacó el abrigo del ejército. Con el sonido de las olas rompiendo en la orilla y los chillidos de las gaviotas en el cielo, Maisie hundió la cara entre los pliegues de la gruesa tela de lana y aspiró el olor rancio que la transportó a otro tiempo y otro lugar.

Entendía muchas cosas de Nick Bassington-Hope, a pesar de que no habían llegado a conocerse. Al vivir a través de los muertos, Nick había redescubierto la vida, pero con el horror de la guerra aún tan presente, había tratado de buscar la tranquilidad espiritual y había encontrado la esperanza en los extensos paisajes y el ritmo de la vida que se desplegaba en la naturaleza.

Ella había percibido la pesada mano de la ira en la obra del pintor nada más terminar la guerra. Pero, más adelante, una vez hallado el equilibrio que tan lejos había tenido que ir a buscar, había sido capaz de regresar con una destreza renovada, una pincelada más ligera, una visión más amplia. Maisie comprendía que Nick había visto su mensaje con claridad, que la madurez le había proporcionado no solo la técnica, sino la percepción, y que había sido capaz de trasladar al lienzo sus imágenes más potentes, pero se había guardado el mensaje hasta terminar la obra. Y aunque no había llegado a conocer al hombre, sabía que aquel caso, como muchos otros antes, encerraba un regalo, una lección que guardaría cerca del corazón igual que apretaba aquel abrigo en ese momento.

Dejó la prenda en el armario de nuevo y sonrió. Le dio unas últimas palmaditas agradeciendo la esencia que contenía cada hebra, como si las fibras hubieran absorbido cada sentimiento, cada sensación vividos por su dueño en tiempo de guerra.

NOLLY BASSINGTON-HOPE se sorprendió al verla, pero aun así le dio una calurosa bienvenida cuando se presentó en la casa sin avisar. Le explicó que sus padres habían salido a caminar con los cuadernos de dibujo y la intención de aprovechar el día soleado, a pesar de que continuaba haciendo frío.

—Puede que se estén haciendo mayores, pero están acostumbrados y andar les sienta bien. No tardarán. —La condujo a la salita y se disculpó un momento para ir a hablar con el servicio.

Maisie dio una vuelta por la sala, agradecida por ese momento a solas que le permitió detenerse a observar con más detenimiento un cuadro o un cojín bordado en tonos naranja, verde lima, violeta, rojo y amarillo, y un diseño que, invariablemente, resultaba estrafalario comparado con cualquier cosa que hubiera visto en Chelstone. Se preguntó cómo debió de ser la casa antes de la guerra, con todas aquellas coloridas y animadas reuniones de artistas e intelectuales atraídos como las polillas a la luz de las oportunidades que promovían Piers y Emma. Imaginó a esos sociables amigos de Nick y Georgina opinando durante la cena, alentados, pensó, por librepensadores de más edad. Siempre habría baños en el río, pícnics junto al molino, obras de teatro improvisadas amenizadas por la música de la trompeta de un Harry niño, siempre y cuando no estuvieran metiéndose con él sus hermanos. ¿Y Noelle? ¿Dónde estaba ella? Georgina había descrito a su hermana como alguien ajeno a aquella vida, aunque Maisie pensaba que tal vez solo fuera diferente, pero querida por sus padres igualmente. La conversación con Noelle en su visita anterior había sido demasiado breve y no le había permitido hacerse una idea completa de la hija mayor. Tenía que añadir color al boceto.

Vio la colección de fotografías de la familia sobre un aparador en sus marcos de plata, madera y carey. Las fotografías siempre la atraían, porque se aprendían muchas cosas de las expresiones faciales, incluso en las fotografías formales de estudio. Pasó a toda prisa de un marco a otro, porque sabía que Noelle no tardaría en volver. Había una imagen, al fondo, de una pareja joven el día de su boda que le llamó la atención. Le sorprendía sinceramente que siguiera ahí y se preguntó si la imagen de una Noelle más joven y su flamante marido le proporcionaría a la mujer actual algún tipo de consuelo, al recordarle tiempos más felices y despreocupados. Maisie tomó la fotografía y tapó con un dedo la parte inferior de la cara de la pareja. Vio en sus ojos alegría y esperanza. Vio amor y felicidad. La fotografía era idéntica a tantas otras a las que mujeres de mediana edad seguían quitándoles el polvo con mimo cada día, mujeres viudas o que habían perdido a su amor en la guerra. Maisie la dejó en su sitio justo a tiempo.

—Apuesto a que desearía no haber aceptado este encargo de mi hermana, ¿a que sí?

Vestida con falda de paño para caminar, blusa de seda y chaqueta de punto tejida a mano, en esa ocasión Noelle llevaba en el cuello un pañuelo rojo, que le resaltaba el color del pelo. No lo tenía tan cobrizo como Georgina, pero en ese momento parecía menos apagado y tan llamativo como el de su hermana.

—Al contrario, me ha llevado a lugares interesantes.

Noelle alargó la mano hacia un labrador que acababa de levantarse de su sitio junto a la chimenea para ir a ver a su ama.

—Ah, eso es que ha ido a buscar a Harry otra vez. Eso sí que es ir a lugares interesantes.

Maisie se echó a reír.

—Muy entretenidos los lugares en los que actúa Harry.

Noelle se suavizó y se rio con ella.

—Lo hace muy bien, ¿verdad?

—¿Ha ido a verlo tocar?

—Curiosidad, ya sabe. —Hizo una pausa—. Y algo más que un poco de vigilancia de hermana mayor.

—Entiendo.

—Sí, yo también lo entendí. En aquel momento supe que no podía hacer nada por él, aunque sigo intentando alejarlo.

—No creo que vaya a presentarse a las pruebas para la filarmónica.

—No, eso no es para Harry —suspiró ella—. ¿Ha vuelto a meterse en problemas? ¿Por eso ha venido?

—He venido porque he vuelto al vagón de Nick y me han surgido algunas preguntas, si no le importa.

Las interrumpió el ama de llaves, que llegaba con té, galletas y bizcocho. Noelle le sirvió una taza y continuó.

—¿Y en qué puedo ayudarla?

—Tengo entendido que tres personas han ido al vagón-casa de su hermano tras su muerte. Suponía que fueron Georgina, su padre y usted.

Noelle asintió con la cabeza.

—Así es. Francamente, lo pasamos tan mal que estuvimos muy poco rato. Pensamos que sería mejor dejar pasar un tiempo. Venderemos la casa, por supuesto, pero, si le soy sincera, Emma quiere que todo se deje como está, por ahora, y he de respetar sus deseos. —Se inclinó hacia delante para dejar la taza en la bandeja—. Si dependiera solo de mí, lo vendería todo, nada de esperar, me lo quitaría de encima y seguiría con la vida. Eso es lo que Nick habría querido de verdad.

Maisie asintió con la cabeza aceptando el sentido práctico del planteamiento de Noelle.

—Entonces, ¿no se llevaron nada?

—Bueno, Georgie no estaba en condiciones de ir a la casa, como para ponerse a pensar en sacar cosas de allí. Yo no podía derrumbarme así, pero ella estaba destrozada. —La miró de frente antes de continuar—. No es lo que uno esperaría de una valiente reportera, ¿verdad?

—Entonces, ¿dejaron la casa tal y como estaba?

—Casi todo, sí. Piers se fijó con más detalle, la verdad. Nick era una persona bastante organizada, le gustaba el orden. Supongo que es lo que aprendes en el ejército. Godfrey era igual, aunque solo lo vi una vez durante un permiso antes de que lo mataran, pero digamos que me llamó la atención.

Maisie vio que cuando hablaba de su marido, Noelle apretaba la mandíbula. Dejó la taza en la bandeja ella también y esperó a que la otra mujer siguiera hablando.

—Piers se puso a hojear los cuadernos de dibujo, pero se le hacía difícil. Aun así, se llevó dos o tres.

—¿Su padre se trajo los cuadernos de Nick?

Noelle asintió con la cabeza.

—Sí, pero no podría decirle dónde los ha puesto. Probablemente estarán en el estudio. —Calló un momento y añadió—: ¿Es importante?

Maisie se encogió de hombros con un aire despreocupado que disimulaba lo que le dictaba el instinto.

—No lo creo, no, aunque sería interesante echarles un vistazo. He hojeado los demás, por eso tengo curiosidad por ver qué trabajos merecía la pena guardar según su padre. La obra de su hermano es fascinante y me quedo corta.

Noelle se rio suavemente.

—Yo no soy artista, como ya sabe, pero una no puede vivir bajo este techo y que no le afecte en alguna medida. Como ha podido comprobar, mi hermano despertaba reacciones intensas cada vez que levantaba el pincel o tomaba el carboncillo. Observar sus cuadros era ver lo que pensaba, la imagen que tenía del mundo. No le daba miedo.

—Lo sé. Pero ¿había otros que sí tuvieran miedo?

—Buena pregunta, señorita Dobbs. Sí, otras personas sí tenían miedo. —Se detuvo de nuevo a tomar una galleta de la bandeja y la hizo trocitos para dárselos al labrador de uno en uno antes de volverse de nuevo hacia Maisie—. Mire, sé que Georgina le ha dicho que me he convertido en una viuda vieja de la alta sociedad antes de tiempo, pero tengo ojos en la cara. He visto a personas que acudían a las exposiciones de Nick respirar aliviadas al ver que su cara no estaba retratada en algún cuadro. Como ya le he dicho, creo que corría muchos riesgos. Alguien podría tomárselo mal. Por otro lado, mire esos paisajes, los murales. Yo lo admiraba muchísimo y no se confunda, señorita Dobbs, admiro también a mi hermana. Georgina es tremendamente valiente, aunque no siempre estemos de acuerdo. Pero jamás debería haber acudido a usted, no hay nada sospechoso en la muerte de Nick, y con esta manía suya de sacar a la luz el pasado solo conseguirá que no aceptemos el hecho de que se ha ido.

—Lo entiendo, por supuesto, pero...

—Anda, aquí está Piers.

Noelle se dirigió a las balconeras que conducían al jardín y las abrió para que entrara su padre. Maisie se dio cuenta de que la otra vez, cuando vio a Piers y a Noelle, estaban también presentes Georgina y Emma. No había visto al patriarca a solas con su hija mayor hasta ese momento y le llamó poderosamente la atención la preocupación y el cariño que se demostraban. En los minutos que transcurrieron a continuación, mientras el perro lo saludaba con un ladrido y Noelle le quitaba el abrigo a su padre y se lo cambiaba por una chaqueta de punto muy usada que aguardaba en el respaldo de un sillón, comprendió el lugar que cada uno ocupaba en el mundo del otro.

Maisie se acordó de un libro que había leído años atrás. ¿Por qué lo había leído? ¿Se lo había dado Maurice o lo había elegido ella atraída tal vez por la reputación de su autor? ¿Cómo se llamaba? *El arco iris*, sí, ese era, la novela de D. H. Lawrence. Una imagen se le había quedado grabada en la cabeza y le había hecho pensar en su propia vida y preguntarse cómo podría haber sido si... Era ese libro, sin duda. ¿No pasaba en el libro que el padre, Will Brangwen, se ocupaba de su hija mayor, Ursula, como si fuera hija única incluso cuando llegaron otros hermanos? ¿Y que, para la chica, él ejercía de padre y madre? ¿Era eso lo que apreciaba entre Piers y Noelle? Puede que al nacer los mellizos, Emma se volcara demasiado en ellos y dejara que él consolara a Noelle. Piers quería a todos sus hijos, no cabía duda de eso, pero había sido a Noelle, la sensata Noelle, a quien había acogido bajo su ala.

¿Había sido su padre quien la había consolado cuando le informaron de que su marido había muerto? Maisie se imaginó el sufrimiento de Piers mientras abrazaba a la destrozada y joven viuda, la hija que él mismo había llevado al altar donde la esperaba el amable Godfrey Grant. ¿Se habría ofrecido a protegerla incluso cuando esta dejó a un lado el duelo para ocuparse del hermano herido que había vuelto de Francia? Y ahora Noelle se había hecho responsable de unos padres que iban haciéndose mayores, consciente de que no volvería a casarse ni tendría hijos, y que si quería poder mirarse con respeto, debía hacerse un hueco en su comunidad.

—Un placer volver a verte, Maisie, querida. Emma ha ido al estudio. Le ha entrado una necesidad acuciante de meterse de lleno en su trabajo. —Piers se volvió hacia Noelle cuando esta le entregó una taza de té con una mano mientras echaba al labrador ávido de cariño hacia el rincón con el otro perro—. Gracias, Nolly.

—Espero que no le importe que haya pasado a verlos, estaba de camino —explicó Maisie.

Piers se reclinó en el asiento.

—Recuerda, los amigos de nuestros hijos son siempre bienvenidos, Maisie, aunque espero que Georgie no te haya implicado en interrogatorios sobre la muerte de Nick.

—Eso es lo que le he dicho yo —dijo Noelle ofreciéndole bizcocho. Piers enarcó una ceja como si estuviera ante la fruta prohibida y se sirvió una porción. Noelle le puso un plato en las rodillas y le dio una servilleta—. Aunque estoy segura de que Maisie ha llegado a la misma conclusión que la policía, es decir, que la muerte de Nick fue un accidente. Pero si Georgie tiene más dinero que sentido común...

Maisie se volvió hacia Piers.

—Tengo entendido que tiene usted unos cuadernos de dibujo de Nick. Noelle me ha contado que se los llevó cuando estuvieron en su casa. Me gustaría mucho verlos, me ha fascinado su trabajo.

—Pues... resulta que no sé qué he hecho con ellos. ¡Qué cabeza! —contestó él terminándose el bizcocho. Cuando alargó el brazo para dejar el plato en la bandeja, le temblaba la mano—. Es lo malo de la edad, que se te olvidan las cosas.

Sonrió a Maisie, pero el ambiente relajado de la sala había cambiado. Piers estaba nervioso y Noelle se inclinó hacia delante en su asiento indicando con su lenguaje corporal que estaba preocupada por su padre.

—Bueno, me encantaría verlos cuando los encuentre —dijo Maisie suavizando el tono—. He llegado a admirar la obra de su hijo. Es una de las ventajas de mi profesión: me permite aprender mucho sobre temas que desconocía por completo. Le confieso que antes de conocer a Georgina, mi conocimiento sobre el mundo del arte era limitado, por decirlo de forma delicada.

Noelle se levantó y Maisie cogió su bolso.

—Y ahora sí que tengo que irme. Mi padre me espera para cenar esta noche y estoy segura de que me ha preparado unos platos deliciosos.

—Perdona por no haberte preguntado antes, pero ¿tu padre está solo, Maisie? —preguntó Piers apoyándose en el brazo del sofá para levantarse.

—Sí. Mi madre murió cuando yo era niña, somos solo los dos.

—Lo siento —dijo él tomándole la mano—. Ese es el problema de esta familia, estamos tan ensimismados con nuestras cosas que nos olvidamos de nuestros invitados.

Maisie sonrió y le apretó la mano con el mismo gesto afectuoso.

—Fue hace mucho, pero sigo echándola de menos.

Se despidió de padre e hija y les dio recuerdos para Emma antes de marcharse. Puso el coche en marcha y miró por el retrovisor a los dos, de pie en la puerta moviendo la mano en un último gesto de despedida. Después, Noelle le rodeó los hombros con un brazo, le sonrió y entraron en la casa.

Aunque la conversación había sido inofensiva —no dejaba de ser una visita por sorpresa del todo inoportuna y la habían invitado a tomar el té junto al fuego—, otra pieza del rompecabezas había encajado en su sitio. Con o sin los cuadernos de dibujo que se había llevado de la casa de Nick, creía saber qué era lo que contenían y por qué Piers Bassington-Hope no quería que nadie los viera.

17

LAS NOTICIAS QUE se encontró al llegar a casa de su padre la sorprendieron, aunque explicaban el motivo por el que Sandra había ido a verla al despacho. Los Compton habían decidido cerrar la casa de Belgravia hasta que su hijo James regresara de Canadá. Pese a lo inevitable de la situación —los costes de mantener una vivienda abierta en la ciudad no eran baladíes—, Maisie comprendió que su antigua patrona y mecenas que siempre la había apoyado, lady Rowan Compton, había renunciado definitivamente a ser una de las anfitrionas principales de Londres.

Maisie regresó a la ciudad por la mañana temprano con una mezcla de desasosiego y expectación. Por un lado, la puerta cerrada hacia que una parte de su pasado se cerraba y eso la entristecía. La casa a la que había llegado para trabajar siendo una niña que acababa de perder a su madre se había quedado vacía, y era probable que no volviera a abrirse hasta que el heredero de la propiedad regresara con una esposa y una familia. Y por otro era como si, por fin, el tentáculo que la ligaba a lo que había existido en otro tiempo fuera quedándose sin fuerzas. Redujo la marcha para subir por la famosa pendiente de River Hill sintiendo como si el pasado estuviera despegándose de ella; que, aunque su padre viviera en una casita que pertenecía a la finca de Chelston, era su hogar y allí estaba su trabajo. La casa de Belgravia se había terminado para ella; era como si la estuvieran liberando.

Según su padre, los acontecimientos se precipitaron cuando ella se mudó a su piso, y la sospecha del personal de servicio sobre lo que iba a suceder no podía haber sido más acertada.

Les habían ofrecido a todos trabajo en Chelstone, pero solo dos habían aceptado. Eric había encontrado trabajo con Reg Martin, cuyo taller mecánico iba bien a pesar de la crisis económica. Eric y Sandra se habían prometido, por lo que esta había rechazado el trabajo en Kent para quedarse en Londres, aunque nadie sabía en qué iba a trabajar o dónde iba a vivir hasta que se trasladara con Eric al piso de una habitación situado encima del taller cuando se casaran. Maisie comprendió por qué había acudido a ella y se preguntaba cómo podía ayudarla.

Enfiló Fitzroy Street y aparcó el coche. La luz en la ventana de su oficina le indicaba que Billy ya había llegado.

—Buenos días, señorita. Todo bien, espero.

El hombre se levantó y se acercó a ella cuando entró para ayudarla a quitarse el abrigo.

—Sí, Billy, gracias. Tengo que contarte un montón de cosas. ¿Todo bien por aquí?

—Como la seda, señorita. —Se asomó a la ventana y luego la miró—. Parece que va a caer una buena. ¿Un té?

—De momento no. Vamos a trabajar. Saca el mapa de la chimenea, aunque tengo que decirte que ¡he encontrado el viejo!

Maisie sacó el taco de papel arrugado que le habían devuelto los del Servicio de Aduanas.

—¿Dónde lo ha encontrado, señorita? —preguntó Billy sonriendo.

—Ahora te lo cuento. Venga, vamos a extenderlo sobre la mesa.

Cinco minutos después, Maisie y su ayudante estaban sentados delante de ambos mapas con sus lapiceros en la mano.

—¿Y dice que Nick B-H y sus colegas estaban metidos en el tinglado ese del contrabando?

—Parece que Alex Courtman no estaba involucrado, aunque no sé por qué. Puede que fuera porque fue el último en llegar al grupo en la escuela de arte, ya que era más joven que ellos, y no hubiera llegado a formar parte de esa camaradería que ya existía entre los otros. Pero será mejor que dejemos la puerta abierta a otras explicaciones.

Billy asintió con la cabeza.

—Entonces, ¿cómo ocurrió todo?

Maisie iba a contestar, pero en ese momento llamaron al timbre de abajo con bastante insistencia.

—Baja a ver quién es, Billy.

El hombre salió a toda prisa. No le había preguntado por Doreen ni por los niños, pues sabía que ya tendrían tiempo de hablar de la familia. Preguntarle nada más entrar por la puerta sería presionarlo en cierto modo, así que decidió esperar a que avanzara el día y estuviera más tranquilo para tratar el tema. Seguro que la luz fría del amanecer siempre le recordaba a la hija que ya no estaba.

Maisie levantó la vista cuando Billy entró. Tenían visita.

—Inspector Stratton —dijo acercándose a saludarlo, pero se detuvo junto a la estufa cuando vio al hombre que lo acompañaba.

—Creo que no le he presentado formalmente a mi compañero, el inspector Vance —dijo el policía haciendo un movimiento de cabeza hacia el otro hombre, que era igual de alto que él, aunque menos corpulento.

Con la ropa que llevaba, Stratton podría pasar por un hombre de negocios de éxito moderado, y a ojos de un observador distraído, no había nada en él que lo distinguiera de un hombre corriente de la calle. Vance, por el contrario, tenía un estilo más llamativo: daba un inesperado toque de color al traje azul de sarga con una vistosa corbata y llevaba unos gemelos que reflejaban la luz de una forma que revelaba que no eran de un metal tan valioso como pretendían. No quedó impresionada con Vance y tampoco sintió que le infundiera un respeto especial, que probablemente era justo lo que quería provocar en los que lo rodeaban.

—Inspector Vance, es un placer conocerle —dijo ella tendiéndole la mano y a continuación se volvió hacia Stratton—. ¿A qué debo el placer tan temprano?

—Tenemos que hacerle unas preguntas y queremos respuestas —espetó Vance con el tono que sin duda empleaba cuando interrogaba a alguien sospechoso de estar relacionado con el mundo del crimen.

Stratton miró a su compañero con cara de pocos amigos y se volvió hacia Maisie, que se mostraba intrigada por ver quién de los dos conseguía imponer su estatus sobre el otro.

—Señorita Dobbs, como ya sabe, hemos estado investigando a Harry Bassington-Hope y, sobre todo, a las personas con las que se relaciona. Creemos que sabe algo que podría sernos útil en la investigación. Le pido que nos cuente todo lo que haya descubierto, incluso aquello que no le parezca pertinente, para cotejar con la información que obra ya en nuestro poder.

El inspector completó la explicación con una mirada que daba a entender a Maisie que no se habría presentado así en su oficina si trabajara él solo en la investigación. Ella le mostró que comprendía la situación con una pequeña inclinación de la cabeza.

—Inspectores, me temo que tengo una información que no va a gustarles, y es que no solo les han ganado por la mano, sino que los tienen dando palos de ciego mientras otros siguen el rastro.

—¿Qué quiere decir? —preguntó Vance sin molestarse en ocultar su enfado.

—Siéntense. —Maisie miró a Billy, que sacó las sillas de detrás de sus correspondientes mesas y entendió que ella prefería quedarse de pie—. Lo que quiero decir, caballeros, es que el Servicio de Vigilancia Aduanera se ha fijado en lo mismo que ustedes, y aunque el objeto de su investigación no es exactamente el mismo, sí se solapa con el suyo. Vamos, que están trabajando el mismo terreno, digamos. —Hizo una pausa y evaluó el efecto que habían tenido sus palabras antes de continuar—. Me sorprende que no lo supieran, porque seguro que sería más provechoso que trabajaran todos juntos.

Miró a Stratton, que negó con la cabeza. La observación que acababa de hacer Maisie era como haberle pinchado en las costillas con la punta de la espada. Le había hecho saber que estaba al corriente de la mala relación que tenía con Vance, y él sabía que aún le quedaba mucho que aguantar.

—¿Cómo demonios...?

Vance se levantó con intención de ir hacia Maisie, que estaba de pie de espaldas a la estufa, pero, al primer paso, Billy se pegó a él.

—Por favor, señor Vance, voy a contarles todo lo que sé, aunque es más bien poco, me temo —dijo ella rebajándolo al dirigirse a él por el tratamiento de «señor», consciente de que corregirla sería grosero por su parte.

—Continúe, señorita Dobbs, estamos ansiosos por escucharla —dijo Stratton sin perder la calma.

—Yo digo que los llevemos a comisaría —interrumpió el otro atravesando a Maisie con la mirada y después a Billy. Y después se sentó de nuevo.

Maisie pasó por alto el comentario y continuó, dirigiéndose a Stratton.

—El Servicio de Vigilancia Aduanera está interesado en las mismas personas, aunque puede que por diferentes motivos. Lo único que sé es que tienen a Harry Bassington-Hope en el punto de mira, y a los que utilizarían a alguien tan ingenuo para sus propios fines. Sus deudas de juego lo han dejado a él y a su familia, aunque lo ignoren, en una situación vulnerable. Imagino...

Vance se levantó de un salto.

—Venga, Stratton, no tenemos todo el maldito día para quedarnos aquí escuchándola. Descubriremos más por nuestra cuenta, ahora que sabemos que los chicos de Aduanas van detrás de ellos.

—Ahora mismo bajo, ve arrancando el motor —respondió Stratton. Se volvió hacia Maisie cuando Vance salió de la oficina, pero esperó a que los pasos se perdieran y la puerta del portal se cerrara de golpe para hablar. Y lo hizo en voz baja—. ¿Qué tiene que ver eso con la muerte de Nick Bassington-Hope? Debe contarme todo lo que sepa. Soy consciente de que mi reputación podría quedar en entredicho, pero si murió por culpa de la relación de su hermano con esa gentuza...

Maisie negó con la cabeza.

—No creo que haya ninguna relación.

—Gracias a Dios. Al menos su hermana descansará cuando le diga que usted también piensa que fue un accidente.

—Yo no he dicho eso, inspector. —Y tras una pausa añadió—: Será mejor que baje, parece que Vance está muy impaciente a juzgar por cómo toca el claxon. Estaremos en contacto.

Stratton iba a responder, pero se lo pensó mejor. Les hizo un breve gesto con la cabeza a los dos y se fue.

—¡Caray, señorita! Estoy admirado con la forma en que ha tratado a esos dos polis —dijo Billy negando con la cabeza—. ¿No cree que lo mismo ha descubierto el pastel demasiado rápido? Ya sabe, que ha enseñado sus cartas antes de tiempo.

—No les he dicho casi nada, Billy. Tendrán que resolverlo entre ellos primero y luego con el Servicio de Vigilancia Aduanera. Decirles un poquito de lo que sé me ha servido para quitármelos de encima por ahora. Vamos a ver si se les bajan los humos a todos y ponen las cartas sobre la mesa, así a lo mejor consiguen algo en vez de ir por ahí interponiéndose en el trabajo de los otros por miedo a que otro departamento se les adelante y se cuelgue los laureles.

—Pero ¿qué es lo que pasa? ¿Y qué hacemos ahora?

Maisie regresó a la mesa que estaba junto a la ventana y observó el mapa del caso original. Tachó algunas palabras con un lápiz y anotó ideas relacionadas con la operación de contrabando, y después rodeó con un círculo el resto de las anotaciones y los unió entre sí con una pintura roja. Billy se puso a su lado y pasó el dedo por las líneas nuevas que señalaban por dónde iban las ideas de Maisie.

—Jamás se me habría ocurrido.

Maisie frunció el ceño, pero con mirada serena y voz baja respondió:

—No, a mí tampoco, Billy. Al principio, al menos. Vamos, tenemos trabajo. Debemos recabar algunos datos más si quiero demostrarlo —dijo mientras se dirigía a la puerta a coger el chubasquero—. No te lo he dicho, ¿no? Ya sé dónde está el depósito secreto. Vamos ahora hacia allí y después pasaremos a ver a Svenson de nuevo.

Billy la ayudó a ponerse el chubasquero, tomó el abrigo y la gorra del perchero y abrió la puerta.

—¿Por qué tenemos que ir a verlo otra vez?

—Para corroborar, Billy. Y si tengo razón, para organizar una exposición muy especial.

El depósito estaba situado en lo que Maisie habría llamado una zona «intermedia». No era un suburbio, ni tampoco se consideraría un barrio deseable para vivir, sino más bien una serie de calles con viviendas entre medias de las dos cosas. Un siglo atrás, comerciantes adinerados habían construido sus casas en una zona idónea en el lado sureste del río. En su momento habrían sido unas casas imponentes, pero en la época actual a muchas las habían dividido en apartamentos y habitaciones amuebladas con baño compartido. Los cuidados jardines de otra época habían desaparecido, aunque se veía algún que otro terreno de césped abandonado y algún rosal silvestre. Los *pubs* y las tiendas de barrio seguían teniendo clientes, y los habitantes no parecían tan desastrados y necesitados como en el barrio donde vivía Billy. Pero si la crisis se alargaba un año más, la vida podría cambiar para ellos.

Solo vieron un coche, señal inequívoca de que habían abandonado el West End. Un vendedor ambulante en su carreta tirada por un caballo pregonaba su mercancía mientras saludaba a los conductores de carros, no de coches motorizados, con los que se cruzaba en su avance lento.

Maisie redujo la velocidad y entrecerró los ojos para leer los nombres de las calles de la derecha mientras Billy, agarrando en la mano el papel con la dirección, leía los de la izquierda.

—Tendría que estar por aquí, Billy.

—Espere un momento, ¿qué es eso?

Pasaron al lado de un *pub* situado en una esquina, y en una franja de terreno justo antes de la casa siguiente había un edificio de ladrillo de una planta con una puerta de doble hoja parcialmente oculto por las malas hierbas y las zarzas. Un sendero irregular conducía hasta la puerta doble y había un número pintado en la pared.

—Sí, aquí es. —Maisie detuvo el coche y miró a su alrededor—. Preferiría que nadie supiera que estamos aquí.

—Será mejor que dejemos el coche allá atrás, cerca de donde hicimos el primer giro. Había algo más de tráfico. Un coche rojo como este llama mucho la atención por aquí.

Maisie condujo hasta donde le indicaba Billy y regresaron andando.

—¿Quién cree que es el propietario de este local?

—Es probable que el mismo del *pub* o la cervecera. Imagino que Nick andaría por aquí buscando un lugar como este y a los dueños les iría bien alquilarlo si no le estaban dando ningún uso.

Enfilaron el sendero. Maisie se agachó, abrió el maletín, sacó el sobre que había encontrado en el fondo del sillón y extrajo de él la llave. Se acercó a la cerradura, introdujo la llave y oyó el sonido metálico de los engranajes del interior.

—¿Se abre?

—¡Se abre! —respondió ella sonriendo.

Empujaron la puerta doble, entraron y volvieron a cerrar.

—Pensé que esto estaría más oscuro.

—Yo no —dijo Maisie negando con la cabeza—. El hombre era artista, necesitaba luz. Y dudo mucho que esas claraboyas estuvieran ahí cuando lo alquiló. Fíjate, se las ve bastante nuevas, y colocarlas ahí arriba tuvo que costarle un dinero. Tenía intención de utilizar este sitio durante mucho tiempo.

Inspeccionaron las claraboyas que se extendían a lo largo de todo el local, por lo menos diez metros, comentando cómo las habrían subido para acoplarlas en la cubierta inclinada. Maisie echó una ojeada a su alrededor. Aquel depósito parecía más una sala de algún tipo que una cochera con pretensiones.

—De hecho, yo diría que invirtió mucho dinero en este sitio —dijo señalando varios puntos para confirmar sus observaciones—. Mira cómo están dispuestas todas esas cajas de madera de allí. Y las estanterías para los lienzos y las pinturas. Hay una estufa y varios armarios, una tumbona vieja y una alfombra. No venía solo a trabajar en sus piezas de mayor tamaño, era su taller: aquello es una mesa de dibujante, mira, con planos para las exposiciones. Si Dungeness era su retiro en la costa, esta era su fábrica. Aquí era donde daba forma a sus ideas.

—Y todo está ordenado —comentó Billy siguiendo con la vista la mano de Maisie—. Apuesto lo que sea a que hay más sitio aquí que en nuestra pequeña casita. Se lo digo yo. De hecho, me pregunto por qué no arreglaría un poco el jardín. No parece propio de él dejar crecer tanto las malas hierbas.

Ella negó con la cabeza.

—Un jardín arreglado habría llamado la atención. Sospecho que venía a trabajar y volvía a marcharse... Cuando a él le parecía bien. —Se quitó los guantes mientras observaba con detenimiento el depósito una vez más—. Bien, quiero que registremos hasta el último rincón y no quiero que nos molesten. Tenemos buena iluminación —dijo señalando las claraboyas—, y he traído una pequeña linterna por si acaso. Venga, tengo ganas de ver si se confirman mis sospechas sobre esas cajas de madera.

Se acercaron a unas de varios tamaños, aunque todas tenían el mismo ancho, unos veinte centímetros.

—Vamos a comprobar primero cuántas hay —dijo Maisie haciéndole un gesto con la cabeza a Billy, que ya tenía la libreta preparada—. Y estate atento por si oyes alguna voz. Tenemos que intentar hacer el menor ruido posible.

—Muy bien. —Billy asintió con la cabeza, y se encogió de hombros al tocar el número que aparecía en la tapa—. ¿Qué cree que significarán?

Maisie escudriñó los números 1/6, 2/6 y así hasta la última caja, donde se leía 6/6.

—Muy bien. Parece bastante sencillo, aunque no lo sabremos hasta que no veamos lo que hay dentro. Debe de ser la obra central de la exposición y los números sugieren que consta de seis piezas.

—Entonces, ¿no es un tríptico?

—Pronto lo sabremos.

—¿Vamos a abrirlas todas?

—Puede. Después tendremos que registrar este sitio en busca de cualquier cosa relativa a la colocación. Nick dio a Alex y a Duncan instrucciones de dónde debían instalar los anclajes y demás elementos de sujeción para las obras, pero no les dijo cuántas piezas eran ni el orden en el que había que colgarlas. Tiene que haber un plano en alguna parte, algo en lo que estuviera trabajando... y tiene que haber cuadernos con los dibujos preliminares y los bocetos del cuadro. Estarán escondidos en alguna parte.

—¿Y los que encontró en Dungeness? —preguntó Billy mientras revisaban el mueble donde guardaba las herramientas—. ¡Caray! Hasta las herramientas están limpias y ordenadas.

—Los cuadernos de dibujo fueron reveladores porque me permitieron ver sus progresos, las imágenes que le interesaban, desde que empezó a pintar. Pero, aunque estaban presentes sus reflexiones sobre la guerra, creo que tiene que haber en alguna parte otros cuadernos sobre esta colección en concreto.

—¿Palanca?

—Creo que nos servirá, pero ten cuidado.

—¿Por cuál empiezo?

Maisie tocó la primera caja.

—Por esta. Es la más grande y está la primera, creo que es lógico empezar por ahí.

Billy encajó la palanca entre los tablones y los separó. Con cada arremetida, saltaba algún clavo, y los dos se detenían a escuchar para asegurarse de no haber llamado la atención de curiosos. Cuando la caja se abrió por completo, Maisie extrajo un cuadro embalado de manera similar a los que habían sacado los contrabandistas en el granero. Billy la ayudó a apoyarlo contra otra caja antes de retirar la funda de cáñamo y el de lino que protegía el lienzo.

Se trataba de un panel horizontal de dos metros y medio por uno aproximadamente adornado por un marco de madera sencillo.

—¡Atiza!

Maisie no dijo nada, la voz no le salía. Billy alargó la mano hacia el cuadro, y aunque sabía que debería detenerlo, se dio cuenta de que no podía, porque entendía que el movimiento era un acto reflejo de la memoria.

—Me ha llegado aquí, señorita —dijo llevándose al pecho los dedos con los que había tocado el cuadro.

—Y a mí, Billy.

La escena panorámica representaba dos ejércitos enfrentados con tal grado de detalle que Maisie sintió que se podía llegar al alma de cada soldado mirándolo a la cara. Los hombres atravesaban corriendo la alambrada de espino al encuentro con el enemigo, y caían a uno y otro lado al recibir una herida en la cabeza, la pierna, el brazo y el corazón. En el mural, tan lleno de movimiento que parecía una imagen animada, no se mostraba a los dos ejércitos combatiendo, ya que los soldados de infantería se habían convertido en camilleros que acudían a ayudar a los heridos, acompañaban a los moribundos y enterraban a los muertos. Hormigas de uniforme haciendo cosas de la guerra, la dura tarea que se esperaba de ellos. El cuadro no mostraba vencedores o vencidos, el bando bueno y el malo, tan solo dos batallones marchando el uno sobre el otro y la terrible consecuencia de la muerte. En una combinación de destreza y pasión, Nick Bassington-Hope había dibujado el paisaje de la guerra en toda su negrura y su terror: el cielo iluminado por las bombas, el barro que impedía el avance a los que no habían resultado heridos y a los camilleros, esos valientes que atravesaban la tierra de nadie al servicio de la vida.

—Si este es solo uno de varios, no sé si voy a poder mirar los demás.

Maisie asintió con la cabeza y susurró, como si hablar en voz alta fuera una falta de respeto hacia los muertos.

—Tengo que ver uno o dos más, y después podemos volver a guardarlos.

—Está bien —contestó Billy y se dispuso a abrir la segunda caja.

Cuando terminaron, se apoyaron contra unas estanterías a descansar un momento.

—¿Sabe alguien qué nombre quería poner el señor B-H a su obra maestra?

—No que yo sepa. Nadie sabe nada, y como le interesaba tanto el formato tríptico desde que estuvo en Bélgica antes de la guerra, todos supusieron que sería eso, un tríptico.

—Me parece que no voy a querer oír esa palabra nunca más después de esto.

—Creo que yo tampoco. Venga, empieza tú por estas estanterías y yo me pondré con la cómoda.

Trabajaban en silencio. Un delgado haz de luz atravesó las nubes para acudir en su ayuda en forma de resplandor que se colaba a través del cristal de la claraboya. Maisie rebuscaba entre papeles y bocetos. Miró a su ayudante, que estaba sacando de la estantería varios lienzos acabados, pero que no estaban envueltos.

—¿Sabes si van a enviar a tus hijos a casa pronto, Billy?

—El fin de semana, creo. En el hospital nos dijeron algo de convalecencia en la costa, ya sabe, eso de que el aire puro limpia los pulmones. Si el cuñado de Doreen no hubiera decidido dejarlo todo para venir a Londres, podríamos hacerlo, pero ahora no.

Cuesta dinero. Pero los chicos se pondrán bien, ya lo verá. —Vaciló un momento antes de añadir—: Y ya saben lo de su hermana, saben que hemos perdido a Lizzie.

—Ya —contestó ella sacando un montón de cuadernos de dibujo de un cajón. Eran de tamaño holandesa y seguían la misma numeración que las cajas en las que estaban guardadas las piezas de la obra—. Mira... Uno, dos, tres, cuatro... —Los hojeó—. Son los cuadernos de dibujo con el trabajo preparatorio de Nick, pero...

—¿Qué pasa?

—Faltan dos.

—A lo mejor los guardó en otro sitio o se los llevó a Dungeness.

—Sí, tienen que estar allí.

—¿Recuerda haberlos visto?

—No, pero...

Billy calló, porque estaba pensando lo mismo que ella. Maisie dejó los cuadernos a un lado.

—Nos los llevamos. Creo que ya podemos irnos.

—¿No tenemos que encontrar el croquis con la distribución de los cuadros?

Maisie negó con la cabeza.

—No. A partir de los cuadros que hemos visto, cada segmento tiene una forma determinada y solo hay una manera lógica de colocarlos, como un rompecabezas. No creo que nos cueste mucho.

Lo dejaron todo como estaba, cerraron bien las puertas y volvieron caminando al coche. Billy miró a Maisie y se aclaró la garganta antes de hablar, pero ella se le adelantó. Tenía los ojos llenos de lágrimas.

—Estoy bien, Billy. Es solo que esos cuadros...

18

Maisie y Billy llegaron a la galería de arte Svenson a media tarde. Había mucho movimiento, porque estaban descolgando los cuadros de la colección Guthrie para embalarlos y enviarlos a sus nuevos dueños. Svenson, siempre tan pulcro, llevaba un traje hecho a medida con una corbata de color azul chillón y camisa de seda de un blanco deslumbrante. Llamó desde lejos a Arthur Levitt y le ordenó que supervisara el manejo de una pieza en particular. Mientras esperaban a un lado a que se fijara en ellos, lo vieron regañar a un joven porque tenía unos «dedos como salchichas y la fuerza de agarre de un pescado mojado», y le decía que el cuadro que tenía en las manos costaba más que el retrato de su abuela de la repisa de la chimenea.

—¡Disculpe, señor Svenson! —dijo Maisie alzando la voz para llamar su atención.

—Ah, señorita..., señorita... —Se volvió y sonrió, y siguió dando órdenes según se acercaba.

—Señorita Dobbs, y él es mi colega, el señor Beale.

—Encantado de volver a verla, y de conocerlo, señor Beale —dijo con una leve inclinación de cabeza—. ¿En qué puedo ayudarla, señorita Dobbs? Confío en que Georgina esté bien.

Maisie asintió con la cabeza.

—Muy bien, aunque ha pasado poco tiempo, ¿no le parece?

—Sí, la muerte del pobre Nicholas ha sido un mazazo para Georgie. —Guardó silencio y, al rato, como si se hubiera dado cuenta de que debía de haber un motivo para la visita añadió—: Perdone, señorita Dobbs, ¿qué puedo hacer por usted?

—¿Podemos hablar en privado?

—Cómo no. —Svenson señaló su despacho con la mano y llamó a Levitt—. ¡Procura que esos gorilas tengan cuidado con el retrato!

El despacho era, como el resto de la galería, una estancia luminosa con las paredes blancas, y muebles de madera oscura y detalles cromados relucientes. Había un mueble bar en una esquina, un archivador en otra, y, en el centro, una mesa grande con dos bandejas para documentos, una a cada lado de un protector de mesa de cuero. En la parte superior de este había un juego de tinteros de cristal y un bote con varias plumas, cada una con un diseño diferente. Un teléfono negro descansaba situado al alcance de la mano. Si bien había dos sillas frente a la mesa, el galerista les señaló una zona a la derecha de la puerta con una mesa baja rodeada por un sofá y dos sillones negros de cuero.

—Dígame, ¿qué puedo hacer por usted, señorita Dobbs?

—En primer lugar, he de confesarle algo. La primera vez que vine no fue en calidad de amiga de Georgina. Sí es verdad que estudiamos juntas en Girton, aunque el motivo de que contactara conmigo fue mi profesión. Soy detective privada, señor Svenson, me dedico a...

—Pero... —El hombre se levantó con la cara enrojecida.

Maisie sonrió.

—Déjeme terminar, señor Svenson, no hay motivo para que se alarme. —Esperó un segundo y al ver que el otro no seguía interrumpiendo, continuó—. Georgina vino a verme unas semanas después de que muriera su hermano, principalmente porque tenía la sensación de que la muerte no había sido por culpa de un desafortunado accidente. Teniendo en cuenta mi trabajo y mi reputación, quería que investigara y comprobara si había algún motivo para la duda, ya que comprendía que su estado emocional le impedía ver las cosas con claridad.

Maisie eligió las palabras con cuidado para que Svenson no se sintiera presionado en exceso por lo que implicaban. Después de todo, el hombre en cuestión había muerto en su galería.

El galerista asintió con la cabeza.

—Ojalá me lo hubiera dicho. Podría haberla ayudado, pobrecilla.

Billy miró de reojo a Maisie enarcando las cejas y ella respondió con una leve inclinación de cabeza y siguió hablando.

—Por favor, no quiero que se lo tome como indicación de mis sospechas o mis hallazgos, pero debo hacerle unas preguntas. Tengo entendido que acudió a la galería a última hora aquel día para hablar con Nick poco antes de su muerte. ¿Es correcto?

El hombre suspiró.

—Así es. Volví más tarde.

—Pero no se lo dijo a la policía.

Él se encogió de hombros y movió la mano como si espantara a una mosca molesta.

—Si le digo la verdad, nadie me lo preguntó. Cuando el señor Levitt encontró el cuerpo... —Se frotó la boca con la mano—. No me puedo creer que nuestro querido Nick ya no esté. Tengo la sensación de que entrará por la puerta en cualquier momento con alguna idea nueva, un cuadro recién terminado o quejándose por la manera de exhibir tal o cual pieza. —Hizo una pausa—. Levitt llamó primero a la policía y luego me llamó a mi casa. Llegué poco después que el inspector Stratton, que parecía bastante enfadado por que lo hubieran llamado para atender un caso claro de accidente. El forense realizó un examen inicial, y después recogieron a Nick y se marcharon. El silencio que se produjo cuando se fueron fue extraordinario. Tanta actividad frenética y, de repente, nada. —Extendió los brazos—. Un hombre muerto y todo su legado a nuestro alrededor... Qué vacío tan insoportablemente extraño.

—¿Y dice que nadie le preguntó cuándo había visto a Nick por última vez y ese tipo de cosas? —preguntó Maisie retomando el hilo del interrogatorio.

—Pues no, la verdad. Si le soy sincero, no me acuerdo de casi nada. Está todo borroso. Había mucho que hacer: informar a la familia, contactar con la prensa, escribir una esquela... Al fin y al cabo, yo era su agente.

—Pero usted vio a Nick por la tarde el mismo día de su muerte, ¿no es así?

Svenson suspiró de nuevo.

—Sí, lo vi. Nick y el señor Bradley, que, como sabe, es su más ferviente seguidor, habían tenido un pequeño desencuentro ese mismo día por el tema del tríptico, una pieza que, a juzgar por el secretismo con que la había llevado Nick, iba a convertirse en una obra de inmenso valor y trascendencia. Nick, como seguramente sabrá ya si ha estado haciendo averiguaciones, anunció que no pensaba poner la pieza central a la venta, no iba a ofrecérsela a Bradley en primicia, como habría sido lo suyo. De repente, Nick declaró que iba a donarla al museo de la guerra de Lambeth y, si no les interesaba a ellos, se la cedería a la Tate o a cualquier otra institución nacional. La decisión era poco menos que un anatema para Bradley y se puso como una fiera.

Había estado frotándose las manos mientras hablaba, pero al llegar a ese punto los miró, primero a Maisie y luego a Billy.

—Regresé más tarde con la intención de calmar los ánimos. Era crucial que los dos quisieran seguir haciendo negocios, que cada uno respetara las decisiones del otro. Si Nick quería donar la obra, yo no tenía ningún problema, pero estaba decidido a facilitar la reconciliación, sugiriendo tal vez que Bradley comprara la obra y la cediera al museo que fuera para su exhibición permanente a modo de legado en su nombre. No habría sido la primera vez que me encargaba de algo así.

—¿Y Nick aceptó su propuesta?

—La rechazó de inmediato. Y la relación amorosa que empezaba a surgir entre Georgie y Bradley no mejoraba las cosas. Nick estaba furioso con su hermana.

—¿Entró por la puerta delantera o por la trasera?

—Por la delantera.

—¿Cerró con llave cuando se marchó?

—Pues... Yo... —Frunció el ceño y guardó silencio.

—¿Recuerda si cerró la puerta?

El hombre negó con la cabeza.

—Que no recuerde si giré la cerradura no quiere decir que no dejara la puerta bien cerrada. Lo hago siempre, es una costumbre. —Asomó un leve acento escandinavo, lo que indicó a Maisie que no estaba tan seguro como pretendía.

—¿Vio a alguien fuera cuando salió? —continuó preguntando ella.

Svenson cerró los ojos y habló de forma pausada, tratando de recordar los detalles.

—Cerré la puerta..., levanté el paraguas para llamar al taxi que acababa de entrar en la calle. Una llegada muy oportuna y...

—¿Señor Svenson?

—¡Oh, Dios mío, no!

—¿Qué ocurre?

—¡Salí corriendo hacia el taxi! Había empezado a llover otra vez. No me paré a ver quién se bajaba por el otro lado del vehículo. Recuerdo que pensé que me alegraba que quienquiera que fuera hubiera decidido bajar por la puerta de la izquierda, porque así pude meterme yo por el otro lado, y... Ahora me acuerdo... Oh, Dios mío... Puede que no cerrara la puerta con llave. La llegada tan oportuna del taxi me distrajo, tenía que darme prisa y...

Maisie le puso la mano en el brazo.

—No se preocupe, señor Svenson. Si alguien hubiera querido entrar en la galería, lo habría hecho tanto si estaba la puerta cerrada con llave como si no. Es solo un dato más para ayudarme en la investigación.

—Pero ¿cree que a Nick lo asesinaron?

Maisie y Billy se miraron otra vez. Mientras ella lo interrogaba, él había estado tomando notas. Era el momento de pasar al segundo motivo de su visita.

—Señor Svenson, también hemos venido para darle una noticia que debemos mantener entre los tres de momento. Además, quiero proponerle algo y necesito su ayuda.

El hombre se encogió de hombros.

—¿Mi ayuda? ¿Cómo puedo ayudar yo?

—Sé dónde está la obra central de Nick y quiero exponerla aquí, en la galería. Yo...

—¿Sabe dónde está el tríptico?

—No es un tríptico y sí, sé dónde está. Déjeme terminar, señor Svenson. Quiero que envíe unas invitaciones informales a un grupo selecto de personas: los amigos de Dungeness de Nick, su familia, el señor Bradley, puede que algún representante de cada museo. Estoy convencida de que encontrará el momento para organizar una exposición abierta más adelante, en la que se incluyan también las obras que encontraron Georgie y Nolly tras la muerte de su hermano. A mí, que soy totalmente inexperta en el tema, me parece que hasta los cuadernos de dibujo costarían un buen dinero, pero, bueno, para eso habrá que contar con el permiso de la familia y sus hermanas, como albaceas.

—Oh, Dios mío, Dios mío, hay que ocuparse de muchas cosas. ¡Tengo que ponerme a trabajar!

Maisie negó con la cabeza.

—No, señor Svenson. Tengo que pedirle un favor y confío en que me lo conceda, ya que es vital tanto para la investigación como para esta exposición especial.

—¿A qué se refiere?

—Voy a pedirle que mantenga en secreto los preparativos, aparte de los detalles que yo le indique, pero necesitaré acceso privado a la galería. Quiero que solo ayuden en el montaje las personas que yo diga. Habrá que seguir un guion y durante un período específico haremos que parezca que la galería está desatendida. Es muy muy importante que mis instrucciones se sigan al pie de la letra.

—¿Y qué pasa con Georgie? ¿Se lo dirá?

—Iré a verla esta tarde. Como clienta que es, debo tenerla al corriente de mis avances, pero también es consciente de que no puede esperar que la informe de todas y cada una de las decisiones que tomo para cumplir con éxito mi misión.

—Me pide demasiado, señorita Dobbs.

—Ya lo sé. Pero usted le pedía mucho a Nick también, y aunque a veces pudiera ser un hombre rebelde, su reputación se ha multiplicado por mil gracias a él. Creo que se lo debe, ¿no le parece?

El hombre calló un momento y después la miró.

—Dígame punto por punto qué quiere que haga.

Por suerte, Georgina Bassington-Hope se encontraba en casa cuando llegó Maisie. Cuando el ama de llaves le informó de que la señorita Dobbs la esperaba en la salita, Georgina salió de su estudio con la ya reconocible mancha de tinta en los dedos.

—Te pido disculpas por molestarte mientras trabajas, Georgina.

—Es la maldición del escritor, Maisie: me enfada y a la vez agradezco la interrupción. Puedo pasar un buen rato limpiando las teclas de la máquina de escribir o aclarando el plumín y el cuerpo de la pluma; cualquier cosa que pueda considerarse trabajo propio de un escritor sin escribir dos palabras seguidas —dijo con una sonrisa mientras sacaba un pañuelo del bolsillo para limpiarse las manchas—. ¿Me traes noticias?

—Creo que será mejor que nos sentemos.

Georgina se dejó caer en el sillón y siguió limpiándose, aunque le temblaban las manos. Miró a Maisie, que se había sentado en el sofá chester, en el extremo más cercano a ella.

—Adelante.

—En primer lugar, quiero saber algo sobre el cuadro que tienes encima del mueble bar, el que pertenece al señor Stein.

—Ya te lo dije, Maisie, no sé...

—¡Georgina! No me mientas, por favor. Deberías haber sabido que mis pesquisas, en un trabajo que tú me encargaste, me llevarían a averiguar lo que ha estado pasando en Dungeness.

Georgina se levantó y empezó a caminar de un lado para otro.

—No pensé que pudiera tener relación con la investigación.

—¿Que no pensaste que pudiera tener relación con la investigación? ¿Has perdido el juicio, Georgina?

La mujer negó con la cabeza.

—Lo único que sabía era que la implicación de Nick no tenía relación...

Maisie se levantó y se situó frente a ella.

—Eso puede ser, Georgina, pero tuve que seguir la pista que había descubierto y eso me ha llevado un tiempo muy valioso. Fue una distracción que tuve que evaluar antes de llegar a la conclusión de que no tuvo nada que ver con la muerte de tu hermano.

—Lo... Lo siento muchísimo, pero ellos lo hacen por una buena causa.

—Sí, lo sé, eres consciente de que Harry está metido en un problema muy grave y que es posible que Nick también corriera peligro, ¿verdad?

—¿Y crees que no tuvo nada que ver con su muerte?

—Sí, Georgina, creo que no tuvo nada que ver —respondió ella con un suspiro—. Pero si quieres ayudar a Harry, y también a Duncan y a Quentin, debes localizarlos cuanto antes y decirles que tienes que hablar con ellos enseguida. Tengo algo que creo que les será de ayuda, pero el riesgo es muy grande.

—Por supuesto. Yo...

—Y tengo otra noticia.

—¿Sobre la muerte de Nick?

—No exactamente. He encontrado el depósito donde Nick guardaba la mayoría de sus obras, incluida la obra central de la exposición.

—¿Has encontrado el tríptico? —preguntó poniéndole una mano en el brazo.

—Son seis piezas en realidad.

Georgina la miró de frente.

—Vamos, quiero verlo.

Maisie negó con la cabeza.

—Siéntate, por favor. Ya hay otro plan en marcha y necesito que te ciñas a él.

Georgina se sentó, pero su tono de voz se volvió seco.

—¿Qué quieres decir? ¿Quién te da derecho a ejecutar «otro plan» sin pedirme permiso? Si alguien tiene que hacer planes aquí, tendría que ser...

—¡Georgina, por favor! —la interrumpió Maisie alzando la voz y le agarró las manos—. Cálmate y escúchame.

Georgina asintió con la cabeza, pero se soltó de ella y se cruzó de brazos.

—Tienes todo el derecho a estar enfadada y a querer ver las obras —continuó Maisie—. Sin embargo, la investigación me ha obligado a moverme con rapidez.

—¡Pero yo soy tu maldita clienta! ¡Soy la que te paga, y no poco! —contestó la otra inclinándose hacia delante con el cuerpo tenso.

—Muy cierto, pero, en este trabajo, a veces tengo que ponerme del lado de los muertos, y esta es una de esas veces. He dado muchas vueltas a cómo actuar y te pido que confíes en mí y me permitas proceder con libertad.

Se produjo un silencio. Georgina golpeó el suelo con el pie varias veces y, al final, suspiró.

—Maisie, no sé por qué estás haciendo todo esto ni a qué se debe ese plan tuyo, pero... Pero, aunque no tiene ninguna lógica, confío en ti. Y al mismo tiempo estoy muy, pero que muy molesta. —Alargó el brazo hacia Maisie, que le agarró la mano de nuevo.

—Gracias por la comprensión —dijo Maisie sonriendo—. Mi trabajo no termina cuando doy con la solución de un caso o encuentro la información que estaba buscando. Termina cuando todos los afectados por mi trabajo quedan conformes con el resultado.

—¿Qué quieres decir?

—Lo que quiero decir es algo que mis clientes no llegan a entender hasta que consigo mi objetivo.

Georgie contempló las llamas un momento y al cabo de un rato se volvió hacia Maisie.

—Será mejor que me cuentes ese plan tuyo.

EMPEZABA A OSCURECER cuando Maisie salió del piso; una niebla glacial lo envolvía todo. Al llegar al coche, sintió que la invadía una profunda sensación de tristeza, algo con lo que ya contaba, y sabía que era un presagio del hondo dolor que aguardaba a Georgina y a su familia. Se preguntaba si tenía alguna otra opción, si podría retrasar el reloj y mentir para proteger a los demás. Había tomado decisiones de ese tipo con anterioridad, pero... Permaneció un instante en el asiento del conductor dándole vueltas. Otra vez el juego del riesgo y el azar, solo que en esa ocasión le debía lealtad al artista muerto y a las verdades que lo emocionaban. ¿Pensaría lo mismo si los cuadros no la hubieran impactado tanto? Ya nunca lo sabría, aunque comprendía que, incluso desde la tumba, era como si el sueño de Nick Bassington-Hope de que su obra llegara a tanta gente como fuera posible hubiera prendido en su imaginación, convirtiéndola en cómplice, impulsándola a especular con la vida de los demás, en un intento de hacer realidad ese sueño.

SE HABÍA DETENIDO en una cabina a llamar al inspector Stratton, por lo que no le sorprendió ver el Invicta aparcado sobre los adoquines de Fitzroy Square esperándola. Tocó suavemente en el cristal de la ventanilla al pasar, tras lo cual Stratton bajó y subió con ella a la oficina.

—Espero que tenga algo útil, señorita Dobbs.

—Tengo información para usted, inspector. Sin embargo, necesito ayuda a cambio. Creo que le parecerá un intercambio justo.

Stratton suspiró.

—Sé que no me dirá ni una palabra hasta que no acepte la proposición, así que, muy a mi pesar y confiando en que lo que me pida a cambio no me ponga en una situación comprometida, le doy mi palabra.

—Lejos de ponerlo en una situación comprometida, creo que es posible que acabe recibiendo felicitaciones. Dicho eso, le contaré lo que sé sobre la operación de contrabando que tiene lugar en Kent.

Maisie colocó dos sillas delante de la estufa y encendió el gas. Cuando estuvieron cómodamente sentados, empezó a hablar.

—Empezaré por el principio. Los artistas, Nick Bassington-Hope, Duncan Haywood y Quentin Trayner se han visto implicados en una operación de contrabando en la costa. Los ayudaban tres pescadores, dos hombres de Hastings, dueños de una embarcación lo bastante grande como para colaborar en la operación, y uno de Dungeness, un hombre de cierta edad que conoce muy bien, no me cabe duda, las ensenadas, cuevas y otros lugares secretos de la costa. Él era el eje sobre el que pivotaba el asunto, el intermediario que buscaba a los pescadores de la zona para el trabajo.

—Continúe —dijo Stratton sin apartar la vista de Maisie.

—Bien, el asunto es que la operación que llevaban a cabo no era ilegal en el sentido estricto de la palabra, no como usted piensa. Es cierto que todo esto es una conjetura por mi parte a partir de la información que me han proporcionado varias fuentes y el hecho de que los artistas sentían que su misión era hacerlo, y esto es literal. —Hizo una pausa para ver si el policía comprendía lo que quería decirle—. Como es posible que sepa, las colecciones de arte más valiosas de Gran Bretaña y Europa están siendo saqueadas por parte de un selecto grupo de compradores estadounidenses con dinero y ganas de aprovecharse de una aristocracia debilitada por la guerra, la crisis económica y por el hecho de que la línea de sucesión de muchas de las familias poseedoras de colecciones de arte se haya visto interrumpida drásticamente. Invertir en arte es en la actualidad bastante más seguro que el mercado de valores, por lo que muchas obras de gran valor económico y sentimental cruzan el Atlántico, y nuestros museos no pueden hacerse cargo de todas. Y luego están los artistas, personas como Bassington-Hope, como Trayner, como Haywood, artistas que han sido testigos del éxodo de las obras que les sirvieron de inspiración cuando eran jóvenes. Nick en particular vivió en persona el poder que los ricos ejercían en el mercado del arte. Él vivía bien gracias a esa capacidad económica, por supuesto, pero también le enfurecía lo que estaba ocurriendo. Y eso no es todo.

Maisie hizo una nueva pausa para evaluar el interés de su interlocutor.

—Hay más personas que tienen motivos para temer por el futuro de sus posesiones. No sé con seguridad, si le digo la verdad, qué grupo acudió en primer lugar a los artistas, pero eso tampoco importa mucho. —Apretó los labios mientras buscaba las palabras con tiento—. Como sabe, la política en Alemania está cada vez más influenciada por el nuevo partido, el que lidera Adolf Hitler. Hay personas que tienen miedo, porque ven lo que se avecina. Presagian que les van a arrebatar sus propiedades. Y hay personas que quieren ayudar. He visto que se están distribuyendo valiosas obras de arte por toda Europa, puestas a salvo hasta que puedan ser devueltas con seguridad a sus legítimos dueños. Ellos saben que pueden pasar años, décadas incluso, hasta que eso suceda. Los artistas tienen dos contactos, uno en Francia y otro en Alemania, posiblemente más, que reciben y preparan los artículos para su evacuación. Una vez a salvo, las obras recaen en manos de simpatizantes con la causa que las guardan hasta que se calmen las aguas. No existe una ley que lo prohíba, pero es obvio que no quieren que aquellos que podrían querer quedarse con ellas, ya sean inversores con intenciones de adueñarse de ellas en contra de los deseos de una familia, ya sea un partido político decidido a privar del derecho a voto a un segmento de la población, vean que las obras salen del país.

—Todo eso está muy bien, señorita Dobbs, pero a los hombres a los que perseguimos no les interesan las obras de arte —dijo el inspector inclinándose hacia delante para acercar las manos al fuego.

—Lo sé, pero sí les interesan los diamantes, ¿o no? —respondió ella agachándose para aumentar la salida de gas.

Stratton guardó silencio.

—Como ya le he dicho, gran parte de lo que sé procede de un comentario por aquí, una conversación oída por allá, una observación que me llevó a hacer una conjetura afortunada, pero esto es lo que creo que ocurrió que captó la atención de los hombres que buscan.

—Siga —dijo él retirando las manos, que metió en los bolsillos del abrigo.

—Harry Bassington-Hope tenía problemas...

—¡Por el amor de Dios! ¡Eso ya lo sabemos!

—Tenga un poco de paciencia, inspector —continuó ella—. Harry tenía problemas, algo habitual. Se encontraba en una situación desesperada y reveló un secreto que su hermano le había contado en algún momento: que los artistas pasaban pinturas y otras obras de arte desde el continente a través del canal para protegerlas. Esas cosas carecen de importancia para criminales que prefieren centrarse en el negocio que ya conocen y tratan solo con aquello que saben que sus contactos pueden mover fácilmente y sacarse un buen dinero. Una cosa que conocen es el mercado de las piedras preciosas, diamantes en particular. Introducir las piedras que enviaban sus contactos en el extranjero se convirtió en algo muy fácil: solo había que presionar a Nick Bassington-Hope y dejarle claro que su hermano sufriría si no hacía lo que pedían, y tener un líder que se asegurase de que sus socios accediesen. En resumen, Nick ya había creado y montado la red para el transporte de las obras, de modo que los criminales solo tenían que subirse al carro, y amenazar a Harry era una forma de asegurarse de que todos tuvieran la boca cerrada. Y en cuanto vieron que el sistema funcionaba, el flujo constante de pagos por parte de los hombres que controlaban a Harry les aseguraba la colaboración de los demás sin rechistar.

—Suponiendo que todo eso sea cierto, que aún está por ver, ¿cómo demonios lo ha descubierto?

—Prestando atención y teniendo la suerte de estar en el lugar adecuado en el momento oportuno, por supuesto. Me encontraba en Dungeness cuando ocurrió y fui testigo de la operación. Y mi ayudante y yo hemos pasado horas en la Tate, aprendiendo sobre arte. Aunque al final, uno tiene que dar un salto de fe y arriesgarse. Se asimila bastante al riesgo de apostar. —Maisie sonrió y guardó silencio—. Y también vi cómo sacaban los diamantes del bastidor de un cuadro y hacían la entrega, de modo que comprendí lo que sucedía. También lo vieron los agentes de vigilancia aduanera, aunque hasta donde yo sé, aún no han cazado a sus criminales. Pero no tardarán en ponerles las esposas. He de añadir que sus colegas al servicio del Gobierno me sometieron a un interrogatorio bastante detallado y creo que tal vez les contara lo mismo que le he contado a usted.

Stratton guardó silencio un momento y al cabo se volvió hacia ella.

—¿Algo más, señorita Dobbs?

—Una cosa más. He pedido a los amigos de Nick que se pongan en contacto conmigo. Cuando hable con ellos, los presionaré para que vayan a hablar con usted cuanto antes. Confío en que su disposición a colaborar sirva para que los vea con mejores ojos.

—Tratar conmigo es una cosa. Cuando los criminales se enteren, esos hombres van a necesitar algún tipo de protección.

—He pensado también en eso. Los obligaron a colaborar con la amenaza de hacer daño a Harry Bassington-Hope. Ahora que Nick está muerto y Harry debe dinero por todas partes, tanto Haywood como Trayner quieren abandonar.

—La banda se aseguró de tenerlos bien atados dándoles dinero y, por muy buenas que fueran sus intenciones, no lo rechazaron, ¿o sí?

—¿Quién lo haría dadas las circunstancias? —repuso ella negando con la cabeza—. Sé que eso constituye un escollo, pero si están dispuestos a colaborar con usted en su investigación y a ayudarlo a arrestar a los culpables, seguro que...

Stratton suspiró.

—Haré lo que pueda. —Hizo una pausa y se encogió de hombros. Después se miró las manos y a continuación la miró a ella—. ¿Y cómo puedo ayudarla yo?

—Creo que lo que tengo en mente nos ayudará a ambos —dijo ella con calma—. Tendremos que manejar este asunto con mucho cuidado, inspector.

SVENSON ENCARGÓ QUE levantaran un andamio en el extremo más alejado de la galería el sábado. Maisie, por su parte, reunió a los hombres y la mujer que la ayudarían el domingo por la tarde, una vez que terminaran de montar el andamio. Aunque no disponían de los planos originales para la colocación de las piezas, y Maisie no quería recurrir a Duncan Haywood y a Alex Courtman, Arthur Levitt hizo las veces de capataz, y ordenó a los hombres que dispusieran unos caballetes a cierta altura del suelo para facilitar la colocación de cada pieza. Maisie dibujó un plano con la distribución de las piezas gracias a la inspección que había hecho de la obra que entregó a sus ayudantes, pero no compartió la información con Svenson y Levitt.

Mientras tanto, y siguiendo sus indicaciones, Svenson escribió cartas en las que avisaba de que el «tríptico» había aparecido y que, cuando terminaran los trabajos de montaje el domingo, se realizaría una visita privada a lo largo de la semana. Decía también que enviaría la invitación formal en breve. Reconocía en la carta lo inusual de la invitación, pero estaba seguro de que aquellos que habían conocido a Nick lo entenderían. La decisión de hacer una recepción para un grupo limitado y selecto en honor del artista había sido improvisada y constituía una oportunidad para la galería de rendir homenaje a un hombre de una sensibilidad inusual. En la carta se informaba también de que siguiendo los deseos de Nicholas Bassington-Hope, la invitación se extendería también a representantes de los principales museos de la ciudad.

Svenson entregó las cartas a Maisie a petición de esta para echarlas ella misma al correo. Cada uno de los miembros de la familia recibiría su carta el sábado por la mañana, aunque hubo cierta discusión respecto a dónde enviar la carta destinada a Harry. Se prepararon también los sobres correspondientes para Quentin Trayner, Duncan Haywood y Alex Courtman, y contaban con que cuando subieran la bandeja del desayuno a Randolph Bradley a su *suite*, el sobre estaría encima de su ejemplar del *International Herald Tribune*.

Maisie y Billy pasaron la mayor parte del sábado organizando el equipo que iban a necesitar para ejecutar su papel en el espectáculo. Svenson se había ofrecido a correr con todos los gastos del montaje de la exposición que tendría lugar el domingo por la noche, así como los de la exposición posterior. El cuñado de Billy iba a trabajar por primera vez desde hacía meses, Eric había pedido permiso a Reg Martin para utilizar su camioneta y Sandra ayudó a Maisie a conseguir todo tipo de clavos, tornillos, ganchos y poleas. El plan estaba en marcha y el domingo se presentaba muy muy cerca.

MAISIE, BILLY, ERIC, Jim y Sandra entraron en la galería cuando los operarios estaban terminando los puntales, los caballetes y las escaleras de madera que se iban a necesitar para colgar la obra cumbre de Nick.

—Eso es todo por ahora, señor Levitt. Nosotros nos ocupamos a partir de aquí.

El conserje asintió con la cabeza.

—Necesitarán las llaves.

—Gracias.

313

En cuanto lo oyeron marcharse, Billy se aseguró de cerrar bien la puerta de atrás y echó la llave a la de delante. Eric y Jim colocaron unas pantallas de forma que la pared del fondo no se viera desde la calle, mientras que Maisie y Sandra protegían el suelo con unas gruesas fundas de algodón como las que usaban cuando se pintaba una casa.

—¿Descargamos la camioneta ya, señorita?

—Sí, Billy.

Maisie y Sandra abrieron la caja de las herramientas y sacaron todo lo que iban a necesitar para llevar a cabo la siguiente parte del plan. Los hombres dejaron los seis paneles en el suelo sobre las fundas protectoras y volvieron a la camioneta a por el resto del equipo. Mientras tanto, las mujeres se pusieron un mono y se taparon el pelo con un pañuelo anudado en lo alto de la cabeza antes de comenzar.

Tres horas después, Maisie consultó la hora y miró a Billy.

—¿Hora de dejar entrar a Stratton?

—Es la hora, sí. Y después sube al pasillo de arriba.

—¿No pasará nada si se queda aquí sola?

—No me pasará nada.

Maisie ocupó su puesto detrás de una pantalla; tenía el estómago revuelto. Siempre existía la posibilidad de que se hubiera equivocado. Tragó saliva. Ese era el riesgo que le gustaba.

A LAS NUEVE Y media según el reloj de Maisie, que iluminó un segundo con la linterna, oyó el motor de un coche en el callejón, seguido del sonido metálico al agitar un cerrojo en la parte de atrás de la galería. Permaneció inmóvil aguzando el oído. Oyó que alguien entraba despacio, como si cargara con algo muy pesado. Se oyó el reconocible crujido de la puerta de acceso a la galería al abrirse y los pasos acercándose. Se oyó entonces un gruñido, el sonido inconfundible del esfuerzo cuando se carga con algo muy pesado.

Un profundo suspiro seguido por un sonido metálico reverberó en el aire. Y había algo más, un olor característico. Maisie sintió que se atragantaba. «Aceite. Parafina.» Seguía oyéndose el ruido de unos pies hacia delante y hacia atrás, más rápido esta vez, y después el sonido que hacían al verter un líquido inflamable por el suelo debajo de las piezas que Maisie y sus ayudantes habían instalado con tanto esfuerzo en la pared. El andamio empezaría a arder de un momento a otro, pero aún no podía moverse. Sabía que tenía que esperar, tenía que permanecer en su puesto hasta que oyera hablar al intruso. Su instinto le decía que habría una declaración, la destrucción iría acompañada por unas palabras dirigidas a Nick Bassington-Hope, como si el artista estuviera presente. Por fin, cuando los vapores del combustible empezaban a ser insoportables, oyeron una voz alta y clara. Maisie se quitó el pañuelo de la cabeza y se cubrió la nariz y la boca sin dejar de escuchar.

—Me has decepcionado, Nick. Nunca supiste parar, ¿eh? Te lo supliqué, muchacho. Hice todo lo que pude para evitar que ocurriera esto, pero tú no podías dejarlo estar, ¿verdad? —Se produjo el sonido metálico de la lata al vaciarse por completo, y Maisie oyó que abrían una segunda lata—. No podía creer que no hicieras caso. No podía creer que te empeñaras en seguir. Yo no quería hacerte daño, Nick, no quería que ocurriera lo que ocurrió..., pero no podía dejar que siguieras adelante, no podía permitir que deshonraras a tu propia familia... —El monólogo se redujo a un susurro mientras el hombre volcaba la lata antes de empezar a manipular con torpeza una caja de cerillas que sacó del bolsillo.

—¡Maldita sea! —exclamó al no conseguir encender la cerilla. Intentó sacar otra, pero la caja se le cayó al suelo y el contenido se desparramó por el líquido acre—. ¡Maldito seas, Nick! Aun estando muerto sigues protegiendo esa monstruosidad. ¡Ni muerto puedo detenerte!

Maisie se dirigió entonces hacia el hombre que había ido hasta allí para destruir la obra de su amado hijo.

—Piers...

Parcialmente iluminado por la farola de la calle, el hombre frunció el ceño, como si no entendiera bien lo que estaba ocurriendo.

—¿Qué demonios...?

Maisie no podía esperar más, el riesgo era demasiado alto.

—¡Billy! ¡Stratton!

La galería cobró vida cuando los hombres de Stratton entraron a toda prisa cargados con cubos de arena mientras Piers buscaba algo con lo que prender el líquido inflamable.

—Él tuvo la culpa, Nick tuvo la culpa. Yo no tenía intención de que ocurriera, yo no quería...

—Ahórreselo para la comisaría, señor —ordenó el inspector, que hizo una señal con la cabeza a un sargento. El policía se colocó detrás del hombre y le puso las esposas. El eco resonó en el espacio. Maisie lo oyó cuando se llevaban al asesino de Nick Bassington-Hope.

—Yo solo... solo quería hablar con él, quería...

Maisie miró a su alrededor. Habían avisado también a los bomberos para evitar daños.

—Es peligroso estar aquí y no hay necesidad de que se quede, señorita Dobbs. Y tendrá que ir a la comisaría, claro.

—Por supuesto, pero tengo que llamar a Svenson antes, y quiero quedarme hasta saber que la galería está a salvo antes de irme. Creo que nadie se esperaba este tipo de daño.

El inspector miró el cuadro.

—Una lástima que no le diera tiempo a deshacerse de esta cosa, sinceramente.

Billy, que había estado hablando con la policía y los bomberos, se les unió en ese momento.

—¿Habla de esa valiosa obra de arte, inspector?

—Ya lo creo.

Maisie se dirigió a ambos poniendo los ojos en blanco.

—Digamos, caballeros, que gracias a mis esfuerzos pictóricos hemos salvado una magnífica obra de arte.

Los tres se volvieron hacia los seis paneles de madera con- trachapada que Sandra había encalado primero para que Maisie pudiera pintar encima su obra maestra.

—¡Menos mal que no se le ocurrió traer una linterna!

MAISIE CONDUCÍA DESPACIO de vuelta a su piso de Pimlico de madrugada. Sentía un terrible peso en el cuerpo y en el alma. Piers Bassington-Hope había confiado en que uno de sus ado- rados hijos comprendería la súplica que le hacía para evitar sufrimientos a otra. Sus actos, nacidos de una profunda desilu- sión, habían causado la muerte a su hijo mayor. Pero no se ha- bía detenido a considerar la posibilidad de que la hija por la que tanto se preocupaba fuera lo bastante fuerte como para mirar la representación de la vida y la muerte creada por su hermano.

19

COMO SI LOS ángeles se hubieran confabulado para que el cielo se despejara para Lizzie Beale, un sol invernal bajo pero brillante consiguió abrirse paso entre la niebla de la mañana el día de su entierro. La misa de funeral en la iglesia del barrio con los contrafuertes sucios por el humo y el liquen verde que se adhería a la piedra húmeda conmovió a todos los presentes. Parecía que todo el barrio había querido dar un último adiós a la niña de la sonrisa que nunca olvidarían. Maisie observaba a Billy y a Doreen entrar en la iglesia llevando entre los dos el pequeño féretro blanco coronado por un ramo de campanillas de invierno.

Después, junto a la tumba, Billy sostuvo con ese callado estoicismo suyo a su mujer cuando esta se apoyó en él por miedo a que se le doblaran las piernas en el momento del adiós definitivo. Ada permaneció junto a su hermana sosteniendo en brazos a su recién nacido envuelto en mantas, consciente de que su amor de hermanas le proporcionaría fuerzas durante el frío camino del duelo.

Un grupo de familiares se apiñaba en torno a los Beale, de manera que Maisie se quedó a un lado, aunque Billy le indicó por señas que se acercara. Observó el descenso del féretro al interior de la tierra y se cubrió la boca con la mano cuando el párroco, con una dulzura que solo puede surgir de la fuerza, pronunció las palabras «cenizas a las cenizas, polvo al polvo...» y rezó a continuación una oración por la niña fallecida. Después Billy se agachó para tomar un puñado de tierra fría. La miró y acto seguido se quitó la rosa que llevaba en la solapa y la arrojó en el hueco que pronto estaría lleno. Cuando la rosa cayó entre las campanillas blancas, soltó el primer puñado en señal de adiós.

Doreen lo siguió y otros se acercaron detrás. Maisie dejó que los familiares más cercanos lo hicieran y entonces se arrimó despacio al borde de la fosa, recordando la suavidad de la cabecita de Lizzie, la caricia de sus rizos en el cuello, la mano regordeta agarrándose al botón de su blusa. Ella también tomó un puñado de tierra y oyó el golpe sordo al golpear el féretro. Con eso se despidió de la pequeña Lizzie Beale.

EL DÍA ANTERIOR, en vez de ir directamente a Scotland Yard, Maisie había pasado por el piso de Georgina para darle la noticia de que habían arrestado a su padre por la muerte de su hermano.

—Georgina, estoy segura de que querrás estar con él. Te llevo ahora si quieres.

—Sí, sí, por supuesto —contestó esta poniéndose la mano en la frente como si no supiera qué hacer.

—Voy a buscar tu abrigo —se ofreció y salió a llamar al ama de llaves, que regresó con el abrigo, los guantes y el bolso.

—¿Hay que avisar a alguien antes de irnos?

—Creo... Creo que... No, iré yo primero. De nada sirve hablar con nadie antes de que vea yo misma a mi padre y al inspector Stratton. A Nolly le dará un ataque si no tengo todos los detalles. Creo que por eso me hice periodista, ¿sabes?, ¡para que Nolly fuera mi hermana! —Sonrió y luego la miró con ojos tristes y la piel pálida—. En menudo lío he metido a mi familia, ¿eh? Debería haberme quedado quieta.

Maisie abrió la puerta sin hacer ruido y la ayudó a bajar hasta el coche. No habló de verdades, del instinto que la había empujado a pedirle ayuda. No era el momento de hablar de la voz interior que te dice que vayas en una dirección aun sabiendo

—porque lo sabemos, aunque tal vez nunca lo admitamos— que seguir por ese camino puede poner en peligro la felicidad de las que personas que queremos.

GEORGINA SE LANZÓ a los brazos de su padre nada más entrar en la sala de interrogatorios, sollozando los dos. Tras acompañarla, junto con la oficial de policía, Maisie se giró para marcharse, cuando oyó que Georgina la llamaba.

—¡No, por favor, Maisie, quédate!

Maisie miró a Stratton, que estaba detrás de Piers, y vio el gesto afirmativo. Permaneció en la habitación. Se situó cerca de Georgina, tanto que veía que le temblaban las manos, y guardó silencio mientras hablaban. El padre se aclaraba la garganta constantemente y se pasaba la mano por el pelo plateado mientras narraba los acontecimientos que habían derivado en la muerte de su hijo.

—Había ido a casa de Nick, sería a principios de noviembre. Hacía mucho que no... charlábamos a solas, padre e hijo. Ya sabes cómo es tu madre, siempre estaba tan encima de Nick que casi no me dejaba acercarme a él cuando venía a casa. —Tragó saliva y carraspeó de nuevo—. Nick había salido a por agua para la tetera y me senté junto a un montón de cuadernos de dibujo. Empecé a hojearlos, asombrado como siempre por la habilidad de tu hermano. —Hizo una pausa—. Estaba muy orgulloso de él.

Georgina alargó el brazo hacia su padre y luego se retiró para buscar un pañuelo con el que secarse los ojos.

—Como tardaba, seguí admirando su trabajo, atento por si llegaba para dejar los cuadernos en su sitio cuando entrara. Ya sabes lo reservado que podía ser y no quería que pensara que estaba husmeando. Y entonces los vi, los cuadernos...

Se agarró el pecho mientras sollozaba y empezó a toser. Tosía tanto que la auxiliar de policía salió a buscar un vaso de agua.

—Re... Reconocí el tema de la obra de inmediato, era incon-fundible. Y le pregunté qué demonios se creía que estaba ha-ciendo. Le pregunté que cómo podía hacer aquello, cómo él, mi hijo, podía hacer algo así. Me dijo que aquel era el proyecto más ambicioso de su vida, que no podía hacer concesiones. Georgina, le supliqué que utilizara a otro como modelo, alguien descono-cido, pero se negó; dijo que debía honrar la verdad con su tra-bajo, que había meditado mucho la decisión y le parecía que era lo justo. Intenté hacerle entender, intenté que entrara en razón, pero me dijo que me olvidara, me dijo que era un viejo que no entendía el arte actual y que me limitara a los muros cubiertos de hiedra. —Apretó los dientes tratando de contener las lágri-mas—. Mi hijo me consideraba un artista caduco ya y recibió mis súplicas con desprecio, no hay otra forma de definirlo. —Le tendió la mano a su hija—. Volví a visitarlo en las semanas si-guientes para pedirle que lo reconsiderase, para suplicarle que lo dejara, que lo pensara mejor, que fuera... amable. Pero él no cedió ni un ápice.

Piers bebió agua y comenzó a narrar su último intento de hacer cambiar de opinión a su hijo. Contó que llegó a la galería la víspera de la exposición cuando ya no había nadie, cons-ciente de que era el único que sabía de lo que trataban los cua-dros y de que era imperioso convencerlo. Entró por la puerta principal, la que Svenson no había cerrado con llave, y lo vio subido a un caballete, pero quería hablarle de frente, no desde abajo. Maisie entendió de inmediato esa decisión, aunque el hombre no habría sido capaz de explicarlo. De manera que este se dirigió hacia las escaleras que subían hasta el pasillo abierto del piso de arriba para hablar con su hijo cara a cara. Ágil to-davía, saltó por encima de la barandilla del pasillo y pasó al andamio para dar más énfasis en lo importante que era lo que le pedía. Nick se apartó enfadado y siguió a lo suyo como si no estuviera allí.

El hombre seguía sollozando, pero continuó.

—Vi el rechazo en los ojos de Nick. Y me puse furioso. ¿Cómo podía mostrarse tan indiferente, tan ajeno a lo que estaba haciendo? No pude evitarlo, no pude...

Georgina le dio un pañuelo limpio y el hombre se secó los ojos con él.

—Lo siento muchísimo —dijo negando con la cabeza—. No... No pude evitarlo. Le di una bofetada y volví a golpearlo con el dorso de la mano. Pegué a mi propio hijo. —Tragó saliva con dificultad y se puso la mano en el pecho una vez más tratando de controlar las emociones—. Y, de repente, el caballete empezó a moverse. Los dos perdimos el equilibrio, casi no podíamos estar de pie, y entonces... Entonces... Nick se volvió y empezó a insultarme. Y ahí sí que perdí los estribos. Me cegó. No veía nada, tan solo sentía una..., una rabia confusa que me subía desde los pies y me estallaba en la cabeza. Sentí el impacto de mi mano contra su cara y me agaché para sujetarme al andamio para no perder el equilibrio. Y cuando miré Nick, no estaba. No pude hacer nada. Un segundo antes estaba allí con cara de incredulidad. —Piers miró directamente a Stratton—. Jamás le había puesto la mano encima a ninguno de mis hijos, inspector. Jamás. —Guardó silencio un momento—. Y un segundo después ya no estaba. No pude agarrarlo, él no pudo sujetarse y se cayó, rompiendo la barandilla protectora del andamio al caer. Y oí el horrible golpe seco del cuerpo al impactar contra el suelo de piedra.

Piers Bassington-Hope se ladeó gimoteando, como si fuera a derrumbarse. Un agente de policía lo sujetó.

—¿Cuándo se dio cuenta de que su hijo estaba muerto, señor Bassington-Hope? —preguntó Stratton con voz firme, ni suave ni agresiva.

Piers negó con la cabeza.

—Pensé que gritaría, que se levantaría y se pondría a insultarme por haberle plantado cara. Quería que me gritara, que discutiera conmigo, que me insultara, cualquier cosa menos aquel silencio.

—Entonces, ¿se fue de la galería?

El hombre levantó la cabeza indignado.

—No, no, bajé corriendo a verlo. Y supe... Supe que estaba muerto, no había vida en sus ojos. Así que lo estreché entre mis brazos hasta... que su cuerpo se enfrió.

Explicó que el pánico le entró al amanecer, cuando pensó en su mujer y en sus hijas, y en el dolor que sentirían cuando se enterasen de que Nick había fallecido. Las últimas palabras que pronunció antes de que Stratton pusiera fin al encuentro entre padre e hija fueron:

—Era mi hijo, inspector, mi hijo. Y lo amaba.

La exposición final de Nick Bassington-Hope en la galería Svenson tuvo lugar a principios de febrero de 1931. Se invitó a un selecto grupo de familiares y amigos a un pase especial, que fue también una reunión en conmemoración del artista, que sería recordado como el intérprete del paisaje natural y humano, tal como Svenson puso gran empeño en repetir a todo el mundo. Hubo quien se sorprendió al ver a Piers Bassington-Hope acompañar a su mujer desde el Invicta que aparcó delante de la galería, y a medida que los invitados iban entrando, Harry, vacilante al principio y después con más confianza, levantó la trompeta y tocó el lamento desgarrador que había compuesto nada más ver la obra que su hermano había titulado *Tierra de nadie*.

—Gracias, muchas gracias a todos por venir. Por la relación tan cercana que teníais con Nick, sé que no habéis querido desaprovechar esta oportunidad especial de ver *Tierra de nadie* antes de que se presente al público general, que será más adelante. No era ningún secreto que Nick deseaba legar la obra a una institución pública y me enorgullece anunciar que Randolph Bradley ha tenido la generosidad de comprar esta *Tierra de nadie* para donarla al Museo Imperial de la Guerra a perpetuidad.

Las palabras de Svenson arrancaron una ronda de aplausos a todos los presentes, que aprovechó para aclararse la garganta. Se tapó la boca con la mano antes de continuar.

—Todos conocíamos a Nick. Todos sabíamos que le gustaba llegar al límite de los convencionalismos en su intención de contar la verdad de las cosas que veía, de lo que sentía por dentro, con su destreza de artista. Ya habéis visto sus primeras obras, habéis observado los pueblos de Flandes, paisajes abundantes, murales, trabajos de gran complejidad, marcados todos ellos por una aguda vinculación con el lugar, una apreciación tal vez del amor, el odio, la guerra, la paz. Era un hombre de su tiempo y también adelantado a él, un hombre sensible doblegado casi por el peso de lo que vivió entre 1914 y 1918. Este trabajo es, posiblemente, el más contundente. Una obra de arte que no dejará a nadie indiferente en lo hondo de la niebla gris de la ambigüedad. Preparaos para odiarla, preparaos para amarla, pero no penséis que el mensaje de Nicholas Bassington-Hope os va a dejar indemnes.

Dio la sensación de que todos los presentes aguantaron la respiración cuando Svenson tiró del cordón y descorrió la cortina para desvelar la gran obra desaparecida tras la muerte del artista. Tras el silencio seguido por la exclamación ahogada colectiva, Maisie abrió los ojos, que había cerrado cuando el galerista se disponía a descorrer la cortina. Nadie dijo nada. Ella había visto la obra completa en los días previos a la inauguración, aunque no por eso resultaba menos impactante; de hecho, tal como el artista pretendía, cada vez que se contemplaba, una escena parecía pasar a primer plano para dar lugar a una nueva emoción.

El segmento que había quitado a Billy las ganas de ver el resto cuando encontraron los lienzos en el depósito constituía la base de la exposición. Todos y cada uno de los rostros se distinguían a la perfección, hasta tal punto había llegado a dominar el detalle, una destreza que recordaba a los grandes maestros que había estudiado en Brujas y Gante. Tres grandes lienzos, el tan esperado tríptico, formaban el segundo nivel, modelados deliberadamente para parecerse a las vidrieras de una espléndida catedral.

La columna de la izquierda reflejaba parte de la escena que se desarrollaba debajo, la expresión de los soldados aún más nítida ahora, el miedo, el horror y la determinación a medida que avanzaban. Y, por último, la inmensa pieza central que tenía a todos los presentes hipnotizados. Maisie sentía como si formara parte de la escena, como si estuviera atascada en el barro y la sangre en aquella tierra de nadie, y se encontraba tan cerca que podía tocar el suelo donde habían caído los hombres.

La escena no requería explicación. Se había declarado un alto el fuego y, como era costumbre, los camilleros de ambos bandos habían salido a recoger a los heridos, mientras que otros hombres enterraban a los muertos. Los soldados se rozaban con aquellos contra quienes un momento antes habían estado luchando, y todos sabían que no era inusual que uno de los tuyos ayudara a un enemigo a enterrar a un compañero. Los hombres estaban cansados y había mucho que hacer, puesto que en breve los proyectiles empezarían a volar de nuevo y los hombres reiniciarían la marcha hacia las trincheras enemigas empuñando sus bayonetas, decididos a matar antes de que los mataran a ellos.

Nick lo había presenciado, había recogido el instante en que dos soldados de infantería, uno británico y uno alemán, se encontraban de frente, los compañeros de ambos cayendo a su alrededor. Con el rostro cubierto de barro y sangre, y el cansancio patente en unos ojos que habían visto las llamas del infierno, los dos habían reaccionado de manera instintiva, y, en vez de apuntarse, se abrazaban en aquel terrible momento en busca de consuelo. Y así habían quedado retratados en el tiempo, casi como si hubieran usado una cámara en vez de óleos. Los hombres estaban de rodillas en un profundo abrazo, como si aferrarse a otro ser humano fuera aferrarse a la propia vida. El artista había plasmado en sus ojos, sus bocas, las arrugas de la frente y los nudillos blancos; el hondo pesar de aquellos hombres, la futilidad que se sentía cuando un hombre veía en el otro, no al enemigo con su arma, sino un reflejo de sí mismo. Y quedaba patente para cualquiera que conociera a la familia que el soldado británico que ofrecía consuelo al alemán era el héroe de guerra fallecido Godfrey Grant.

Noelle ya había visto el cuadro. Había permanecido ante él sin titubear entendiendo por qué su padre había intentado protegerla. Maisie estaba con ella, mientras sus ojos pasaban del panel central al de la derecha, el que narraba la verdad sobre la muerte de su marido. Nick jamás podría haberle contado a su hermana que a su marido lo habían asesinado, lo habían torturado y después le habían disparado, los mismos hombres con los que había combatido. El amable Godfrey, que al mirar al enemigo había visto a su hermano, para regresar después a la línea británica, a una trinchera donde reinaba el silencio, roto al cabo por la mofa y el insulto. Allí se encontró con unos hombres que, temerosos de lo que significaba ver en el enemigo a un ser humano, prefirieron ver en su propio compañero a un enemigo. Su vida terminó con las letras FFM pintarrajeadas con sangre en la frente. Falta de fibra moral.

Con su pincel, Nick había contado una historia que no podía relatarse con palabras. Las dos piezas finales, los segmentos triangulares situados en la parte superior derecha e izquierda del tríptico y diseñadas para que la pieza completa formara un rectángulo al exhibirse entera, revelaban ese sentir del peregrino que llega a una tierra salvaje que lo había sanado; antes de que hubiera una alambrada de espino y trincheras, había praderas verdes y bosques densos, y, después de la batalla, la hierba volvería a crecer en la tierra que pertenecía no al hombre, sino a la naturaleza y el amor. Independientemente de quién reclamara para sí este o aquel terreno, el artista sabía que todo era tierra de nadie.

Algunos se acercaban para ver las piezas en detalle, mientras que otros como Piers o Emma se alejaban para contemplar la obra en su conjunto. Nadie decía nada, no se oían comentarios sobre profundidad o ligereza, sobre el tipo de pincelada o sobre el uso de la espátula. Maisie se acordó de algo que había respondido el experto de la Tate, el doctor Wicker, a una cuestión: «Ante una verdadera obra de arte no son necesarias las palabras. Cualquier discurso sobra. La obra de un maestro trasciende toda noción de educación y clase por eso mismo. Está por encima de la comprensión del espectador sobre lo que es bueno o malo, lo que está bien o mal en el mundo del arte. Con un artista que ha alcanzado la maestría, la técnica, la experiencia y el conocimiento se vuelven transparentes y solo queda el mensaje, a la vista de todos».

Se quedó un poco más en la galería y luego volvió a la oficina, porque quería añadir un par de cosas al informe que entregaría a Georgina en el momento adecuado, junto con la factura. Se despidió de los dos policías de paisano que esperaban junto a la puerta para acompañar a Piers Bassington-Hope a la celda, a la espera del juicio por homicidio involuntario. Aunque el sargento tenía esposas, lo más probable era que no se las pusiera hasta que el prisionero entrara en el coche.

Cuando Maisie salió de la galería al frío nocturno y se dirigió al coche, se dio cuenta de que se alegraba de marcharse.

MÁS TARDE, UNA vez hubo terminado el informe, Maisie se reclinó en la silla, metió los documentos en un sobre y lo guardó en el cajón. Confiando en que dejar pasar el tiempo era el método más eficaz de encontrar errores, volvería a leerlo en unos días y haría la factura para presentárselo todo a su clienta. En los días siguientes, llevaría a cabo lo que ella consideraba el final de la investigación, «rematar el trabajo». Durante ese período visitaba los lugares, y, si lo consideraba apropiado, a las personas que había conocido mientras trabajaba en el caso. Había tomado esa costumbre cuando trabajaba con Maurice y siempre le había resultado útil hacerlo, pues le permitía comenzar con su siguiente caso con energía renovada y la mente fresca.

Antes de salir se ocupó de una tarea que tenía pendiente desde hacía tiempo: escribir a la hermana Constance Charteris de la abadía de Camden. Le agradeció que la hubiera recomendado a Georgina y le hizo un resumen del caso. La familia Bassington-Hope había pasado por un momento de emociones confusas —sorpresa, tristeza, arrepentimiento y rabia—, primero con Nick y después con Piers. Habían tenido discusiones y se habían demostrado compasión, las alianzas habían oscilado de un lado a otro, pero al final la familia se había mostrado unida en su apoyo al patriarca, aunque el verdadero perdón se mostraba esquivo con ellos, por el momento. Describió la forma en que el juicio había unido a Noelle y a Georgina, las había ayudado a ser más comprensivas. En su carta, Maisie le decía a la abadesa que tal vez recibiera una nueva visita de Georgina en breve y añadió que a ella también le gustaría ir a visitarla cuando tuviera un momento.

Condujo hasta casa despacio a causa de la niebla. Pasó Victoria y, en un impulso, giró hacia Belgravia. No tardó en llegar al número 15 y se detuvo. Las luces de la planta de arriba de la casa a un lado de la mansión de los Compton o el mayordomo que abría la puerta de la del otro lado para despedir a una visita daban cuenta de que había vida en ellas. Pero la casa que en otro tiempo había sido su hogar le recordaba a una anciana que se había ido a dormir, porque incluso los días cortos se le hacían largos. No había luces, ni señales de que viviera en ella una familia. Sin cerrar los ojos, le pareció oír las voces que resonaban en su interior cuando era joven: la de Enid soltando tacos, la de James robando galletas juguetón cuando volvió a Inglaterra para ir a la guerra. Oía también a la señora Crawford y al señor Carter, y pasó a cámara rápida los años en su cabeza hasta que llegó a los miembros nuevos del servicio cuando regresó a la casa, pero para vivir arriba en vez de para servir. Se le ocurrió que el ritual de rematar el trabajo tras una investigación se parecía al proceso de cerrar una casa: revisar una por una las habitaciones antes de cerrar la puerta, mirar por una ventana para recordar la vista y seguir adelante. Siempre habría otro caso, otro desafío, algo nuevo que despertara su apetito de emociones, como su piso de Pimlico. Sonrió y, tras echar un último vistazo a la mansión, arrancó el coche y puso rumbo hacia su nuevo hogar.

MAISIE VIAJÓ A Dungeness al día siguiente y aparcó el coche cerca de los vagones que habían sido el hogar de Nick. Se fijó en el cartel de «se vende» clavado en una estaca en el suelo. Se acercó al lateral del vagón y ahuecó las manos a los lados de los ojos para mirar hacia el interior. Solo quedaban ya unos pocos muebles, lo justo para darle un aire acogedor si alguien pasaba por allí buscando casa en aquel lugar azotado por el viento.

Brillaba el sol, aunque hacía frío, y como llevaba la ropa adecuada para dar un paseo por la playa —chaquetón de lana, falda de caminar y botas, guantes y sombrero bien calado para protegerse las orejas—, se dio media vuelta y, subiéndose el cuello del chaquetón, se alejó de los vagones. Se dirigió hacia el faro haciendo crujir la grava bajo los pies al pasar junto a las barcas varadas en la playa. Habían vaciado las redes y las habían dejado en montones ordenados, y las gaviotas se lanzaban en picado desde el cielo sobre los pescadores, que por parejas o en grupos de tres, evisceraban el pescado o zurcían las redes. No había ni rastro de Amos White, y aunque los hombres levantaron la cabeza y murmuraron algo al verla pasar, Maisie sonrió y siguió con su paseo.

El viento salado y frío le azotaba el rostro y hacía que le llorasen los ojos, pero se alegró de haberse decidido a dar un paseo, porque le encantaba el agua, le encantaba estar allí, en la frontera entre el mar y la tierra. ¿Cómo la había llamado Priscilla unos meses antes? ¡Pilluela! Una pilluela que había encontrado un tesoro en la playa, aunque las riberas del Támesis no se parecían en nada a aquello. Se detuvo atraída hacia el borde del agua, hasta donde las olas casi le alcanzaban los zapatos al chocar contra la orilla.

El mar lamía la arena, pero Maisie se mantuvo en el sitio, subiéndose el cuello para protegerse del viento. «Es porque es el principio y también el final.» Por eso le gustaba tanto el punto donde el agua se encontraba con la tierra, la promesa de algo nuevo, la idea de que, aunque haya que pasar ese momento malo, hay un final y un comienzo. «Podría zarpar en ese comienzo», pensó cuando daba media vuelta.

Atravesó las calles del casco histórico de Hastings sabiendo que corría el riesgo de encontrarse con Andrew Dene, pero sabiendo también que era importante despedirse como era debido. Su coche rojo llamaba mucho la atención en la calle donde vivía, así que aparcó cerca del muelle y fue caminando hacia Rock-a-Nore. Observó a los turistas que iban a pasar el día y hasta se paró a tomar un té bien fuerte servido por la mujer de un pescador en un puesto al lado de la playa. Al darse la vuelta para volver al coche los vio, una pareja que cruzaba corriendo la calle para tomar el funicular de East Hill. Iban de la mano y se reían. Contuvo el aliento, pero no la entristeció ver a Andrew con una mujer que parecía disfrutar de su compañía sin una pizca de duda en el rostro. Consciente de que solo tenían ojos el uno para el otro, observó cómo ascendía el funicular y susurró un «adiós» mientras echaba a andar de vuelta al muelle.

Atravesó Winchelsea y Rye, y llegó a Tenterden a la hora de comer. No se detuvo a visitar a Noelle y a Emma, pero redujo la velocidad al pasar por delante de la verja de entrada a la finca. Las heridas de la familia habían empezado a sanar ya en la inauguración de la muestra de *Tierra de nadie*, aunque aún faltaba tiempo para que Piers volviera a casa. Era como si, en cierto modo, Nick siguiera con ellos, vivo a través de sus obras. Miró hacia la casa y pensó que a lo mejor volvería algún día, puede que con Georgina. O puede que la invitaran a tomar el té un sábado, que la incluyeran otra vez en la red Bassington-Hope. Algo se había despertado en ella dentro de aquel hogar. Si su alma fuera una habitación, era como si la luz brillara ahora en un rincón donde antes había oscuridad. Y había sentido también algo menos tangible, algo que había encontrado entre unas personas que no veían extraño que se pintaran árboles en las paredes. Puede que ese algo fuera la libertad de empezar un camino nuevo y no fijarse en los riesgos, sino en las oportunidades.

Pasar la noche en casa de su padre le permitió descansar brevemente de las presiones de las últimas semanas. Frankie seguía teniendo muy presente la crisis nerviosa de su hija, por lo que Maisie tuvo cuidado de no decir nada que pudiera preocuparlo aún más y de mantener una charla tranquila. Hablaron de los caballos, sobre todo de los potros que esperaban, y del cierre de Belgravia. Luego, después de cenar conejo guisado con albóndigas y pan recién hecho para mojar la salsa, se sentaron junto al fuego. Frankie fue el primero en quedarse dormido; Maisie continuó despierta un rato hasta que el cansancio pudo con ella. Pasaban las doce de la noche cuando notó que le echaban un edredón por encima y que apagaban las luces para que pudiera dormir tranquila.

Volvió a Londres a la mañana siguiente temprano y fue directa a la oficina, a leer una última vez el informe que iba a entregarle a Georgina. Billy le había dejado una nota con la lista de cosas que quería terminar ese día, tareas en su mayoría relacionadas con poner al día casos pendientes, teniendo en cuenta que los dos habían estado centrados en otros asuntos. El funeral había sido un punto de inflexión para la familia Beale. Jim tenía varios trabajos estables, un día aquí, otro allí, pero todo contribuía, todo sumaba como decía Billy. Estaban pensando en volver a Sussex, dado que las cosas no estaban mejor en Londres. Según Billy, Doreen y él habían estado valorando la posibilidad de abandonar el East End y alejarse de la ciudad.

—Pero cuando lo pienso, son mis raíces, ¿o no? No son las de Doreen, ya lo sé, pero, bueno, nunca se sabe. Seguimos dándole vueltas a irnos del país cuando ahorremos un poco. —Hizo una pausa y miró a Maisie en busca de ánimos—. ¿Usted qué cree?

—Yo creo en algo llamado serendipia, y que si estáis destinados a marcharos de aquí, lo haréis. Y también creo que si imaginas todo el tiempo una vida mejor para tu familia, las cosas se confabularán para que se dé la oportunidad. Y cuando llegue el momento, tomarás la decisión oportuna.

—Pero es un poco como apostar, ¿no?

—Igual que si te quedas quieto en un sitio.

Epílogo

A FINALES DE FEBRERO Maisie quedó en verse con Georgina en su piso de Kensington. Al llegar, le sorprendió ver la moto Scott de Nick en la acera. Le habían añadido alforjas.

Mientras esperaba a que la avisaran de que estaba allí, oyó el golpeteo inconfundible de las teclas de la máquina de escribir contra el rodillo. La periodista estaba teniendo un día productivo. El ama de llaves salió del estudio y le indicó con un gesto que entrara. La habitación forrada de libros parecía una colmena, tal era el nivel de energía que generaba aquella mujer en apariencia incapaz de levantarse de su máquina. Maisie se quedó quieta hasta que, por fin, Georgina se volvió hacia ella con el índice apoyado en una tecla.

—Un segundo, dame un segundo para que termine de escribir este pensamiento...

Maisie se sentó al lado de la mesa. Por fin, Georgina sacó la hoja de papel del rodillo y la dejó sobre un montón más a un lado de la máquina.

—¿Cómo estás, Maisie? —dijo alargando el brazo para tomarle la mano—. Ven, vamos a sentarnos junto al fuego.

Las dos se pusieron cómodas frente a la lumbre.

—Estoy bien, pero, lo que es más importante, ¿cómo estás tú?

Georgina se echó hacia atrás la mata de pelo cobrizo, se lo recogió en un moño en la nuca y lo sujetó con un lápiz.

—Pensé que no sería capaz de salir de la fosa que yo misma me había cavado, si te digo la verdad. Después del terrible resultado de tu investigación, y no te culpo, porque toda la culpa es mía, pensé en irme de aquí, hacer lo mismo que hizo Nick y largarme a Estados Unidos o algo así.

La expresión de Maisie delató lo que estaba pensando.

—¡Otra como Nolly! A todos os encantará saber que se ha terminado lo mío con Randolph Bradley. Ahora te cuento. Sin embargo, te diré que Piers volverá a casa dentro de unos meses. Tras recibir el veredicto de homicidio involuntario y teniendo en cuenta su edad y las circunstancias del crimen, estará en casa en otoño, según los abogados.

—Me alegro. ¿Qué tal lo lleváis? ¿Cómo están Emma y Noelle?

Georgina suspiró.

—Estamos haciendo progresos, arreglando las cosas entre nosotras, ya sabes. Roma no se construyó en un día. Nolly ha sido de gran ayuda, es buena chica. Siempre lo ha sido, esa es la verdad. Ha obrado milagros con Piers y Emma. Y conmigo. Y ha ajustado cuentas con Harry y todo.

—Después me cuentas lo de Harry. ¿Cómo está tu hermana?

Georgina negó con la cabeza y se quedó mirando las llamas un rato antes de responder.

—Piers fue el único que vio, el único que comprendió realmente, que el muro tras el que se ocultaba la mujer organizativa de la alta sociedad era lo único que impedía que se la llevara por delante la ola de tristeza que llegó tras la muerte de Godfrey. Lo de que siempre estuviera con la monserga de que era un héroe de guerra lo decía para convencerse a sí misma y creo que ninguno la entendíamos en realidad. Era fácil pensar que estaba bien, ya sabes, la buena de Nolly. —Suspiró y miró las llamas como si ellas supieran la respuesta—. Pero Piers no vio que tal vez Nolly fuera la que más preparada estaba para lidiar con la verdad, que pese a lo duro que le resultó ver los cuadros, para ella fue como si supiera, como si entendiera justo en ese instante, por qué había elegido Nick a Godfrey para ilustrar su relato. Verás, la gente pensaba que Nick y yo estábamos muy unidos, y es verdad que lo estábamos, éramos mellizos, pero Nolly es la mayor, y es casi como una madre. Cuidó de Nick cuando regresó herido de la guerra y a pesar de todas sus quejas sobre él, sobre su trabajo, puede ser muy compasiva llegado el caso.

—Ya lo veo.

—Le preocupa y le agrada que Harry esté solucionando sus problemas.

—¿Y qué va a hacer Harry? —preguntó reconfortada con la conversación y con el inesperado buen humor de Georgina.

—No te lo vas a creer, pero se ha unido a una banda que toca en un barco amenizando el viaje a los pasajeros que van desde Southampton a Nueva York. —Se encogió de hombros—. ¡Solo espero que prohíban a la tripulación acercarse a las mesas de juego! En serio, dijo que llevaba toda la vida queriendo ir a Nueva York, que es donde nació la clase de música que él hace y que allí es donde debería estar.

—¿Siguiendo los pasos de su hermano?

—Es donde Nick oyó la llamada. Tal vez le pase lo mismo a Harry.

—¿Y tú, Georgina? —Maisie señaló la máquina de escribir—. Parece que has encontrado a tu musa.

—Mi musa es Nick. Ven, te lo enseñaré.

Georgina se dirigió a la mesa y Maisie la siguió. Levantó unos cuantos bocetos en blanco y negro de gran tamaño que había colocado delante de la máquina para tenerlos a la vista mientras escribía.

—Dios mío...

—Son solo unos bocetos, pero son muy buenos, ¿verdad? Muy detallados. Pueden exponerse.

Maisie asintió con la cabeza mientras acercaba la lámpara para verlos mejor. Nick Bassington-Hope había retratado la vida cotidiana en las calles para aquellos que solo conocían la miseria. Ladronzuelos callejeros sucios, hombres haciendo cola en las oficinas de empleo, mujeres lavando ropa en una bomba de agua helada en la calle, los olvidados de Londres vistos a través de los ojos del artista.

—Es como si hubiera sacado una fotografía, como si alguien como Frank Hurley estuviera tras la cámara en vez de un artista con un cuaderno y carboncillo.

—Lo sé —convino Georgina asintiendo con la cabeza sonrojada.

Maisie levantó la vista de los dibujos y la miró.

—¿Qué vas a hacer con ellos?

Georgina empezó a hablar a toda velocidad empujada por la emoción.

—Cuando me diste las llaves del depósito, fui a echar un vistazo. Y me los encontré. Me senté y lloré, no solo porque eran de Nick y lo echo muchísimo de menos, sino por lo que representan. —Tragó mientras la miraba de frente—. Tenías razón, Maisie, esto es la guerra, esto es un campo de batalla, y tengo que hacer algo. Pero yo solo tengo un don, y es mi habilidad con las palabras. Sé dibujar un poco, pero este es mi material de trabajo. —Se sacó el lápiz del moño y lo levantó para ilustrar lo que decía—. Tengo un plan, ¡y también puedo decirte que no solo he conseguido la promesa de Stig de montar una exposición, sino que también he recibido un contrato de mi editor! —Georgina extendió los dibujos sobre la mesa—. Detrás de cada uno de estos dibujos hay una persona con una vida, una historia que otros querrán leer, y yo haré que quieran leerla. Y no pienso detenerme aquí. —Hablaba muy deprisa—. Todos estos dibujos son sobre Londres y unos pocos sobre la pobreza rural de Kent, pero Nick no había terminado. Pienso recorrer todo el país. De Londres iré a Birmingham, Newcastle, Leeds, Sheffield, Escocia para contarles lo que lleva ocurriendo desde 1929, lo que está ocurriendo ahora. ¡Estoy deseando que ese maldito Mosley se convierta en rey, o lo que quiera ser, para que demuestre estar a la altura de las circunstancias y nos salve a todos, por el amor de Dios!

—¿Por eso ha terminado tu relación con Bradley? —preguntó Maisie pese a lo impertinente de la pregunta.

Georgina se encogió de hombros.

—Empezó a terminarse nada más empezar. La verdad es que no había estado inspirada para escribir desde que terminó la guerra y tú diste en el clavo, Maisie. —Con las manos todavía sobre los dibujos de su hermano, Georgina miró por la ventana, pero parecía que estuviera mirando al pasado—. Corrí muchos riesgos durante la guerra, pero, es difícil de explicar... Era la euforia, una sensación aquí —se tocó justo encima de la hebilla del cinturón—, que me decía que lo que hacía estaba bien, que puede que fuera arriesgado, puede que me mataran, pero era una apuesta por un buen motivo. Mi esfuerzo se veía recompensado. —Empezó a bajar la velocidad y terminó encogiéndose de hombros—. Echaba de menos la sensación y creo que intenté recuperarla teniendo una aventura. Pero no estaba bien. Verás. —Se giró para estar frente a ella—. Me di cuenta de que, a pesar del riesgo y la euforia de tener una relación con un hombre casado, un hombre muy excitante, te lo aseguro, todo era falso. Insustancial. No había... No había nada... de verdad, nada sólido, una razón de peso para jugar con ese fuego en particular. ¿Lo entiendes?

—Oh, sí, ya lo creo que lo entiendo.

—Y ahora, con este trabajo que tengo entre manos, con el desafío que me plantean los dibujos de Nick, he vuelto a encontrar esa razón, esa voz que me dice: «Hazlo, merece la pena». Y puedo sentir en mi interior que la oportunidad, el desafío de despegar y volar con mis propias alas es una empresa que merece la pena.

Georgina siguió hablando un rato más mientras Maisie la animaba con una sonrisa solícita, inclinándose hacia su interlocutora para mostrarle que estaba emocionada por ella y le deseaba toda la suerte del mundo. Tras entregarle el informe, recogió sus cosas y se disponía a marcharse, cuando Georgina la detuvo tocándole el brazo.

—Tengo algo para ti. Un regalo de Nick si quieres.

Le tendió un paquete envuelto en papel marrón y atado con una cuerda.

—Está claro que es un cuadro, pero creo que te va a parecer extraordinario.

—¿Un cuadro? ¿Para mí?

—Sí, lo encontré en el depósito. Una acuarela terminada. Es algo extraordinario de verdad, porque había una nota dentro que explicaba el tema. Me recordó a ti y me acordé de que una vez dijiste algo sobre las paredes desnudas de tu piso nuevo, y pensé que podría gustarte, así que lo he enmarcado. Si no te gusta, puedes regalarlo, por supuesto.

MAISIE ABRIÓ LA puerta de su piso y llamó.

—¿Hay alguien en casa?

Sandra salió del trastero con un trapo del polvo.

—¿Ya te has instalado, Sandra?

—Sí, señorita. No sé cómo puedo darle las gracias. Espero que no sea mucha molestia tenerme aquí.

—Para nada. No puedes estar viviendo en un hostal hasta que os caséis en junio, ¿no crees?

Sandra sonrió.

—Venga a ver. Eric me ha ayudado a traer una cama y un tocador. Nos han salido baratos. Lo vendían en un mercadillo.

Maisie miró en la habitación a la que la nueva huésped ya se había encargado de dar un aire acogedor.

—Y ahora que tengo trabajo en esa tienda de ropa, puedo ir a clase por las noches. Para aprender a escribir a máquina. Iba a salir ahora mismo a matricularme.

—Muy bien, Sandra. Nos vemos luego.

Maisie sonrió mientras la chica recogía su abrigo y su sombrero, y salía del piso. Aunque se había preguntado multitud de veces si había sido buena idea decirle a Sandra que podía vivir con ella hasta que se casara, estaba encantada de echarle una mano, igual que otros habían hecho con ella. Y como quiera que la buena suerte parecía gravitar en torno a ambas, Sandra había encontrado trabajo nada más aceptar el ofrecimiento de Maisie.

MÁS TARDE, DESPUÉS de colgar el cuadro encima de la chimenea, Maisie arrastró uno de los sillones y lo puso delante del fuego. Se sentó a tomar un té en una taza metálica mientras leía la nota que Nick Bassington-Hope había dejado junto con el lienzo, que había finalizado un año atrás.

Es invierno, pero cualquiera pensaría que es el primer día de primavera. Hace sol y todo parece estar preparado para renacer. Acababa de volver de Lydd cuando vi a la que sería la protagonista de este cuadro, y algo me hizo querer pintarla. A pesar del horrible frío, caminaba por la playa y se detuvo a mirar hacia el canal, casi como queriendo ver el futuro. No puedo explicarlo, pero tuve la sensación de que esa mujer estaba a punto de comenzar de cero, una vida nueva, una mujer que dejaba atrás el pasado. Así que, con la promesa de la primavera en el aire, fui corriendo a casa y me puse a trabajar.

Maisie se preguntó qué habría visto Nick aquel día, porque la imagen bien podría ser una fotografía tomada el último día que fue a Dungeness, mientras paseaba por la playa de guijarros contemplando el mar. Permaneció sentada un rato después de terminarse el té, estudiando la pintura, pensando en el hombre que había captado aquel momento de reflexión. El momento de reflexión de esa mujer que era ella. Releyó la nota y cerró los ojos. «Preparado para renacer.» El invierno que da paso a la primavera; la tierra nueva tras el fragor de la batalla; una niña muerta y un bebé recién nacido. Era hora de seguir adelante, de volver a bailar con la vida.

Agradecimientos

COMO SIEMPRE, MI más profundo agradecimiento a mi compañera de escritura, Holly Rose, por seguir ayudándome a progresar y por sus ánimos infinitos. Y gracias sobre todo por tu marcador amarillo, Hol. ¿Qué sería de Maisie y de mí sin él?

Gracias también a mi gran amigo Tony Broadbent: gracias por todas esas maravillosas conversaciones sobre el «viejo Londres» y por darme todavía más material con el que insuflar vida a la ciudad y la época de Maisie. ¡Tengo las estanterías desbordadas! Además, mi Documentalista Jefe —él sabe de quién hablo—, siempre al quite para encontrar, una vez más, verdaderas gemas de gran importancia histórica que pudieran resultarme interesantes.

El Museo Imperial de la Guerra siempre me resultó fascinante y sigue inspirándome e intrigándome, y más ahora que tengo acceso al archivo y la biblioteca. Gracias, por tanto, al personal siempre atento y servicial, dispuesto a buscar libros y correspondencia que me ayudasen a comprender mejor la Gran Guerra y sus secuelas.

En Ypres, Bélgica, me gustaría rendir tributo al trabajo de los responsables del museo In Flanders Fields —«En los campos de Flandes»—, que se aloja en el antiguo Salón de los Paños. Este magnífico edificio es una réplica de un salón medieval que fue destruido durante la guerra. Artesanos locales reconstruyeron su ciudad tal como era antes de «la guerra para poner fin a las guerras», y ahora el salón aloja el museo. Allí fue donde leí por primera vez la cita de Paul Nash que abre este libro. Después de pasarme tres días recorriendo lo que en su día fueron los campos donde se libraron las batallas de Ypres y el Somme, sus palabras me conmovieron profundamente, igual que la considerada interpretación que hace el museo de tan terrible conflicto.

Gracias a mi agente, Amy Rennert. Todo mi amor y mi gratitud por tu poderosa mezcla de experiencia, conocimiento y elegancia. Gracias a mis editoras, Jennifer Barth en Nueva York y Anya Serota en Londres, por la habilidad y la sensatez que demostráis en vuestro trabajo, por vuestras sugerencias y esa asombrosa capacidad para leerme la mente.

Y gracias a mi familia por todo: a mi marido, John Morrell; a mi hermano, John, y mi cuñada, Angella; a mis maravillosos padres, Albert y Joyce Winspear, que me acompañaron a Dungeness y recorrieron aquellas playas de guijarros con un frío que pelaba mientras yo tomaba notas para el libro. ¡Eso sí que es dar apoyo!

JACQUELINE WINSPEAR

UNA VENGANZA IMPERFECTA

Te presentamos las primeras páginas
de *Una venganza imperfecta*

1

Marta Jones observó a sus alumnos. Contempló el estudio de altos techos y la enorme cantidad de madejas de hilados de colores que colgaban de unos tendederos levantados con ayuda de unas poleas y fijados a la pared, y los seis telares de madera colocados muy juntos entre sí, ya que el espacio se vendía caro. Su escritorio, una mesa de madera de roble muy castigada situada junto a la puerta, estaba lleno de papeles, libros y dibujos, y a su derecha, frente a la clase, había una *chaise longue* antigua cubierta con una vieja colcha de terciopelo rojo para ocultar los zurcidos y los desgarrones de la tapicería. Había varias ruecas colocadas contra la pared de la izquierda de la estancia, junto a una caja en la que guardaba la lana que recogía en sus excursiones al campo de los domingos. Compraba la lana sin tratar directamente con sus proveedores, por supuesto, pero le gustaba recoger los mechones que se les enganchaban a las ovejas en los espinos y las zarzas cuando se pegaban a ellos para rascarse. y en los que dejaban buena parte de su pelaje.

Se había mostrado reticente a aceptar alumnos. Aunque el alquiler del estudio cerca del Royal Albert Hall era bastante económico gracias a una antigua ley de arrendamiento que amparaba a los artistas, los encargos habían disminuido, por lo que se había visto obligada a buscar ingresos adicionales. Así las cosas, había puesto un breve anuncio en el periódico y había escrito a los clientes que le habían comprado alguna pieza para decirles que estaba aceptando un «pequeño número de alumnos que quisiera aprender el arte del tapiz tradicional». En general, su alumnado formaba un grupo abigarrado y pudiente, eso seguro; la clase obrera apenas tenía para comer, como para gastar dinero en frivolidades. Había dos damas de Belgravia a las que les había parecido que podría «ser divertido» dedicar la tarde del sábado a charlar mientras pasaban la lanzadera hacia delante y hacia atrás siguiendo el dibujo que tenían debajo del conjunto de hilos que formaban la urdimbre y la trama del tejido.

Se habían apuntado también dos amigas con recursos que estudiaban en la Escuela de Bellas Artes Slade y buscaban una clase que se saliera del currículo establecido, y un poeta que pensaba que trabajar con el color mejoraría el ritmo y el pulso de su poesía. Y por último estaba la mujer poco habladora, que había acudido al estudio después de leer el anuncio. Observándola con detenimiento, Marta se sintió fascinada con aquella alumna en particular, y se fijó en los cambios que se habían operado en ella desde el comienzo de las clases. La mujer le había explicado que acababa de entrar en contacto con el mundo del arte —lo había dicho como quien habla de un país desconocido—, y que quería hacer «algo artístico», ya que su trabajo estaba muy lejos de tales placeres. Después sonrió y explicó que jamás había pintado, ni siquiera de pequeña, y que estaba segura de que no sabría dibujar siquiera, pero los tapices le parecían interesantes, le atraía la posibilidad de intercalar color y textura, un arte en el que la imagen final no se veía de inmediato, sino que había que echarse hacia atrás un poco para observar los avances del día y así la imagen comenzara a tomar forma. «Es un poco como pasa en mi trabajo», había dicho. Y cuando ella, Marta, le había preguntado a qué se dedicaba, la mujer había guardado silencio un momento y seguidamente le había entregado una tarjeta en la que se leía:

Maisie Dobbs
Psicóloga e investigadora

Marta se dio cuenta de que la tarde que dedicaba aquella mujer a trabajar con el telar era el único momento de distracción que se permitía, pero con cada clase, algo en ella parecía cambiar de manera casi imperceptible. Aunque para ella, como profesora, el efecto le resultaba extraordinario. Había empezado a vestir ropa más colorida y se mostraba más atrevida en la manera de combinar los hilos a medida que ganaba confianza. La tarde que tocó teñir la lana que habían hilado la semana anterior introduciendo las madejas en cubos de tinte y poniéndolas después a escurrir sobre los lavaderos que había dentro del propio estudio antes de ponerlas a secar en los tendederos, la joven se remangó y se rio cuando el agua coloreada le salpicó en la cara. Las damas de Belgravia la miraban con el ceño fruncido y el poeta parecía azorado, pero la mujer, que tan reticente se había mostrado al principio, tan pausada y comedida en sus interacciones con sus compañeros, se había convertido en el eje alrededor del cual giraba toda la clase, y sin apenas decir nada.

Marta pensaba también que se le daba muy bien dibujar historias. Esa misma tarde, con solo dos preguntas que le había hecho mientras trabajaba en su telar, pasando hilos de color morado, magenta y amarillo con sus ágiles dedos, había reconstruido la historia completa de la profesora, que había llegado a Inglaterra desde Polonia cuando era niña. De hecho, al responder a las preguntas que Maisie Dobbs le hacía, el resto de la clase se enteró de que su padre había insistido en que sus hijos aprendieran inglés para poder encajar en la sociedad y que no los señalaran por ser extranjeros. Su madre, por su parte, se había asegurado de que la familia se vistiera de modo que no destacara entre sus nuevos amigos, para quienes eran los Jones, el más británico de los apellidos, adoptado nada más desembarcar en el puerto de Southampton.

Marta sonrió mientras observaba a Maisie en su telar y cogió la tarjeta de nuevo. Psicóloga e investigadora. Era evidente que aquella mujer debía de ser muy buena en su trabajo si, sin ningún esfuerzo, había conseguido que seis personas le contaran más cosas sobre su vida de lo que jamás se les habría ocurrido, y todo ello sin revelar gran cosa sobre sí misma, más allá de su reciente atracción por el color.

JAMES COMPTON CAMINABA a buen paso hacia el Albert Hall aprovechando la cálida tarde de septiembre. Como habría dicho su colega y mano derecha de la oficina de Toronto, estaba que echaba humo por culpa de una compra de terreno que estaba causándole muchos problemas. Le daba igual estar de nuevo en Londres, por muy prometedora que le hubiera parecido la idea en un principio. Pero la mansión que su familia tenía en Ebury Place estaba cerrada, y alojarse en el club de su padre y pasar todas las noches entre viejos rancios que se empeñaban en relatar historias de desastres económicos y revivir recuerdos empezando con la frase por «en mis tiempos...» no se correspondía con su idea de pasárselo bien.

La vida en Toronto no era solo cerveza y jugar a los bolos, por supuesto; a fin de cuentas, tenía una empresa con diversas áreas de negocio que dirigir, pero siempre se podía ir a navegar al lago y a esquiar a Vermont, al otro lado de la frontera. Y el frío allí era diferente, no le atravesaba las heridas de guerra como en Inglaterra.

Se acordó de los hombres que había visto en las oficinas de empleo, en los comedores sociales o, simplemente, recorriendo Londres de cabo a rabo en busca de trabajo, cojeando muchos de ellos, con heridas que les removían los recuerdos cada día, como quien se levanta una costra que aún no está seca.

Pero Toronto tendría que esperar un poco más. Lord Julian Compton, su padre, quería descargar más responsabilidad en él, y ya hablaba de que James lo sustituyera como presidente de Compton Corporation. Y eso no era lo único que le preocupaba, pensó mientras leía la dirección garabateada en un papel tras hablar aquella misma mañana con Maisie Dobbs. Su madre, la antigua empleadora y benefactora de Maisie durante muchos años, siempre había animado a su marido y a su hijo a que contaran con la investigadora en cualquier asunto que pudiera ser adecuado para ella, por lo que fue la primera persona a la que llamó ante el primer indicio de problemas con la transacción inmobiliaria.

—¡Maldita sea! —dijo James al pensar de nuevo en la oficina de su padre, en la City londinense.

—¡James!

Levantó la cabeza con el ceño fruncido. Pero enseguida sonrió y se le formaron unas arruguitas en las comisuras de los ojos al ver que era Maisie quien le hacía gestos con el brazo desde el otro lado de la calle. Arrugó el papelito y se lo metió en el bolsillo de la chaqueta mientras cruzaba para saludarla.

—Pero ¡si es Maisie Dobbs! ¡Estaba tan abstraído que no te había visto! —Hizo una pausa cuando ella le tendió la mano—. ¿Qué diantres has estado haciendo, Maisie?

Ella se miró las manos y sacó los guantes del bolso que llevaba colgado al hombro.

—Es tinte. No he sido capaz de quitarme la mancha de las manos y tendría que haberme puesto los guantes nada más salir, aunque tampoco puedo hacer mucho con las salpicaduras de la cara hasta que llegue a casa. —Miró a los ojos al hijo de sus antiguos empleadores y enlazó el brazo con el suyo—. ¿Cómo estás, James?

Él se encogió de hombros.

—Bueno, ya no voy a casarme, eso es nuevo para ti. Y, como ya sabes, he venido a Inglaterra por negocios: la obligación me llama en la oficina londinense de Compton Corporation. —Consultó la hora—. Oye, Maisie, ya sé que te dije que esto no me iba a llevar más de lo que tarda uno en tomarse una taza de té, pero me muero de hambre y me preguntaba si no tendrías un hueco para cenar conmigo. Llevo dándole vueltas a este follón...

—¿Follón?

—Disculpa, olvidaba dónde estoy. Empezaré de nuevo. Estoy tan enfrascado, y preocupado, sinceramente, en esa transacción de la que te hablé que no he comido nada en todo el día.

—Entonces será mejor que le pongamos remedio, ¿no crees? Yo también tengo hambre.

James se giró y paró un taxi.

—Vamos a un restaurante italiano pequeño y acogedor que conozco. Está a la vuelta de la esquina, en Exhibition Row.

—Estás diferente, Maisie. —James alcanzó un panecillo, lo abrió y untó una buena capa de mantequilla sobre él.

—Es por el tinte —respondió ella levantando la mirada de la carta con una gran sonrisa—. Tú no has cambiado nada, James.

—Bueno, ya no soy tan rubio; han empezado a salirme canas en las sienes, pero gracias a Dios no se notan mucho. Si sigo caminando tan erguido como mi padre cuando llegue a su edad podré darme con un canto en los dientes —contestó él sirviéndose vino, y se reclinó en la silla—. Tú pareces más... no sé, te veo... más ligera.

—Te aseguro que no es así.

—No, no me refiero a eso. Es tu actitud. Me da la impresión de que te sientes más ligera por dentro, como diría la señora Crawford.

La miró. Contempló su melena negra justo por encima de los hombros, paralela a la línea de la mandíbula, y el flequillo, que le rozaba las cejas negras y parecía acentuar aún más el azul violáceo de sus ojos. Vestía una falda de cheviot de un color morado intenso que le llegaba a media pierna, blusa roja y chaqueta azul, que se notaba que no era nueva, pero estaba bien cuidada, hasta medio muslo. Llevaba unos sencillos zapatos negros de piel con una tira que se abrochaba a un lado con un botón. Completaba el atuendo un reloj de enfermera de plata prendido en la solapa.

—Ay, la señora Crawford. ¿Quién te va a dar galletas de jengibre ahora que tu cocinera favorita se ha jubilado?

Continúa en tu librería a partir de enero de 2024

MAISIE DOBBS

Una joven y sagaz detective que hará que te seduzcan las oscuras historias del Londres de principios del siglo XX. No le pierdas la pista. Nunca has conocido a nadie como ella.

Maisie Dobbs, psicóloga de formación, es una de las primeras mujeres detective en una época marcada por las secuelas de la Primera Guerra Mundial. Siempre a bordo de su MG rojo y con un característico corte *bob* rematado con un sombrero *cloche* que ya son parte de sus señas de identidad, ejerce de investigadora privada con buenos resultados gracias a su intuición y empatía. Pero la labor que realizaba como enfermera durante la Gran Guerra también ha hecho mella en Maisie, que deberá lidiar con sus propios fantasmas.

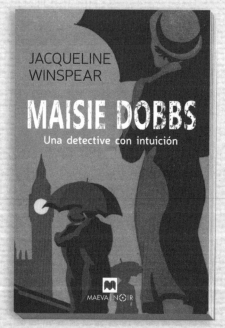

JACQUELINE WINSPEAR

MAISIE DOBBS

Una detective con intuición

MAEVA NOIR

Londres, 1929. Maisie Dobbs abre una oficina como flamante investigadora en el centro de la ciudad y se convierte en una de las primeras mujeres detective de la época.

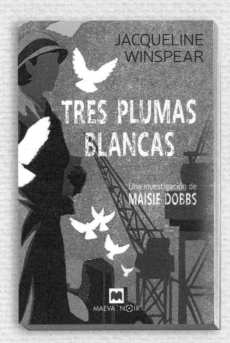

Maisie Dobbs investiga el caso
de una joven desaparecida
en esta sólida novela de misterio.
Una historia conmovedora que
atrapa desde la primera página
y revela los lados más oscuros
de la Gran Guerra.

Londres, 1930. Maisie Dobbs, que
se ha consolidado como detective
privada, recibe un triple encargo:
Scotland Yard pide su colaboración
en un caso de asesinato,
un reputado abogado que acaba
de enviudar le encomienda una
misión demasiado personal,
y su amiga Priscilla le pide
ayuda para localizar
a su hermano desaparecido.